현장비평가가 뽑은 **2009**
올해의 좋은 소설

현장비평가가 뽑은 **2009**

올해의 좋은 소설

고은주 시나몬 스틱 **김경욱** 신에게는 손자가 없다
김미월 정전(停電)의 시간 **김애란** 그곳에 밤 여기의 노래
김연수 세계의 끝 여자친구 **백가흠** 그리고 소문은 단련된다
서하진 침이 마르는 시간 **윤성희** 웃는 동안
이　홍 50번 도로의 룸미러 **편혜영** 동일한 점심 **황정은** 대니 드비토

현대문학

현장비평가가 뽑은

'올해의 좋은 소설'을 선정하고 나서

2009년, 올해의 좋은 소설을 펴낸다. 이 앤솔러지는 한 해 동안 발표된 단편들 중에서 독자와 다시 함께 읽었으면 하는 소설들을 추려 모은 것이다. 다른 문학상 작품집과는 달리 이 책에서는, 그 중 어느 한편의 소설에만 스포트라이트가 집중되지는 않는다. 10여 편을 골라 묶기는 하였지만, 모든 소설들에 읽는 이들의 시선이 골고루 분산되기를, 다만 그 중 어느 한 편이라도 읽는 이의 마음을 움직일 수 있게 되기를 바란다. 언제나처럼 짧은 분량의 해설이 곁들여지기는 하지만, 그 역시 작품을 특정한 하나의 테마나 하나의 코드로 장악하려는 시도는 아니다. 이 작지만 광대한 소설의 우주를 여행하는 독자들에게 약간의 길잡이가 될 수 있기를 바라는 마음으로 짧은 글들을 덧붙였다. 그러니 부디 이 책이 언제까지나 열려 있는 책, 거듭 다시 들추어지는 책이 되기를.

오랫동안 이 앤솔러지는 '올해'라는 시의성과 '좋은 소설'이라는 작품성 모두를 독자들에게 선사하고자 해왔다. 2009년의 선정과정을 가감 없이 밝혀두면 다음과 같다. 네 명의 선정위원들은 2008년 여름부터 2009년 봄까지 여러 지면을 통해 발표된 소설들을 시간을 두고 검토한 후, 각기 열 편의 소설을 추천하고, 그 결과를 수합하였다. 선정위원 전원의 추천을 받은 소설은 한 편도 없었으며, 3인 추천작이 한 편, 2인 추천작이 여섯 편이었다. 의외로 복수 추천작이 적었지만, 현재의 소설이 다채로운 얼굴로 저마다의 세계를 탐색하고 있다는 점을 고려하면 당연한 결과이기도 했다. 중복추천된 작품이 모두 일곱 편이니 1인 추천작에서 두어 편만 고르면 되는 상황이었으나, 선정위원들은 놓치고 있는 소설이 단 한 편이라도 없기를 바라는 마음에서, 추천을 받은 서른 편 모두를 재검토하는 시간을 가지기로 했다.

　그리고 그 결과가 이 책에 묶인 열한 편의 소설이다. 최종회의에서 선정위원들은 약간의 논의 후에 각자의 의중을 숫자로 환산하여 드러내는 길을 택했다. 기계적으로 보일지 몰라도, 그만큼 민주적인 방식도 없다는 판단에서였다. 서른 편의 소설들 중에서 각기 열 편을 다시 한 번 추천하되, 1차 수합 때와는 달리 선정위원 각각의 선호도를 함께 반영하여 결과를 집계하였다. 최종적으로 선정된 소설들에 대해서 선정위원들의 두드러진 이견은 없었으나, 선정작들의 면면으로 보아 올해의 책이 여느 해에 비해 조금 더 젊은 색채를 띠게 된 것은 사실이다. 이를 두고 모종의 추세를 읽어낸다면 성급한 진단이 되겠지만, 소설에 대해 흉흉한 소문이 돌고 있는 이 시대에 우리 문학의 작가들이 최전선에서 분투하고 있다는 사실이 고무적이다.

　『올해의 좋은 소설』이 처음 기획되어 세상에 나온 것이 1993년이다. 그때로부터 자그마치 16년이 흘렀다. 이 책에 실린 역사의 무게를 실감하지 않을 수 없다. 책이 외면당하고, 소설이 즐겨 읽히지 않는다고들 한다. 빠르게 취할 수 있고 쉽게 이해할 수 있는 것들만이 각광받는 세상에서 소설을 읽는 체험은 점점 희귀한 것으로 변해가고 있다. 그러나 여전히 소설은 우리로 하여금, 우리가 사는 세상과, 우리의 삶과, 우리 말들의 운명을 되돌아보게 한다. 그러한 고민의 시간을 사람들에게 제공하는 것이 소설만은 아니겠지만, 소설이 제일 잘할 수 있는 일은 그것이라 믿는다. 이 책에 수록된 소설들이 모쪼록 독자를 그 길로 인도해주기를 기도한다.

2009년 6월

선정위원 | 김윤식, 김화영, 김미현, 차미령

현장비평가가 뽑은 **2009**
올해의 좋은 소설

차례

현장비평가가 뽑은 '올해의 좋은 소설'을 선정하고 나서		5		
고은주	시나몬 스틱	11	해설	김윤식
김경욱	신에게는 손자가 없다	37	해설	김미현
김미월	정전停電의 시간	67	해설	차미령
김애란	그곳에 밤 여기의 노래	95	해설	차미령
김연수	세계의 끝 여자친구	133	해설	김화영
백가흠	그리고 소문은 단련된다	159	해설	김미현
서하진	침이 마르는 시간	187	해설	김미현
윤성희	웃는 동안	215	해설	김윤식
이 홍	50번 도로의 룸미러	239	해설	김미현
편혜영	동일한 점심	273	해설	김화영
황정은	대니 드비토	299	해설	차미령

시나몬 스틱

고은주

1967년 부산 출생.
1995년 『문학사상』 등단.
소설집 『칵테일 슈가』. 장편소설 『아름다운 여름』
『여자의 계절』 『현기증』 『유리바다』 『신들의 황혼』
『시간의 다리』 등. 〈오늘의 작가상〉 수상

시나몬 스틱

쪽지가 도착한 것은 시나몬 스틱을 휘젓고 있던 때였다. 처음 컴퓨터 앞에 앉았을 때에는 쪽지 알림창의 숫자가 0이었는데 잠시 부엌에 갔다 오니 숫자가 1로 바뀌어 있었다. 카푸치노를 마시려는 순간 계피향이 느껴지지 않는 걸 깨닫고 다시 부엌에 다녀온 터였다.

'이 쪽지를 받는 분이 김미연 씨가 확실하다면 답장 부탁드립니다. 알려드릴 얘기가 있습니다.'

쪽지를 열면서 카푸치노 한 모금을 다시 마셔보았다. 여전히 계피향이 느껴지지 않았다. 시나몬 스틱을 대여섯 번이나 휘저었는데도 불구하고.

'제가 이렇게 쪽지를 보내는 것은 김미연 씨가 섣불리 간통죄 등으로 일을 복잡하게 만들 사람이 아니라고 믿기 때문입니다. 자세한 얘기는 차차 하겠으니 일단 본인 확인을 부탁드립니다.'

이제는 업데이트도 제대로 하지 않는 미니홈피에 딸려 있는 쪽지였다. 요즘 내가 애용하는 블로그에는 가족 얘기를 쓰지 않지만 미니홈피에는 가족사진을 제법 올려두고 있었다. 그 사진들 속의 내 모습이 아마도 신중하거나 소극적으로 보인 모양이었다.

답장버튼을 누르자 내용입력창이 확 펼쳐졌다. 판도라의 상자를 열기라도 한 듯 나는 흠칫했다. 그 순간, 컴퓨터 키보드의 Y 자판과 U 자판 사이에 끼어 있는 작은 먼지덩어리가 눈에 들어왔다.

훅, 하고 힘주어 입김을 불어보았지만 먼지덩어리는 Y 자판 속으로 더 깊이 들어가버렸다. 나는 신경질적으로 Y 자판을 뜯어냈다. 그 과정에서 작은 먼지덩어리는 어디론가 사라져버렸다.

키보드 곳곳을 살펴보던 나는 이내 포기하고 카푸치노를 마시기 시작했다. 계피향은 여전히 느껴지지 않았다. 에스프레소와 우유의 냄새는 느껴지니 코가 막힌 것도 아니었다. 나는 한동안 코를 킁킁거리다가 자리에서 일어나 부엌으로 향했다.

시나몬 스틱이 들어 있는 유리병을 열자 계피향이 흐릿하게 풍겨나왔다. 뚜껑을 열 때마다 한꺼번에 밀려나오던 강렬한 계피향을 꽤 좋아했었는데…… 아마도 오랫동안 유리병 뚜껑이 열려 있었던 모양이었다. 그러고 보니 카푸치노를 만들어 먹은 지도 꽤 오래된 것 같았다.

하나씩 비닐봉지에 싸여 있는 시나몬 스틱을 굳이 다 꺼내어 한꺼번에 유리병에 담은 것은 인테리어 효과를 위해서였다. 그러니 향기 따위야 어떻든 상관없었다. 나는 다시 얌전히 유리병의 뚜껑을 닫았다.

뚜껑을 닫고 나니 답장을 쓸 마음이 생겨났다. Y 자판과 U 자판 사이에 끼어 있던 작은 먼지덩어리의 행방은 여전히 궁금했지만 나는 마음을 다잡고 키보드를 끌어당겼다.

'저는 김미연입니다. 모든 것을 정확히 말해주세요. 어떤 얘기도 들

을 준비가 되어 있습니다.'

쪽지를 보내고 카푸치노를 다 마시고 난 뒤, 청소를 시작했다.

스무 시간밖에 지나지 않았는데도 먼지는 곳곳에 내려앉아 있었다. 스무 시간 전에 했던 것과 똑같은 순서로 나는 다시 청소를 했다. 진공청소기에 먼지제거용 말총 브러시를 끼우고 집 안의 장식품들을 쓸어내리는 일에 특히 공을 들이는 것도 똑같았다. 좁은 노즐을 이용해서 틈새의 먼지를 제거하는 일로 청소를 마무리한 것까지도.

타인의 집을 방문할 때, 나는 늘 먼지를 살펴본다. 아무리 인테리어가 잘된 집이라도 먼지가 눈에 띄면 세련된 장식 따윈 눈에 들어오지 않는다. 먼지는, 시간의 흔적이다. 아무것도 닿지 않은 시간의 흔적.

나의 남편은, 먼지에 신경을 쓰지 않는 사람이다. 당연히 청소 같은 건 하지 않고도 살 수 있다. 그동안 누군가가 대신 치워줬기 때문이기도 하겠지만, 그는 먼지가 굴러다니는 환경에서 태연하게 지낼 수 있는 인간형이기도 하다.

물론, 먼지가 굴러다니는 곳에 그가 있는 모습을 내가 직접 목격한 적은 없다. 무엇보다도 내가 그런 환경을 참지 못한다. 하지만 정말 그런 곳에 있게 된다면, 그는 분명 태연하게 지낼 것이다. 결혼한 지 9년. 그 정도쯤은 남편에 대해 짐작할 수 있다.

본체의 뚜껑을 열고 커다란 비닐봉지를 씌운 뒤 청소기를 뒤집었다. 필터를 통해 걸러진 먼지들이 비닐봉지 속으로 쏟아져들어가는 동안, 어김없이 미세먼지가 눈앞을 떠다녔다.

나는 비닐봉지를 단단히 묶고 나서 그 주변에 다시 청소기를 돌렸다. Y 자판과 U 자판 사이에 끼어 있던 작은 먼지덩어리는 무사히 비닐봉지 속으로 들어갔으리라 확신하면서.

말하자면 그 아이는, 남편 애인의 옛 애인이었다. 그러니까 우리는, 참으로 통속적이고 심란한 관계였다.

'답장 주셔서 감사합니다. 제가 예상했던 대로 차분하고 친절한 분이군요. 저는 김미연 씨 남편이 현재 만나고 있는 여성의 친구입니다.'

쪽지의 도입부는 진부했다. 지금은 그 여성의 친구이지만 얼마 전까지는 연인관계였고 나의 남편 때문에 사이가 멀어졌다는 설명 또한 진부했다. 그 여성이 남편보다 무려 열네 살이나 어리다는 얘기는 진부함의 절정이었다. 그런 진부한 내용들로 쪽지 한 통을 다 쓴 뒤 그 아이는 당돌한 질문들로 새로운 쪽지를 채웠다.

'저는 단지 몇 가지 사실을 확인하고 싶을 뿐입니다. 우선, 당신의 남편이 제 친구와 깊은 관계라는 것을 이미 알고 계셨습니까? 그리고 김미연 씨 부부가 이름만 부부일 뿐 사실상 남남처럼 살고 있다는데, 사실입니까? 금전관계가 얽혀서 현재 헤어지지 못할 뿐 2년 안에는 다 마무리 짓고 이혼한다는 것도 사실입니까?'

풋, 웃음이 나왔다. 묘하게 흥미롭기도 했다. 슬쩍 미소까지 지은 채 나는 키보드를 두드리기 시작했다.

'저는 남편으로부터 당신의 친구에 대해 들은 바가 없습니다. 이것이 첫 번째 질문에 대한 답입니다. 부부는 원래 남남입니다. 이것은 두 번째 질문에 대한 답입니다. 세 번째 질문은, 금전관계가 무엇을 말하는지 몰라서 답할 수가 없군요. 부부는 경제적 공동체이기 때문에 어떤 부분에서든 금전적으로 얽혀 있을 수밖에 없습니다. 그런데…… 이름만 부부일 뿐이라서 곧 헤어질 거라는 말은, 젊은 여성을 농락하는 유부남들의 공통적인 변명이 아니던가요? 그들이 약속하는 기간 또한 대개 2년이라고 하더군요.'

답장을 하지 않는 게 나았을까? 홀린 듯 단숨에 길게 써 내려간 내

답장에 그 아이는 이렇게 짧은 쪽지를 보내왔다.

'그렇다면 부부란 과연 무엇일까요?'

거기서 멈추었어야 했다. 하지만 이상하게도 맹렬한 추진력이 나를 떠미는 것 같았다. 나는 의아해하면서도 답장버튼을 눌렀다.

'그 여성과 친구라니 아마도 나이가 비슷하겠군요. 부부란 과연 무엇인지 말해주어도 이해하기 힘든 나이입니다.'

이번엔 내가 짧게 썼고 그 아이가 긴 답장을 보내왔다.

'그래요. 당신들보다는 우리가 어립니다. 그래서 당신 남편은 제 친구를 농락하고, 당신은 저를 놀리는군요. 당신들 때문에 결혼이라는 제도 자체를 혐오하게 될까봐 두렵습니다. 부부란 과연 무엇인지 말씀해주세요. 그것을 이해하고 말고는 그다음 문제입니다. 우선, 당신이 생각하는 결혼이란 무엇인지 알고 싶습니다.'

그쯤에서 나의 실수를 인정할 수밖에 없었다. 그러면서 어이없게도, 이 순진한 아이에게 무언가를 가르쳐주고 싶다는 생각이 들기 시작했다. 참으로 통속적이고 심란한 욕망이었다.

만날 날짜와 시간, 그리고 약속장소를 쓴 쪽지를 보내놓고 돌아서자 생선 굽는 냄새가 났다. 어디선가 꽁치를 굽는 것 같았다. 아래층인지 위층인지는 확실하지 않았다. 냄새는 아파트 전체를 휘감을 듯 진하게 풍겨오고 있었다.

주말마다 커피원두를 볶는 그 집은 아니었으면 싶었다. 꽁치를 굽고 커피도 볶으면서 살아가는 사람들이 존재한다는 것이 왠지 싫었다. 꽁치만 굽거나 커피만 볶으면서 살아야 공평한 것이 아닐까? 그날따라 나는 그렇게 억지를 부리고 싶었다.

그날 밤, 윗집에서 들려오는 교성은 유난히도 심했다. 안방 욕실을 통해서 들려오는 그 교성은 윗집에 사는 부부가 내는 소리임에 분명했다. 엘리베이터에서도 손을 꼭 잡고 있던 부부였다.

"의외의 반전이 있겠지?"

내 옆에 누워 잠을 청하고 있던 남편은 아무 대답도 하지 않았다. 다시 묻거나 대답을 기다리는 게 싫어서 나는 서둘러 덧붙였다.

"저 교성이 가짜라든가, 두 사람이 부부가 아니라든가……."

교과서적인 행복을 누리는 사람들이 존재한다는 사실을 인정하고 싶지 않은 날이었다.

"이 아파트도 그렇잖아. 조용하다고 유별나게 광고를 해대더니 막상 입주해보니까 층간소음이 장난 아니잖아."

이미지와 실체가 일치하는 경우가 세상에 존재한다는 것을 받아들이기 힘든 날이었다. 나의 투정과 윗집의 교성을 무심히 듣고만 있던 남편은 이윽고 낮은 목소리로 말했다.

"저 소리가 신경 쓰이면 욕실 문을 닫아."

"쇼윈도 부부군요."

"맞아. 디스플레이 커플이라고도 하더군."

"위장 부부라는 표현도 있던데요."

"그건 좀 심한 표현이네."

그 아이와 마주 앉자 반말이 절로 나왔다. 예상했던 대로 나보다 한참 어리기 때문이기도 했지만, 결혼의 순결에 집착하는 모습이 그대로 드러나 보이는 순진한 얼굴이기도 했기 때문이었다.

"하지만 쇼윈도 부부만 그렇게 가식적일까? 누구나 어느 정도는 자신을 포장하면서 사는 게 아니겠어? 결혼생활은 인생과 다를 바 없다고 봐."

"그만큼 남들의 삶에 관심이 많고 뭐든 비교하면서 살기 때문이겠죠. 그 친구만 해도 김미연 씨의 홈피를 매일 드나들면서 관심을 가졌어요. 내가 이 여자보다 못한 게 어떤 부분인 것 같냐면서 저한테 사진을 보여주기도 했었죠."

"내 남편 홈피를 통해 찾아온 모양이군. 그런데도 순진하게 거기에 있는 이미지들을 믿었다니……. 남편과 연결된 홈피에 누가 솔직한 글과 사진을 올리겠어?"

"그러게 말이에요. 저도 그런 얘길 수차례 했어요. 저건 모두 다 설정이다, 이상한 경쟁심 갖지 말고 그 남자랑 빨리 정리해라……. 그랬더니 저를 정리해버리더군요."

의외로 말이 잘 통하는 아이였다. 물기가 어린 듯 반짝이는 눈이 특히 인상적이었다. 과거를 회상할 때면 그 반짝임이 더해졌다. 그러다가 도저히 포기 못하겠다는 듯한 표정으로 질문을 할 때면 순간적으로 빛이 뿜어져나오는 것도 같았다.

"결혼은 그런 게 아니잖아요? 어떻게 그렇게 살 수가 있는 거죠?"

대화가 잘 진행된다 싶다가도 그런 질문으로 어느새 다시 원점으로 돌아가는 것이 나는 답답하면서도 흥미로웠다.

"결혼이 어떤 건데? 어디 책 같은 데 정답이 적혀 있어?"

몸을 뒤로 젖히고 팔짱까지 긴 자세로 나는 느긋하게 되물었다. 그 아이가 순간적으로 아무 말도 못하는 것이 재미있어서 거듭 질문을 던졌다.

"결혼 전에도 후에도 순결해야만 하는 건가? 그게 가장 이상적인 거야? 때를 묻히면 그냥 폐기처분해버려야만 하나?"

그 아이는 여전히 아무 말도 못하고 약 오른 듯한 표정만 짓고 있었다.

"소설이나 드라마가 문제야. 결혼에 대한 환상을 너무 많이 심어주거든. 삶에 대한 환상 또한 마찬가지지. 그렇게 완벽하게 깨끗하고 아름다운 모습은 실제로 거의 존재하지 않는데……. 인생이 뭐 그렇게 대단한 줄 알아?"

비아냥거릴수록 재미있어서 나는 슬며시 미소까지 지었다. 그러자 이윽고 그 아이가 말했다.

"인생이 그렇게 대단한 게 아니라는 말이군요. 결혼생활이 그렇게 아무것도 아니라는 말이군요."

중얼거리듯 말하던 그 아이는 뒤통수를 치듯이 덧붙여 내게 물었다.

"그렇다면 나랑 잘 수 있어요? 대단하지 않은 인생, 아무것도 아닌 결혼생활이라면."

우리는 같이 잔 지 오래되었다.

남편과 나, 우리는 늘 함께 같은 침대에서 잠이 들지만 같이 잔 지는 오래되었다. 얼마나 오래되었는지 기억이 나지 않을 정도로.

이제 와서 새삼스레 같이 잔다 해도 나는 아무것도 제대로 느끼지 못할 것이다. 나의 감각이 무디어진 것 또한 기억나지 않을 정도로 오래되었다.

처음엔 후각부터 무디어졌다. 지독한 코감기로 고생하면서 아무런 냄새도 맡지 못하는 상황을 겪으면서부터였다. 마침 부부동반으로 집들이에 초대받아 갔었는데 한 상 가득 차린 음식을 칭찬하려다 보니 연기를 할 수밖에 없었다. 후각이 마비되면 음식의 맛도 잘 느껴지지 않기 때문이었다.

그날, 사람들은 내 후각에 문제가 생긴 것을 알지 못했다. 나는 그게 재미있어서 코감기가 떨어질 때까지 냄새를 제대로 잘 맡는 척하고 다녔다. 그러다가 감기가 낫고 후각이 돌아온 뒤에도 나는 여전히 연기를 하고 다녔다. 아니, 지금까지 내가 습관적으로 연기를 하고 있었음을 깨달았다. 지금까지 내가 칭찬해온 음식들은 냄새와 맛이 제대로 느껴져도 실제로는 그다지 맛있지 않았다.

후각과 미각에 대해 그런 깨달음을 얻고 나니 다른 감각도 마찬가지였다. 청각도 시각도 촉각도 그동안 내게는 모두 습관적으로 작용하고 있었던 것이다. 음악이 참 좋군요, 정말 멋진 풍경이에요, 손이 참 부드럽구나……. 습관적으로 감탄하기는 했으나 나는 진정으로 좋은 것을, 멋진 것을, 부드러운 것을 느끼지 못하고 있었다.

언제부터 그렇게 되었는지는 알 수 없었다. 진정으로 감탄해서 감탄사를 내뱉었던 적이 언제였는지 그저 아득하기만 했다. 이제 와서 남편과 같이 잔다고 한들 그 아득함으로 무엇을 느낄 수 있을 것인지…….

"여기가 어디예요?"
그 아이는 당황하고 있었다.
"보면 모르겠어? 우리 집이야."
현관문의 비밀번호를 누르면서 나는 즐거웠다.
"이럴 것까지는 없잖아요."
당황하는 그 모습을 바라보는 느낌은 정확히 즐거움이었다. 재미있고, 흥미로운…….
"뭐가? 이만큼 깨끗하고 안전한 장소는 없어."
나는 그 아이의 등을 떠밀며 집 안으로 들어섰다.
"아무리 비싼 호텔이라도 우리 집보다는 먼지가 많을 거야. 수건이나 침대시트의 위생상태는 말할 것도 없지."

부엌으로 가서 카푸치노를 만들면서 나는 다소 큰 소리로 말을 이어 갔다.

"게다가 호텔은 웬만한 방음장치로는 차단하기 힘든 소리들이 들려 오잖아. 그 낯 뜨거운 소리를 의식하는 것도, 어쩔 수 없이 비교하게 되는 것도, 나는 싫어. 여긴 밤에만 간혹 교성이 들릴 뿐이야."

"그건 뭐예요? 담배도 아니고……."

집 안 곳곳을 둘러보던 그 아이가 어느새 내 곁으로 다가와서 물었다.

"아, 이건 계피 막대야. 계피향을 내고 싶을 때 가루를 넣으면 아무래도 맛이 텁텁해지잖아. 그래서 이렇게 계피를 작게 말아 만든 막대를 그대로 넣고 휘저은 다음에 건져내는 거야."

시나몬 스틱을 담은 유리병의 뚜껑을 열던 나는 친절하게 설명을 해주었다.

"이렇게 우아한 포즈로 말이지."

두 잔의 카푸치노를 식탁 위에 올려놓고 시나몬 스틱 하나를 꺼내어 천천히 휘젓는 동안, 그 아이는 뚫어져라 내 모습을 바라보았다.

"하지만 너무 기대하지 마. 이건 향이 다 날아가버렸거든. 유리병 뚜껑을 제대로 닫지 않고 방치하는 바람에……."

"그런데 왜 그걸 계속 쓰는 거죠?"

"그냥 스틱으로 쓰는 거야. 에스프레소와 우유 거품이 골고루 섞이도록……. 향이 날아가 버려도 이렇게 쓸모는 있어. 폼 잡고 휘저으면 멋있기도 하잖아? 커피라는 게 꼭 맛으로만 먹는 게 아니니까."

"이 결혼처럼요? 향기가 날아가버렸지만 겉으로는 멀쩡한……. 이 결혼도 처음엔 향기로웠겠죠? 사랑해서 결혼했나요? 아니면, 중매?"

아득한 기억이었다. 커피잔 속에서 건져낸 시나몬 스틱을 내밀며 나는 대답 대신 말했다.

"그래도 잘 맡아봐. 계피향 비슷한 게 느껴질지도 몰라."

하지만 그 아이는 가까이 다가오지 않았다. 혐오스러운 듯한 표정으로 시나몬 스틱을 바라보기만 했을 뿐.

"어쨌든 중요한 건, 향기가 사라져도 모양은 그럴듯하다는 거야."

서둘러 말하면서 나는 시나몬 스틱에 코를 대보았다. 흐릿한 계피향이 느껴지는 것도 같았다. 설렘도 희망도 없는, 몸에 배어버린 습관처럼.

"하지만 본질이 사라진 것이 무슨 의미가 있을까요?"

"본질? 그건 누가 정하지? 시나몬 스틱의 본질이 냄새라고 누가 그랬어? 어떤 사람은 커피 속에 녹아든 미묘한 계피맛을 더 좋아할 수도 있어. 우아하게 스틱을 휘젓는 과정을 더 좋아하는 사람도 있을 테고……."

"솔직히 고백하세요. 이렇게 좋은 집에서 멋 부리고 살고 싶어서, 사람들에게 멀쩡하게 보이고 싶어서, 알면서도 눈감아준 거죠?"

시나몬 스틱을 손에 쥔 채 나는 그 아이의 눈을 똑바로 바라보았다.

"이렇게 살다가 식당이나 마트 같은 데서 일하기도 싫을 테고, 이혼녀라고 무시당하면서 살기도 싫을 테고……. 삶에 대해 너무 비겁한 거 아니에요?"

다시 원점이었다. 하지만 나는 여전히 답답하면서도 흥미로웠다.

"빙고! 나이도 어린데 어찌 그리 잘 알아? 맞아. 돈 잘 버는 남편, 남 주기 아까워. 그러니까 그 친구도 내 남편을 욕심내잖아. 게다가 나한테는 아이가 있고 그 친구에게는 사랑이나 희망 같은 게 있겠지. 지나온 시간들이 아까워서라도 헤어지기 힘들어. 하지만 과연 그게 다일까? 살면서 만나게 되는 수많은 일들이 한두 가지 이유만으로 설명될 수 있다고 생각해? 그러니까 어리다는 거야. 인생을 좀 더 살아봐야 한다는 거야."

나는 또박또박 말했고 그 아이는 발끈하며 자리에서 일어섰다. 내게로 달려드는 그 아이는 싸울 듯한 기세였다. 시나몬 스틱이 바닥으로 떨어졌고, 어디론가 굴러갔다.

"어때요? 이래도 내가 어린가요?"

곧바로 돌진해 들어오면서 그 아이는 물었다. 거친 흔들림에 몸을 맡기면서 나는 가까스로 웃음을 참았다.

"어때요? 대체 내가 당신 남편보다 못한 게 뭔가요?"

그 질문에는 더 이상 웃음이 나지 않았다. 더욱 거칠게 흔들리면서, 나는 차분하게 말했다.

"비교하지 마. 비극은 거기서부터 시작되는 거야."

"내가 훨씬 더 못하나 보군요."

"그런 얘기가 아니야. 남편이 어떤 식으로 했었는지 난 이제 기억도 나지 않아."

"그게 가능해요?"

"가능하지. 행동은 기억해도 느낌은 떠오르지 않아. 살다 보면 그렇게 돼. 살아봐. 그럼 내 말을 이해하게 될 거야."

"또 그런 소리……."

"자, 이제 집중하자. 난 지금 내 느낌에만 집중하고 싶어."

내 몸의 모든 감각이 살아나길 기대하면서 눈을 감았다. 그러나 딱딱한 식탁의 질감만이 등과 엉덩이로 느껴질 뿐이었다. 그리고 식탁이 두 사람의 체중을 감당하며 삐걱거리는 소리만이…….

안간힘을 쓰다가 실눈을 떴을 때, 하필이면 시나몬 스틱이 눈에 들어왔다. 거실로 향하는 길목에 놓여진 장식장 아래쪽이었다. 커피에 젖은 부분이 짙은 갈색으로 변했기에 거기 묻은 회색 먼지는 더욱 두 드러져 보였다.

저 장식장 아래쪽에 원래 먼지가 많았던 것일까? 청소기의 사각지 대를 발견한 나는 얼굴을 찡그렸다. 그 순간, 내 몸 위로 무너지듯 그 아이가 체중을 실어왔다.

결국 나는 아무것도 느끼지 못했다. 그 사실을 깨닫자 헛웃음이 나 왔다. 참으려고 했지만 웃음은 오히려 명랑하게 터져나오고 말았다. 웬일인지 그 아이도 덩달아 웃음을 터뜨렸다. 식탁 위에 그대로 뒤엉 킨 채로, 우리는 한동안 웃음을 그치지 못했다.

먼지는 컴퓨터 모니터나 키보드에만 쌓이는 게 아니었다. 본체 안쪽 깊숙한 곳, 하드디스크 속의 후미진 폴더 안에도 대담하게 뭉쳐진 먼 지덩어리가 있었다.

나는 우선 삭제버튼을 눌렀고, 휴지통 폴더로 들어가서 비우기버튼 을 눌렀다. 온갖 형태의 성행위가 나열된 동영상들로 채워진 폴더 전 체를 비우고 싶었지만, 그중 단 하나만을 영구삭제했다. 남편의 취미 생활은 존중해줘야 했기에.

하지만 남편이 직접 주인공으로 등장하는 동영상은 지울 수밖에 없 었다. 명색이 아내인데 그런 것까지 존중해줄 수는 없었다. 그도 명색 이 남편인데 그런 것까지는 집 안의 컴퓨터 속에 넣어두지 않았으면 좋았을 텐데.

삭제한 동영상은 좀처럼 뇌리에서 사라지지 않았다. 애초에 남편의 취향을 하나하나 확인해본 것이 잘못이었다. 후미진 폴더의 정체를 알 아차렸을 때, 그냥 닫았어야 했는데……. 잠시 머뭇거리다가 기어이 파일을 하나씩 열어보게 된 것이 남편에 대한 관심 때문이었는지 동영상에 대한 관심 때문이었는지 알 수 없는 일이다.

뇌리에 똬리를 튼 동영상은 무한반복되며 한동안 나를 괴롭혔다. 분노라든가 질투가 느껴지는 것은 아니었다. 나는 다만 궁금했다. 동영상 속의 그녀가 그 아이의 친구인지 아닌지.

그리고 나는 궁금했다. 동영상 속에서 열정적으로 움직이고 있는 남편은 그 모든 것을 제대로 느끼고 있는 것인지……. 정말 그렇다면 부러운 일이었다. 나에게서는 이미 사라져버린 정서와 감각이 남편에게는 아직까지 남아 있다면, 그것은 맹렬히 부러운 일일 수밖에 없었다. 물론 그도 역시 포즈만 즐기고 있는 것인지 모를 일이지만. 동영상은 그 포즈의 흔적에 불과한 것인지도 모르지만.

"윈도쇼핑을 즐기나 봐요. 쇼윈도 부부답네요."

"그래서 나는 아이쇼핑이라는 엉터리 영어를 더 좋아해."

쇼윈도는 끝없이 이어져 있었다. 남편의 거짓말도 끝없이 이어지고 있었다.

5박 6일의 홍콩 출장. 그 기간 동안 그녀는 무엇을 하고 있는지 궁금했다. 하지만 그 아이는 알 수 없다고 했다. 이제는 연락조차 잘 되지 않는 친구라고 했다. 그런데도 왜 내게 시비를 걸어왔던 것일까? 그것으로 도대체 무엇을 얻으려고…….

"의협심 같은 거였다고 해두죠. 어떤 형태로든 세상에 불륜이 존재하는 꼴을 볼 수 없었어요."

"못 먹을 밥에 재나 뿌려보자는 심사는 아니었고?"

"재 뿌려도 소용이 없네요. 다들 그걸 그냥 먹고 있으니……."

"난 이제 조금씩 신경이 쓰이는 것 같은데? 그 친구가 지금 뭘 하고 있는지 이렇게 궁금해하고 있잖아."

"그러면서도 계속 먹고 있잖아요. 아주 더러운 것만 살살 털어내고 끝까지 먹어보겠다는 생각이잖아요."

통화를 하는 내내 그 아이는 화를 내고 있었다. 하지만 다시 만나자는 나의 제안은 거절하지 않았다.

"만나자고 말은 했지만 정말 나올 줄은 몰랐어."

쇼윈도 예닐곱 개를 지나친 뒤, 나도 모르게 빈정거렸다. 눈앞의 쇼윈도를 바라보며 그 아이가 우뚝 멈춰 섰다.

"당신들의 삶이 이해가 될 때까지는 만날 거예요."

"나한테서 뭔가 해답을 얻으려고 하지 마. 이런 삶을 직접 살아보기 전에는 영원히 이해할 수 없을 거야. 살아봐야 안다니까."

그 아이는 한동안 말없이 쇼윈도 너머에 시선을 두더니 이윽고 내게 물었다.

"그럼, 당신은 왜 다시 날 만나자고 했나요?"

"마찬가지야. 널 이렇게 만나고 있는 이유 또한 네가 이렇게 살아보기 전에는 이해할 수 없어."

말해놓고 보니 만병통치약 같았다. 나이가 더 많다는 것, 그만큼 더 삶의 때를 묻혔다는 것은 상대방의 말을 무조건 막아버리기에 아주 적합한 처방이었다. 왜 이렇게 살고 있는지, 왜 다시 그 아이를 불러냈는지, 사실은 나도 알 수 없었지만……

잠시 나를 쏘아보던 그 아이는 다시 쇼윈도로 시선을 돌렸다. 그 시선을 따라가보니 갈색 크로스백 하나가 눈에 들어왔다. 나는 서둘러 매장 안으로 들어갔다.

"괜찮아요. 그냥 눈에 띄어서 쳐다봤을 뿐이에요."

계산을 끝내고 크로스백을 손에 쥐여줄 때까지 그 아이는 계속해서 손사래를 쳤다.

"날 위해서 받아줘. 쇼윈도 너머의 물건을 사고 싶어진 게 얼마 만인지 모르겠어. 정말이야. 쇼핑의 진짜 즐거움도 잊어버린 지 오래거든."

내가 정색을 하고 말하자 그 아이는 물끄러미 크로스백을 내려다보다가 못 이기는 척 받아 들었다. 그리고 내 시선을 피하며 말했다.

"우리 집으로 갈래요? 같이 사는 후배가 있지만 잠시 내보낼 수 있어요. 생각보다는 깨끗할 거예요."

그 방에 머물렀던 시간은 고통스러웠다.

원룸이라고 하지만 매우 좁고 열악한 시설의 그 방은 예전의 자취방을 단숨에 떠올리게 했다. 대학 시절, 친구 둘과 함께 가난한 몸을 뉘었던 자취방……. 다시는 돌아가지 않으리라 다짐했던 그 산동네…….

쿨한 척 남편의 외도를 눈감아주고 있지만, 사실은 내가 무엇 때문에 모든 것을 참고 있는지 그 시절의 기억은 알고 있었다. 나는 다만 기억을 억눌러왔을 뿐이었다. 돌아가고 싶지 않으므로. 애써 이루어낸 이 모든 것을 잃고 싶지 않으므로.

그런데 나는 어느새 낯선 방에서 그 시절로 완벽하게 돌아가 먹먹해하고 있었다. 나보다 열 살이나 어린 남자와 값비싼 크로스백을 담은 쇼핑백, 그리고 각자 벗어놓은 옷들이 어지럽게 뒤엉켜 있는 방 안에서.

그러나 되살아난 것은 기억만이 아니었다. 고통도, 그 고통을 느끼는 감각도, 고스란히 되살아났다. 좁은 방 안에서 나는 거짓말처럼 교성을 질러댔다. 그 순간만큼은 고통을 잊을 수 있었다.

"그 친구 사진, 보여줄까요?"

바닥에 어질러놓았던 옷들을 다시 챙겨 입는 동안, 어색한 침묵을 참지 못한 듯 그 아이가 말했다. 돌아보니 이미 책상 서랍 쪽으로 손을 뻗고 있었다.

"아니. 열지 마."

나는 다급하게 소리쳤다.

"내 궁금증을 풀어줄 목적이라면, 그 서랍 열지 않아도 돼. 네 과거를 돌아볼 목적이라면 더더욱 그러지 마. 그래 봤자 소용없는 일이니까."

이어진 내 말에 그 아이는 얌전히 서랍에서 손길을 거두었다.

"지나간 시간을 돌아보는 건 고통스럽고 무의미한 일이야. 물론 나도 가끔은 그런 바보 같은 짓을 하지만······."

나는 다독거리듯 천천히 말을 이어나갔다.

"그 친구에 대해서 한동안 궁금했었지만 이젠 아니야. 궁금해도 덮고 있어야 한다는 걸 나는 알아. 오래전부터 그래왔으니까."

그리고 오래전······ 그날의 이야기를 나는 더듬더듬 해나가기 시작했다. 왜 그랬는지는 알 수 없는 일이다. 고통스럽지만 한 번씩 되살려 내던 그날의 기억을 다시금 환기해야 할 때가 되어서였는지, 단지 서랍을 열지 않게 하기 위해서였는지······.

"비밀번호를 눌러도 현관문이 열리지 않았어. 집에 전화를 해도 받지 않고······. 결국 열쇠수리공을 불렀지. 문을 열었더니 뜻밖에도 집 안에 남편이 있었어. 오래전, 아주 오래전 일이야."

그때 현관에 놓여져 있던 베이지색 하이힐을 아직도 잊을 수 없다. 최악의 상황으로 예상했던 일이 현실로 나타난 것이었다. 열쇠수리공이 떠나자마자 나는 소리를 지르기 시작했다. 하지만 남편은 흥분한 나를 바라보며 중얼거리듯 작게 말했다. 그 말을 듣기 위해서 나는 소리 지르는 걸 멈출 수밖에 없었다.

"지금 저 안방에는 아무도 없어. 그렇게 믿으면 현실이 되고, 믿지 않으면 모든 게 끝장이야. 어때? 믿을 수 있겠지? 그렇다면 잠시 창밖을 바라봐. 이렇게 몸을 돌리고 말이지."

나는 안방 문을 노려보고 있었다. 남편은 내게로 다가와 거실 창문 쪽으로 내 몸을 돌려세웠다. 덜덜덜 온몸이 떨려왔다.

"놀라운 얘기군요."

"그때 안방 문을 열어야 했을까? 애초에 현관문을 열지 말아야 했을까? 지금도 나는 잘 모르겠어."

그날 거실 창밖으로 보았던 먼 하늘의 구름만이 또렷이 기억날 따름이다. 비현실적으로 아름다웠던, 손에 잡힐 듯 선명했던……. 그리고 안방 문을 여는 소리, 누군가 살며시 걸어가는 소리, 잠시 후 현관문이 닫히는 소리……. 등 뒤에서 서늘하게 들려오던…….

"호기롭게 현관문을 열었지만 안방 문은 차마 열 수가 없었어. 진실을 외면하고 싶었으니까. 나는 그렇게 판도라의 상자를 열었다가 곧바로 닫아버렸던 거야. 가장 중요한 것을 그 안에 넣어둔 채로"

"그걸 다시 연다면 어떻게 하겠어요? 아니, 다시 열린다면……."

어느새 뺨이 빨갛게 달아오른 채로 그 아이가 내게 물었다.

"글쎄……. 어쨌거나 이건 내가 처음으로 남에게 들려주는 이야기야. 여태껏 누구에게도 발설하지 않았던 기억이지."

항상 물기 어린 듯 반짝이는 그 아이의 눈이 커지는가 싶더니 좀 더 축축해지는 것 같았다. 착각이었을까?

"그때 당신 집에서 마셨던 카푸치노 말이에요. 다 식어버린 후에 마셨는데도 계피향이 났어요. 계피 막대는 확실히 계핏가루와 다르더군요. 유리병의 뚜껑이 열렸다고 해서 설마 그 향이 다 날아가버렸겠어요? 맛있었어요, 카푸치노."

그 아이의 목소리에는 떨림이 실려 있었다. 그것도 착각이었을까?

Y 자판과 U 자판 사이에서 또다시 작은 먼지덩어리가 보인다.

지난번에 보았던 그것일까? 아니면, 다시 생겨난 것일까? 아무튼 이번엔 섣불리 덤벼들지 말아야지.

틈새 전용 노즐을 청소기에 끼우는데 남편이 조용히 내 곁으로 다가온다.

"오랜만에 미니홈피에 가봤더니 이상한 쪽지가 와 있더군. 한 번 보겠어?"

"아니. 남의 쪽지를 왜 내가 봐? 이상하면 그냥 지워버려."

불길한 예감에 사로잡힌 채 나는 서둘러 키보드를 청소하고 부엌으로 향한다.

설마. 그럴 리는 없겠지.

"쪽지를 보내온 사람은, 의협심 강한 청년이야."

컴퓨터 앞에 앉는 것 같던 남편이 어느새 부엌 쪽으로 다가오며 말한다. 나는 분주히 손을 놀려 에스프레소 커피를 뽑고 우유 거품을 만든다.

"그 청년은 당신에 대해 많은 걸 알고 있더군. 우리에 대해서도."

미처 예상하지 못했던 일이다. 그러나 통속적으로 예측은 충분히 가능한 일이었다.

"놀라운 건, 그렇게 많은 것을 알고 있으면서도 내게 아무런 요구도 하지 않았다는 거야. 난 그게 더 큰 함정이 아닐까 싶어."

카푸치노가 완성되었다. 나는 두 잔의 커피를 식탁 위에 올려놓고 시나몬 스틱을 컵에 담근 뒤 최대한 우아한 포즈로 휘젓기 시작한다. 언제나 포즈가 중요하다. 이런 상황에서는 더욱더.

"함정 같은 건 없어. 우리를 아는 청년도 없어. 그렇게 믿으면 현실이 되고, 믿지 않으면 모든 게 끝장이야."

우아한 포즈에 어울리는 우아한 목소리를 지어내며 나는 말을 이어나간다.

"어때? 믿을 수 있겠지? 그렇다면 여기로 와."

남편은 여전히 부엌 입구에 우뚝 서 있다. 가능할까? 가능하리라 믿는다. 그도 삶에 욕심이 많은 사람이니까. 포즈를 중요하게 생각하는 사람이니까.

"그런 어수선한 쪽지는 지워버려. 컴퓨터의 구석진 폴더에 있는 그 어수선한 동영상은 내가 대신 지웠어."

그리고 나는 남편에게 우아한 삶을 권유하듯 커피를 내민다. 비로소, 그가 뚜벅뚜벅 식탁으로 다가온다.

"카푸치노는 오랜만이군."

"시나몬 스틱이 냄새가 달아나서 향취는 덜할 거야."

식탁에 앉은 그는 킁킁대며 카푸치노의 냄새를 맡아본다.

"덜한 게 아니라 형편없어. 오히려 아무 냄새도 안 나는 게 더 좋을 텐데……. 김빠진 그걸 왜 휘저었어?"

"그래도 겉보기엔 멀쩡하잖아."

"다 갖다 버려. 그까짓 거 새로 사면 되지 뭘 그렇게 미련을 두는 거야?"

남편의 태도가 너무 단호해서 나는 새삼 카푸치노의 냄새를 맡아본다. 미묘하게 비틀어졌으나 틀림없는 계피향이 느껴진다. 새삼 음미해본 맛 또한 나쁘진 않다. 하지만 나는 이제 나의 감각을 믿을 수 없다.

컵에서 건져올린 시나몬 스틱까지 코에 갖다 대고 냄새를 맡아보는 동안, 남편은 어느새 카푸치노를 다 마시고 일어선다. 그리고 컴퓨터가 있는 방으로 성큼성큼 걸어간다.

　이윽고 방문 닫히는 소리가 몸 전체로 느껴진다. 내가 함부로 열었던, 어떤 거대하고 위험한 상자가 닫히는 소리처럼.

　그러나 상자는 또 언제 열릴 지 모른다. 저 문 또한 언제 다시 벌컥 열릴 지 알 수 없는 일이다. 나는 괜스레 방문을 노려보다가 두 눈을 질끈 감는다.

미약媚藥과 불륜의 함수관계

　카푸치노, 시나몬 스틱, 계피향. 이것들은 대체 무엇일까. 미각인가 후각인가. 또는 그 합성인가. 이에 대한 음미만으로도 썩 비일상적. 된장이나 생선 냄새 가득한 소설, 혹은 '아버지, 아버지, 우리 아버지' 식 글쓰기에 익숙한 풍토에서 계피향은 신선하다. 어째서? 계피향이, 그러니까 시나몬 스틱이 중산층 중년기의 불륜을 재는 잣대 구실을 하고 있으니까. 여기서 주목할 것은 다음 두 가지. 오늘의 중산층만 하더라도 키보드를 두드리며, 카푸치노를 마신다는 사실이 그 하나. 그는 또는 그녀는 필시 자기 식의 일을 하면서도 카푸치노쯤은 음미한다는 것. 여기까지 이르기 위해 이 사회는, 그리고 우리들은 얼마나 큰 용기와 노력과 마음 씀이 지불되었을까. 그런데 그것이 키보드 두들기기로 말미암아, 또는 무슨 무슨 까닭으로(까닭은 무수히 있는 법) 소홀해지거나 게을러졌다면 어떠할까. 파탄이 올 수밖에.

　다른 하나는, 이 점이 중요한데, 불륜과 미약의 관계항. 카푸치노에 계피향이 빠지면 어떠할까. 이름만 카푸치노이지 진짜일 수 없는 법. 불륜과 미약의 관계를 소설 속으로 끌어들인 것은 단연 새롭다. 후각과 불륜, 혹은 후각과 성적 관계는 동물계에서는 거의 절대적인 것. 인류는 직립보행으로 말미암아 이 후각을 은밀히 은폐하기 시작했던 것. 후손을 남기기 위해 풍기는 온갖 전략적 냄새의 총칭이 페르몬인 것. 모든 향수의 기원이 이에서 말미암지 않았을까. 문명이란 이 미약의 은밀한 발전사가 아니었던가.

신에게는 손자가 없다

김경욱

1971년 광주 출생.
1993년 『작가세계』 등단.
소설집 『누가 커트 코베인을 죽였는가』 『장국영이 죽었다고?』
『위험한 독서』. 장편소설 『황금사과』 『천년의 왕국』 등.
〈한국일보문학상〉 〈현대문학상〉 수상.

신에게는 손자가 없다

이 도시에서만 수백 개의 수도계량기가 동파된 월요일 아침, 김형태는 부동산중개업소 유리문을 열려다 흠칫 굳어버렸다. 손잡이 부근에 구멍이 나고 잠금장치가 풀려 있었다. 구멍 주위에는 불에 그슬린 흔적이 역력했다. 김형태는 뒷걸음으로 물러나 간판을 올려다보았다. 은성부동산. 김형태의 미간에 팬 골이 깊어졌다. 김형태는 문을 밀치고 황망히 사무실로 들어갔다. 책상서랍을 여는 손길이 다급했다. 십만 원권 자기앞수표 일곱 장이 얌전히 포개져 있었다. 지난 금요일 성사시킨 건으로 받은 돈이었다. 은행 영업이 끝나 임시로 넣어둔 것이었다. 안도의 숨을 내쉰 뒤 김형태는 사무실을 둘러보았다. 18K 금을 입힌 홀인원 기념 트로피도, 새로 들여놓은 LCD 텔레비전도 제자리 그대로였다. 뒤진 흔적도 없었다.

김형태는 소파에 주저앉아 정면을 바라보았다. 벽이 휑했다. 동네

지적도와 인근 아파트단지 상세도가 걸렸던 자리였다. 김형태는 탁자 아래 선반에서 전화번호부를 꺼내 펼쳐본 뒤 전화를 걸었다. 전화를 받은 곳은 경찰서가 아니라 열쇠가게였다. 열쇠장이를 부른 뒤 김형태는 사설경비업체의 경비구역임을 알리는 표찰을 문에서 떼어냈다. 근처 저택 주차장 문에서 몰래 뜯어온 것이었다.

이 도시에서만 수백 개의 수도계량기가 동파된 월요일 아침, 강지선은 누구보다 먼저 교정에 들어섰다. 먼저 온 사람이 한 명 있었다. 교장이었다. 교장은 날마다 가장 일찍 출근해 제일 늦게까지 남았다. 출근하자마자 하는 일은 교장실 문을 활짝 열어놓는 것이었다. 겨울이라고 예외일 수는 없었다. 교무실로 가기 위해서는 교장실 앞을 지나쳐야 했다. 교장은 누가 언제 출근하는지 제 손금 보듯 훤했다. '그 일'이 있은 후 강지선은 누구보다 일찍 출근했다. 교장보다 먼저 나오지는 않았다. 교장이 자신의 출근시간을 확인할 수 없을 테니까.

교장실 앞을 지나기 전 강지선은 옷매무새를 다듬고 심호흡을 했다. 교장실 안쪽을 돌아보며 인사도 했다. 교장은 책상 앞에 꼿꼿이 앉아 신문을 활짝 펼쳐 읽고 있었다. 흰 면장갑을 낀 채. 교장은 돋보기 너머로 눈을 치떠 출입문 쪽을 일별하고 곧장 신문으로 시선을 떨어뜨렸다.

교무실에서 나온 강지선은 텅 빈 교실에 들어가기 전에도 심호흡을 해야 했다. 아이들이 가득 찬 교실에 들어서는 것보다는 나았다. 아이들의 게으른 눈빛에서 강지선은 종종 지옥을 보았다. 서른두 명의 아이들은 서른두 개의 지옥을 의미했다. 강지선은 이번 학년이 끝나기만을 학수고대했다. 새 학년이 시작되어 또다른 지옥을 맞닥뜨릴지라도. 시간은 지옥불조차 견디게 하니까. 누군가의 말대로 신은 인간을 채찍이 아니라 시간으로 다스리니까.

기간제 교사인 강지선의 수중에는 채찍이랄 것도 없었다. 강지선에게 허락된 시간은 본래 담임이 출산휴가에서 돌아올 때까지뿐이었다. 아이들도 그 사실을 잘 알고 있었다. 아이들은 모르는 것이 없었다. 애들이 뭘 알겠어요?라고 말하는 것은 그애들의 부모다. 모든 죄악의 근원. 아이들은 제가 무슨 짓을 하는지 알고 있다. 저희가 안다는 걸 모르더라도 아는 건 아는 것이다. 아이들은 '강지선 땜'이라고 불렀다. '쌤'을 잘못 발음하는 줄 알았다. 아이들은 혀가 덜 여물었으니까. '땜'이 '땜빵'의 약자라는 사실을 강지선은 최근에야 알게 되었다.

교실 문 자물쇠가 뜯긴 것을 본 강지선의 눈이 커졌다. 교실 안으로 들어가 제 책상서랍부터 뒤져보았다. 애당초 값나가는 물건은 없었다. 학생신상카드가 사라졌다. 강지선은 자신에게 들이닥친 또 하나의 불행 앞에서 이를 악물었다. 누가 무엇 때문에 훔쳐 갔는지는 관심 밖이었다. 교장의 귀에 이 사실이 들어가면 안 된다는 생각뿐이었다.

이 도시에서만 수백 개의 수도계량기가 동파된 월요일 아침, 아파트 관리사무소 앞에서 열쇠를 꺼내던 고만석의 눈이 휘둥그레졌다. 열쇠 구멍이 휑했다. 숟가락이 들어갈 정도의 구멍이 뚫려 있고 구멍 가장자리는 불에 그슬려 거뭇거뭇했다. 고만석은 황급히 문을 밀고 들어갔다. 책상은 서랍이 열려 있었지만 캐비닛은 멀쩡했다. 고만석은 캐비닛 다이얼을 이리저리 돌리고 문을 열었다. 위스키 세 병, 금거북 한 개, 홍삼세트 세 개, 시가 한 상자. 캐비닛에 보관해두었던 것은 모두 무사했다. 아파트 시공사와 인테리어업자에게서 받은 선물이었다. 아파트관리비 지출에 관한 서류도 멀쩡했다. 공개되면 곤란한 은밀한 장부까지.

재작년 말 신규 입주한 새 아파트단지였지만 하자보수민원이 꼬리를 물었다. 지하주차장 벽에 금이 갔고 욕실 천장에서 물이 듣는 집이 적지 않았다. 급기야 입주자대표회의가 꾸려졌고 한 달 동안의 실랑이 끝에 시공사가 1년 동안 무상보수해주기로 했다. 무상보수기간 내내 공사소음 잦을 날이 없었지만 여태 고쳐야 할 것이 수두룩했다. 관리비에 특별수선비 항목을 추가해야 했다. 입주민들은 입이 튀어나왔지만 고만석은 재미가 짭짤했다. 업자가 공사비 부풀리는 것을 눈감아주는 댓가를 톡톡히 챙겼다.

캐비닛을 닫은 후 고만석은 외투 안주머니에서 로또복권을 꺼냈다. 옆동네 편의점에 일부러 들러 산 것이었다. 일등 당첨자가 세 번이나 나온 곳이었다. 새로 산 로또복권 번호로 캐비닛 비밀번호를 바꾸고 책상서랍을 정리했다. 입주민 주차스티커 발급대장이 보이지 않았다. 돈이 될 리 없는 물건이었다. 고만석은 서랍을 다시 샅샅이 뒤졌다. 사라진 게 돈 되는 물건이 아니었기 때문에 더 철저히 체크했다. 찾을 수 없었다. 고만석은 가져간 사람보다 가져간 이유가 더 궁금했다.

이 도시에서만 수백 개의 수도계량기가 동파된 월요일 아침, 사내는 두 통의 전화를 걸었다. 먼저 전화를 넣은 곳은 퀵서비스 사무실이었다. 몸이 불편해 오늘은 쉬어야겠다고 했다. 거짓말이었다. 아니, 몸은 늘 불편했다. 오후만 되면 다리가 퉁퉁 붓고 눈이 침침했다. 요즘은 대낮에도 눈앞이 어둑어둑할 때가 있었다. 며칠 전 마포대교를 건널 때였다. 갑자기 눈앞이 캄캄했다. 스쿠터를 세우자 경적과 욕설이 쏟아졌다. 차가 밀리는 다리 위라서 목숨을 건질 수 있었다. 그러니 몸이 불편하다는 말이 새빨간 거짓말은 아니었다. 연말이라 가뜩이나 일손이 달리는 판에 당신까지 그러면 어쩌느냐는 푸념이 따가웠다. 오후에라도 나와줄 수 없느냐고 물어왔다. 사내는 어렵겠다고 대답했다. 거짓말이 아니었다. 오늘은 해야 할 일이 있었다. 언제 끝낼 수 있을지 알 수 없었다. 인간이 벌이는 일에 과연 끝이라는 게 있을까? '끝' 운운하는 자를 사내는 믿지 않았다. 그것은 모든 것을 시작한 분의 입에서나 나올 수 있는 말이었다.

두번 째로 전화한 곳은 학교였다. 아이가 아파서 갈 수 없겠다고 했다. 거짓말이었다. 아니, 계집애는 늘 아팠다. 천식을 앓았고 감기를 달고 살았다. 새빨간 거짓말은 아니었다. 어디가 어떻게 아프냐고 물어왔다. 예상치 못한 질문이었다. 사내는 답이라도 구하려는 것처럼 계집애 쪽을 빤히 바라보았다.

계집애는 잔뜩 웅크린 채 눈을 감고 누워 있었다. 바비인형을 꼭 쥐고. 재작년 크리스마스에 아들이 선물로 사준 것이었다. 사내는 계집애가 자고 있는지 깨어 있는지 분간할 수 없었다. 눈을 감았지만 깨어있기도 했고 눈을 뜬 채 졸기도 했다. 의사는 '외상후 스트레스장애'라고 말했다. 어려운 말이었다. '피티에스디'라고도 했다. 역시 어려운 말이었다. 가운을 입은 자들은 말을 어렵게 했다. 상대가 제 말을 단박에 알아들으면 권위가 땅에 떨어질 것처럼.

'외상' 거래는 일절 안 한다고 사내는 항변했다. 거짓말이었다. 계집애는 외상을 밥 먹듯 했다. 하루는 동네슈퍼 여자가 사내를 불러 세우고 외상값은 언제 갚을 거냐고 다그쳤다. 무슨 소리냐고 사내가 반문하자 슈퍼 여자는 두툼한 공책을 들이댔다. 외상장부였다. 이틀에 한번 꼴로 거래내역이 적혀 있었다. 초코우유, 꿀맛꽈배기, 가나안초콜릿, 딸기맛캐러멜, 알프스캔디…… 단것 일색이었다. 일찍이 괴멸을 맞은 세상에 창궐했던 죄악의 이름 같았다. 사내는 제 눈을 의심하지 않을 수 없었다. 뭐든 사달라고 조르는 법이 없던 아이였다. 아이에게 어찌 외상을 터주었느냐고 사내는 버럭 소리쳤고 엄마가 갚을 거라 했다며 슈퍼 여자는 언성을 높였다. 사내는 말문이 막혔다. 며느리는 아이를 낳고 시름시름 앓다 죽었다. 본래 약골이었다. 사내가 보기에 계집은 앓기 위해 태어난 족속 같았다. 그날 밤 사내는 한동안 입에 안 대던 소주를 한 병 비웠다. 그리고 중얼거렸다.

─아버지, 오늘은 좀 취해야겠습니다. 아무래도 아이에게 마귀가 들러붙은 것 같습니다.

사내는 전화를 끊고 계집애의 어깨를 흔들어 깨웠다. 계집애는 한참 만에 기척했다. 이번에는 자고 있었던 것이다. 계집애의 눈꼬리에 졸음이 주렁주렁 매달려 있었다.

─오늘은 학교에 안 가도 돼.

사내가 말했다. 계집애의 표정에는 변화가 없었다.

─밥 먹자.

개다리소반을 옮기며 사내가 말했다. 계집애가 눈을 부비며 개다리소반 앞으로 다가와 젓가락을 집었다.

─뭐 빠뜨린 것 없니?

계집애는 눈을 감고 두 손을 모았다. 젓가락을 손바닥 사이에 끼운 채. 사내는 눈을 감고 신께 기도했다. 일용할 양식을 허락해줘서 고맙다고. 사내와 계집애는 젓가락질을 시작했다. 말은 없었다. '그 일'이 있은 후 계집애는 말을 잃었다.

계집애는 깨작거리다 젓가락을 내려놓았다.

─약 먹으려면 억지로라도 먹어야 해.

사내는 계집애 앞에 놓인 그릇에 밥을 두 덩이 덜고 국자로 라면국물을 떠주었다. 면 위에 얹혀 있던 계란노른자도. 숟가락으로 터뜨리자 덜 익은 노른자가 밥알 사이로 흘러내렸다. 계집애는 노른자가 흘러내리는 모양을 멍하니 지켜봤다. 하품도 했다. '외상후 스트레스장애'라고 말했던 의사가 처방한 약을 먹은 뒤로 계집애는 시도 때도 없이 졸았고 깨어 있을 때도 눈빛이 흐리멍덩했다.

—밥도둑 줄까?

사내의 말에 계집애가 고개를 끄덕였다. 사내는 쪽방 문을 열고 나가 부엌 선반에 놓인 봉지를 가져와 계집애의 밥 위에 주둥이를 대고 가볍게 흔들었다. 깨를 섞어 볶은 김가루가 우수수 떨어졌다. 사내로서는 대단한 선심이었다. 밥을 든든히 먹여야 했다. 계집애에게는 힘든 일이 기다리고 있었으니까. 계집애가 그릇을 비우자 사내는 바나나도 까주었다. 계집애는 바나나를 두 손으로 움켜쥐고 야금야금 먹었다. 뜻밖의 행운이 손아귀에서 빠져나갈까봐 눈을 희번덕거리며. 무리 잃은 원숭이 새끼 같았다. 바나나 때문에 기분이 좋아졌는지 평소와 달리 약도 선선히 삼켰다. 파란 약 두 알, 빨간 약 한 알, 노란 약 한 알. 파란 것은 천식약이었고 나머지는 '외상' 어쩌고저쩌고했던 의사가 처방한 것이었다. 말하자면 영혼의 상처를 치료하는 약이냐고 사내가 묻자 의사는 뜸을 들인 뒤 이렇게 말했다. 그렇다고 할 수도 있겠네요. 배웠다는 놈들은 늘 그런 식으로 말했다. 뱀 같은 혀. 미꾸라지 같은 말. 사내도 알약을 먹었다. 혈당강하제였다.

사내가 계집애의 눈앞에 카드를 한 장씩 내밀었다. A4용지 크기의 빳빳한 카드 한귀퉁이에는 증명사진이 붙어 있었다. 사내는 계집애의 눈동자를 유심히 살폈다. 동공이 커지는 순간을 놓치지 않기 위해 눈을 부릅떴다. 계집애의 눈동자를 그리 가까이 들여다본 것은 처음이었다. 검정인 줄 알았는데 갈색이었다. 불에 구운 흙처럼 검붉은 색깔.

제 어미의 눈동자처럼. 제 머리털과 색이 다른 눈동자를 가진 가엾은 종자들. 사내는 한숨을 내쉬었다. 한때 프랑스 군대가 주둔했던 열대의 나라에서 숱하게 보았던 죽음의 빛깔. 말라붙은 피의 색깔.

어떤 사진 앞에서 계집애의 눈동자가 부풀고 눈꺼풀이 파르르 떨렸다. 백주에 모습을 드러낸 악몽. 갈색의 악몽. 사내는 카드를 오른쪽에 가만히 내려놓았다. 왼손이 눈치채지 못하게 하려는 것처럼. 열다섯 장의 카드를 모두 보았을 때 계집애는 와락 울음을 터뜨렸다. 자신이 무슨 일을 했는지 그제야 눈치챘다는 듯. 사내는 계집애를 품에 안고 등을 쓸어주었다. 사내는 계집애의 등을 부드럽게 쓸며 웅얼거렸다.

—울면 안 돼. 울면 안 돼. 산타할아버지는 우는 애들에겐 서언물을 안 주신대. 산타할아버지는 알고 계신대. 누가 착한 앤지 나쁜 앤지.

가슴팍에서 시큼한 냄새가 올라왔다. 계집애가 먹은 것을 게워냈다. 계란노른자를, 밥도둑을, 바나나를. 계집애는 뱃속을 비우고 나서도 한동안 기를 쓰고 헛구역질을 해댔다. 더 게워내야 할 것이 남아 있는 것처럼.

사내는 다시 잠으로 달아난 계집애를 내려다보았다. 계집애는 누에 고치처럼 웅크린 채 색색거렸다. 오른손 엄지를 입에 문 채. 병든 짐승처럼 잠만 잔다고 하자 의사가 그렇게 말했다. 잠으로 달아나는 거라고. 사내는 이해할 수 없었다. 정글로 달아나고 땅굴로 달아난다는 말은 들었지만 잠으로 달아난다는 말은 금시초문이었다. 무엇이 무서워 달아나는 거냐고 묻자 의사는 이렇게 대답했다.

—알아봐야죠.

며칠 후 다시 찾아갔을 때 의사는 그림을 보여주었다. 도화지에 검정 색연필로 그린 그림이었다. 검게 칠한 원통의 양끝에 갈퀴가 무성했고 갈퀴와 원통 한쪽 끝을 가르는 긴 선이 그어져 있었다. 무엇을 그린 것 같으냐고 의사가 물었다. 피복이 벗겨진 전선 같기도 했지만 사내는 자신이 없었다. 사내가 머뭇거리자 의사는 가로로 놓인 도화지를 시계방향으로 90도 돌리며 말했다.

—나무를 그려보라고 했더니 이렇게 그렸더군요.

아이는 딴 세상의 나무를 그린 것일까. 사내는 그런 나무를 본 적 없었다. 나무는 인간에게 신성을 보여주기 위해 빚어진 피조물이라고 말했던 것은 대학물 먹은 분대장이었다. 포격으로 초토가 된 숲에서 홀로 푸르게 서 있던 나무를 사내는 본 적 있다. 나무는 부활한 예언자처럼 멀쩡하게 서 있었다. 기적이었고 계시였다. 사내는 무릎을 꿇었다. 전투헬멧을 벗었고 화염방사기도 내려놓았다. 그리고 울었다. 사내의 울음은 많은 일의 시작에 불과했다. 유령처럼 일어나는 잿더미와 콩 볶는 듯한 총소리, 폭발음과 열기, 척추까지 파고드는 뜨거운 통증, 사내의 등에 돋아난 붉은 잎사귀들. 그리고 군의관의 말.

—운 좋은 줄 알아. 화염방사기를 지고 있었다면 통구이가 되었을 거야.

나무는 기적이고 계시다. 아니다. 기적은 나무고 계시 또한 나무다. 사흘간의 혼수상태에서 깨어났을 때 사내는 분대장의 말을 믿게 되었다. 뱀처럼 배를 깔고 엎드린 채.

사내는 이런 질문을 분대장에게 던졌다. 왜 나무는 다리가 하나이고 인간은 다리가 둘인가. 분대장은 이렇게 대답했다.

—나무는 다리가 하나라서 뿌리내릴 수 있어. 인간은 다리가 둘이라서 떠돌아야 하는 거야. 죽음을 맞을 때까지 떠돌다 어느 나무 아래 묻히는 거지. 한 줌 거름이 되기 위해.

분대장의 말은 언제나 수수께끼였다. 틈만 나면 수첩에 뭔가를 적던 분대장은 수류탄 파편에 맞아 한쪽 다리를 잃고 귀국선에 올랐다. 어딘가에 뿌리내리기 위해.

사내는 계집애의 그림을 망연히 들여다보았다. 검은 나무. 나뭇잎 하나 피워내지 못한 검은 나무. 아이는 갈색의 악몽이 아니라 검은 악몽을 꾸는 것인지도 몰랐다.

—이 나무는 병들어 있습니다. 어쩌면 이미 죽었는지도 모르겠군요. 검정은 죽음이나 슬픔을 의미합니다. 특이하게도 땅속의 뿌리까지 그렸군요. 불안해하고 있습니다. 나뭇잎은 하나도 그리지 않았네요. 불모. 마음이 황폐해졌다는 뜻입니다. 가지와 뿌리가 아주 흡사합니다. 그림을 백팔십도 돌려보면 까맣게 칠한 줄기도 땅속에 박혀 있는 것처럼 보입니다. 남근에 대한 공포를 읽을 수 있습니다.

—남근이라면?

—남자의 성기 말입니다.

—자지를 무서워한다고요? 내 손녀가?

—뭐, 그렇게 표현할 수도 있겠군요.

—왜요?

사내가 따로 치워둔 카드는 석 장이었다. 열다섯 장 중 추려낸 석 장. 사내는 한 장씩 유심히 살폈다. 카드 한쪽 상단에 붙은 사진을 노려볼 때 사내의 미간에 환형동물의 잘린 토막 같은 골이 꿈틀댔다. 세 명의 사내애는 약속이라도 한 것처럼 환하게 웃고 있었다. 악의라는 것을 품어본 적 없는 자들이나 지을 법한 미소. 열 살짜리가 어른에게 보여줄 수 있는 가장 천진한 미래. 사내는 종잡을 수 없었다. 혹시 아이는 제 맘에 드는 놈들을 고른 게 아닐까. 계집애는 엄지를 입에 문 채 끙끙 신음을 내뱉었다.

—괜찮아. 이젠 괜찮아.

　사내는 계집애의 등을 토닥이며 중얼거렸다.

　의사의 지시에 따라 계집애는 안이 훤히 들여다보이는 방으로 불려
갔다. 알파벳이 새겨진 색색의 고무판이 바닥에 깔리고 한쪽 벽을 통
째 차지한 수납장에 온갖 장난감이 가득한 방이었다. 가운을 입은 여
자가 계집애와 인형놀이 하는 것을 사내는 밖에서 지켜보았다. 가운
입은 여자가 남자 어른 모양의 인형을 들고 바비인형에게 말을 붙였
다. 계집애가 바비인형의 고개를 가로로 저었다. 바비인형의 손가락이
어딘가를 가리켰다. 인형이 잔뜩 담긴 플라스틱바구니였다. 가운 입은
여자가 플라스틱바구니에서 인형을 꺼낼 때마다 계집애의 바비인형이
도리질쳤다. 바비인형이 고개를 끄덕였을 때 가운 입은 여자의 손에는
사내애 인형이 들려 있었다. 이제 사내애 인형이 바비인형에게 말을
걸었다. 계집애가 굳은 얼굴로 사내애 인형까지 움켜쥐었다. 사내애
인형이 바비인형의 치마를 들추고 손을 집어넣었다. 이번에는 가운 입
은 여자의 얼굴이 굳어졌다. 계집애는 넋이 나간 것처럼 보였다. 제가
무슨 짓을 하는지 모르는 것 같았다. 차라리 그편이 나을지도 몰랐다.
계집애는 플라스틱바구니에서 사내애 인형을 두 개 더 꺼냈다. 천사
같은 얼굴의 인형들.

　카드에는 많은 것이 적혀 있었다. 아이의 신상에 관한 거의 모든 것.
주소, 연락처, 보호자의 이름과 직업, 가족, 친구, 장래희망. 사내애들
은 모두 같은 아파트에 살았다. 사내는 동과 호수를 쪽지에 적었다. 재
작년 새로 들어선 무슨무슨 궁전이라는 아파트단지. 멀쩡한 마을을 부
수고 지은 새로운 마을. 사내가 살고 있는 쪽방촌에도 새 마을이 들어
설 예정이었다.

구청에서 통보한 퇴거시한이 지난 지 보름이었다. 엊그제 가스가 끊겼다. 조만간 전기를 끊을 거라는 소문이 가파른 골목까지 꾸역꾸역 기어올라왔다. 그래도 버티면 물을 끊을 것이다. 궁전을 지어올리기 위해. 아들놈도 어디선가 궁전을 짓고 있을 것이었다. 아들은 취중에만 전화했다. 아들에게는 휴대전화가 없어서 연락해오기만을 기다려야 했다. 전화할 때마다 거처가 바뀌었다. 용인이라고도 했고 동탄이라고도 했고 신탄진이라고도 했고 의정부라고도 했다. 사내는 몸은 성하냐고 물었고 계집애는 언제 올 거냐고 물었다. 사내에게는 죄송하다고 했고 계집애에게는 미안하다고 했다. 용인에서도 동탄에서도 신탄진에서도 의정부에서도 죄송했고 미안했다.

교장이 주선한 자리에서 가해 아이들의 보호자들은 사내에게 죄송하다고도 미안하다고도 하지 않았다. 사내자식들이 호기심에 그럴 수도 있지 않겠느냐고 했고 계집애가 칠칠맞지 못해서 그런 거 아니냐고도 했다. 떠들어봐야 계집애의 장래에도 득 될 게 없을 거라고도 했다. 너무 당당해서 사내는 자신이 죄를 짓고 불려온 것 같았다. 보호자들 중 한 명이 흰 봉투를 사내에게 내밀었다. 성의를 모은 거라면서. 보호자들의 차 앞유리에는 똑같은 스티커가 붙어 있었다. 새로 생긴 아파트단지에서 발부한 주차스티커였다.

그날 밤 사내는 뜬눈으로 밤을 지새웠다. 흰 봉투에는 백만 원권 자기앞수표 여섯 장이 들어 있었다. 새 보금자리를 얻을 수 있는 금액이었다. 전기도 물도 끊길 염려가 없는 곳. 사내는 흰 봉투를 앞에 두고 소주 두 병을 비웠다.

—아버지, 제가 어떻게 하길 바라십니까? 시험을 내셨으면 답도 주셔야지요. 두개의 주사위를 던져서 행운의 숫자가 나오면 이 돈은 제 것입니다.

사내는 주머니에서 주사위를 꺼냈다. 모서리가 반질반질한 두 개의 주사위. 하나는 눈이 모두 육이고 다른 하나는 눈이 모두 일이었다. 분대장이 주고 간 것이었다. 이런 말과 함께.

—이 주사위의 비밀을 모르는 자에게 칠이라는 눈은 행운이겠지만 그것을 아는 자에게는 의지라네. 실은 주사위를 만든 자의 의지라고 할 수 있지. 주사위를 만든 자의 의지가 주사위를 던진 자의 손을 통해 드러나는 셈이야. 세상에는 세 가지 종류의 사람이 있다네. 행운에 목매는 자, 의지를 맹신하는 자, 더 큰 의지의 도구임을 깨닫는 자. 이 전쟁은 행운에 목매는 자들과 의지를 맹신하는 자들이 벌이는 싸움이야. 행운에 목매는 자의 목이 맨 먼저 달아나지. 그다음에는 의지를 덜 믿는 자의 차례고. 누가 마지막까지 살아남을 것 같나? 의지를 가장 맹신하는 자? 아니야. 더 큰 의지의 도구임을 깨닫는 자야. 책임감으로부터 자유로우니까. 책임감이 없는 자들은 가족을 파괴하지만 책임감이 과도한 자들은 이 세상을 파괴하지. 나는 확신을 얻었네. 신은 이 전쟁의 무의미를 보여주기 위해 내 한쪽 다리를 앗아갔다는 확신 말이야.

분대장의 다리를 날려버린 수류탄은 겁에 질린 신참이 떨어뜨린 것이었다.

사내는 주사위를 높이 던졌다. 주사위는 방바닥을 데굴데굴 굴렀다. 광대한 신의 섭리 안에서 길을 잃고 유전流轉하는 부박한 어떤 운명처럼. 주사위를 내려다보는 사내의 미간이 좁아졌다. 한 개는 눈이 육이었지만 다른 하나는 눈이 닳아서 지워졌다. 사내는 눈이 지워진 주사위를 집어 살펴보았다. 다른 면의 눈은 모두 건재했다.

사내는 무릎을 꿇고 떨리는 목소리로 중얼거렸다.

—아버지, 마귀의 유혹에 귀가 솔깃했던 어린양을 용서하십시오. 아

버지의 뜻에 따르겠습니다.

　다음 날 아침 동이 트기 무섭게 사내는 학교에 찾아갔다. 이른 시각이었지만 교장실 문은 활짝 열려 있었다. 교장은 책상 앞에 꼿꼿이 앉아 신문을 활짝 펼쳐 들고 있었다. 흰 면장갑을 낀 채. 사내는 흰 봉투를 교장의 책상에 내려놓았다. 돋보기 너머로 교장의 눈이 가늘어졌다. 액수가 작아서 그러느냐고 교장이 물었다. 얼마가 들었는지 아는 것처럼 말했다. 사내는 돈으로 해결될 문제가 아니라고 했고 교장은 돈을 받지 않는다고 해결되는 것도 아니라고 했다. 사내는 가해 아이들의 이름을 알려달라고 요구했고 교장은 펄쩍 뛰었다. 교장은 이런 말도 했다.

　─형제님, 원수를 사랑하라는 거룩한 말씀을 기억하십시오. 어린애들이 무슨 짓을 저지르는지 모르고 행한 일 아닙니까? 예수님께서 십자가에 못 박혀 돌아가실 때 뭐라 하셨습니까? 주여, 용서하소서. 저들은 저희가 무슨 짓을 저지르는지도 모르나이다. 형제님, 부디 모든 것을 용서하시어 주님의 금과 같은 뜻이 이 땅에 찬란히 빛나도록 하십시오. 할렐루야.

　교장은 사내가 교회에 나간다는 사실까지 알고 있었다. 대체 어디까지 뒷조사를 한 것일까. 교장은 모든 것을 알고 있는 것 같았다. 장기판에 놓인 하찮은 적수의 말을 바라보는 듯했다. 마음만 먹으면 언제든 해치울 수 있는. 사내도 그걸 느꼈고 교장도 사내가 느끼고 있다는 것을 알았다. 사내는 교장에게서 등을 돌렸다. 마음속으로 기도하며.

　─아버지. 아버지의 이름을 욕되게 하는 저 바리새인을 용서하시더라도 저놈의 더러운 주둥이는 용서치 마소서. 저자는 제가 무슨 말을 지껄이는지 잘 알고 있습니다.

　프로게이머, 백댄서, 성형외과 의사. 카드에 적힌 사내애들의 장래

희망이었다. 사내는 나머지 카드더미에서 계집애의 것을 찾았다. 장래 희망난에는 피겨스케이팅 선수라고 적혀 있었다.

벌이 없으면 죄도 없다. 교장실을 나서는 사내의 마음에는 그와 비슷한 생각이 들끓었다. 소득 없이 경찰지구대를 나설 때도 마찬가지였다. 만 열네 살이 안 된 아이에게는 형사책임을 물을 수 없다고 했다. 부모에게도 마찬가지라는 것이었다. 죄는 있는데 벌은 없다니. 이것은 사마리아인의 나라가 아니다. 사내의 심장은 용서가 아니라 폭주를 갈구하는 마음으로 벌떡댔다. 열대의 정글 어딘가에 부비트랩처럼 도사린 굴 앞에 섰을 때처럼.

땅굴 입구가 발견되면 굴 안쪽으로 수류탄을 굴려넣었다. 뭐든 새로 이름 붙이기를 좋아했던 분대장은 '군밤'이라 불렀다. '군밤'이 굴 안쪽에서 터지면 다음은 '불나방'이 날아오를 차례였다. 깊은 어둠을 향해 화염방사기가 불을 뿜으면 더 깊은 어둠이 타는 냄새가 진동했다. 열대의 눅눅한 어둠과 그것이 감춘 것들이 타는 냄새. 심장이 타는 냄새를 맡기도 했다. 온몸에 불이 붙어 새카맣게 타버린 주검. 작고 호리호리했던 남자는 맨발이었다. 한쪽 발에 엄지발가락이 없었다. 잘려나간 자리가 뭉툭했다. 모든 것을 태운 화염도 표정을 태우지는 못했다. 죽음을 오랫동안 지켜봐온 자의 허무하고 쓸쓸한 표정. 죽음 앞에도 죽음 뒤에도 다만 죽음뿐이라고 말하는 것 같은. 생이나 사랑 같은 것은 죽음과 죽음 사이에 꾸는 백일몽이라고 말하는 듯한.

사내는 엄지발가락이 없던 발을 오래도록 잊을 수 없었다. 부모를 욕되게 하고 친구를 배신하고 여자를 등쳐먹었을 테지. 빌어먹을 빨갱이 새끼. 도박판에서 속임수를 쓰다 발가락을 잘렸을 거야. 손가락 대신 발가락을 잘라달라며 질질 짰겠지. 병신새끼. 사내는 꿈속까지 쫓아오던 발을 몰아내기 위해 남자가 저질렀을 악행의 연대기를 밤마다 머릿속에 적어 내려갔다. 남자가 엄지발가락이 없었기 때문에 죽었다고 확신하게 될 때까지. 남자는 사내가 죽인 첫 번째 적이었다. 지옥 끝까지 밀쳐냈다고 믿었던 전쟁은 바로 등 뒤에 붙어 있었다. 어쩌면 사내 자신이 지옥 끝으로 밀려난 것인지도 몰랐다. 한 가지는 분명했다. 전쟁은 아직 끝나지 않았다는 것.

　행운에 목매는 자들은 지도를 들여다보지 않는다. 지도를 꼼꼼히 들여다보는 것은 의지를 맹신하는 자의 몫이다. 벌이 없으면 죄도 없다는 의지를 벼리며 지도를 뚫어지게 보고 있는 자는 전쟁을 벌이려는 자다. 벌이 없으면 죄가 없는 것과 마찬가지로 지도가 없으면 전쟁도 없다. 사내는 자신의 심장에서 소용돌이치는 신의 분노를 느꼈다. 이제 사내는 자신이 더 큰 의지의 도구임을 믿어 의심치 않았다.
　사내의 수중에는 두 장의 지도가 있었다. 먼저 동네 지적도를 살폈다. 무슨 무슨 궁전이라는 이름의 아파트단지 진입로와 출입구를 확인했다. 경찰지구대와 소방서에 붉은 펜으로 가위표를 쳤다. 눈이 침침했다. 눈앞에 거대한 가위표가 쳐진 것 같았다. 사내는 탄식을 내뱉었다.
　―아버지, 아직은 안 됩니다.
　사내는 문갑서랍을 열고 만년필처럼 생긴 물건을 꺼냈다. 채혈기였다. 일회용 바늘이 담긴 비닐팩도 꺼냈다. 비닐을 뜯고 바늘을 꺼내 채혈기 말단에 밀어넣었다. 뚜껑을 끼우자 바늘 끝을 덮고 있던 플라스틱캡이 떨어져나갔다. 채혈기 몸통에 달린 작은 레버를 밀어 바늘이 파고들 깊이를 정했다. 바늘을 점점 깊이 찔러넣어야 했다. 피가 끈끈해져 사지의 말단에까지 돌지 못한다는 것이었다. 눈이 어두워지는 것도 그 때문이라 했다. 채혈기를 손가락에 대고 버튼을 누르자 벌에 쏘인 것처럼 따끔했다. 서랍에서 스톱워치처럼 생긴 물건도 꺼냈다. 혈당측정기였다. 일회용 채혈지를 꺼내 혈당측정기의 주둥이에 끼워넣고 피를 묻혔다. 피가 혈당측정기 안으로 빨려들었다. 삐, 소리가 나더니 액정에 숫자가 떴다. 345. 사내의 표정이 어두워졌다.

문갑서랍에서 인슐린 앰풀과 일회용주사기를 꺼냈다. 마지막 인슐린이었다. 노란 고무줄도 꺼냈다. 왼 소매를 걷어올리고 팔뚝에 고무줄을 감고 이와 오른손으로 매듭을 팽팽하게 조였다. 앰풀의 목을 따고 주사기로 인슐린을 뽑아올렸다. 주먹을 쥐자 정맥이 희미하게 떠올랐다. 바늘을 깊이 찔러넣고 약을 주입했다. 약은 많은 것을 주었고 더 많은 것을 앗아갔다. 혼곤한 여유를 주었고 두려움과 죄의식을 앗아갔다. 열대의 전장에서 그랬던 것처럼.

사내는 정신을 가다듬으며 아파트단지 상세도를 내려다보았다. 적의 근거지에 크게 가위표를 쳤다. 사내의 분노는 지도 바깥에 있었고 전쟁은 지도 안에 있었다. 의지로서의 전쟁은 지도 안에만 존재했다. 지도를 바꾸려는 외곬의 의지. 지도 바깥에는 행운을 기대하는 자들의 불행과 불행에 익숙한 자들의 불행만 있었다. 드물게 찾아오는 행운조차 죽음의 형태를 띠고 나타났다. 육체적 죽음이든 영혼의 죽음이든. 언제나 그랬다.

사내는 연탄구이 삼겹살집에서 저녁을 먹었다. 얼마 만의 외식인지 알 수 없었다. 사내는 소주만 비웠고 계집애는 고기만 집어먹었다. 사내는 연탄을 한 줌 떼어내 비닐봉지에 담았다. 빈 소주병도 배낭에 넣었다. 사내는 계집애를 집에 데려다주고 홀로 정찰에 나섰다. 시선을 끌지 않기 위해 스쿠터도 집에 두고 갔다. 무슨 무슨 궁전이라는 아파트단지 안으로 들어가기는 처음이었다.

초소는 두 개였다. 아파트 입구 쪽에 하나 뒷문 쪽에 나머지 하나. 경비들은 하나같이 나사가 풀린 듯했다. 목을 잔뜩 움츠린 채 책상 앞에 우두커니 앉아 있었다. 그곳에서 지켜야 할 것은 제 목뿐인 것처럼. 지하주차장은 두 개였고 입구에는 초소가 없었다. 사내는 주차장 안으로 잠입했다. 주차장은 거대한 땅굴 같았다. 서늘한 어둠, 띄엄띄엄 세워진 굵은 콘크리트 기둥, 천장 구석구석에 박힌 감시카메라. 사내는 감시카메라의 위치와 각도를 쪽지에 적었다. 두 개의 공격목표물 위치도 확인했다. 지하에 하나 지상에 하나였다. 나머지 하나는 아직 복귀 전이었다.

마침내 심판의 어둠이 밝아왔다. 사내는 계집애를 일찌감치 재웠다. 사내가 재운 것이 아니라 잠이 재웠다. 어쩌면 약이 재웠는지도 몰랐다. 사내는 부엌에 쭈그린 채 빈 소주병에 깔때기를 꽂았다. 등유가 든 플라스틱통 주둥이를 깔때기에 기울였다. 한 병을 채우자 동났다. 사내는 석유풍로 위에 얹힌 냄비를 치우고 주유구의 마개를 돌려 떼어냈다. 석유풍로를 들어올려 주유구가 깔때기 위에 오도록 기울였다. 검붉은 녹이 섞인 등유가 줄줄 흘러내렸다. 흘러내리는 등유를 지켜보는 사내의 표정이 진지했다. 결과를 장담할 수 없는 실험에 몰두한 고대의 연금술사 같았다. 마지막으로 사내는 입고 있던 메리야스를 찢어 소주병 주둥이를 틀어막았다.

네 개의 소주병을 나란히 세워놓고 담배를 입에 물었다. 사내가 확보한 차번호는 세 개였다. 네 번째 소주병은 교란용이었다. 등유가 가득 담긴 네 개의 소주병은 난쟁이들이 세워올린 거대한 전쟁기념비 같았다. 부엌 한쪽에 치워뒀던 아들의 휴대용 산소용접기로 담배에 불을 붙였다. 토치 끝에서 파란 불꽃이 너울너울 춤췄다. 전쟁을 앞두고 치르는 의식처럼. 담배를 천천히 빨았다. 의식은 계속됐다. 사내는 방으로 들어가 비키니옷장에서 군복을 꺼내 입었다. 옷이 헐렁했다. 벨트를 바짝 조였고 펄렁거리는 바짓단을 양말 안에 우겨넣었다. 점퍼를 다시 걸치고 배낭을 챙겨 방을 나섰다.

사내는 연탄쪼가리를 잘게 부숴 양은사발에 담았다. 그 위에 꿀을 떨어뜨리고 조물조물 버무려 얼굴에 발랐다. 계집애의 손거울을 보며 구석구석 발랐다. 거울에 비친 사내는 북구의 동화에 등장하는 암흑의 전사 같았다. 인간의 무기로는 죽일 수 없는 흑마술의 전사. 사내는 안전모를 쓰고 고글과 마스크도 착용했다. 아들이 용접할 때 쓰던 물건이었다. 이제 사내는 동화 속 암흑의 전사가 아니라 세계 이성의 역사가 끝장난 뒤 벌어진 인류최후전쟁의 탈영병 같기도 했다. 사내는 소주병을 배낭에 넣고 어깨에 둘러멨다. 배낭이 묵직했다. 화염방사기라도 짊어진 것처럼.

공삼 시, 어둠이 가장 혹독해지는 시각 사내는 무슨 무슨 궁전이라는 이름의 아파트단지 근처에 당도했다. 아파트단지 입구에서 스쿠터 시동을 껐다. 우주의 모든 별들이 시동을 끈 것처럼 적막했다. 사내는 스쿠터를 세워두고 아파트단지 담벼락에 오줌을 갈겼다. 정글에서 그랬던 것처럼. 출동 전 대원들은 나란히 서서 적진을 향해 바지춤을 내렸다. 분대장의 지시였다. 전장에서 오줌 누다 머리에 총 맞기 싫으면 오줌보를 깨끗이 비워야 한다는 것이었다. 오줌줄기가 가장 멀리 나가는 사람이 선두에 서기로 했다. 분대장의 오줌줄기가 가장 멀리 뻗어갔다. 매번 그랬다.

사내는 스쿠터를 끌고 아파트단지 안으로 침투했다. 입구 초소의 경비는 책상 앞에 앉아 졸고 있었다. 사내는 어느 동 근처에 스쿠터를 세워두고 되짚어 걸어갔다. 사내에게는 그저 '어느' 동이 아니었다. 장래희망이 성형외과 의사인 사내애가 사는 동이었다. 두 번째 작전 지역.

사내는 장래희망이 프로게이머와 백댄서인 사내애들이 사는 동 앞에서 걸음을 멈췄다. 건물 앞 주차장에는 목표물이 없었다. 저녁 정찰 때 확인하지 못한 목표물. 둘 중 하나였다. 여태 복귀하지 않았거나 지하주차장에 있거나. 사내는 지하주차장 쪽으로 이동했다. 사내는 어떤 제지도 저항도 받지 않고 지하주차장으로 들어갔다. 그것은 행운도 의지도 섭리도 아니었다. 99퍼센트의 게으른 무관심과 1퍼센트의 더 게으른 무관심 덕이었다.

사내는 주차장 진입로를 타고 지하로 민첩하게 내려갔다. 주차장은 땅굴 속처럼 캄캄했다. 어둠의 심지에서 적의가 검게 타올랐다. 사내는 손전등을 켰다. 주머니에서 꺼낸 쪽지에 손전등을 겨눠 감시카메라의 위치를 재차 확인했다. 사내는 세 시 방향으로 열 걸음 걸었다. 단호하고 신속하게. 주차된 차의 번호판을 손전등으로 하나씩 비추며. 열 걸음 뒤 멈추고 몸을 오른쪽으로 돌렸다. 감시카메라는 등 뒤에 있었다. 아홉 시 방향으로 열다섯 걸음 걷고 멈추며 왼쪽으로 돌아 감시카메라를 등졌다. 정찰 때 확인하지 못한 목표물은 보이지 않았다. 사내는 열한 시 방향으로 아홉 걸음 걷고 콘크리트 기둥 뒤에 숨었다.

기둥 뒤에서 사내는 소주병을 틀어막은 메리야스 쪼가리에 라이터로 불을 붙였다. 사내는 첫 번째 목표물을 향해 소주병을 던졌다. 병이 차 전면 유리창에 부딪쳐 깨지면서 불꽃이 피어났다. 요란한 경적이 터져나왔다. 도난경보음이었다. 도난경보음은 사내의 머릿속에도 지도에도 없었다. 지도에 없는 적을 상대할 수는 없었다. 사내는 지체없이 몸을 돌려 주차장 입구 쪽으로 퇴각했다. 배낭에서 소주병이 잘그락거렸다. 지상에 올라왔을 때 사내는 숨을 가쁘게 몰아쉬었다. 사내는 마스크를 벗고 호흡을 고르며 두 번째 공격지점으로 이동했다.

장래희망이 성형외과 의사인 사내애의 동 앞에 도착해 주변을 살폈다. 움직이는 것은 바람뿐이었다. 사내는 소주병을 틀어막은 메리야스 쪼가리에 불을 붙이고 두 번째 목표물을 향해 던졌다. 병이 퍽 깨지면서 불꽃이 동심원을 그리며 퍼져나갔다. 사내는 주위를 둘러보다 유리창에 수상쩍은 스티커를 붙인 차 앞으로 걸어갔다. 뿔 달린 악마의 얼굴이 그려진 붉은 스티커였다. 악마는 날카로운 이를 드러낸 채 아가리를 쩍 벌리고 있었다. 악마의 형상 밑에 영어가 적혀 있었지만 사내로서는 요령부득이었다. 이런 문구였다. Be the Reds! 세 번째 소주병을 던지고 사내는 돌아섰다. 사내의 등 뒤에서 경보음이 요란했다.

스쿠터를 타고 아파트 뒷문을 빠져나오며 사내는 중얼거렸다.

—아버지, 이제 좀 쉬어야겠습니다.

다음 날 아침 눈을 뜨기 무섭게 사내가 한 일은 텔레비전을 켠 것이었다. 텔레비전은 먹통이었다. 전기가 끊긴 것이다. 사내는 트랜지스터 라디오를 켰다. 아침뉴스를 듣는 내내 사내의 얼굴은 삼엄했다. 뉴스가 끝나도록 무슨 무슨 궁전이라는 아파트단지는 등장하지 않았다. 사내의 얼굴이 구겨졌다. 라디오를 끄고 사내는 두 통의 전화를 걸었다. 먼저 전화한 곳은 학교였다. 아이가 아파서 오늘도 쉬어야겠다고 말했다. 이번에는 거짓이 아니었다. 계집애의 몸이 불덩이였다. 전기장판은 식은 쇠처럼 서늘했다. 내일은 방학식 하는 날이니 꼭 와야 한다고 했다. 두 번째 전화를 넣은 곳은 퀵서비스 사무실이었다. 몸이 불편해 오늘도 쉬어야겠다고 말했다. 이번에는 거짓이 아니었다. 발이

붓고 눈이 침침했다. 몸도 뜨거웠다. 뜻밖에 전화기 저쪽은 잠잠했다.

—여보세요?

—영원히 푹 쉬세요.

전화가 끊겼다. 사내는 끙, 소리를 내며 부엌에 나가 쌀을 씻어 냄비에 담고 수돗물을 부었다. 죽을 끓일 셈으로 물을 넉넉히 부었다. 냄비를 석유풍로에 얹었다. 풍로 심지에 불을 붙이고 화력조절 레버를 최대로 밀었지만 불꽃은 시득시득했다. 등유가 간당간당했다. 모든 게 간당간당했다. 물마저 끊기면 더 이상 버틸 수 없을 것이었다. 사내는 풍로 앞에 쭈그린 채 불꽃을 주시했다. 한눈을 팔면 마지막 희망이 꺼지기라도 할 것처럼.

계집애의 죽 위에 '밥도둑'을 뿌려주었다. '밥도둑'도 계집애의 죽을 훔치지는 못했다. 사내는 계집애의 이마를 짚어보았다. 펄펄 끓었다. 사내의 손이 펄펄 끓는지도 몰랐다.

—아무래도 병원에 가야겠네.

사내가 말했다. 누구에게 하는 말인지 모호했다. 당연히 대꾸는 없었다. 애당초 대꾸를 기대하고 한 말도 아니었다.

간밤의 사내에게는 세 개의 차번호가 있었고 아침의 사내에게는 세 곳의 병원이 있었다. 세 개의 차번호 중 두 개는 불탔고 세 곳의 병원에는 불타는 두 개의 몸뚱이가 찾아갈 것이었다. 사내는 계집애를 들쳐 업고 가파른 골목길을 더듬더듬 내려갔다. 먼저 들른 곳은 소아과였다. 늘 가던 병원은 근처 재래시장 입구에 있었지만 무슨 무슨 궁전이라는 아파트단지 상가의 소아과까지 일부러 찾아갔다. 사내는 상가로 들어가면서 아파트단지 쪽을 흘끔거렸다.

소아과 대기실에는 털코트를 입은 여자 둘이 앉아 얘기를 나누고 있었다. 사내는 여자들의 대화에 귀를 쫑긋 세웠다. '불'이라는 말은 전혀 들리지 않았고 '선물'이라는 말은 자주 들렸다. 사내는 계집애에게 주사를 맞히고 약을 받았다. 약을 받으면서 사내는 별일 없었느냐고 물었고 간호사는 별일도 다 있다는 표정을 지어 보였다. 크리스마스까지 이틀 쉰다며 사흘치를 줬다. 모레가 크리스마스였다. 아들에게서는 온다 간다 연락이 없었다. 어디에 있는지도 가물가물했다. 동탄인지 신탄진인지 용인인지 의정부인지 헷갈렸다. 전화를 하지 않는 걸 보면 술을 입에 대지 않는 모양이었다.

상가에서 빠져나온 사내는 코앞의 아파트단지를 한참 바라보았다. 간밤에 다녀왔던 곳이 맞나 확인하려는 것처럼. 다음에 들를 곳은 '외상' 어쩌고저쩌고하던 의사가 있는 병원이었다. 버스를 타고 30분 후 하차해 지하도로 내려갔다. 지하도에 내려선 사내는 얼어붙은 듯 걸음을 멈추었다. 눈앞이 어둑어둑했다. 땅 밑이어서 그렇다고 사내는 마음을 진정시키려 애썼다. 사내는 눈앞의 어둠이 걷히기를 잠자코 기다렸다. 전에도 그랬으니까. 모든 것을 앗아가는 시간도 이번만큼은 눈앞의 어둠을 쉬이 몰아내지 못했다. 사내의 무릎이 후들거렸다. 두려움 때문이었다. 영영 빛을 못 볼지도 모른다는 두려움. 태어나서 한 번도 품어본 적 없는 불길한 생각. 스스로 빛나지 않는 존재인 인간에게 어둠은 언제 찾아오고 언제 물러나는가. 스스로 빛나지 않는 사내에게 어둠은 찾아왔다 물러가는 것이 아니었다. 어둠은 늘 있었다. 찾아왔다 물러갔다 다시 찾아오는 것은 빛이었다. 사내는 이제 아주 오래 기다려야 하는지도 몰랐다. 나무처럼, 한 그루 나무처럼. 말을 잃은 계집애를 등에 업은 채.

쇠처럼 단단해지는 어둠 속에서 수많은 소리가 돋아났다. 발소리, 구세군의 종소리, 크리스마스 캐럴, 동전 부딪치는 소리, 침 삼키는 소

리, 짧게 들이쉬는 숨소리, 길게 내쉬는 숨소리, 눈 깜박이는 소리, 심
장 덜컥거리는 소리, 운명의 주사위가 구르는 소리, 지하철에서 쏟아
져나온 군중 같은 시간이 어깨를 치며 지나가는 소리. 그리고 가냘프
고 앳된 목소리.

　—할아버지.

　—그래.

　—할아버지, 괜찮아?

　—괜찮아.

　—할아버지, 누구 기다려?

　—응.

　—누구?

　—누구.

　—힘들어?

　—괜찮아.

　—노래 불러줄까?

　—그래.

　—울면 안 돼. 울면 안 돼. 산타할아버지는 우는 아이에겐 선물을
안 주신대. 산타할아버지는 알고 계신대. 누가 착한 앤지 나쁜 앤지.
오늘 밤에 다녀가신대.

신의 역설

신이 신인 이유는 인간의 인간성을 초월하기 때문이다. 이때의 인간성은 인간의 한계와 동일어이다. 미워하고 분노하며 서로가 서로에게 적敵인 상태를 극복하지 못하는 '인간적인, 너무나 인간적인' 태도를 초월하기 위해 인간은 신성을 갈구한다. 인간은 죄를 짓는다. 그렇다면 그 죄에 대한 용서는 인간의 몫인가 아니면 신의 몫인가. 인간이 인간을 징벌하는 것이 과연 가능하며, 그것을 신은 원하는 것일까. 김경욱의 「신에게는 손자가 없다」는 신이 인간에게 내린 시험에 관한 소설이자 그에 대한 인간의 답에 관한 소설이다. 죄는 있는데 벌은 없는, 벌이 없으면 죄도 없는, 너무도 비인간적인 상황이 과연 신이 원하는 인간적인 세상인가.

이 소설의 표면적인 중심 서사는 늙고 가난한 노인의 손녀가 부유층 남학생들에게 성폭행을 당한 후 그들이 느낀 고통과, 모든 것을 경제논리로 해결하려는 가해자 측 부모들의 파렴치함에 대한 고발이다. 여기에는 서로가 각각 속해 있는 쪽방촌과 새로 들어선 아파트단지 사이의 계급 갈등이 배경으로 자리하고 있다. 이들에 대한 직접적인 응징으로 늙은 남자가 가하는 복수란 것이 그 부모들의 비싼 차에 불을 지르는 것이다. 하지만 이런 늙은 남자의 전부를 건 복수에도 그들의 세상에는 조그마한 생채기나 흠집조차 나지 않는다.

이 소설이 보여주는 또 다른 이면의 서사는 늙은 남자가 참가했던 전쟁 경험 중심으로 전개된다. 제도적인 폭력의 가장 극단적인 형태가 바로 전쟁이다. 전쟁은 인간의 죄를 합법적으로 만든다. 늙은 남자는 전쟁에 참여해 적들을 죽인다. 여기에는 자신이 죽인 적들이 죽을 만한 악행을 저지른 부도덕한 인간, 즉 죽을 만한 인간이라는 알리바이가 필요하다. 마치 남학생들의 부모에 대한 응징이 "벌 없이는 죄도 없다."는 현실논리에 대한 인간적 저항인 것과 같은 논리이다.

하지만 이런 두 가지 사건을 중심으로 펼쳐지는 이 소설 속의 인간적 응징이나 복수에 대한 진정한 신의 뜻은 무엇일까. 신은 불의를 보면 참지 말아야 한다고 말한다. 그러니 신의 이름으로 섣부른 용서를 논하는 자들은 용서치 말아야 한다. 일상 속에서의 폭력이나 사회적인 폭력이나 마찬가지이다. "죄는 있는데, 벌은 없다니. 이것은 사마리아인의 나라가 아니다." 하지만 소설의 맨 끝에 늙은 남자가 아파서 죽어가는 손녀에게 들려주는 노래는 과연 진실일까. "울면 안 돼. 울면 안 돼. 산타할아버지는 우는 아이에겐 서언물을 안 주신대. 산타할아버지는 알고 계신대. 누가 착한 앤지 나쁜 앤지. 오늘 밤에 다녀가신대."

이 노래는 손자가 있는 늙은 남자에게는 뼈아픈 현실이지만, 손자가 없는 신에게는 무조전적인 당위일 수 있다. 현실 속에서 무엇이

선이고 악인지 구분하기는 힘들다. 죄에 대한 응징이나 복수 또한 인간의 논리에 불과하다. 그렇다면 신은 인간을 도구로 사용해서 무엇을 실현하려 함인가. 김경욱은 무조건적인 용서가 불가능한 한계상황에서 오히려 신의 도구가,되는 것은 가해자가 아니라 피해자라는 것, 이런 주인과 손님의 위치가 전도된 상황에서만이 진정한 '환대'의 윤리를 깊이 있게 형상화할 수 있다는 것을 아는 작가이다. 데리다가 『환대에 대하여』에서 문제 삼았던 바로 그것, 즉 자신의 집에 묵고 있는 소수자들을 집 밖의 도적들이나 악한, 겁탈자, 살인자들에게 내주어야 하는가, 아니면 거짓말을 해서라도 주인답게 그들을 집 안에서 보호해야 하는가라는 문제와 이 소설의 주제가 연관되기 때문이다. 무조건적인 신의 법과 조건부적인 인간의 윤리 사이에 '손자'들이 있기 때문이다.

정전停電의 시간

김미월

1977년 강원 강릉 출생.
2004년 『세계일보』 등단.
소설집 『서울 동굴 가이드』.

정전停電의 시간

　형광등이 갑자기 꺼졌다. 처음에 병태는 전등의 수명이 다한 것인
줄 알았다. 그러나 어디가 문이고 어디가 벽인지도 구분할 수 없을 만
큼 캄캄한 방 안에 우두망찰 앉아 있다가 그는 문득 의혹을 품게 되었
다. 수명이 다했다고 하기에는 불빛이 지나치게 밝지 않았던가. 주위
가 별스레 조용해진 것도 이상하고. 그렇다. 형광등의 문제가 아니었
다. 정전이 일어난 것이었다.
　무릎걸음으로 기면서 방바닥을 더듬어 휴대폰을 찾아냈다. 희한한
일이지. 어둠 속에 있으면 왜 시간을 확인하고 싶어질까 의아해하면
서. 폴더를 열었다. 총천연색 컬러 액정이 모든 전력이 차단된 암흑 속
에서 홀로 전자파를 뿜어냈다. 그것이 꼭 지구가 멸망해도 끝까지 살
아남을 바퀴벌레를 대한 것처럼 섬뜩하여 병태는 얼른 폴더를 닫았다.
현재 시각 오후 여덟 시 십 분. 초저녁이었다. 그는 지금의 이 상황이

정전이 맞긴 맞는지 궁금해졌다. 도시에서였다면 당장 자리에서 일어나 창밖을 내다보고 남의 집도 전부 불이 꺼져 있는지 아닌지 살펴보면 되겠지만, 이곳에서는 그래봐야 소용이 없었다. 창밖에 남의 집이고 자시고 할 것이 없었기 때문이다. 밖은 이미 한 시간 전부터 어두컴컴했다.

가만있자. 그러고 보니 규칙적으로 들려오던 목탁 소리도 어느 틈엔가 멎어 있었다. 요 며칠간의 경험으로 미루어보면 아직 끝날 때가 안 되었는데. 스님도 갑작스러운 정전에 당황하여 염불을 하다 멈춘 것일까. 평소대로라면 대웅전 내부 곳곳에 촛불이 켜져 있을 테니 형광등이 나갔다고 해서 크게 어둡지는 않을 것이다. 그럼에도 병태의 머릿속에는 스님이 목탁을 쥔 채 사방을 두리번거리며 난처해하고 있을 모습이 떠올랐다. 다른 곳도 아니고 부처님 영전에 있는 스님이 세상에 무엇이 두려우랴 싶으면서도, 그래도 비구니는 스님이기 이전에 여자인데 컴컴한 법당에 혼자 있으면 무섭지 않을까 공연히 신경이 쓰였다. 이 절에는 스님이 여럿 있었으나 제각기 소임이 다른지 아침저녁 예불은 항상 젊은 비구니 스님이 혼자 도맡아 했다. 예불시간이 아닌 때에도 법당에서 기도를 하는 이는 그녀뿐이었다. 병태는 셔츠의 단추를 채우고 카디건을 걸쳤다. 불을 끈 방이라면 모를까, 불이 꺼진 방에는 더 앉아 있고 싶지가 않았다. 방 밖이 도리어 방 안보다 밝았다. 보름이 가까운가. 하늘에 속이 꽉 찬 달이 떠 있었던 것이다. 툇마루로 내려섰다. 걸음을 옮길 때마다 잘 벼려진 냉기가 표창처럼 맨발바닥을 찔렀다. 달빛에 의지하여 그는 등산화를 꿰신고 끈을 맸다. 법당에 가서 무엇을 어쩌려는 작정인지는 저도 몰랐다. 사실 모든 게 알 수 없는 것들투성이였다. 집을 떠나던 순간부터 그랬다. 병태는 자신이 지금 무슨 짓을 하고 있는지도 모르면서 버스를 탔다. 산을 탔다. 목적지에 당도한 후에도 내내 허둥거렸다. 모든 것이 그가 예상하거나 기대했던 것과 영 딴판이라는 점도 그를 당황케 했다. 난생처음 만난 비구니 스님은 어떠했던가.

이곳에 오던 날이었다. 병태가 일주문을 통과하니 자그마한 체구의 비구니가 풀밭에 쪼그려 앉아 뭔가를 캐고 있는 것이 눈에 띄었다. 가까이 가서 보니 옆에 놓인 소쿠리에 담긴 것은 어린 쑥이었다. 과연 눈 닿는 곳마다 파릇파릇한 쑥이 지천으로 돋아 있어, 주변을 둘러보는 것만으로도 입속에 그 향내가 퍼지는 듯했다. 비구니가 그를 향해 얼굴을 돌렸다. 눈초리가 매섭고 입매가 야무졌다. 병태는 잘못한 것도 없으면서 왠지 속이 뜨끔하여 시선을 떨어뜨렸다. 어디선가 주워들은 대로 합장을 했다.

"절에 가려면 이 길로 곧장 올라가면 됩니까?"

그런데 그 비구니의 대답이 엉뚱했다.

"거기 거, 머스마요, 지지바요?"

"예에?"

그는 깜짝 놀라서 비구니의 눈을 똑바로 바라보았다. 그녀의 시선은 병태의 등 너머에 꽂혀 있었다. 기척도 느끼지 못했는데 산 밑에서 일주문까지 난 외길을 언제부터 따라 올라온 것일까. 그의 뒤에 웬 더벅머리 사내애가 커다란 더플백을 어깨에 둘러메고 서 있었다. 아니다. 되는 대로 깎아놓은 머리모양이나 품이 헐렁한 청바지에 낡은 야구점퍼를 옷이라고 걸친 꼴이 언뜻 보아 남자아이 같긴 하나, 살결이 희고 이목구비가 오밀조밀한 것이 실은 여자아이였다.

"가출을 해도 출가를 해도 손이 비어야지. 뭔 짐을 그렇게 바리바리 싸왔소?"

비구니는 쑥을 뜯으면서 사람을 보지도 않고 중얼거렸다. 더벅머리 여자애 들으라고 하는 소리 같았다. 병태는 어떻게 해야 할지 몰라 두 여자 사이에 선 채로 이쪽저쪽 눈치만 살폈다. 여자애는 잠시 그대로 서 있더니 더플백을 추스르고는 아무 대꾸도 없이 절 쪽으로 올라가버렸다. 넉넉하게 쳐주어도 열여덟이나 열아홉 살 이상으로는 안 보이는데 저 아이는 정말 가출을 했을까. 혹시 출가하려고 하나. 만약 그렇다면 이 스님은 그것을 어떻게 알았을까. 병태는 망설이다가 물었다.

"스님, 저 학생이 정말 출가하려고 하는 건 아니지요?"

비구니는 소쿠리를 던지듯이 풀밭에 내려놓았다. 그 속에 수북이 담긴 쑥이파리가 덩달아 들썩거렸다.

"왜요? 출가하면 좋지요. 정리해고 없겠다, 명예퇴직 없겠다, 철밥통이 따로 없잖소?"

나무아미타불 관세음보살. 병태는 식은땀이 났다. 이것이 정녕 스님 입에서 나올 만한 소리인가. 게다가 기차 화통을 삶아 먹었나, 목소리가 어쩌나 걸걸하고 우렁찬지 듣기만 해서는 스님이야말로 비구인지 비구니인지 분간이 안 될 지경이었다. 병태는 앞서 가는 여자아이의 뒷모습을 눈으로 좇았다.

"걱정 마오. 저 학생은 머리 깎을 팔자가 아니니."

비구니의 말투는 단호했다. 뭘 알고 그러는 것인지 넘겨짚는 것인지 병태는 아리송했다.

"스님, 혹시 사주를 볼 줄 아십니까?"

"아이고, 사주는 무슨. 내가 내 사주를 볼 줄 알았으면 이렇게 꼼짝 없이 중이 됐겠소? 중 된 것만도 억울해 죽겠는데 시방 약 올리시오?"

그녀가 병태를 째려보았다. 방금 전에는 출가하면 좋네, 철밥통이 어쩌네, 하더니 이제는 중 된 것이 억울해 죽겠다니, 당최 속을 모를 비구니였다. 하기야 스님이 속인에게 스님 되라고 해도 이상하고, 스님 되지 말라고 해도 이상한 노릇이겠지만. 병태는 다시 한 번 합장을 했다. 덜 익은 감을 한 입 크게 베어 문 듯한 기분이었다. 비구니 스님은 어딘가 가냘프고 신비롭고 애절해 보이며 아무에게도 말 못할 사연을 품고 있어 그것이 긴 속눈썹 끝에 그림같이 맺혀 있으리라는, 그가 이제껏 품어온 환상이 무참히 깨지는 순간이었다.

정전이 맞는 것 같았다. 그가 머무는 암자는 지대가 높아 법당 쪽으로 내려가는 길에 경내를 한눈에 볼 수 있는데, 시야에 불빛이 한 점도 없었다. 해우소도 요사채도 사천왕문 앞의 석등도 모두 불이 꺼진 상태였다. 실로 전기의 힘은 막강하구나, 이 산골짜기 구석구석까지 영향을 미치는구나, 하고 병태는 한국전력공사 주최 백일장에 참가한 어린이처럼 새삼스레 감탄했다.

숲길로 접어들었다. 낮과 밤이 몸을 바꾸는 사이 한결 단단해진 바람이 그의 뒷머리를 헝클어뜨렸다. 땅바닥에는 송이째 주저앉은 동백꽃들이 달빛과 뒤엉켜 있었다. 숲 속이며 절 마당이며 어디나 널린 것이 떨어진 동백꽃인데도 병태는 그것들에 좀처럼 익숙해질 수가 없었다. 실수로라도 밟으면 어쩌나 저어하며 그는 발끝에 온 신경을 모아 맨땅을 골라 디뎠다. 바람이 숲을 세차게 휘감았다. 잎사귀들이 비명을 질러도 꽃들은 초연했다. 그는 하루에도 수차례씩 동백나무 앞을 지나다녔지만 막상 꽃이 떨어지는 찰나를 목격한 적은 한 번도 없었다. 땅에 나뒹구는 저 많은 꽃송이들은 대체 언제 낙하한 것일까. 사람의 시선이 닿지 않는 순간에만 몸을 던지는 것일까. 숲을 빠져나오면서도 그는 아쉬운 듯 연방 뒤를 돌아보았다. 해우소를 지났다. 공용 세면장이 나타났다. 안쪽에서 귀뚜라미 우는 소리가 들렸다. 어쩌다 잘못 들어왔는지 며칠 전부터 세면장에 갇혀 밖으로 나가지도 못하고 있는 귀뚜라미였다. 병태는 씻으러 갈 때마다 녀석을 밖으로 꺼내주어야지 결심하면서 썼고 나올 때는 깜빡 잊어버리기를 며칠째 되풀이하고 있었다. 이따가 전기가 들어오면 꼭 녀석을 찾아 밖으로 내보내리라 마음먹었다. 산신각을 지나쳤다. 저만치 법당의 옆면이 보였다. 외짝으로 난 문에서 희미하게나마 불빛이 새나오는 것 같기도 하고 아닌 것 같기도 했다.

그나저나, 정전인데 절집 식구들은 다들 어디서 뭘 하느라 밖으로 나와보지도 않는 것일까. 스님들을 제외한다 해도 오늘 밤 이곳에 머무는 이들이 족히 열 명은 될 텐데. 사찰 차량 운전이며 경내의 잡일을 담당하는 중년의 부목들, 종무소를 지키는 청년, 공양간 살림을 맡고 있는 아주머니들, 기도하러 온 신자들, 더벅머리 여자애, 그리고 또…….

병태는 불현듯 자신이 이 절에 온 것이 아주 오래된 일 같다고 생각했다.

이전에 그는 절에 가본 적이 한 번도 없었다. 학창 시절 수학여행이나 이런저런 단합대회, 수련회, 회사의 야유회 등등 살아오는 동안 사찰에 가볼 기회가 한 번 이상은 있었을 텐데도 병태와 절은 번번이 서로를 비껴갔다. 그가 독실한 기독교 집안의 자식이라든가, 산행을 극도로 싫어한다든가, 사찰 안의 향 사르는 냄새에 거부반응이 일어서라든가 등등 그럴 만한 이유가 있어서 부러 피한 것도 아니었다. 오히려 그는 어렸을 때부터 막연히 자신과 절 사이에 특별한 인연이 있을지도 모른다고 여겨왔다. 별명이 부처님이었으니 그럴 만도 하지 않겠는가.

어린이들이란 대개 별명을 지을 때 그 당사자의 이름과 비슷하게 발음되는 단어를 선호하는 법이다. 초등학교 때 같은 반 친구들이 지어준 병태의 첫 별명은 명태였다. 하지만 그것은 오래가지 못했다. 담임

선생이 석가모니의 생애에 대해 수업을 하다 말고 '오오, 가만 보니 병태가 부처님을 닮았구나', 한 후로 그의 별명은 축생계에서 대번에 천상계로 승격했던 것이다. 아이들이 보기에도 병태에게 그 이상 잘 어울리는 별명은 없었다. 짧고 곱슬곱슬한 머리카락, 가느다란 눈썹과 쌍꺼풀 없이 가로로 긴 눈, 양미간에 점이 나 있는 것만 해도 심상치 않은 상인데, 결정적으로 귀가 유난히 길어 중국 촉한시대에 태어났다면 유비와 나란히 '대이아大耳兒'로 불렸으리라 추측될 정도였으니 말이다. 더구나 원체 말수가 적고 인상마저 온화했으므로 병태는 가만히 앉아 딴생각을 하고 있어도 그것이 곧 문자 그대로 반가사유상이 되었다. 그렇게 초등학교 때 얻은 부처님 별명은 시멘트처럼 굳어져 중고등학교와 대학교와 심지어 군복무 시절까지 이어졌다. 혹시 그것에 병태가 불만을 가졌느냐 하면 그렇지도 않았다. 다만 제대 직후에 가벼운 사고로 다친 이마를 치료하다가 의사의 권유에 따라 미간의 점을 뺐다. 시력이 점점 떨어지는 바람에 별 수 없이 안경도 착용해야 했다. 사회생활을 시작한 후 그는 더 이상 부처님 운운 소리를 듣지 않게 되었다. 여전히 불만은 없었다. 병태는 애초에 불만이라는 것을 모르고 사는 사람이었다.

많은 이들이 그에게 착하다고 말했다. 법 없이도 살 사람이라고 했고 천하에 적敵이 없을 것 같다고도 했다. 그런 말을 들을 때마다 병태는 조회시간에 남의 상을 대신 받는 아이처럼 어색하게 웃었다. 그는 잘 웃고, 잘 울고, 채식주의자에다, 매달 아프리카 난민 구호기금을 꼬박꼬박 내고, 사람 새끼든 개의 새끼든 모든 어린것들에 사족을 못 쓰며, 사이먼 앤 가펑클의 음악을 즐겨 들었지만, 그런 유형의 인간이 바로 착한 사람이라는 견해는 받아들이기 어려웠다. 스스로 판단하기에 자신은 숱한 사소한 죄들을 저지르면서 그래도 큰 죄는 짓지 않는다고 안도하며 사는 평범한 소시민일 뿐이었다. 어쩌면 그게 더 무서운 것일지도 몰랐다. 일개 바늘도둑이라 해도 그가 이제껏 훔친 모든 바늘의 값을 합산하면 소 값 못지않을 터이므로.

"너도 내가 착하다고 생각해?"

언제던가. 병태는 고등학교 동창 가운데 유일하게 연락을 하고 지내는 친구 녀석에게 물은 적이 있었다.

"그럼. 넌 진짜 착해."

"어떤 점에서? 예를 들어봐."

그러자 친구는 곧바로 예를 하나 들었다. 고등학교 때 마을버스정류장에서 있었던 일을 기억하느냐는 것이었다. 병태는 고개를 끄덕였다.

입학한 지 얼마 되지 않았을 때였다. 하굣길이었다. 병태는 학교 정문을 막 벗어나 정류장으로 향하고 있었다. 뒤에서 몇 학년 몇 반인지 모를 처음 보는 녀석이 그에게 뛰어오더니 다짜고짜 300원만 빌려달라고 했다. 표정이 절박했다. 그는 버스비로 내려고 손에 쥐고 있던 300원을 순순히 건넸다. 어차피 지하철역까지는 걸어가도 몇 분 안 걸리고, 달라는 돈의 액수가 큰 것도 아니니, 까짓것 줘버리고 자신은 걸어가면 되지 싶었던 것이다. 역을 향해 걸었다. 잠시 후 뒤늦게 출발한 마을버스가 병태를 추월하며 지나가는 순간 그는 경악했다. 방금 저에게서 돈을 빌려 간 녀석이 버스 안에 편히 앉아 앞자리의 아이와 웃고 떠드는 것을 발견했던 것이다.

"내가 그러고도 너랑 친구가 됐으니 착하다는 거야?"

"아니. 아직도 그 돈 갚으라는 얘길 안 해서 착하다는 거야."

그 돈은 훗날 자신이 결혼할 때 축의금 봉투에서 빼라고 친구가 너스레를 떨었다. 병태는 부처님 가운데 토막처럼 점잖게 허허 웃었다.

예의 그 친구, 건우가 장가를 간 것이 요 얼마 전의 일이었다. 따지고 보면 병태가 이곳 절까지 흘러들어오게 된 것도 다 건우 때문이었다. 아니다. 그것이 어찌 남의 탓이겠는가.

건우의 결혼식 전날이었다. 고등학교 동창들 몇이 모여 술을 마시기로 했다. 약속장소에 제일 먼저 도착한 이는 병태였다. 그다음으로 온 것은 조금 늦을 거라는 건우의 전갈. 그리고 이름도 잘 기억나지 않는 갑과 을과 병이 앞서거니 뒤서거니 도착했다. 그들 셋과 병태는 고등학교 졸업 후 처음 만나는 것이었다. 네 사람은 세월이 정직하게 관통하고 지나간 서로의 얼굴을 들여다보며 네 종류의 담배를 피웠다. 그리고 어차피 집으로 가는 택시를 탈 즈음이면 다 잊어버릴 시시껄렁한 안부를 주고받았다.

갑인지 을인지 병인지가 병태에게 말했다.

"이야, 세상에서 니 팔자가 최고다. 남들은 바빠서 평소 가볼 엄두도 못 내는 공원에 넌 매일 출근한다는 거잖아."

병태는 도시 외곽에 위치한 공원의 관리사무소에서 일하고 있었다. 관리가 잘된 공원은 깨끗하고 반듯했다. 잔디밭도 있고 분수대도 있고 오솔길도 있고 식수대와 화장실과 간이매점 등 공원으로서 갖추어야 할 것을 모두 갖춘 곳이었다. 딱 하나 없는 게 있다면 그것은 공원을 찾는 시민들. 희한하게도 사람들은 공원 옆을 바삐 지나가기만 할 뿐 그 안으로 들어오는 경우가 드물었다. 병태는 늘 그 문제에 대해 고민을 거듭했다.

갑과 을과 병은 돌아가며 맞장구를 쳤다.

"온통 잔디밭이니 가슴이 탁 트이지, 공기도 좋지. 그게 휴식 아니냐, 휴식."

"그러게 말이야. 넌 일하는 거랑 쉬는 거랑 구분이 안 되겠다."

병태는 시민들을 공원으로 끌어들이기 위해 갖은 노력을 기울였다. 잔디를 다듬고 나무와 풀꽃들에 이름표를 붙였다. 오솔길에 놓인 벤치의 페인트 색깔을 보다 산뜻한 것으로 바꾸었다. 매점에는 한창 인기 있는 만화 캐릭터가 그려진 헬륨풍선을 들여놓았고 공원 입구의 스피커를 통해서는 하루 종일 밝고 경쾌한 음악을 내보냈다.

"지구상에서 공원이 갑자기 뿅 사라지지 않는 한 니 직장은 끄떡없겠네?"

"좋겠다. 요새 다른 직장인들은 권고사직이니 감원이니 명퇴니 죽을 맛인데."

병태의 직업을 그토록 부러워하는 갑과 을과 병 중의 하나는 공기업에 다니고 있었다. 다른 하나는 한 달 전에 치과를 개업했다. 나머지 하나는 대형 프랜차이즈 외식업체를 경영하고 있었다. 셋 다 자신들 명의의 집도 있고 집 안에는 아내도 있었다.

그런데 그게 말이야, 공원이 지구상에서 갑자기 뿅 사라지게 됐어.

병태는 말을 할까 말까 주저했다. 그건 사실이었다. 공원을 찾는 사람의 수는 늘지도 줄지도 않았다. 사람들이 병태의 공원을 외면하는 것은 그것이 형편없기 때문이 아니었다. 공원 자체를 그들은 더 이상 원하지 않았다. 시 당국의 상반기 도시정비사업계획안에 따르면 그 자리에는 초고층 주상복합아파트가 세워질 것이었다. 당장 자신이 직업을 잃게 된다는 것보다도 병태는 그의 공원이 이 세상에서 영영 사라져버린다는 것이 더 믿기지 않았다.

"그런데 그게 말이야, 공원이……"

건우가 도착했다.

그들은 자리를 옮겼다. 먹고 마셨다. 공원 이야기는 긁고 보니 꽝인 즉석복권처럼 구석으로 팽개쳐진 지 오래였다. 결혼 날짜가 정해지면 남자는 으레 헤어진 옛 애인이나 이루지 못한 첫사랑 생각이 간절해진다고 건우는 말했다. 갑과 을과 병이 적극 동의했다. 병태는 그것에 대해 아무 의견도 내지 못했다. 나이 서른이 훌쩍 넘도록 결혼은커녕 연애도 한 번 못해보았기 때문이다. 누구에게도 말하지 않았지만 그는 여태 동정童貞이었다. 진짜 부처님도 총각딱지는 십 대에 진즉 떼고 애까지 낳았다는데, 자신의 인생은 어찌하여 요 모양 요 꼴로 흘러왔는지 그 자신도 알 수 없었지만, 그렇다고 딱히 불행하다거나 비참하다는 생각이 들지도 않았으므로, 그에게 일상은 견딜 만한 것이었다.

"지연이가 보고 싶다."

건우는 조금 취했다. 녀석에게는 칠 년 동안이나 짝사랑한 여자가 있었다. 그녀에 대한 이야기는 병태도 간혹 들어본 적이 있지만 직접 만나본 적은 없었다.

"지연아……."

건우는 많이 취했다. 녀석은 지연의 이름을 읊조리며 보고 싶다고 떼를 썼다. 자정이 넘었다. 갑과 을과 병은 집에서 아내가 기다린다며 올 때처럼 앞서거니 뒤서거니 가버렸다. 건우는 쉬지 않고 술잔을 비우고 화장실을 들락거리고 휴대폰으로 누군가와 문자메시지를 주고받았다. 그리고 그 동작들의 사이사이에 지연에 대한 이야기를 늘어놓았다. 이러쿵저러쿵 말은 많았지만 병태의 머릿속에 남은 정보는 하여간 그녀가 예쁘다는 사실뿐이었다.

새벽 두 시가 가까웠다.

"너무 늦었다. 이제 그만 집에 가야지."

"어어, 조금만 기다려봐."

"뭘 기다려, 인마. 너 오늘 결혼식이야."

"어어, 조금만 기다리라니까."

그러더니 건우는 앉은 채로 고꾸라지며 탁자에 머리를 박았다. 병태가 그를 일으키려 애쓸 때였다. 어느 틈에 연락을 취했던 것일까. 그의 앞에 한 여자가 나타났다. 첫눈에 예쁘다는 생각이 드는 얼굴은 아니었지만, 그녀가 지연임을 병태는 직감했다. 지연은 탁자에 엎드려 잠든 건우를 보더니 병태에게 물으나 마나 한 것을 물었다.

"건우 오빠, 취했어요?"

친구가 오매불망 그리워하던 여자가 실제로 눈앞에 나타났다는 데 놀란 병태는 건우를 흔들어 깨웠다. 깨우면서도 그는 사실 건우가 깨지 않기를 바랐는데, 그러한 자신의 마음이 어디에서 온 것인지 알 수 없어서 더더욱 놀랐다. 지연이 병태의 맞은편에 앉았다.

"예전에 몇 번 만난 적이 있는 분 같아요."

그녀는 건우가 아니라 병태를 보고 있었다. 병태는 건우의 어깨에서 손을 뗐다.

"제 얼굴이 흔하게 생겨서 그럴 거예요."

"전혀 그렇지 않은데요? 인상이 굉장히 귀해 보이세요."

병태는 한때 자신의 별명이 부처님이었노라고 말하려다가 참았다. 마주 앉고 보니 지연은 예쁘다기보다는 곱다는 표현이 더 잘 어울리는 유형의 미인이었다. 생김새도 옷차림도 수수했다. 그런데도 그 무슨 조화인지 미소만 살짝 지어도 분위기가 확 살아나며 주변까지 환해지는 듯한 느낌을 주었다.

두 사람은 건우를 깨우지 않았다. 건우에 대해 이야기하지도 않았다. 병태는 얼음물만 거푸 두 잔을 마셨다. 그런 후에는 지연이 묻지도 않았는데 느닷없이 공원 이야기를 시작했다. 그의 공원이 얼마나 푸르고 아담하고 깨끗한지에 대해서. 그리고 그가 그곳을 가꾸고 지키는 데 얼마나 많은 정성을 들였는지에 대해서도.

"그런데 그게 말입니다. 공원이…… 이제 문을 닫게 되었습니다."

갑과 을과 병에게 미처 다하지 못했던 이야기를 끝내자 속이 후련했다. 지연은 눈을 내리깔고 탁자 위 어딘가를 응시하고 있었다. 병태는 얼음 한 덩이를 입에 넣었다. 가슴이 전에 없이 빠르게 뛰고 있었다. 지연이 지금 이 자리에 앉아 있는 것이 꼭 건우가 아니라 병태 자신을 위해서인 것 같다는 생각이 들었다. 심장박동이 더욱 빨라졌다. 술집 주인이 그들의 탁자로 다가왔다. 가게 문을 닫을 시간이라고 했다. 지연이 자리에서 일어났다. 자신은 먼저 가보겠다는 것이었다. 잠깐만 기다리라고, 건우를 깨울 테니 얼굴을 보고 가라고, 병태는 말하지 않았다.

지연이 출입문을 향해 두어 발자국 걸어가다 말고 그에게로 몸을 돌렸다.

"저는 내일 절에 들어가요."

병태는 입속에서 채 녹지 않은 얼음을 삼켰다.

"그곳에서 당분간 머물려고 해요."

바로 앞에 있는데도 지연의 목소리가 아득히 먼 곳에서 들려오는 것 같았다. 왜 저한테 그런 이야기를 하시는 겁니까, 하고 병태는 그녀에게 묻고 싶었다. 두 사람은 잠시 동안 서로의 눈을 주시했다.

"아마 지금쯤 동백꽃이 한창일 거예요."

그렇게 말하면서 지연은 미소를 지었다. 병태에게 고개를 숙여 보인 후 그녀는 가버렸다. 병태는 건우를 흔들어 깨웠다. 이번에는 정말로 녀석이 빨리 깨기를 바랐다.

결혼식은 순조롭게 진행되었다. 건우는 제가 언제 새벽까지 과음했냐는 듯 말끔한 새신랑의 얼굴로 시종일관 유쾌하게 웃으며 하객들을 맞았다. 제가 언제 다른 여자를 그리워했냐는 듯 하나에서 열까지 신부를 곰살궂게 챙기고 보살폈다. 병태는 축의금 봉투에서 300원을 빼지 않았다.

공원은 결국 폐쇄되었다. 곧 허물어질 관리사무소를 나오면서 병태는 마지막으로 매점 앞의 커피자판기에서 밀크커피를 뽑았다. 그것은 끔찍하게 달았다. 빈 종이컵을 수거함에 넣었다. 그는 자신이 이제부터 해야 할 일이 무엇인지를 생각했다.

동백꽃이 한창인 절.

단서는 그것만으로도 충분했다. 병태는 지연을 찾으러 갈 생각이었다. 그녀를 다시 만나야 했다. 지연이 절에 갈 거라고 뜬금없이 말하던 그 순간에 이미 그는 자신이 그녀를 찾아가게 되리라는 것을 예감하고 있었다.

어쩌다가 이렇게 되었을까. 일찍이 병태는 이런 무모한 짓을 감행해본 적이 한 번도 없었다. 여자에게 이런 감정을 가져본 것도 처음이었다. 그녀에 대해 아는 것이 전무하다시피 했지만, 그녀의 전화번호조차 알지 못했지만, 손 놓고 앉아서 지금의 이 감정을 그냥 왼쪽에서 오른쪽으로 지나가버리게 놔둘 수는 없다는 것을 그는 알고 있었다. 물론 그녀는 건우가 칠 년 동안이나 짝사랑한 여자였다. 아무렴 어떤가. 건우와는 상관없는 일이었다. 녀석은 병태가 지연을 만난 적이 있다는 것도, 지연이 그날 새벽 술집에 다녀갔다는 것도, 전연 모르고 있었다. 병태는 자신이 운명을 믿는 종류의 인간이었다는 것을 지연을 통해 깨달았다. 자신이 몰랐던 자신의 모습을 일깨워주는 여자를 비로소 만난 것이었다. 아무것도 걱정하지 않았다. 그는 믿었다. 동백꽃이 피는 절에 가기만 하면 지연을 만나게 될 거라고. 그 뒷일은 운명이 알아서 해결해줄 거라고.

문제의 사찰에 대한 정보를 수집하는 것은 어렵지 않았다. 병태는 사람에게 묻고 책에 묻고 인터넷에 물었다. 지어진 지 천 년이 지난 고찰古刹로서, 앞마당에 보물로 지정된 삼층석탑이 있고, 대웅전 문살의 연꽃무늬가 섬세하기 이를 데 없으며, 무엇보다 절 뒤편에 우거진 동백나무숲이 장관이라는 정보들을 종합한 후에 그는 지연이 있는 곳이 이 사찰이라고 확신했다.

　도착한 첫날 병태는 절 뒤편의 동백숲부터 가보았다. 입구에서부터 상서로운 기운이 느껴지는 듯하더니, 안쪽으로 들어가자 과연 수백 수천 그루의 동백나무들이 하늘이 안 보이도록 울울창창했다. 나무에 피어 있는 꽃들보다 목이 부러져 송이째 땅에 떨어져 있는 꽃들이 더 시선을 끌었다. 신전에 제물로 바쳐질 처녀가 이승에서 마지막으로 걷다가 문득 돌아본 세상이 이러할까. 아름답다기보다는 처연하게 느껴지는 풍경이라 병태는 선뜻 그 속으로 발을 들여놓을 수가 없었다. 주말을 맞아 단체로 관광을 온 한 떼의 중년남녀들이 그를 앞질러 갔다. 올해 기온이 평년보다 낮아서 꽃이 만개하려면 좀 더 기다려야 한다고 몇몇이 아는 체를 했다. 그들은 동백이 아름답기가 천하제일이라 감탄을 하면서 땅에 떨어진 꽃송이를 짓밟고 다녔다. 병태는 숲을 나왔다. 종무소로 갔다.

　"여기 지연이라는 여자분이 머물고 있지요?"

　그러고 보니 그는 지연의 성도 모르고 있었다.

　"글쎄요. 저희 신도분들 말고도 주말에 하룻밤 잠깐 주무시고 가는 관광객들이 많아서요. 그분들 성함을 저희가 일일이 다 알 순 없잖습니까?"

　종무소에서 일하는 청년에게 병태는 지연의 인상착의를 설명했다. 청년은 고개를 저었다. 사정이 그러하니 병태가 직접 그녀를 찾는 수밖에 없었다.

이튿날 그는 하루 종일 경내를 돌아다녔다. 특히 외부인의 숙소로 쓰이는 당우 앞을 틈나는 대로 기웃거렸다. 아침저녁으로 예불에도 참석했다. 공양간에서는 출입문이 정면으로 보이는 자리에 앉아, 식당을 드나드는 이들을 눈여겨보았다. 간혹 등산복을 입은 사내들도 있었지만 대부분이 사오십 대 여성들이었다. 그들 속에 지연은 없었다. 병태가 가장 자주 본 사람은 더벅머리 여자애였다. 볼 때마다 그 아이는 모종삽을 들거나 플라스틱 물통을 들거나 과일이 담긴 비닐봉지 따위를 들고 어디론가 바삐 가고 있었다. 비구니 스님이 목청을 높이며 무언가를 지시하는 모습도 몇 번 보았다. 병태와 여자애는 서로를 알아보면서도, 그 사실을 서로가 알고 있으면서도, 한 번도 서로 아는 체를 하지 않았다. 사천왕문 앞에서 단둘이 정면으로 마주친 적도 있었다. 그러나 여자애가 먼저 매몰차게 고개를 돌려버리는 바람에 병태는 눈인사도 못하고 말았다.

사흘째 되던 날은 월요일이었다. 경내가 표 나게 한산했다. 종무소 청년의 귀띔에 의하면 절을 찾는 관광객이 주말에만 몰리고 주중에는 별로 없단다. 그래도 사찰의 규모에 비해 절에 상주하며 일하는 사람의 수가 적어, 주중에도 자신들은 일손을 놓을 새가 없다고 했다. 병태는 청년을 도와 사찰 정기법회 안내문이며 홍보용 팸플릿을 절을 찾은 이들에게 나눠주었다. 일이 끝나니 날이 저물었다. 월요일 저녁의 공양간은 단출했다. 스님들과 절집 식구들, 백일기도를 드리러 와 있는 노파 두엇이 식당을 찾은 이의 전부였다. 관광객은 한 명도 없었다.

병태는 공양주 아주머니들과 한식탁에 앉았다. 그는 어렴풋이 알 수 있었다, 이곳에 지연이 없다는 것을.

"밥때가 됐는데 그 학생은 어데 가서 안 오나?"

"보나마나 스님한테 붙잡혀 있을 기라."

"무슨 일을 그러 시키나? 그래도 밥때는 맞춰 보내야지!"

공양주 아주머니들은 병태가 듣거나 말거나 자신들끼리 하던 이야기를 계속했다.

"그런다고 가가 집으로 돌아가겠나?"

"아이고야, 저 온다."

아주머니가 황급히 말꼬리를 내렸다. 병태가 고개를 돌리니 더벅머리 여자애가 공양간으로 들어서고 있었다. 그는 밥 먹는 속도를 늦추었다. 여자애가 그의 앞에 앉았다. 병태는 대답하기 쉬운 질문에 어떤 것이 있을까 머리를 굴렸다. 이 절엔 어떻게 왔어요? 언제까지 있을 겁니까? 지낼 만해요? 어떤 것도 예, 아니오, 둘 중 하나로 답할 수 있는 질문은 아니었다. 이윽고 그는 물었다.

"학생이십니까?"

여자애는 그를 잠깐 쳐다보는가 싶더니 이내 고개를 숙였다. 묵묵히 젓가락질만 했다. 멸치조림을 연달아 집어 먹는 것을 보고 아주머니 하나가 참견을 했다.

"그것도 괴기라고, 맛있재?"

다른 아주머니가 말을 받았다.

"절에서는 멸치가 그냥 멸치가 아이라. 그기 고래인 기라!"

두 아주머니는 말끝에 웃음을 터뜨렸다. 병태도 웃고 그의 뒤에 앉아 있던 중년사내들도 따라 웃었다. 여자애는 웃지 않았다. 밥공기를 다 비울 때까지 박제된 짐승처럼 하나의 표정만을 고수했는데 그것은 손톱이 살을 파고 들어가도록 주먹을 꽉 쥐고 있을 때나 지을 법한 것이었다.

병태는 일찌감치 자리를 깔고 누웠다. 벽에 시계가 하나 걸려 있을 뿐 방에는 아무것도 없었다. 창밖에서 풀벌레가 울었다. 천장에서는 쥐들이 뛰어다녔다. 밤이 깊은 듯하여 시계를 보면 아홉 시. 새벽인가 하고 시간을 확인하면 열 시. 그는 이제 확실히 알 수 있었다, 지연이 이곳에 없다는 것을. 다시 눈을 들어 벽시계를 보았다. 열한 시. 눈을 감았다. 시곗바늘이 움직이면 시간이 흘러간다는 것이, 그가 한 번도 살아본 적 없는 낯선 시간이 다가온다는 것이, 막막했다. 그 흐름을 막을 수 없다는 것이, 전혀 손을 써보지도 못하고 그 낯선 시간 속에 무방비상태로 내던져져야 한다는 것이, 그는 두려웠다. 지연은 어디에 있을까. 그녀의 얼굴이 떠오르지 않았다. 자신이 이 절에 온 이유가 그녀를 만나기 위해서였다는 사실이 허무맹랑하게 느껴졌다. 그 순간에도 물론 시곗바늘은 시시각각 움직이고 있었다. 그렇게 계속 움직여 그가 한 번도 겪어보지 못한 어느 낯선 시간에 이르면 병태는 더 이상 지연을 떠올리지 않게 될 것이었다.

잠들기 직전 그는 고르게 뛰는 자신의 심장박동 소리를 들었다.

마침내 법당이 자리한 축대에 올라섰다. 안에 스님이 아직 있는 모양이었다. 섬돌 위에 검정색 털신이 한 켤레 놓인 것이 눈에 띄었다. 신발 코에 흰 글씨로 心 자가 쓰여 있었다. 마음 심. 마음이라니. 별자리처럼 사이좋게 모여 있는 네 개의 획을 병태는 물끄러미 내려다보았다. 바람이 불었다. 대웅전 처마에서부터 삼층석탑이 있는 앞마당을 가로질러, 운동회날의 만국기처럼 하늘 가득 매달아놓은 색색의 연등이 흔들리면서 저희들끼리 부딪쳤다. 매번 저녁 일곱 시 예불이 끝나면 즉각 자리를 뜨곤 했으니 그가 이 시간에 절 마당에 있어보기는 처음이었다. 연등들이 속삭이듯 부딪치는 소리가 퍽 다정하여 그는 문고리를 쥔 채 바람에 가만히 귀를 맡겼다.

어라? 법당 안에는 아무도 없었다. 문창호지를 뚫고 들어온 달빛만이 나무바닥에 홑이불처럼 깔려 있었다. 향냄새가 진동을 했다. 그는 불단 앞으로 갔다. 나무바닥이 요란하게 삐걱거렸다. 향로에 절반가량 태우다 만 향이 꽂혀 있었다. 불을 끈 지 얼마 안 되었나. 향로 좌우에 늘어선 양초 심지에서도 연기가 흩어지고 있었다. 엄지와 검지로 심지를 잡아보았다. 뜨거웠다. 그는 고개를 쳐들었다. 석가모니 부처님이 코앞에 있었다. 불상을 이렇듯 가까운 곳에서 관찰해본 적이 없었던 그는 어둠에 눈이 익을 때까지 그것을 빤히 올려다보았다. 한때 자신의 별명이기도 했던 부처님의 얼굴을. 내가 저렇게 생겼었단 말인가. 맥없이 웃음이 나왔다. 웃으면서 그는 내일 날이 밝는 대로 이 절을 떠나야겠다고 생각했다.

"왜 도로 왔소?"

순간 병태는 그 자리에 얼어붙었다. 누구인가. 어디서 나는 소리인가.

"내일 새벽에 마저 하라니까 그러네. 오늘은 그만 가보소."

목소리는 불단 뒤에서 들려오고 있었다. 병태는 숨을 죽였다. 손가락 하나도 까딱하지 않았다. 불단 너머에서 뭔가를 정리하는지 비닐 부스럭거리는 소리가 났다. 비구니는 그를 다른 사람으로 오인하고 있었다.

"그리고 후라쉬 가져가라니까 왜 안 가져가? 누가 이뻐서 주는 줄 아시오? 컴컴한 데 댕기다 넘어지면 일 나니까 그러지. 어여 가져가소. 난 필요 없으니까."

아까는 발견하지 못했는데 출입문 옆에 검정색 손전등이 놓여 있다. 병태는 깨금발로 법당을 빠져나왔다. 뒤도 안 돌아보고 급하게 걸음을 옮겼다. 그의 등 뒤에서 수십 개의 연등이 바람에 흔들리는 소리가 점점이 멀어져갔다. 산신각을 지나쳤다. 암자로 오르는 숲길에 접어든 후에야 그는 한숨을 돌렸다. 밤에도 동백꽃은 흐드러지게 피어 있었다. 나무 위의 꽃도 땅바닥의 꽃도 여전히 붉고 탐스러웠다. 낮 동안 꽃술을 탐하던 그 많은 벌들은 모두 어디로 갔을까. 그의 눈에는 한밤에도 활짝 피어 있는 꽃들이 요염하다기보다 쓸쓸하고 고단해 보였다. 땅바닥에 나뒹구는 꽃송이들이 오히려 더 생기 있어 보였는데, 그것은 병태에게 훼손되지 않은 죽음, 아름다운 실패, 눈부신 절망, 이러한 역설적인 표현들을 떠올리게 했다. 참 모를 일이지. 그런데 병태는 그 말들의 방점을 뒤의 명사보다 앞의 수식어들에 찍고 싶어지는 것이었다. 그는 동백숲 한가운데 서서 소리 없이 웃었다.

그가 몸을 돌려 앞으로 한 발 내딛었을 때였다.

"잠깐, 거기 멈춰요!"

병태는 또 한 번 얼어붙었다. 이번엔 누군가. 누가 또 이 어둡고 비좁은 길에 숨어 있었단 말인가.

"움직이면 안 돼요."

나무 뒤에서 모습을 드러낸 것은 더벅머리 여자애였다. 병태의 눈이 커졌다. 리모컨인 줄 알았더니, 시키는 대로 일만 하는 줄 알았더니, 얘가 말도 하는구나 싶었다.

"아니, 그 어두운 데서 뭐 하고 있었어요?"

여자애는 못 들은 척 땅만 보았다. 질문이 너무 어려웠나. 예, 아니오, 둘 중 하나로 답할 수 있는 것을 물었어야 하는데. 병태는 두 발을 땅에 붙이고 선 채 눈동자만 굴려 여자애의 시선을 좇았다. 두 사람의 눈길이 모아진 곳에 있는 것은 한 마리 귀뚜라미였다. 녀석은 여자애가 병태를 저지하지 않았다면 틀림없이 그의 발에 찌부러졌을 위치에 웅크리고 있었다. 곤충들 생긴 거야 인간 눈에는 다 비슷해 보이겠지만 그럼에도 병태는 왠지 녀석이 낯익었다.

"귀뚜라미네요?"

"예."

옳거니, 좋은 질문이었다. 그는 내친김에 용기를 냈다.

"이거 비구니 스님이 갖다 주라고 하시던데."

손전등을 내밀었다. 그것을 건네고 받는 두 사람의 손이 가볍게 닿았다 떨어졌다. 여자애의 손이 의외로 따뜻해서 병태는 흠칫했다. 여자애가 손전등의 스위치를 켰다. 병태의 발치를 비추었다. 조명을 받은 귀뚜라미는 한달음에 폴짝 뛰어 풀숲으로 달아나버렸다. 아, 세면장의 그 녀석이구나. 병태는 웃었다. 검정색인 줄 알았던 손전등의 몸체가 실은 빨강색이었다는 것도 그는 불빛을 통해 확인했다. 하기야 검정이면 어떻고 빨강이면 어떠랴.

두 사람은 동백나무 숲길을 앞뒤로 나란히 걸었다. 병태가 앞에 서고 여자애가 뒤에 섰다. 바람이 잦아들었다. 그 속에서 동백꽃 냄새가 났다. 내일이면 이 꽃향기와도 안녕이었다. 그는 숨을 깊이 들이마셨다. 순간 등 뒤가 갑자기 소란스러워졌다. 누가 먼저랄 것도 없이 병태와 여자애는 동시에 뒤를 돌아보았다. 눈앞의 세상이 온통 환했다. 대웅전 앞마당의 하늘을 가로지른 색색의 연등에 전부 불이 들어와 있었다. 노랗고 푸르고 붉고 하얀 연꽃들이 만개한 산사의 하늘이 극락처럼 아름다웠다. 대웅전에도 석등에도 해우소에도 조명이 켜진 것을 두 사람은 보았다.

꽃향기가 더욱 짙어졌다. 병태는 고개를 돌렸다. 꿈일까. 나무에 매달려 있던 동백꽃 한 송이가 제 그림자를 조준하며 천천히 떨어지고 있었다.

낯선 시간 속에서

　김미월의 「정전停電의 시간」은 "한 번도 살아본 적 없는 낯선 시간"을 예감하는 이의 이야기를 우리에게 들려준다. 아무렇지 않게 돌아가는 일상 속에서, 이렇다 할 반성도 전망도 없이 그저 살아가던 한 사람이 맞닥뜨린 낯선 시간. 그래서 이 잔잔한 소설에는 어떤 운명의 그림자가 드리워져 있다.

　소설의 주인공 병태는 큰 욕심 없이 살아온 평범한 주변인이다. 그런 그를 두고 팔자 좋은 남자라 말하는 그의 친구들을 보라. 건우의 결혼식을 앞두고 병태가 만난 친구들은 모두 병태에 비하자면 안정적인 생활을 영위하고 있다. 아직 동정童貞인 병태와는 달리 그들은 집도 있고 결혼도 했다. 하지만 경쟁에서 건재한 인간들의 삶은 고단하기도 했을 터, 친구들은 공원의 관리사무소에서 일하는 병태를 짐짓 부러워한다. 누군가 말한다. "지구상에서 공원이 갑자기 뿅 사라지지 않는 한 니 직장은 끄떡없겠네?"

병태를 향한 그들의 말에 은근한 무시가 도사리고 있음을 짐작하기란 어렵지 않다. 병태는 그가 관리하던 공원이 초고층 주상복합아파트에 밀려나 사라질 것이라는 사실을 그들에게 말하지 않는다. 대신 그가, 그에게 닥친 삶의 위기를 토로하는 사람은 친구들이 아니라 그날 처음 만난 한 여인이다. 병태에게 있어 공원의 사라짐이나 건우의 옛 애인 지연과의 만남은 예기치 못한 일이라는 점에서 닮아 있다. 운명은 그렇게 갑작스럽게 찾아드는 것이 아닌가. 그 이전과 이후를 완전히 다른 것으로 만들지도 모르는 어떤 순간 앞에 자신이 놓여 있다고, 그는 생각한다.

당분간 절에서 머물 것이라는 지연의 말을 따라, 또 그녀가 이야기한 아주 작은 단서들에 의지해, "뒷일은 운명이 알아서 해결해줄 것"이라 믿으며, 병태는 무작정 길을 나선다. 병태의 길 떠남은 내내 수동적으로 살아온 한 인간이 "처음"으로 감행한 하나의 모험이었을지도 모른다. 하지만 그의 행보가 "허무맹랑"한 것에 지나지 않았음은 절에 이른 후 얼마 지나지도 않아 밝혀진다. 병태와 지연이 다시 해후하는 따위의 드라마틱한 일은 이 소설에서는 벌어지지 않는 것이다.

그렇다면 병태가 절까지 흘러든 것은 결국 해프닝에 그치고 마는 것이 아닌가. 병태에게는 이제 도시로, 일상으로, 다시 회귀할 일만이 남아 있는 것이 아닌가. 그러나 작가는 지연의 자취를 쫓아 절에 이른 병태에게 운명적인 사랑을 안겨주는 대신, 또 하나의 공백을 선사한다. 그것이 병태가 절에서 맞는 정전이다. 현재와 과거를 부지런히 오가던 소설은, 그 끝에서 정전이 일어난 하룻밤에 다시 포커스를 맞춘다. 여기서 일단 눈에 들어오는 장면은 둘이다.

먼저 하나는 법당 안까지 흘러들어간 병태가 어둠 속에서 불상을 바라보는 대목. 병태에게 유일하게 특기할 만한 점이 있다면, 부처를 닮은 그의 외모라고 소설은 전한 바 있다. 그러나 부처와의 대면은 이렇다 할 발견 없이, "내가 저렇게 생겼었단 말인가"라는 씁쓸한 확인으로 끝이 난다. 불상을 보고 난 후 병태가 "맥없이" 웃으며 날이 밝는 대로 절을 떠나겠다고 생각하는 것도, 그를 잠시 들뜨게 만들었던 운명이니 사랑이니 하는 말들을 버리고 다시 일상으로 돌아가야 한다는 확인에 다름 아니다.

사정이 이와 같으니, 이 대목보다 더 힘이 있는 쪽은 법당을 나온 병태가 동백숲 한가운데서 더벅머리 여자애와 만나는 장면이다. 이 여자아이의 사연을, 소설은 그저 그 소녀가 상처 입은 작은 짐승이라는 것을 짐작하게 할 뿐 자세히 전하지는 않는다. 그런데 어떤 질문에도 입을 굳게 잠그고 있던, "박제된 짐승처럼 하나의 표정만을 고수"하던 더벅머리 여자애가 한 마리 귀뚜라미를 구하기 위해 병태에게 말을 건넨다. 풀숲으로 달아나는 귀뚜라미를 발견하고 "아, 세면장의 그 녀석이구나." 하며 웃는 병태에게서, 또 그 더벅머리 여자애에게서, 누구나의 마음 안에 살아 있는 부처를 읽어낸다면 지나친 것일까.

느닷없는 정전으로 시작한 소설은 갑자기 쏟아져들어온 빛으로 갈무리된다. 병태와 여자애는 나란히 걷고, 동백꽃 향기가 그들을 감싸 안는다. 그리고 "눈앞의 세상이 온통 환했다. 대웅전 앞마당의 하늘을 가로지른 색색의 연등에 전부 불이 들어와 있었다. 노랗고 푸르고 붉고 하얀 연꽃들이 만개한 산사의 하늘이 극락처럼 아름다웠다." "낯선 시간 속에 무방비상태로 내던져져야 한다는 것"이 두려웠던 소설의 주인공에게, 삶의 갈피마다 무거운 호흡을 골라야만 하는 우리 평범한 인간들에게, 우리 삶을 움직이는 것은 거창한 운명이 아니라, 더벅머리 여자애와 병태가 나누던 작은 연민과 따뜻한 공감이라는 사실을, 이 소설은 정전이 가시어진 풍경을 통해 나직이 전해주고 있다.

그곳에 밤 여기의 노래

김애란

1980년 인천 출생.
2003년 〈대산대학문학상〉 등단.
소설집 『달려라, 아비』 『침이 고인다』.
〈한국일보문학상〉 〈이효석문학상〉 수상.

그곳에 밤 여기의 노래

겨울밤이다. 별 없이 맑은 밤. 헤아려 근심하거나 기대할 만한 징조 하나 없이 말짱한 서울의 밤. 바람은 자기 몸에서 나쁜 냄새가 나지 않을까 염려하는 노인처럼 주춤거리며, 저도 모르게 물컹해져, 저도 모르는 봄 비린내를 풍기고 있다. 입춘까지는 보름이나 남았지만, 도시는 감기를 앓듯 간절間節을 앓느라 어렴풋한 미열에 달떠 있었다.

"워 더 쩌웨이 짜이날[我的座位在哪儿]?"

테이프에서 먼 나라말이 흘러나온다. 보는 사람이 없는데도, 용대는 어색해하며 중국어 기초회화를 따라 읊는다.

"워 더 쩌웨이…… 짜이날?"

쌀쌀한 밤. 그렇지만 아는 사람만 알아차리라는 듯 '입춘'이란 푯말에서 떨어져나온 입자들이 슬며시 바람에 섞이는 밤. 테이프의 운동이 고요하다. 컴컴한 택시 안에 미터기와 계기판 불빛이 빛난다. 핸들을 잡은 용대의 손에 땀이 난다. 원래 어려서부터 몸에 열이 많던 그였다. 어머니가 시장에서 보신탕가게를 해온 탓이다. 학창 시절 내내, 그는 도시락 반찬으로 단무지나 콩자반 대신 개고기를 싸 갖고 다녀야 했다. 삶은 개고기, 찐 개고기, 볶은 개고기, 구운 개고기, 알 수 없는 개고기……. 생일에는 도시락에 단골손님에게나 나가는 개 음경이 양증맞게 담겨져 있는 바람에 얼굴이 화끈거리기도 했다. 그의 어머니는 '솜씨 없고, 자부심 강한 식당주인' 중 하나였다. 놀라운 것은 가게 문을 닫을 때까지 어머니가 그 사실을 몰랐다는 점이다. 식당은 한산한 편이었고, 냉동고엔 남은 고기가 수북했다. 어머니는 그중 일부를 자식들을 거둬 먹이는 데 활용했다. 키가 크느라 늘 배가 고프던 때라, 그도 별다른 투정을 하지 않았더랬다. 용대의 뺨엔 붉은빛이 감돌았고, 약간 벗겨진 이마에선 항상 비지땀이 흘러내렸다. 다른 식구들은 안 그랬는데 유독 용대만 그랬다. 그는 그런 모습이 사람들에게 약골로 비치진 않을지, 혹은 지나치게 색정적으로 보이진 않을지 근심하곤 했다. 누군가와 악수하기 전, 그는 옷섶에 손바닥을 닦는 버릇이 있었다. 고등학교 체육시간, 같은 반 여학생과 포크댄스를 췄을 때도 그랬다. 여학생의 손을 잡고 한 바퀴 돌며 재빨리 반대쪽 손을 닦아내고, 한 번 더 돌며 나머지 땀을 훔쳐내고. 그는 남들과 전혀 다른 춤을 추고 있는 듯 보였다. 이 밤, 용대가 차 안에 히터를 켜두지 않는 데는 그만한 이유가 있는 것이다.

카세트에서 조금 전 문장이 다시 나온다. 자기가 무슨 말을 하는지 아는 사람만의, 매끄러운 확신이 담긴 음성. 그리고, 용대가 듣기엔 한밤중 산속에서 만난 네 갈래의 길처럼 막막한 4성조……. 질 나쁜 녹음 환경 때문에 잡음 섞인 이국 말은 실제보다 더 먼 곳에서 오는 무전음처럼 절박함을 담고 있다. 도로 위, '빈 차'들의 행렬은 끝이 없다.

그 줄의 맨 끝자락에 용대가 손님을 기다리며 앉아 있다. 그가 며칠 전 외운 말은 뚜어샤오첸[多少钱], '얼마입니까?'였다. 그전에 공부한 말은 '나는 한국에서 왔습니다'란 뜻의 워스총 한궈라이더[我是从韩国来的]였다. 그밖에도 고맙다는 말, 미안하다는 말, 내 이름은 용대라는 말을 배웠다. 좋다는 말, 싫다는 말, 안녕이란 말을 깨쳤다. 체계도 두서도 없이 외는 말이었지만, 살아가는 데 꼭 필요한 말들이기도 했다. 용대는 손님이 없는 시간을 이용해 중국어테이프를 들었다. 싫증이 나면 라디오를 틀고, 짜증이 날 때면 며칠씩 거르기도 했다. 그래도 하루 한 문장 정도는 외우려고 애썼다. 공부라면 질색이지만, 대책 없고 먹먹한 시간을 보내는 법 중, 하기 싫은 일을 반복해보는 것도 나쁘진 않았다. 정체된 도로에 갇혀 있을 때는 더 의욕이 났다. 그는 '언젠가 나는 여길 떠날 사람'이란 암시에 위안받았다. 들려오는 얘기로 중국은 기회의 땅이라고 했다.

낯선 말은 통 입에 붙지 않았다. 중국어는 말이 말 같지 않고 노래 같았다. 단어나 문법뿐 아니라 수많은 문장의 멜로디를 외워야 하는. 아내는 베트남만 해도 성조가 여섯 개라며 용대를 격려했다. 굉장히 위로가 되는 말 같았지만 절대 위로가 되지 않았다. 6성조나 4성조나 복잡하긴 매한가지였다. 중국어공부를 결심한 건 2년 전이지만, 본격적으로 시작한 건 두 달이 되지 않았다. '본격'이라고 해봐야 운전석에 앉아 단순한 문장을 반복해 듣는 것뿐이지만. 없는 시간을 쪼개어 학원에 나가거나, 구립도서관에 가, 앉은 지 10분 만에 엎드려 자는 것보다는 나았다. 그것도 야자수가 그려진 와이셔츠에 금목걸이를 한 채 말이다. 용대에겐 휴일이 귀했다. 나이 든 회사 선배는 말했다. 이 일 해서 돈 벌겠다는 건, 자기 수명 깎아먹겠다는 말과 같다고. 그러면서도 그는 하루 열일곱 시간을 일했다. 용대는 평균 열네 시간을 달렸다.

일요일에는 주로 잠을 잤다. 아내는 따로 공부할 짬이 나지 않으면, 근무시간을 활용해보라고 말했다. 편안하게 하루 한 문장 정도만 외워보라고. 티브이에서, 그런 식으로 5개국어를 배운 정비공을 봤다고 했다. 중국말을 한마디 할 때마다 그의 탁하고 무지한 눈 속에는, 그가 한 번도 가보지 못한 나라— 광활하고 오래된 대륙, 믿을 수 없고, 믿고 싶은 소문이 무성한 고장의 풍경이 흔들렸다. 용대는 제가 하는 말을 곰곰 되씹었다. 워는 나, 더는 —의. 쩌웨이와 짜이는 각각 자리와 어디라는 뜻. 이어 붙이면 워 더 쩌웨이 짜이날.

"제 자리는 어디입니까?"

어디. 언제나 '어디'가 중요하다. 그걸 알아야 머물 수도 떠날 수도 있다고. 그녀는 '짜이날'이란 단어를 잊지 말라 했다. 그 말이 당신이 원하는 곳으로 데려가줄 거라고. 그다음, 그곳에 어떻게 갈지는 당신이 정하면 된다고. 뜻밖에도 많은 사람들이 길 잃은 나그네에게 친절하다고. 그러니 외지에 나가선 대답하는 것보다 질문할 줄 아는 용기가 중요하다고. 그녀는 용대가 기억하는 것보단 투박한 한국어문장으로 설명했다. 용대는 그런 말을 들을 때마다, 그런 말을 듣는단 이유만으로, 자신이 그런 말을 들어도 되는 사람, 그럴 자격이 있는 사람으로 느껴지곤 했다. '이 여자, 언제나 내겐 좀 과하다.'는 느낌이었는데 그때도 그랬다. 정성으로 이야기하면 서로 이해 못할 게 없다는, 소통에 관한 한 순진할 정도의 믿음이 있던 북쪽 여자. 일도 참 잘했지만 공부를 했다면 더 좋았을 젊은 아내. 처음, 손바닥에 땀을 닦고 악수를 건네자, 세상에서 제일 작은 부족의 인사법을 존중하듯, 웃으며 따라 한 여자. 웃을 땐 하얗게 웃고 죽을 땐 까맣게 죽어간 여자. '짜이날'을 발음하자, 그 여자가 떠올랐다. 용대는 아내가 뭔가 설명하고 전달하려 애쓰는 모습이 좋았다. 그 대상이 자기일 경우에는 더더욱. 언제나 말듯이 고파 크게 벌어졌던 눈. 지구축처럼— 사람을 향해 15도쯤 기울어져 있던 마음. 그 경사에 스스로 미끄러지면서도, 아프면 그저 '아야' 하고 말던 성격. 그녀는 용대를 진지하게 대해준 사람이었다.

용대는 어려서부터 주위의 홀대를 받았다. 가문의 수치, 가문의 바보, 가문의 왕따. 어느 집안에나 꼭 한 명씩은 존재하는 천덕꾸러기. 언젠가 그는 형수가 큰 소리로 자길 흉보는 소릴 들은 적이 있다. 형이 두부공장을 말아먹고 잠적해, 읍내 여관을 떠돈다는 소문이 돌 때의 일이다. 채권자들한테 시달리던 형수는 매일 읍내에 나가 여관을 수소문하고 다녔다. 돈도 돈이지만 애들 아빠가 연락을 끊어 외로웠다고, 돌아오는 버스 안에선 하염없이 눈물만 흘렸다고 했다. 그러다 막내 도련님한테 좀 도와달라고, 같이 찾아봐달라 부탁했다고.
"그랬는데, 용대 삼촌이 뭐라고 했는지 알아요?"
건넌방, 집안 여자들이 귀를 쫑긋 세우는 모습이 그려졌다.
"기름값 달라고 하대요. 오토바이 기름값."
어떻게 자기 형 찾는 일에 그럴 수 있냐고. 형이 삼촌을 얼마나 챙긴 줄 아냐며 형수는 흥분했다. 명절엔 같은 화제가 반복되는지라 흘려듣는 사람도 있었지만, 듣기에 재미없는 말은 아니었다. 사내들은 제상에 오른 술을 음복하며 다 들리는 얘길 못 들은 척했다. 용대는 아무 말 없이 우럭포를 찢으며, 어떤 표정을 지어야 할지 몰라 히죽 웃었다. 그런 얼굴이 얼마나 형편없어 보일지 하나도 모르면서.
"시집왔을 때부터 알아봤어요. 나는 혼자 밭에서 종일 고추 따고 있는데, 삼촌은 툇마루에 앉아 기타 치고 노는 거예요. 어머님은 또 아무 말도 안 하고."
중요한 건 형수가 하는 말이 다 맞다는 거였다. 제대 후 용대는 중국

집 배달, 이발소 보조, 술집 웨이터, 아파트 경비 등의 일을 전전했다. 대부분 형이 주선해준 자리였다. 용대에 대한 동네 사람들의 평판은 대체로 이러했다. 불성실하고 인내심이 적으며 유아적인 인간. 그가 사고를 칠 때마다 가족들은 '그럴 줄 알았다'는 식의 반응을 보였고, 용대도 나중엔 그렇게 생각했다. 용대가 색시라고 소개한 여자— 깡촌까지 내려온 다방 여자 치고도 심하게 못생겼던, 결국 용대의 얼마 안 되는 오토바이 사고보험금을 가지고 떠난—를 봤을 때도, 식구들은 '그러면 그렇지'의 태도로 일관했다. 몇 해 전, 추석 때였던가. 술에 취해 오토바이를 몰고 선산에 가다, 논두렁에 고꾸라져 있었을 때— 작열하는 가을볕 아래, 자신을 일제히 내려다보던 친척들의 얼굴을 기억한다. 형의 곤혹, 형수의 경멸, 조카의 무시, 사촌들의 냉소, 햇살을 등진 구경꾼들의 눈부신 멸시.

그가 서울에 온 건 7년 전의 일이다. 어머니 거처문제로 집안이 시끄럽던 때였다. 용대는 중요한 부동산계약 하나를 망쳤다. 가게를 정리하고 텃밭이나 가꾸며 사는 어머니의 집을 날려버린 거였다. 그저 보증을 서는 줄 알았는데, 용대의 선배라는 중개업자가 집을 두 사람에게 이중으로 팔아버리고 잠적해버린 뒤였다. 그 집은 용대가 어머니와 함께 사는 데였다. 1층짜리 평범한 양옥집이었지만, 그들 모자에게는 없어선 안 될 보금자리였다. 서류상 소유주 한 명은 대전 어디서 활동하는 조직의 깡패라고 했다. 날마다 집으로 이상한 사내들이 찾아왔다. 용대네 집 바로 옆에 평상을 펴놓고 술을 마시고 노래를 하고 아가씨를 부르는 양복쟁이들이. 그들은 어머니 텃밭에서 함부로 고추며 상추를 따 먹기도 하고, 동네 사람들 보기 창피할 정도로 시끄럽게 굴었다. 그리하여 형에게 '이 새끼가 하다 하다 별 지랄을 다 한다.'는 소리를 듣고 난생처음 귀싸대기를 맞은 날, 깡패들로부터 뻔하고도 무시무시한 최종통지를 받은 날, 용대는 집을 나왔다. 어스름한 새벽, 읍내 정류소에서 버스시간을 더듬던 그의 얼굴은, 10년 터울의 형보다 더 늙어 있었다. 가출이라 하기엔 너무 늦은 나이, 서른일곱 때의 일이다. 그렇게 혈혈단신 상경한 그가, 홀대에 익숙해진 그가, 도시의 속도에 여전히 어리둥절해하는 노총각이, 눈이 깊은 조선족 여자의 친절에 홀딱 빠져버린 건 이상할 일이 아니었다.

성은 임. 이름은 명화. 지린성 옌지에서 왔다고 했다. 그곳은 한국어와 북한의 조선어와 조선족의 조선어가 섞인 도시였다. 명화 역시 한국어와 조선어, 중국어를 다 할 줄 알았다. 그중 제일 잘하는 것은 중국어였다. 조선족이라 해서 다 가난한 건 아니었다. 조선족 중에도 유학을 가고, 사업을 하고, 명품을 사는 이들이 있었다. 아울러 밀항을 하고, 날품을 팔고, 결혼시장에 나오는 사람들이 있었다. 그건 한국도 마찬가지였다. 명화는 그중 후자에 속할 뿐이었다. 그녀의 첫 직장은 경기도의 한 골프장이었다. 그곳 직원전용식당에서 명화는 하루 종일 서서 설거지를 했다. 식판에 묻은 밥풀이 그대로 녹아버릴 정도로 독한 세제를 쓰고, 물로 두어 번밖에 헹구지 않는 어둑한 부엌에서. 명화가 먹는 밥도 매끼 그 식판에 담겨 나왔다. 이런 밥, 1년만 먹어도 골병 들겠다는 아주머니들의 농담에 같이 웃으며, 그녀는 고무로 된 앞치마에 장화를 신고 식판을 씻었다. 그러던 어느 날, 같이 일하던 동생의 눈에 세제가 튀었다. 스무 살이 안 된, 명화 동생 려화는 한쪽 눈이 멀었다. 그녀는 아무런 보상도 받지 못한 채 고국으로 돌아갔다. 동생을 배웅하고 오는 길, 명화는 골프장이 아닌 서울을 향해 발걸음을 돌렸다. 그리고 그때부터 그녀의 품팔이 삶이 시작됐다. 찜질방 청소, 발마사지, 가정부, 서빙, 모텔 청소…… 명화가 안 해본 일은 없었다. 고

용주는 망설이는 척하면서 낮은 임금의 노동자를 반겼다. 명화는 버는 돈의 3분에 2를 고향으로 보내며 근면하고 검소한 생활을 꾸려나갔다. 용대를 만났을 즈음, 명화의 얼굴은 실제보다 더 늙어 있었다. 용대는 성북동에 있는 기사식당에 자주 들렀다. 오직 명화를 보기 위해서였다. 돼지불고기백반을 주로 파는 가게였는데, 나중에는 그것만 하도 먹어 토할 지경이었다. 고기라면 개고기에 꽤 지쳐 있던 그가 다 늦어 돼지고기에도 물리게 될 줄은 아무도 몰랐다. 언젠가 명화도 그런 말을 했다. 세상에 예상만큼 덧없는 상상력도 없는 것 같다고. 위경련 때문에 한바탕 난리를 치고 일어난 다음 날 순하게 웃으며 그랬다. 용대는 부평이나 구리에 있다가도, 끼니때면 차를 몰고 성북동에 갔다. 잔돈도 그 집에서만 바꾸려고 했다. 수저질하는 내내 땀을 뻘뻘 흘려대는 용대의 모습은 명화가 아닌 누구의 눈에라도 쉽게 띌 수밖에 없었다. 어느 날, 용대는 파김치가 돼 퇴근하고 있는 명화를 발견했다. 용대는 "어디 가요? 가까운 데면 내 태워줄게."라고 수작을 부렸고, 명화는 너무 지친 나머지 단골손님의 호의를 받아들였다.

택시 경력 5년이 넘는 용대는 서울의 괜찮은 식당을 속속들이 알았다. 처음에는 유명해지고, 다음에는 천박해져버리는 음식점이 아니라, 허름하고 보잘것없지만 맛 하나만은 단정한 그런 집들을 말이다. 용대는 명화를 맛집에 자주 데리고 다녔다. 노래방에서 맥주를 마시고, 덕수궁을 걷고, 액션영화를 보기도 했다. 사람들은 조선족 특유의 말투를 듣고 이들을 힐끔거렸다. 명화는 용대에게 상냥했다. 하지만 그렇다고 해서 명화가 용대를 좋아한다고는 말할 수 없었다. 외로운 객지 생활에 지쳐, 용대와 시간을 보내고 있는 건지도 몰랐다. 사람들은 용대와 명화 사이를 수군거렸다. 아무리 불법체류자라지만 참한 처자가 열 살 연상의 별 볼일 없는 남자와 만나는 건 뭔가 문제가 있기 때문이 아니겠냐고.

어느 날, 용대는 명화에게 물었다. 그동안 혹시 해보고 싶은 게 있었느냐고. 명화는 잠시 고민하더니 카페에 가고 싶다고 했다.

"카페요?"

용대가 묻자, 그녀는 "여기 젊은 사람들 가는 그런 카페요."라고 답했다. 용대는 그제야 자기가 한 번도 그녀를 그런 곳에 데려간 적이 없다는 걸 알았다. 부러 그런 게 아니고 몰라서였다. 다방이나, 통기타 가수가 나오는 라이브 찻집을 제외하고 용대도 카페를 가볼 일은 거의 없었다. 그는 여느 택시기사들처럼 자판기 커피를 입에 달고 살았다. 용대는 새삼 명화가 젊다는 걸 깨달았다. 서른두 살, 그닥 매끈하지 않은 몸매에 피로한 얼굴을 한 여자지만 그래도 한창 나이라는 것을.

크리스마스날, 그는 명화와 카페를 갔다. 젊은 사람들이 가는 곳. 그런 곳이 어딜까 궁리하다 홍익대학교 근처의 찻집이 좋을 성싶었다. 그곳은 은은한 조명에 크고 작은 미술작품들이 걸린 지하 카페였다. 가게 안에는 재즈풍의 피아노곡이 흘러나왔다. 두 사람은 카페 한가운데 자리를 잡았다. 남은 좌석이 그것밖에 없어서였다. 용대는 연신 땀을 흘리며 주위를 두리번거렸다. 들어올 때부터 오금이 저렸는데 자리에 앉으니 더했다. 용대는 그 카페 안에서 가장 나이가 많아 보였다. 명화 역시 거기에 있는 사람들 중 가장 수수하고 촌스러운 차림이었다.

"음료 어떤 걸로 드릴까요?"

평소 같으면 넉살 좋게 '냉커피 주세요. 미사리 스타일로다가.' 라고 말했을 텐데. 용대는 다양한 커피메뉴를 보고 당황하다 녹차를 시켰다. 명화는 아이스크림을 주문했다. 어색하고 불편한 시간이 흘렀다. 용대는 자기에게 조금만 더 언변이 있었으면 하고 바랐지만 대화를 주도한 건 명화였다. 차분하고 편안하게. 가끔은 질경이처럼 푸르고 질기고 흔한 웃음을 터트리며. 용대는 이 날, 명화가 장녀라는 것, 부모와 어린 동생들을 그녀가 거의 다 먹여 살리고 있다는 것과 한쪽 눈이 먼 동생 얘기를 들었다. 명화는 용대에게 고향을 왜 떠났냐고 물었다. 용대는 좀 더 넓은 세상을 경험하고 싶어서라고 답했다. 카페 점원이 다가와 이들에게 종이 한 장을 내밀었다.

"오늘 이벤트 하고 있거든요. 빙고게임 아시죠? 손님들 중 제일 먼저 맞추시는 분께 선물로 몬테스알파 한 병 드려요. 종이 드릴까요?"

용대와 명화는 서로 얼굴을 빤히 쳐다봤다. 그러고는 동시에 고개를 끄덕였다. 빙고게임 같은 것, 하고 싶지 않았지만 왠지 그 안의 규칙을 따라야 할 것 같아서였다. 카페 안은 술렁였다. 삼삼오오 모여 앉은 테이블 위로 사람들의 머리가 둥글게 모아졌다. 용대는 종이를 한쪽에 치웠다. 그러고는 소란스러운 곳에 괜히 들어왔나 후회했다. 점원은 곧 낭랑하게 외치기 시작했다.

"자, 이제 숫자 부릅니다. 첫 번째는 칠!"

사람들이 자기 쪽지에 적힌 숫자를 지우려 허리를 수그렸다. 여기저기서 얕게 터져나오는 웃음과 말소리가 들렸다. 점원은 이어 말했다.

"십삼!"

용대는 손바닥에 배어난 땀을 바지춤에 닦았다.

"저기…… 명화 씨. 이런 말 하긴 좀 이르다는 걸 알지만서도……."

명화가 눈을 동그랗게 뜨고 용대를 바라봤다. 용대는 녹차를 조금 마시려다, 이미 다 먹은 걸 알고 관두었다.

"이십오!"

그렇게 약 10여 개의 숫자가 나오는 동안, 용대는 아무 말도 하지 못했다. 명화는 종이 위에 무심히, 자기만 알아볼 수 있는 낙서를 했다.

온통 한자라, 내용이 몹시 궁금했지만 용대는 물어보지 못했다. 명화
는 이제 막 프러포즈를 하려고 하는 남자의 초조를 예의 바르게 기다
리고 있었다. 용대는 카페 안의 분위기가 낯설고 불편해 어쩔 줄 몰라
했다. 그래도 그날, 용대는 그 카페에서만은 세상에서 가장 늙은 사람
이 되어, 한 여자를 바라보고 있었다. 카페 안의 모든 사람이 일제히
머리를 숙여 숫자를 지우고 있던 때, 꼿꼿이 허리를 세운 채 서로의 눈
을 바라보고 있던 커플은 그 순간, 오직 그 둘, 용대와 명화뿐이었다.

"이십삼!"

결국, 용대는 못 참겠다는 듯 용기 내어 말했다. 명화가 기대에 찬
눈으로 용대를 바라봤다.

"저기 괜찮다면 나랑……"

"네?"

"여기서 나가죠."

물론 명화가 예상한 말은 아니었다. 그렇다고 용대가 하려고 마음먹
은 얘기 역시 아니었다.

용대는 카세트 듣기를 멈추고 라디오를 튼다. 중국말공부가 지루해
진 참이다. 용대가 좋아하는 개그맨이 진행하는 프로그램에서 가요가
흘러나온다. 최호섭의 「세월이 가면」이다. 용대는 앞 차가 빠져나간
자리로 슬슬 이동하며 오래전 홍대에서 수색까지 태운 손님을 떠올린
다.

"아저씨, 볼륨 좀 높여주실 수 있으세요?"

그날, 그녀는 술에 취해 불콰해진 얼굴로 종알거렸다.

"이 노래, 제 옛날 애인이 참 잘 불렀거든요."

"아, 네."

하루 열네 시간. 택시를 몰며 다양한 사람을 만났고, 많은 얘기를 들었다. 한 번 보면 다시 안 볼 사람들이라 의미 없이 오가는 대화가 많았지만. 이따금 기억에 남는 말들이 있었다. 도시 곳곳에는 한쪽 손을 번쩍 든 채 택시를 잡는, 술에 취해 아름답고 어그러진 말들을 차비처럼 내려놓고 가는 사람들이 있었다. 때론 두서없고 엉뚱한, 어느 때는 철렁하고 알 수 없는 말들을 반짝이는 동전처럼 흘리고 가는 사람들이. 무례한 사람이야 그보다 많았지만. 그중 어떤 말은 용대의 마음을 흔들었다. 물론 용대는 알고 있었다. 택시 안에서는 기사도, 손님도 거짓말을 한다는 것을. 교육받으러 온 사람의 30퍼센트가 한 달 안에 그만두고, 2, 3개월이 되면 절반 이상이 그만두고, 6개월 후에는 한두 사람밖에 안 남는 회사에서, 같은 기사들끼리도 거짓말을 한다는 것을. 자기 위치가 초라할수록 풍선처럼 커다란 허풍을 떤다는 것을 말이다. 풍선 끝 부력에 매달린 사람들은 둥실둥실, 용대처럼 어딘가 불안해 보였다. 택시기사들이 손님을 떠올리는 중요한 방식 중 하나는 동선이었다. 이를테면 '어디에서 어디까지.' 구두수선공이, 안마사가 그렇듯 사람을 알아보고 기억하는 직업적 감각이었다. 일산으로 가든, 잠실로 가든, 답십리로 가든 사람들은 여전히 허황된 말을 잘했다. 이상한 점은 금방 들통 나리라는 걸 알면서도 그들이 그런 말하기를 멈추지 않는다는 거였다. 자기가 안기부 간부라고 으스대던 중년은, 앞차가 급브레이크를 밟자 "저 새끼 차 세워!"라고 한 뒤 '남바'를 적으라고 요란을 떨었다. 물론 그가 안기부 직원일 리 없다는 건 용대도 단번에 알 수 있었다. 모 은행의 지점장이라고 밝힌 남자는 "아저씨, 그거 벌어, 먹고살 만해요?"라고 얄궂게 굴었다. 그러고는 막판에 돈이 모자란다며 계좌번호를 불러달라고 했다. 하루에 수십 통의 전화를 해, 그에게서 밀린 요금을 받는 데는 2주가 넘게 걸렸다. 거스름 돈 백 원을 건네자, 말도 안 하고 차문을 쿵 닫아버리는 처녀들의 무례도 흔한 일이었다. 그래도 간혹 호기심을 일으키는 손님들이 있었다. 얼마 전 종로에서 노원까지 태운 사내도 그랬다. 그는 술에 취해 중얼거렸다. 아내가 몸에 좋다고 이상한 플라스틱이 잔뜩 든 세라믹베개를 사 왔는데, 잘 때마다 바스락거린다고. 그래서 요즘 계속 시끄러운 꿈을 꾼다고. 아내는 왜 자꾸 그런 걸 사 오는지 모르겠다고. 차에서 내릴 때까지 그는 그 말만 반복했다. 대학로에서 조명 일을 한다 했던가? 택시비가 없는데 인형을 대신 받아주면 안 되겠냐고 말한 총각도 애교가 있었다. 그리고 그날, 「세월이 가면」을 크게 틀어달라고 한 아가씨도. 용대는 아가씨의 요구대로 라디오 볼륨을 올렸다. 옛날 노래 특유의, 밋밋해서 애달픈 소리가 택시 안에 퍼졌다. 세월이 가면 가슴이 터질 듯한 그리운 마음이야 잊는다 해도.

"아, 좋다."

그녀는 창문을 연 뒤 눈을 감았다. 그러곤 잠자코 앉아 노래를 들었다. 아무 말도 않고 창밖만 보면서. 그녀의 긴 머리가 바람에 펄럭였다. 노래가 끝나자, 여자는 운전석을 향해 상체를 기울이며 말했다.

"그런데요, 아저씨. 제가 저번에 택시 안에서 굉장히 좋은 노래를 들었거든요. 완전 감동적인. 근데 노래가 끝나기 전에 집에 다 와서 내려야 되는 거예요. 무슨 클래식인가? 처음 듣는 연주곡이었는데, 나 그런 거 하나도 모르는데, 그래도 좋은 거예요."

용대는 백미러로 여자의 얼굴을 흘깃거렸다.

"인간들은 참 신기해요. 그런 걸 다 만들어내고."

20대 후반쯤 됐을까? 유행을 타지 않은 옷이 단정하지만, 낯빛이 거무죽죽한 걸 봐서 간이 안 좋은 듯했다. 얼마간 교육받은 여자의 말씨, 그러나 조금 감상적인 성격을 갖고 있는 손님. 그래서, 「세월이 가면」

을 잘 불렀다는 그 남자, 간이 나쁜 이 여자의 옛 애인은 잘 지내고 있을까? 어쩌면 한 번쯤 용대가 태웠을지도 모르는 사람이리라. 용대는 아가씨가 토를 하지 않을까 걱정됐다. 사흘 전에도 시트 안에서 토 냄새가 안 빠져 일을 못 했다.

"그러니까 제 말은요. 그렇게 우연히 노래랑 나랑 만났는데, 또 너무 좋은데, 나는 내려야 하고, 그렇게 집에 가면서, 나는 그 노래 제목을 영영 알지 못하게 되겠구나, 하는 생각이 드는 때가 있다는 거예요."

용대가 물었다.

"그럼 다 듣고 내리지 그랬어요."

그녀는 나이답지 않은 인자한 미소를 지으며 답했다.

"그런데 감동적인 음악을 들으면요, 참 좋다, 좋은데, 나는 영영 그게 무슨 노래인지 알 수 없을 거라는, 바로 그 사실이 좋을 때가 있어요."

"……"

그때는 그러려니 했는데. 이따금 그 아가씨 말이 떠올랐다. 무슨 말인지 정확히 모르겠지만 동시에 이해할 수 있을 것 같던 기분이. 어쩌면 명화, 그렇게 잠깐 살고 만 북쪽 여자도— 용대에겐 끝까지 제목을 알 수 없는 노래가 아니었을까. 다 듣고 내리지 못한 노래. 생각도 잘 안 나면서 잊을 수 없는 소리 말이다. 명화는 많은 질문을 남겨두고 떠났다. 용대가 섭섭한 것은, 그녀 역시 자기에 대해 충분히 알지 못한 채 가버렸다는 거다. 알려주고 싶은 게 많았는데. 그렇게 훌쩍 갔다.

구애는 종로타워 꼭대기에 있는 한 레스토랑에서 이뤄졌다. 연인들이 프러포즈를 하기로 유명한 데였다. 용대도 오고 가다 눈으로 보기만 했지 들어가보기는 처음이었다. 하지만 갤러리카페에 갔을 때보다는 여유가 있었다. 메뉴를 택하고 종업원을 대하는 태도는 서툴렀지만, 용대는 명화를 이런 곳에 데려왔다는 사실에 가슴 벅차했다. 서울 한복판, 도시의 중심에서 거리를 내려다보며 이들은 비프스테이크를 먹었다. 명화는 어딘가 울적하고 불안해 보였다. 식당일이 고된지 얼굴이 푸석했다. 용대가 디저트를 오물거리고 있을 때, 명화는 화장실에 가 먹은 것을 게워냈다. 흰색 변기 위로 핏기가 채 가시지 않은 쇠고기 조각이 엷은 기름띠와 함께 둥둥 떠올랐다. 명화는 자리에 돌아와 후식을 드는 척했다. 용대는 망설이다 반지를 내밀었다. 그러곤 '결혼해주세요.' 나 '사랑합니다.' 가 아닌 '나랑 삽시다.' 라고 말했다. 명화는 테이블 위의 반지를 한참 쳐다보, 조용히 '생각해볼게요.' 라고 대답했다.

결혼식은 없었다. 명화와 용대는 구청에서 도장만 찍었다. 보증인으로는 성북동 기사식당의 아주머니와 H운수의 정비부장이 나섰다. 살림을 차린 후, 용대와 그녀는 수중의 돈이 다 떨어질 때까지 아무것도 안 하고, 어둑한 반지하방에서 살만 섞었다. 열에 달뜬 청춘처럼 새삼스럽게. 늙은 추방자들처럼 절박하게 말이다. 밥 먹다 안고, 잠결에 안고, 비 오면 안고, 해 지면 안고. 집 밥이 물릴 때면 자장면이나 피자, 족발 같은 것을 시켜 먹으며 안고. 성룡이 나오는 비디오를 보다 안고. 작대기로 때려도 절대 떨어지지 않는 뱀처럼 완강하게 서로 꼬여 있더랬다. 몸을 섞다 지칠 때면, 둘이서 가만 발가벗고 누운 채 지나가는 행인들의 발걸음을 쳐다봤다. 장맛비가 오는 날엔, 길바닥에 퍼지는 무수한 파문을 바라봤다. 용대에겐 그 한 달이 자기 인생에서 가장 행복했던 시절이었다. 명화는 참으로 오랜만에, 한국에 와 처음으로 쉬는 느낌을 받았다. 그녀는 가족이나 고용주나 고객을 위한 시간이 아닌 온전히 자기만을 위한 순간을 누렸다. 사랑을 하며 자기 몸이 자기

것으로 느껴지는 기분도 좋았다. 그것은 너무 당연하게, 그리고 생생한 감각으로 다가왔다. 용대는 아무 생각 없이 신혼의 단꿈을 즐겼지만, 명화는 잠에 곯아떨어진 용대의 얼굴을 저 혼자 한참이나 처다보곤 했다. 그렇게 꼬박 한 달을 안고 나니 돈이 바닥났다. 대부분의 돈을 집에다 송금해온 명화는 가진 게 없었다. 용대는 상경 후 비교적 근면하게 일했지만, 신혼집 전세금을 치러 여윳돈이 없었다. 명화는 당분간 식당에 나가고 싶지 않다고 했다. 용대는 걱정하지 말라며, 돈을 자기가 벌겠다고 했다. 그는 다시 핸들을 잡았다. 택시회사란 언제나 시작할 수 있고 언제든 그만둘 수 있는 곳이었다. 그 말은 다시 말해, 언제든 벗어나기 힘든 곳이라는 뜻이기도 했다. G운수에선 전에 다닌 회사의 경력이 인정되지 않았다. 그건 대부분의 운수회사도 마찬가지였다. 용대는 도급 택시를 몰게 됐다. 선불로 10만 원을 내고, 그날그날 택시를 빌려 쓰는 방식이었다. 몇 달 후 용대는 명화가 위암이라는 걸 알았다.

창밖, 택시 행렬이 조금씩 준다. 용대는 어느새 맨 앞줄에 와 있다. 이 시간, 강남 술집 앞은 차가 잘 빠지는 편이다. 어깨동무를 한 채 휘청거리는 샐러리맨들이 보인다. 누군가는 골목에서 토를 하고, 늘씬한 아가씨들 몇몇은 손님과 동행하고 있다. 어제는 내부순환도로를 세 번이나 타 재수가 좋았다. 오늘은 요금을 제대로 찍지 못했다. 상경 후 정말 할 게 없어, 딱 2, 3개월만 하려 한 게 이렇게 됐다. 몸이 아파 차를 세워둬도 자기 돈으로 사납금을 채워넣어야 하고, 월차도 없고, 70에서 100만 원 선의 쥐꼬리만 한 월급을 주는 곳이지만. 당장 현금을 만질 수 있다는 게 큰 매력이었다. 그리고 바로 그 점 때문에 게임방이나 경마에 빠지거나, 사채를 쓰는 기사들이 많았다. 용대도 잠시 온라

인게임에 미쳐 있던 때가 있었다. 그는 피시방에서 고스톱을 치다 어머니의 부음소식을 들었다. 어머니는 집을 뺏기고, 읍내에 있는 형네 얹혀살다 화병이 나 돌아가셨다고 했다. 그리고 그 소식을 들은 순간, 용대는 깨달았다. 자신이 더 이상 고향에 내려갈 수 없게 됐다는 것을. 가고 싶어도 가지 못하게 됐다는 것을 말이다. 하지만 용대는 장례식장에 갔다. 누가 알아볼까 상복도 못 입고 택시를 몰던 점퍼차림 그대로 내려갔다. 용대는 병원 주위서 한참 서성거렸다. 그래도 용기가 나지 않아 터미널 부근 술집에서 소주를 마셨다. '한 잔만 더 하고 가자, 한 잔만 더'라고 한 게 곧 네 병이 됐을 즈음 용대는 자리에서 일어나 장례식장으로 갔다. 식구들은 뜨악한 눈으로 용대를 봤다. 아무도 용대에게 인사를 건네거나 안부를 묻지 않았다. 용대는 비틀비틀 어머니 빈소를 향했다. 그러고 상주인 형이 용대를 만류하기도 전에 "엄마!" 하고 외치며 영정사진을 향해 자빠졌다. 사진 속 어머니에게 안기기라도 할 모양새였다. 그 바람에 앞에 있던 향로가 엎어졌다. 아직 다 타지 않은 향불과 모래가 바닥에 어지럽게 쏟아졌다. 용대는 자리에 주저앉아 눈물과 콧물을 쏟아내며 아이처럼 울어댔다. 식구들은 그들 일으켜 세우려고 했지만 용대는 몸을 비틀고 떼를 쓰며 진상을 떨었다. 다음 날, 큰형은 그에게 싸늘한 목소리로 말했다.

"내가 너라면 여기 안 왔다."

아내의 병이 깊어갈 즈음, 그는 식구들에게 다시 연락했다. 형제들은 그가 결혼한 걸 몰랐다. 그들은 보험금을 빼먹고 떠난 다방 여자와 명화가 비슷한 부류일 거라 생각했다. 그렇게 괜찮은 여자가 왜 용대 같은 남자랑 살겠냐는 식으로. 작은형은 대놓고 '네 전화를 받은 건 모르는 번호였기 때문'이라고 말했다. 용대는 식구들에게 외면당하고 사촌들을 찾아다녔다. 누군가는 완강히 거절했고, 누군가는 요령껏 몇 십만 원을 쥐어준 채 돌려보냈다. 어쨌든 명화는 죽었다. 병원비가 아니더라도 죽을 상태였으나, 천천히 죽지 못하고 좀 이르게 갔다. 나쁜 냄새를 풍기며. 바싹 쪼그라든 채.

서초동 S호텔 앞, 누군가 택시를 잡으려고 하는 모습이 보인다. 그는 호텔서 같이 나온 아가씨의 허리에 손을 감은 채 그녀의 귀에 뭐라 속삭이고 있다. 용대는 직감적으로 그 남자가 자신의 택시에 타리란 걸 안다. 그러다 실망한 게 한두 번이 아니고, 자기 손님은 따로 있다고 믿는 편이지만. 그들은 정말 이쪽을 향해 뚜벅뚜벅 걸어온다. 여자는 딱 봐도 직업여성이다. 남자는 검은색 고급 양복을 입고 있다. 용대는 "어?" 하고 남자의 얼굴을 살핀다. 남자는 운전석을 확인도 하지 않은 채 대뜸 뒷좌석에 오른다. 차 문이 열리자 차가운 바깥바람이 훅— 들어온다. 여자가 창밖에서 산뜻하게 인사한다.

"자기야 잘 가. 좀 자주 오고, 알았지?"

여자의 샴푸 냄새가 운전석까지 실려 온다. 남자는 웃으며 "에이, 알았어, 알았어."라고 말한 뒤 차문을 닫는다.

"어디로 모실까요?"

용대는 백미러로 비치는 남자의 얼굴을 재차 확인한다. 그러고는 반가움에 크게 소리친다.

"너, 지훈이 맞지? 그렇지?"

뒷좌석에 비스듬 앉아 헝클어져 있던 남자는 엉겁결에 자세를 바로 앉는다. 제 이름을 듣고 긴장하면서도 아직은 '누구지?' 하는 얼굴이다.

"예?"

"나야, 나. 용대 삼촌."

용대가 환하게 웃는다. 그 모습이 얼마나 주책없어 보일지 하나도 모르면서. 지훈은 그제야 정신을 차리고 어정쩡한 목례를 한다. 내리기엔 너무 늦어버렸다는 후회와 함께.

"아, 안녕하세요."

두 사람은 눈을 맞춘다. 짧은 찰나, 그들 사이에 교차하는 감정은 서로 다르다. 용대는 한참 만에 보는 친척이 짠하고 살갑지만, 지훈은 '이제부터 집에 가는 길이 아주 멀고 불편해지겠구나.'라는 생각부터 한다. 게다가 조금 전 아가씨와 함께 있는 모습을 보인 게 신경 쓰인다.

"잘 지내시죠?"

"그럼. 너는?"

둘은 팔촌 지간이다. 용대는 지훈에게 당숙이지만, 지훈은 어려서부터 그냥 삼촌이라 불러왔다. 용대가 작은집의 늦둥이인 탓에, 이들의 나이 차는 많이 나지 않는다. 두 사람이 얼굴을 본 건 거의 1년 만이다. 지훈이 분가를 하기 전, 목동 아버지 집에 얹혀살 때의 일이다. 뒤늦게 퇴근을 하고 보니 거실에 용대 삼촌이 앉아 있었다. 지훈은 엉거주춤 용대에게 인사를 하고 작은방으로 들어갔다. 어머니는 그 옆에서 배를 깎고, 아버지는 근엄한 얼굴로 불 꺼진 티브이만 바라보고 있었다. 지훈은 삼촌이 갈 때까지 방에서 나오지 않았다. 무슨 일인지는 몰라도 자기가 낄 분위기가 아니라는 판단에서였다. 그는 삼촌이 절망적인 표정으로 현관을 나설 때 한 번 더 목례를 했다. 지훈은 훗날 용대가 돈을 꾸러 왔다는 걸 알았다. "우리도 형편이 어렵다, 저 녀석도 분가 못 시키고 이렇게 한집서 살고 있지 않냐."며 아버지가 삼촌을 돌려보냈다는 사실도. 용대는 그날 무릎을 꿇은 채 덥고 축축한 손으로 사촌 형의 손을 잡았다. 평소와는 다르게, 그러지 않으면 안 된다는 듯 손에 온 힘을 싣고. 아버지는 지훈에게 "그 새끼, 또 술 먹고 왔더라."며 혀를 찼다

"집으로 가는 거지?"
"예? 예."
"목동! 7단지 맞지? 작년에 우리 거기서 봤잖아"
지훈은 난처해한다. 자기가 목동에 산 건 사실이지만 지금은 아니다. 그는 여기 유흥가에서 멀지 않은 도곡동에 산다. 비교적 여유가 있는 처가에서 아파트를 마련해줬기 때문이다. 하지만 삼촌이 너무 다정하고 자랑스럽게 얘기하는 통에, 또 지금 그보다 더 좋은 집에 살고 있다는 말을 꺼내기 어려워 "거기가 맞다."고 해버린다. "어떻게 기억하시냐."고 마음에도 없는 추임새까지 넣으면서. 용대는 신이 나 차를 몰기 시작한다.
"담배 피워도 되지?"
용대는 담뱃불을 붙이며 형식적으로 묻는다. 담배연기라면 질색이지만 지훈은 "그럼요." 하고 예의 바르게 답한다. 삼촌은 늘 이런 식이었다. 잘은 모르지만 어릴 때 언뜻언뜻 본 느낌, 어른들의 얘기를 통해 새겨진 인상 그대로다. 창문 사이로 바람이 들어온다. 담배연기는 밖으로 빠져나가지 못하고 차 안에서 회오리친다. 지훈은 얼굴을 찌푸리지 않으려 애쓴다.
"야, 조카랑 같이 타니까 담배도 필 수 있고 좋다."
여기서 목동은 먼데. 목동에서 다시 도곡동까지 어떻게 가나 걱정이다. 그리고 그동안 삼촌과 무슨 얘길 하나 싶다. 그간 용대에 관한 소

식은 가끔 들었다. 고향을 떠났다는 것, 작은할머니의 집을 날렸다는 건 오래전에 알았다. 택시 몰고, 얼마 전 결혼을 했다는 얘기도 들었다. 그 밖에 지훈이 삼촌에 대해 알고 있는 건 거의 없다. 그는 그저 먼 친척일 뿐이었다. 피가 섞였지만 살면서 별로 만날 일 없는, 도움도 피해도 주지 않을 사람.

"요즘 바쁘지?"

용대는 음탕한 얘기라도 하는 듯 짓궂게 속삭인다.

"야, 검사는 한 달에 얼마 버냐?"

당황한 지훈은 담담한 말투로 대답하려 노력한다.

"그냥, 생각보다 얼마 안 돼요."

창밖, 서양인 얼굴을 한 마네킹 커플 한 쌍이 한복을 입은 채 웃고 있다. 불경기라 그런지 거리는 평소보다 썰렁하다. 횟집 앞, 커다란 플라스틱 꽃게모형이 보인다. 주부노래교실이 보이고, 불가마사우나도 보인다. 넓고 장사가 안 되는 오리고깃집에선 끝까지 남은 젊은 남녀가 천천히 섹스의 가능성을 재고 있다. 용대는 라디오 볼륨을 높인다.

"아, 당신은 얄미운 사람. 아 당신은 야속한 사람."

핸들 위의 손가락이 까닥인다. 용대는 슬쩍 조카의 눈치를 살핀다. 집안의 긍지, 집안의 자랑, 집안의 수재, 지훈이 조카. 그러자 돌연, 조카에게 잘 보이고 싶은 마음이 든다. 홍대에서 수색까지 간 아가씨가 했던 것 같은, 그런 말을.

"인간들은 참 대단해. 이런 걸 만들어내고."

지훈은 잠시 딴생각을 하는지 말이 없다.

"그치?"

"네?"

"어?"

"조금 전에, 뭐라고 말씀하셨어요?"

용대는 자기가 실수한 건 아닌지, 멋있어 보이려고 한 말인데, 뭔가 우스워져버리진 않을지 걱정이다.

"아니, 아무것도 아니야."

"제가 정말 못 들어서 그래요. 죄송해요. 뭐라셨는데요?"

용대의 얼굴이 빨개진다. 용대는 슬며시 라디오 볼륨을 줄인다.

"아니야. 어른들은 잘 계시니?"

사실 용대와 지훈의 집안은 사이가 좋지 않았다. 어른들만 그런 게 아니라 자손들도 그랬다. 지훈 쪽의 가계는 할아버지 때부터 잘살았다. 까막눈에 농투성이인 용대의 아버지가 지훈의 할아버지를 뒷바라지해온 덕이었다. 용대의 아버지는 소 먹이고 쌀 판 돈으로 지훈의 할아버지를 가르쳤다. 지훈의 할아버지는 대학 졸업 후 무역회사에 다니며 승승장구했다. 그러고는 은혜를 갚겠다고 한 약속을 저버렸다. 도리어 매년 개소주를 해갖고 올라오라는 둥, 친구들과 놀러 가는데 음식을 해놓으라는 둥 유세를 부렸다. 지게에 개소주 꾸러미를 이고, 고속터미널 안, 백화점 앞에 쭈그려 앉아 있는 아버지를 보고 작은형은 속이 터졌다고 했다. 계급은 그 자식들과 손자들에게도 세습됐다. 용대의 아버지는 자식들 교육에 관심이 없었다. 용대의 형제들은 교육열이 높았지만 정작 자기 자식들에게 '이런저런 쪽으로 가라.'라고 말해줄 만한 환경과 정보를 갖고 있지 못했다. 지훈은 명절 때마다, 두 집안 사이에 흐르는 미묘한 신경전을 느꼈다. 대놓고 표현한 적은 없지만, 이쪽 집안은 저쪽을 은근 '무식하고 천박하다.' 여겼고, 다른 쪽은 반대로 '얌체 같고 재수 없다' 생각했다. 지훈네 집안에선 일말의 오만함이, 용대네선 열등감이 작용했다. 그리고 그 열등감에 정점을 찍는 것이 용대란 존재였다. 식구들은 용대를 창피해했지만, 특히 큰집 식구들 앞에서 그랬다.

　몇 해 전 추석. 지훈은 사법고시에 합격해 홀가분한 마음으로 명절 음식을 먹고 있었다. 친척들의 축하와 격려를 즐기고 살짝 피곤해하기도 하면서. 그날, 삼촌의 모습은 보이지 않았다. 삼촌은 오토바이를 타고 먼저 읍내에 나갔다 했다. 삼촌이 추석 전날 만취해 차례에 오지 않는 건 몇 해째 있는 일이었다. 지훈은 아버지의 승용차를 타고 선산으로 향하는 중이었다. 터를 옮기고 단장을 한 후, 어른들이 아주 자랑스러워하는 곳이었다. 5대 할아버지 대부터 절을 올리며 층층이 계단식 묘를 내려올 때면 자기도 모르게 경건한 자긍심이 들곤 했다. 그날은 유난히 날이 더웠다. 구불거리는 비포장도로를 달리던 아버지는 갑자기 한쪽에 차를 세웠다. 앞에 아는 사람들의 모습이 보여서였다. 길가엔, 다른 친척들의 자가용이 죽 세워져 있었다. 지훈은 차에서 내려 가족들과 함께 사람들이 모인 곳으로 갔다. 그리고 거기 용대 삼촌이 있었다. 불콰해진 얼굴로 논두렁에 처박힌 채. 큰 당숙의 당혹스런 표정이 제일 먼저 눈에 띄었다. 큰 당숙은 용대 삼촌을 일으켜 세운 뒤 뭐라 나무랐다. 왜 술을 먹고 운전을 하냐, 논바닥에 빠졌으니 망정이지 죽기라도 하면 어쩌려고 그러냐, 뭐 그런 말들이었다. 용대 삼촌은 여전히 정신이 없었다. 당숙 몇 명이 삼촌의 오토바이를 끌어올린 후, 근처에 있는 교회 앞마당에 세워뒀다. 사람들은 삼촌을 어떻게 할지 상의했다. 그러곤 일단 선산에 데려가기로 뜻을 모았다. 그곳에 내버려둘 수 없고, 취한 자손이라도 성묘를 가는 게 옳아서였다. 용대는 지훈네 차를 타게 되었다. 거기 자리가 하나 비어서였다. 에어컨을 틀기에는 뭣하고, 그렇다고 안 틀어놓기도 애매하게 더웠던 날. 지훈은 여동생과 용대 삼촌 사이에 바싹 끼어 최대한 몸을 움츠리고 있었다. 삼촌과 살이 닿는 게 낯설고 왠지 불편해서였다. 하지만 차가 덜컹일 때마다 삼촌의 어깨며 허벅지가 지훈에게 부딪혔다. 용대는 술 냄새를 풍기며 지훈에게 말했다. 이번에 합격했다는 말 들었다고, 나는 네가 너무 자랑스럽다고. 그러면서 한 손으로 지훈의 손을 잡았다. 땀이 흥건한 게 축축하니 덥고 낯선 손이었다. 지훈은 그때 삼촌 손이, 그 뜨거운 느낌이 참 싫었다. 지훈에게 용대의 인상이란 그런 것이었다. 무더운 날, 눈치 없는 사람이 내미는 뜨거운 악수 같은 것. 용대는 선산에 도착할 때까지 지훈의 손을 놓지 않았다.

택시는 어느새 오목교로 접어들고 있다.

"야, 내가 친구들한테 내 조카가 검사라고 말하면 아무도 안 믿는다. 다들 뻥 친다 그러고. 술자리서 한번 전화할 테니까 증명 좀 해줘."

"아, 네."

"야, 조카가 검사니까 나 사고 쳐도 문제없겠다. 하하. 너 명함 있지? 하나 주라."

지훈은 엉거주춤 주머니에서 명함을 꺼낸다. 스테인리스 소재에 감각적인 문양이 들어간 명함집이다. 지훈은 만일을 대비해 갖고 다니는 다른 명함을 건넨다. 기종이 바뀌기 전의 휴대전화 번호가 적혀 있는 옛날 명함이다.

"애는 아직 없고?"

"집사람이 임신 중인데, 가을에나 나올 거예요."

"잘됐네. 이야, 너 돈 많이 벌어야겠다."

새벽 두 시. 도시의 풍경은 황량하다. 택시 안은 그새 조용해진다. 지훈은 용대가 아내의 임신과 조금 전 호텔 앞 풍경을 연결시킬 거란 짐작에 언짢아진다. 머쓱한 침묵이 생각보다 꽤 길게 이어진다. 지훈은 혹 자신이 무례해 보이지 않을지, 아랫사람답게 먼저 살가운 말을 건네야 하는 게 아닌지 마음 쓰인다. 지금까지는 삼촌이 물어오는 말에만 대답했다. 그래도 삼촌인데. 지훈은 모처럼 용기 내어 안부를 묻는다.

"참, 당숙모는 잘 계시죠?"

"……"

용대는 흘깃 백미러로 지훈을 바라본다. 둘 사이에 정적이 흐른다. 창밖, 커다란 수조 안에서 9,900원 중국산 광어가 몸을 튼다. 용대는 주저하다 태어난 이래 처음으로, 정말 삼촌다운 목소리로 부드럽게 대꾸한다.

"그러엄."

"결혼식에도 못 가 뵙고 죄송해요. 나중에서야 알았어요."

"뭘, 나도 너 결혼할 때 못 갔는데. 저기서 우회전 하는 거 맞지?"

지훈은 익숙한 곳에 다다르자 새로운 감회를 느낀다. 조경이 단정해 다른 곳보다 조금 더 비쌌던 곳. 이곳에서 학교에 다니고, 아내와 산책을 하고, 쓰레기를 버리고, 취중에 노상방뇨를 했던 기억이 난다.

"저기 놀이터 앞에서 세워주세요."

용대가 능숙한 솜씨로 차를 세운다. 지훈은 지갑에서 만 원짜리 두 장을 꺼낸다.

"됐어, 됐어. 만 원만 줘."

지훈은 어깨를 움츠린 채 용대에게 꾸벅 인사한다. 입에서 허연 입김이 나온다.

"살펴 가세요."

"들어가. 아버지한테도 안부 전하고. 연락할게."

용대는 불쑥 차창 너머로 손을 내민다. 운전석에서 먼 탓에 아주 불편한 자세다. 지훈은 손을 내민 후 축축한 용대의 손을 잡고 어설프게 몇 번 흔든다. 택시는 7단지 입구를 빠져나간다. 지훈은 아파트로 들어가는 척하면서 재빨리 화단의 나무 뒤로 쏙 숨는다. 용대가 사라질 때까지 기다렸다가, 도곡동으로 돌아갈 계획이다. 용대는 횡단보도 앞에서 긴 신호를 기다리고 있다. 지훈은 그렇게 나무 뒤에 붙어, 용대가 시야에서 사라질 때까지 바싹 웅크리고 있다.

용대는 7단지 근처의 편의점 앞에 차를 세운다. 조카를 내려준 후 담배 생각이 나서였다. 운전을 하며 피울 수도 있었지만, 왠지 그러고 싶지 않았다. 마침 편의점 근처에 커피자판기가 눈에 띄었다. 용대는 커피가 나오는 동안 담배에 불을 붙인다. 교대시간이 가까워졌는데, 오늘도 선금으로 치른 사납금을 채우지 못했다. 용대는 밀크커피를 홀짝이며 최대한 천천히 담배를 빤다. 그러다 저기, 누군가 멀리서 택시를 잡고 있는 모습을 본다. 차가 잘 안 잡히는지, 추워서인지 사내는 종종대고 있다. 재빨리 유턴하면 용대가 태울 가능성도 있다. 용대는 담배를 밟아 끄고 택시로 향한다. 그러다 순간, 멈칫하고 황급히 골목 안으로 들어간다. 그 사내가 마치 자기 조카처럼 보였기 때문이다. 용대는 가로등 하나 없이 컴컴한 골목 안에 몸을 숨긴다. 그러곤 조카가 탄 택시가 보이지 않을 때까지 오래도록 거기 서 있는다.

빈 택시 안, 빙글빙글 돌아가는 테이프 소리가 고적하다. 용대는 허기진 표정으로 '워 더 쩌웨이 짜이날'을 반복 청취한다. 조금 전, 지훈이 아내의 안부를 묻는 통에 명화 생각이 났다. 신혼 초, 질경이같이 흔하고 푸르던 그 여자는 토하고, 발작하고, 악을 쓰며 조그맣게 줄어갔다. 나중에는 깃털처럼 가벼워 무게가 안 느껴질 정도였다. 그들 부부는 병원비를 대기 위해 전세에서 월세로 옮겨 다녔고, 나중에는 구로에 있는 관棺처럼 작은 쪽방에 살아야 했다. 한밤중 명화가 비명을 지를 때면—옆방에서 누군가 외국어로 욕을 하는 소리가 들려왔다. 용대는 명화를 좋아했다. 그리고 할 수 있다면 계속해서 좋아하고 싶었다. 하지만 가끔씩은 명화도 자길 정말 좋아하는지 의심이 돼 견딜 수가 없었다. 친척들에게 문전박대당한 후 용대는 주위 택시기사들에게 돈을 꾸러 다녔다. 그래도 나름 친하다고 생각하는 사람들이었다. 누군가는 그를 피했고, 누군가는 "도와주지 못해 미안하고" 말했다. 간혹 혀를 차며 충고하려고 드는 이들도 있었다. 그 여자, 처음부터 뭔가 이상하지 않았냐. 비자 없고 돈도 없고 갈 데도 없고 병드니까 너한테 붙은 거 아니냐. 지금이라도 헤어져라. 용대는 그들에게 바보 취급당했다. 어느 날 용대는 술을 억병으로 마신 뒤, 명화의 목덜미를 붙잡고 윽박질렀다. 아내의 끊임없는 신음과 뒤척임에 지쳐가던 때였다. 너, 진짜 몰랐냐. 다 알고 시집온 거 아니냐. 그게 아니면 나 같은 놈을 니가 왜 만났겠냐. 내가 그렇게 만만해 보였냐. 뒤질려면 혼자 뒤지지 누구 인생을 망치려고 이러냐. 눈이 희번득해져 '씨발년아' '쌍년아' 상욕도 서슴지 않았더랬다. 명화는 멱살을 잡힌 채 아무 저항도 변명도 하지 않았다. 그러곤 순한 아이처럼 무기력하게 용대의 바짓가랑이에 토했다. 용대는 눈이 뒤집혀져 "이게 정말?" 하고 그녀를 때리려 손을 번쩍 들었다. 그러고는 그대로 주저앉아 아이처럼 꺽꺽 울기 시작했다. 불명확한 발음으로 씨발년아, 쌍년아, 개 같은 년아를 반복하며 꺼이꺼이. 자길 속인 여자. 이용하려고 한 여자. 끝까지 순진한 척하는 여자. 이 나쁜 여자를, 살리고 싶다. 생각하면서.

명화가 떠난 뒤 용대는 엉망으로 살았다. 그리고 아직도 그녀가 자길 정말 사랑했는지 궁금해하며 산다. 다시 시골로 내려갈까 했지만 그럴 수 없었다. 그렇다고 서울에 머물고 싶지도 않았다. 하루하루가 황폐하게 지나갔다. 그리고 한참이 지난 어느 날, 용대는 사흘간 아무 것도 먹지 않고 방 안에 누워 있다 이상한 꾸러미를 발견했다. 오래전, 명화가 선물해준 거였다. 용대는 얕은 시사상식을 이용해 틈만 나면 한국을 욕했다. 아는 사람이 중국에 가 큰돈을 벌었다는데, 자기도 그 러면 어떨까 하고. 명화씨랑 같이 가면 걱정 없겠다고 눙치면서. 이참 에 나도 중국어나 배워볼까 맘에 없는 말을 했다. 명화는 눈을 반짝이 며 정말이냐고 물었다. 용대는 별 뜻 없이 그렇다고 했다. 명화는 용대 가 자기 나라말을 배우려 한다는 데 진심으로 감동하는 눈치였다. 그 녀는 그러려면 용대 씨도 기본적인 말은 몇 마디 할 줄 알아야 한다며, 중국어공부를 권했다. 한창 잘 보이고 싶던 때라 용대도 얼떨결에 고 개를 끄덕였다. 그렇게 잊고 지나갔는데, 명화가 종종 진도를 물어오 는 통에 당황한 적이 한두 번이 아니었다. 며칠 후, 명화는 그에게 공 테이프를 한가득 내밀었다. 한쪽 면에 한 문장씩 자기가 직접 녹음한 거라 했다. 억지로 하지 말고 노래처럼 들으라고. 그러다 보면 귀에 익 어 따라 하게 될 거라고. 이걸 다 외면 100문장 정도는 할 수 있을 거 라고 했다. 용대는 명화와의 데이트에 요긴하겠다 싶어 테이프를 들었 다. 하지만 그것도 며칠뿐이었다. 아내가 죽고, 용대는 그런 게 있었는 지도 모른 채 테이프를 검은 봉지에 담아 처박아두었었다. 그런데 어 느 날, 불현듯 그게 눈에 들어온 거였다.

용대는 다시 회사에 나가기 시작했다. 그러곤 출근할 때마다 집에 있는 테이프를 한 개씩 가지고 나왔다. 테이프는 순서 없이 아무렇게 나 섞여 있었다. 오늘 배울 문장이 무엇일지, 그것은 용대도 모르고 아 무도 몰랐다. 그런데 그가 고른 첫 번째 테이프에서 다음과 같은 문장 이 흘러나왔다.

"셰셰 닌 더 빵 주[谢谢您的帮助]."

용대는 무심하게 따라했다.

"셰셰 닌 더 빵 주[谢谢您的帮助]."

이어, 명화가 한국말로 말했다.

"도와주셔서 감사합니다."

용대도 그 말을 따라 했다.

"도와주셔서 감사합니다."

테이프는 같은 말을 반복했다. 명화가 한마디 하고, 용대가 한마디 하고. 용대가 말하면 명화가 말하고. 그렇게 그 문장을 계속 따라 하다 용대는 갑자기 핸들에 머리를 박고 대로변에서 엉엉 울어버리고 말았다. 명화의 먹살을 잡았을 때처럼 꺼이꺼이. 용대는 그 후로도 몇 개의 테이프를 더 들었다. 짜이찌엔[再见]. 안녕히 계세요. 명화가 한마디 하면, 짜이찌엔. 안녕히 계세요. 다시 따라 하고. 오늘 날씨가 참 좋군요, 하면, 오늘 날씨가 참 좋군요, 했다. 핸들을 잡은 손 위론 계속 땀이 배어났다. 그렇게 명화와 말을 주고받는 용대의 모습은 마치 쉴 새 없이 땀을 닦아내며 포크댄스를 추고 있는 소년처럼 보였다. 용대는 알고 있었다. 그렇게 그 여자 나라말을 외면서, 자신이 차츰 나아지고 있다는 것을. 어쩌면 괜찮아질지도 모른다는 것을.

겨울밤. '빈 차' 등을 밝힌 택시들이 긴 불빛을 그으며 날아다닌다. 개개의 사연과 이야기, 그리고 음악을 실은 도시의 나비떼들이. 용대는 손님이 없나 창밖을 살피며 차를 몬다. 새벽녘 바람은 더욱 차가워진다. 용대는 알 수 없는 한기를 느낀다. 작년에 비가 엄청 왔을 때, 압구정에서 인천공항까지 가자고 한 손님이 있었다. 비행기가 곧 뜬다고 최대한 빨리 달리자 했던 손님. 용대는 속도를 높여 질주했다. 그런데 이상하게 그날 공항도로에 용대의 시야에 보이는 차가 한 대도 없었다. 날은 흐리고, 대교를 하나 넘어 80킬로로 달리는데, 차가 휘청휘청 거렸다. 앞도 잘 안 보이고, 그 넓은 도로에 자기가 모는 택시밖에 없고, 그렇게 무서울 수가 없었다. 명화를 잃었을 때도, 용대는 그와 비슷한 감정을 느꼈다.

명화의 목소리를 들으며 용대는 문득 '무섭다'는 말은 중국어로 뭘까 궁금해한다. 그런 말도, 아내가 준 테이프에 있을까 하고. 만일 있다면, 그걸 녹음하는 동안, 그 말을 가르쳐주기 위해 아내는 대체 '무섭다'는 얘길 몇 번이나 해야 했을까 하고. 자기 역시 몇 번을 반복해야 그 말을 외울 수 있을까 하고 말이다. 택시는 24시간 감자탕집 앞을 지나고 있다. 재개발단지의 가림막과, 녹색등이 켜진 야간진료소도 지나쳐 간다. 용대는 속도를 조금 더 낸다. 담배를 파는 애완견센터가 보이고, 목 잘린 두상들이 잔뜩 진열된 미용기자재가게, 속옷도매마트, 퇴락한 스탠드바, 편의점이 용대를 스쳐간다.

그리고, 불 꺼진 택시 안, 시계태엽처럼 빙글빙글 돌아가는 테이프의 운동. 보는 사람이 없는데도 용대는 더듬더듬 어색하게 중국말을 따라 한다.

"워 더 쩌웨이 짜이날?"

—제 자리는 어디입니까?

테이프는 철커덕 소리를 내며 저절로 뒷면으로 넘어간다. 짧은 사이. 다시 명화의 목소리가 들린다.

"리 쩌리 위안 마[离这里远吗]?"

—여기서 멉니까?

용대는 조그맣게 "리 쩌리 위안 마?"라고 중얼거린 뒤 액셀러레이터를 밟는다. 겨울밤. 아무도 신경 쓰지 않는 약속처럼, 나뭇가지에 끝끝내 매달려 있는 은행 몇 알이 방금 막 지나간 택시를 굽어보며, 떨어지지도 썩지도 못한 채 몸을 떨고 있다.

추방된 자들의 노래

이 남자의 이름은 용대. 고향 읍을 도망치듯 빠져나와 혈혈단신 상경했다. 여태껏 어떤 사람도 그를 제대로 된 인간이라 생각한 적 없다. 용대의 인생은 따뜻한 인정과 격려 대신, 차가운 무시와 경멸로 점철되었다. 이웃들은 그가 불성실하고, 인내심이 적으며, 유아적이라 비난한다. 그에게는 그 어떤 변명의 여지도 없어 보인다. 그는 가족들에게마저도 부담스럽고 창피한 존재다. 어머니의 집을 날리고 서울로 도망쳤으며, 온라인게임에 미쳐 있을 때 어머니의 부음을 들었고, 장례식장에서는 술에 취해 진상을 부렸다. 상종 못할 인간, 어떻게든 외면하고 싶은 인간, 그가 바로 용대다. 고향을 떠날 때 그의 나이 서른일곱. 그러나 용대는 이미 "10년 터울의 형보다 더 늙어 있었다".

그 여자의 이름은 명화. 명화의 고향은 지린성 옌지. 가족을 부양

하기 위해 한국으로 왔다. 힘겹고 고단한 이 땅의 일자리는 국제노동 분업이라는 허울 아래 명화와 같은 이들의 몫으로 떨어진다. 명화의 첫 일터는 경기도의 골프장. 스무 살도 안 된 동생 려화는 그곳에서 독한 세제에 한쪽 눈을 실명한 채 다시 고향으로 돌아가고, 그 이후 서울로 옮겨 온 명화는 도시의 온갖 허드렛일을 전전한다. 그렇게 사는 동안 그녀의 얼굴은 "실제보다 더 늙어 있었다".

세상은 여자를 "불법체류자"라 하고, 남자를 "별 볼일 없는 남자"라 한다. 서울이 객지인, 이 도시가 '제 자리'가 아닌, 그렇다고 고향으로 돌아갈 수도 없는 그들이 사랑을 나눈다. "열에 달뜬 청춘처럼 새삼스럽게" "늙은 추방자들처럼 절박하게". 그러나 이 소박한 잠시의 행복도 얼마 지나지 않아 끝장이 나고, 무자비한 도시의 속도에 빨리 시들어버린 명화는 용대의 곁에서 그보다 더 빠른 속도로 죽어 간다. 아무도 이들 부부에게 손 내밀지 않는 동안, 병원비를 충당하기 위해 관棺과 같은 쪽방으로 거처를 옮기는 그동안, 아내는 "토하고, 발작하고, 악을 쓰며 조그맣게 줄어"가고, 남편은 "씨발년아, 쌍년아, 개 같은 년아를 반복하며" 울부짖는다. 결국 그 여자는 세상을 떠난다. "나쁜 냄새를 풍기며. 바싹 쪼그라든 채."

김애란의 「그곳에 밤, 여기의 노래」는 아주 특별한 사랑 이야기이다. 과연 두 사람 사이에 존재한 감정을 사랑이라 이름할 수 있을까. "그녀가 자길 정말 사랑했는지", 이렇게 모자란 자신에게, 과분한 그 사람이 준 마음이 과연 사랑이었는지, 용대는 이제 알 길이 없다. 다만 그는, 그녀가 난생처음으로 자신을 진지하게 대해준 사람이라는 사실만을 간신히 짚어볼 수 있을 뿐이다.

이 소설에서 서사의 문을 열고 닫는, 처음에는 그 의미를 가늠하기 어려웠던 용대의 중국어회화연습이 마지막 순간에 읽는 이의 마음을 뒤흔들어놓는 것은 바로 그 의문 때문이다. 다시 서울의 밤, 용대가 모는 택시는 이제 노래를 싣고 달린다. 용대는 "말 같지 않고 노래 같은" 중국어를, 짧은 결혼생활을 뒤로 하고 훌쩍 떠난 아내가 남기고 간 테이프를 통해, 어설프게 따라한다. 그러나 그것은 어느 순간 외국어의 일방적인 전달과 습득이 아니라, 마치 "명화와 말을 주고받는" 것처럼, 이제는 목소리로만 남은 명화와 살아 있는 용대 사이에 간절한 대화가 이루어지고 있는 것처럼, 다가오기 시작한다. 죽은 자와 산 자의 진심이 오가는 대화라니…… 그러나 사실을 말하자면, 차라리 늘 어긋나는 쪽은 살아 있는 자들 간의 대화가 아니던가. 용대와 명화의 데이트에서 우리가 목격한 것처럼, 일상의 대화에서 "예상한 말"은 들려오질 않고 "하려고 마음먹은 얘기"는 쉽게 터져나오지 않으며 진심은 미묘하게 비껴간다.

소설은 "워 더 쩌웨이 짜이날?" "제 자리는 어디입니까?"라는 이방의 언어로 시작되었다. 소설의 마지막 대목에서 테이프가 뒷면으로 넘어가고, 명화의 목소리가 이어진다.

"워 더 쩌웨이 짜이날?"
—제 자리는 어디입니까?

테이프는 철커덕 소리를 내며 저절로 뒷면으로 넘어간다. 짧은 사이. 다시 명화의 목소리가 들린다.

"리 쩌리 위안 마[离这里远吗]?"
—여기서 멉니까?

"리 쩌리 위안 마?" "여기서 멉니까?" 이 단 두 문장은 왜 작가 김애란이 감정의 연금술사인지를 새삼 확인하게 해준다. 지친 몸과 고단한 마음을 의탁할 수 있는 자리가 어디인지 도무지 가늠이 되질 않는다. 십중팔구, 여기에는, 존재하지, 않을 것이다. 그러나 그럼에도 "여기서 멉니까?"라는 질문을 던지게 하는 그 먼 곳을 향한 갈망을 인간은 버릴 수가 없다. 그 먼 곳의 다른 이름이 '구원'이라면, 용대는 명화와 함께 작은 구원 속에 살았다는 사실을 스스로 깨닫기에 이른다. "제목을 알 수 없는 노래"로 남은 명화에게 가 닿으려 하는 용대의 마지막 안간힘이, "그렇게 그 여자 나라 말을 외면서, 자신이 차츰 나아지고 있다는" 다독임으로 변해갈 때 우리는 어렴풋이 그 사실을 짐작하게 되는 것이다. 명화는 또 어떤가. '사랑받는 사람'에서 '사랑하는 사람'이 되어, 다시 말해 사랑의 대상이 아닌 사랑의 주체가 되어, 자신의 음성을 여러 개의 테이프로 남겼던 명화도 그 점에 있어서는 마찬가지가 아니었을까. 그리하여 이 소설은 사랑 이야기에서 인간 구원에 대한 이야기로, '추방자들의 노래'에서 우리 모두의 '보편적인 노래'로 육박하게 되는 것이다.

세계의 끝 여자친구

김연수

1970년 경북 김천 출생.
1994년 〈작가세계문학상〉 등단.
소설집 『스무 살』 『내가 아직 아이였을 때』 『나는 유령작가입니다』.
장편소설 『7번 국도』 『꾿빠이, 이상』 『사랑이라니, 선영아』
『네가 누구든 얼마나 외롭든』 『밤은 노래한다』 등.
〈동서문학상〉 〈동인문학상〉 〈오늘의 젊은 예술가상〉 〈대산문학상〉
〈황순원문학상〉 〈이상문학상〉등 수상.

세계의 끝 여자친구

뭔가를 예감하게 만드는 것들이 있다. 다음 날 등산을 하기 위해 배낭을 꾸린 뒤 부푼 기대에 가득 차 올려다보는 창밖의 달무리, 두 시간이나 기다려서 들어갔건만 똥이 마려운 것인지 굳은 표정으로 앉아서 내게는 아무런 질문도 던지지 않는 면접관, 밤을 새워가며 일주일 만에 하기에는 너무나 벅찬 과제를 모두 끝마친 뒤 제일 먼저 강의실에 도착해 잠시 책상에 기댄다는 게 한 시간이나 실컷 자고 나서 깨어나 바라보게 되는 핸드폰 액정의 시각. 둥근 달무리나 똥 마려운 얼굴, 혹은 어느덧 지나가버린 한 시간을 통해 우리는 인생이란 불가사의한 것이라고 말해서는 안 되는 이유를 발견하게 된다. 비록 형편없는 기억력 탓에 중간중간에 여러 개의 톱니바퀴가 빠진 것처럼 보이긴 하겠지만, 어쨌든 인생은 서로 물고 물리는 톱니바퀴 장치와 같다. 모든 일에는 흔적이 남게 마련이고, 그러므로 우리는 조금 시간이 지난 뒤에야 최초의 톱니바퀴가 무엇인지 알게 된다.

결국 내가 이별에 대해서 말하게 되기까지 첫 번째 톱니바퀴의 역할을 한 건 도서관에 근무하던 한 자원봉사자의 부지런함 때문이었다. 항상 일거리를 찾아다니던 그 자원봉사자는 새로운 수서목록과 각종 공지사항을 붙여놓는 게시판 한쪽이 늘 비어 있다는 사실을 눈여겨보다가 사서들의 동의를 얻어 A4용지에 매주 한 편의 시를 인쇄해 압정으로 꽂아놓기 시작했다. 하지만 그 톱니바퀴 옆에 새로운 톱니바퀴가 물려서 돌아가기 시작한 것은 가을, 겨울, 봄, 이렇게 세 번의 계절이 지나간 뒤부터였다. 오월이 시작될 무렵, 그녀는 남편을 따라 지방으로 이사하기 위해서 일을 그만뒀고 얼마간 그 자리에는 나희덕의 시가 붙어 있었다. 그러다가 누군가, 아마도 이러다가 '이 주週의 시'가 '이 주移住의 시'로 읽히는 게 아닐까 염려했거나 진정한 의미의 자원봉사라는 건 바로 이것이라고 말하고 싶었던 도서관 이용자 중의 한 사람이 신경림의 시를 그 자리에 붙여놓기 시작했다.

그러자 몇몇 사람들도 앞다퉈 이 나라에 좋은 시인들이 참 많다는 사실을 종이와 압정으로 보여주기 시작했고, 얼마 지나지 않아 게시판이 혼란스러워지자 누군가 그렇게 두서없이 시를 붙여놓을 게 아니라 마음이 맞는 사람들끼리 일주일에 한 번씩 모여서 게시판에 붙일 시를 선정해보자는 제안을 내놓았다. 그렇게 해서 시윤독 모임 '함께 시를 읽는 사람들', 그러니까 줄여서 함시사가 만들어졌다는 전설 같은 이야기. 나로 말하자면, 좋아하는 시(최하림의 시였다)를 그 게시판에 붙인 세 번째 사람이었다. 미리 시를 골랐다기보다는 이런저런 시가 붙어 있는 게시판을 보고 즉흥적으로 노트에다가 만년필로 휘갈겨쓴 것이었다. "여섯일곱 살 때 바다에는 갈매기들이 날고 있었다"로 시작해서 "우리가 늙어서도 아마 그럴 것이다. 그곳에는 저녁 그림자가 인간의 슬픔처럼 조용히 그늘을 드리우고 있을 것이다"로 끝나는 시[1]였다. 그렇긴 하지만 그 제안에 동의한 사람들이 수요일마다 정기적으로 모여서 각자 골라온 시를 함께 읽은 뒤, 그 다음 주에 게시판에 붙일 한 편의 시를 고르는 동안에도 모임에 가볼 생각 같은 건 전혀 해보지 않았다.

그러다가 유월을 다 잡아먹을 듯 기세가 등등하던 장마도 완전히 끝나고 뜨겁고 뜨겁고 뜨겁기만 한 여름 햇살이 작열할 무렵, 책을 빌리러 갔다가 나는 게시판에 「세계의 끝 여자친구」란 시가 붙어 있는 걸 보게 됐다. 그 시에 따르면, 시인이 걸어가는 길의 끝에는 메타세쿼이아 한 그루가 서 있는데, 거기가 바로 세계의 끝이며 그때 우리는 "불과 눈물이 서로 스미듯이, 혹은 달과 무지개가 그러하듯이" 나란히 메타세쿼이아 거친 둥치에 등을 기대고 앉게 될 것이었다. 그러는 동안 "사랑은 저처럼 뒤늦게/닿기만 하면, 닿기만 하면/흔적도 없이, 자욱도 없이//삼월의 눈처럼" 사라진다는 것이었다. 그 시와 그 시를 쓴 시인의 이름을 한참 들여다보다가 호수를 바라보며 서 있는 메타세쿼이아 한 그루라는 구절에 마음이 끌려 나는 도서관의 컴퓨터를 검색했고, 얼마 지나지 않아 『메타세쿼이아, 살아 있는 화석』이라는 책을 찾아냈다. 내가 열람인들의 발길이 뜸한 식물학 코너에 꽂혀 있던, 아마도 아무도 대출한 적이 없어 보이던 그 책을 빌려 온 것은 어떻게 생각하면 당연한 일이었다.

"잎 지는 초저녁, 무덤들이 많은 산속을 지나왔습니다. 어느 사이 나는 고개 숙여 걷고 있습니다. 흘러 들어온 하늘 일부는 맑아서 사람이

---

[1] 「저녁 그림자」 중 일부분. 최하림.

없는 산속으로 빨려듭니다. 사람이 없는 산속으로 물은 흐르고 흘러 고요의 바닥에서 나와 합류합니다. 몸이 훈훈해집니다. 아는 사람 하나 우연히 만나고 싶습니다."

　중년남자 하나가 좀 겸연쩍다는 표정으로 시를 읽기 시작했다. 장마가 완전히 끝나고 뜨거운 낮의 열기가 아직도 남아 있던 어느 수요일 저녁의 일이었다. 나는 열두어 명의 사람들이 둥글게 둘러앉은 지하 회의실에서 과연 누가 그 「세계의 끝 여자친구」를 고른 것인가 궁금해하면서 사람들의 얼굴을 하나하나 살펴보고 있었다. 그 모임에 가기 전까지만 해도 나는 함시사란 등단을 꿈꾸는 늦깎이 문학소녀들이 그런저런 문학잡지를 통해 등단한 선생님을 모시고 창작에 도움이 될 만한 좋은 시도 함께 읽고 서로 쓴 습작시도 합평하는, 그런 모임이라고 생각했다. 하지만 막상 가서 보니 함시사는 도서관에서 주관하는 일반적인 문화 프로그램과는 좀 달랐다. 나중에 알게 된 일이지만, 함시사의 회원은 모두 스물한 명이었고, 각자의 사정에 따라 수요일 모임에는 대개 열다섯 명 안팎의 사람들이 나왔다. 신도시에 사는 젊은 주부들의 숫자가 많았지만, 군인, 교사, 목수, 변호사, 간호사 등 다양한 직업을 가진 사람들도 많았고, 연령대도 중학생에서 노인에 이르기까지 고루 분포돼 있었다.

　중년 남자는 "무명씨無名氏/내 땅의 말로는/도저히 부를 수 없는 그대……"[2]라고 끝까지 시를 다 읊고 난 뒤에 잠시 말을 멈추고 목청을 가다듬었다.

　"며칠 전에 구청의 노점상 철거에 항의하는 시위를 벌이던 중 노점상 한 명이 자살했습니다. 그래서 어제 노점상들이 도로를 점거하고

---

2) 「사람이 그리운 날 1」, 신대철.

시위를 하는 바람에 성산대교 부근에서부터 자유로가 막혔는데, 다들 아십니까?"

앉아 있던 사람들 중 몇몇이 그의 물음에 대답했다. 맞아요. 세 시간 동안. 정말 속상했는데. 나로 말할 것 같으면, 전혀 몰랐다.

"여직원과 함께 거래처에 갔다가 돌아오는 길이었는데, 한 시간 정도 가는 둥 마는 둥 차를 몰다가 이렇게 가는 건 무의미하다는 생각이 들어서 주유소 옆에 딸린 작은 가게에 차를 세웠습니다. 거기에서는 커피를 팔더군요. 그래서 둘이 차양을 설치해놓은 가게 앞에 앉아 한강 너머의 하늘을 바라보면서 커피를 마셨습니다. 그러다가 꽉 막힌 도로를 바라보는데 갑자기 지금 이 시간은 내 생애 가장 한가로운 시간이구나라는 생각이 들더라구요. 그 여직원에게 말했습니다. 지금 이 도로가 왜 막히는지 알아? 예, 라디오에서 노점상들이 시위를 벌인다고 했잖아요. 아니야, 지겨움 때문이야. 내가 말했습니다. 신문에서 그 자살한 노점상에 관한 기사를 읽었어. 마흔세 살. 내 나이와 같더군. 마흔세 살이란 이런 나이야. 반환점을 돌아서 얼마간 그동안 그랬듯이 열심히 뛰어가다가 문득 깨닫는 거야. 이 길이 언젠가 한번 와본 길이라는 걸. 지금까지 온 만큼 다시 달려가야 이 모든 게 끝나리라는 걸. 그 사람도 그런 게 지겨워서 자살했을 거야. 그리고 말이 끊어졌어요. 한동안 둘이 가만히 있다가 누가 먼저랄 것도 없이 고개를 뒤로 젖히고 커피를 마셨죠. 그때, 이 시가 생각났습니다. 대학교 신입생 때 술집에서 곧잘 만나는 녀석이 있었는데, 술만 취하면 눈물을 뚝뚝 흘리며 이 시를 읊었거든요. 정체를 알 수 없는 녀석이라고 생각했는데, 알고 보니까 우리와 학번도 같고, 과도 같더군요. 세상에……. 그런 시절들도 있었죠."

"그 여직원에게 무슨 흑심을 품은 건 아니세요?"

내 또래의 여자가 키득키득 웃는 듯한 목소리로 그에게 물었다.

"내가 연필도 아니고. 게다가 마흔 지나고 나서부터는 헤어지는 게 일이니까. 그 여직원하고도 헤어졌어요."

"그럼 사귀셨다는 말씀인가요?"

이번에는 머리칼이 희끗희끗한 할머니.

"뭐, 꼭 사귀어야만 헤어지나요? 만날 헤어지잖아요. 아침에 만났다가 저녁에 헤어지고. 마누라도 저녁에 만났다가 아침이면 헤어지는데……"

"되게 안타까운 얘기네요."

나도 모르게 내가 말했다. 내가 생각해도 목소리가 좀 컸기 때문인지 다들 나를 쳐다봤다.

"청년은 이 모임에 오늘 처음 나온 분이죠? 혹시 시는 가져왔나요? 지금까지 보셨으니까 우리가 이 모임을 어떻게 진행하는지는 이제 아시겠죠? 시를 하나 읽고 왜 그 시를 고르게 됐는지 설명해주시면 되는 거예요. 한번 해보시겠어요?"

약간 무뚝뚝한 목소리로 그 할머니가 내게 말했다.

말하자면, 이런 이야기였다. 그해 봄, 대학을 졸업한 나는 한 달 정도 집에서 틀어박혀 지내다가 벚꽃이 떨어지기 시작할 무렵부터 아침 열 시에서 오후 네 시까지 시내 쇼핑몰에 있는 커피전문점에서 서빙 아르바이트를 시작했고, 해 질 무렵이면 배철수가 진행하는 음악 프로그램을 들으며 호수 주위를 달렸으며, 생각날 때마다 매번은 아니고 세 번에 한 번 꼴로 난아라는 이름을 가진 여학생에게 별로 중요하지도 않은 문자메시지들을 보내곤 했다. 그녀 역시 문자메시지를 받을 때마다는 아니고 세 번에 한 번 꼴로 내게 응답했는데, 그럴 때면 '나나' 라는 이름이 내 휴대전화 액정화면에 떠올랐다. '선배관심끌려고 꾀병부리는거야^^6/15 10:48 am 나나'. 이런 식으로. 그건 중학교에서 평교사로 은퇴했다던 할아버지가 지은 그 이름을 학창 시절 내내 탐탁하게 여기지 않았던 그녀의 요청 때문이었다. 덕분에 나는 하루에 열 번도 넘게 에밀 졸라가 쓴 소설을 떠올려야만 했고, 급기야 도서관 서가에서 그 책을 찾아 훑어보기까지 했지만, 여주인공 나나의 성생활이 문란하다는 사실만 알게 됐을 뿐 더 젊은 언어로 새롭게 번역될 필요성이 느껴지던 그 자연주의 소설을 통독하지는 않았다. 이런 식으로. 내 스물다섯 살의 두 번째 계절은 19세기 자연주의 소설의 책갈피가 넘어가듯이 지나가고 있었다.

그러다가 장마가 찾아왔고, 비가 내리는 동안에는 달리기를 할 수 없었기 때문에 나는 도서관에서 빌려온 책을 읽으며 장마가 끝나기만을 기다렸다. 아마도 나나가 아니라 그녀에게, 그것도 문자메시지가 아니라 전화를 건 까닭은 어쩌면 장마 때문인지도 모르겠다. 한동안 우리는 날씨에 대해서만 얘기했다. 차라리 쏟아져내리면 그나마 마음이라도 흡족할 것을, 내리는 둥 마는 둥 지지부진하게 이어지는 장마에 대해서, 균질하게 하늘을 가득 메운 무미건조한 회색에 대해서, 뜨겁고 뜨겁고 뜨겁기만 한 여름 햇살을 향한 본능적인 그리움에 대해서. 나는 장마가 계속 이어지는 탓에 달리기를 할 수 없다고 말했고, 그녀는 내가 달리기를 할 수 있는 사람이라고는 한 번도 생각하지 못했다고 대답했다. 그러다가 어느 결엔가 그녀가 내게 말했다. "맞아, 좋았어. 우리 참 좋았어. 그렇긴 하지만 우린 이제 다시 그 시절로 돌아갈 수 없는 거야." 그 말은 나를 행복하게 만들었고, 또 슬프게 만들었다. 우선 '맞아'라는 말 때문에, 그다음에는 '그렇긴 하지만'이라는 접속사 때문에. 맞아. 그렇긴 하지만. 맞아. 그렇긴 하지만. 전화를 끊고 나서 얼마간 나는, 예컨대 샌드위치를 만들기 위해 주방 테이블 위에 식빵을 일렬로 쭉 늘어놓으면서, 혹은 도서관 앞 휴식공간에서 담배를 입에 물고 마치 나의 앞날처럼 불안하고 흐릿하기만 한 풍경을 바라보면서 그 말을 되뇌었다.

'맞아, 어쩌면 이 장마는 영원히 계속될지도 몰라. 그렇긴 하지만, 나는 한번 달려보겠어.' 라고 생각하게 된 것은 그로부터 며칠이 지나 장마가 거의 끝나갈 무렵이었다. 나는 노란색 반바지에 반소매 셔츠를 입고 가랑비가 흩뿌리는 하늘을 올려다보다가 달리기 시작했다. 내가 사는 신도시 단독주택지구는 마침내 장마의 마지막 며칠을 보내고 있었고, 키가 고만고만한 다세대주택과 빌라들 사이, 스물네 시간 자동차가 주차돼 있는 좁은 골목길로는 빗물들이 하수구를 찾아서 하교하는 초등학생들처럼 몰려다니고 있었다. 한때 닥나무밭이 있던 자리였다는 안내판이 세워진 작은 공원의 벚나무와 느티나무들로는 벌써 며칠째 새들이 날아오지 않았고, 한쪽 구석에 외롭게 떨어져 서 있던 그네와 미끄럼틀은 한 계절의 분량만큼 녹슬어갔다. 그날은 아침뉴스에서 노란색 비옷을 입은 캐스터가 손끝으로 한반도를 가로지르는 기압골을 가리키며 내일부터 장마가 끝나리라고 예보하던 금요일이었고, 그리고 저녁이었고, 나는 호수를 향해 달려갔다. 옷 속으로 빗물이 스며드는 꼭 그만큼, 그네와 미끄럼틀로 녹이 스는 꼭 그만큼, 기압골이 이제 한반도에서 조금씩 물러나는 꼭 그만큼 내 스물다섯의 나이도 흘러가고 있었다. 스물다섯의 고민이란 그 고민마저도 꼭 그만큼이라는 것. 원하는 만큼이 아니라 꼭 그만큼이라는 것.

호수 반대편까지 달려갔을 때는 온몸이 다 젖었고 운동화로는 물이 스며든 상태였지만, 그때부터 비가 그치기 시작했다. 한 30분 정도 달렸을까, 문득 바람이 불어오는 서쪽을 향해 고개를 돌렸는데, 거기 서쪽 하늘은 환해지고 있었다. 서쪽 하늘은 검은빛이었고, 어떻게는 푸른빛이었고, 또 달리는 하얀빛이었는데, 그게 하도 인상적이어서 나는 숨을 가쁘게 몰아쉬며 가만히 서서 한동안 그 풍경을 바라봤다. 하늘 전체를 뒤덮은 구름은 빠른 속도로 밝아지고 있었고, 지평선에서 한 뼘 정도 위쪽으로는 날이 개리라는 걸 암시하는 뭉게구름이 피어나고 있었다. 처음에는 비구름이, 그다음에는 바람이, 그리고 저녁이, 또 계절이, 그렇게 한 시절이 지나가고 있었다. 지나가는 그 풍경 속에는 내가 상상할 수 있는 모든 감정이 다 들어 있는 것 같았으므로 오히려 나는 숨이 편안해질 때까지, 바람이 젖은 내 몸을 차갑게 만들 때까지, 나뭇잎에 매달린 빗방울들이 제 무게를 이기지 못하고 후두둑 떨어져 내릴 때까지, 그리하여 그 구름들 틈새로 푸르스름한 하늘이 엿보이게 될 때까지 가만히 서 있었다. 나는 그날이 바로 장마의 마지막 날이라는 걸 깨달을 수 있었다. 그 서쪽 하늘을, 그 뭉게구름을, 그리고 울퉁불퉁한 둥치와 물방울이 맺힌 나뭇잎을 지닌, 하지만 홀로 서 있는 키가 큰 메타세쿼이아 한 그루를 바라보다가.

그렇다면 다시 톱니바퀴 이야기다. 메타세쿼이아는 언제나 여러 그루가 함께 서 있다. 대개는 일렬로 줄지어서, 그렇지 않다면 숲을 이뤄서. 『메타세쿼이아, 살아 있는 화석』이라는 책을 보고서 나는 그 이유를 알았다. 1943년 여름, 중국 충칭重慶에서 조사차 선농쟈神農架로 향하던 중국의 나무학자 왕잔王戰은 말라리아에 걸려서 완셴萬縣농업학교에 들렀다가 그 학교에 근무하던 양룽씽楊龍興에게서 거기서 1백 킬로미터 정도 떨어진 모다오씨磨刀溪에 가면 엄청나게 큰 '신의 나무神樹'가 있다는 이야기를 들었다. 그 이야기에 양룽씽의 안내를 받아 사흘 동안 험준한 산과 깊은 계곡을 넘어 7월 20일 마침내 모다오씨에 이른 왕잔은 높이가 35미터에 달하는 나무를 마주하게 된다. 그 나무가 1941년 일본 교토대학의 미키 박사가 화석으로 발견한 메타세쿼이아라는 사실은 1946년에야 밝혀졌다. 메타세쿼이아는 백악기에 공룡과 함께 살았던 나무였으나 빙하기를 거치면서 절멸했다가 1943년에 그렇게 기적적으로 다시 발견됐다. 그 뒤에 이 나무는 화분에 담겨 중국의 선물로 한국에 들어왔다가 대량번식에 성공해서 각지에 보급됐는데, 워낙 성장속도가 빠르고 형태가 아름다운 나무라 주로 가로수로 심었다. 그렇게 최근 들어서 국내에, 그것도 주로 가로수로 보급된 나무이기 때문에 한 그루의 메타세쿼이아를 보는 일은 그처럼 드물었던 것이다.

"그런데 왜 자기가 본 그 나무가 「세계의 끝 여자친구」에 나오는 메타세쿼이아라고 생각하게 된 건가요? 호수 옆에 한 그루만 달랑 있는 나무라서?"

모임이 모두 끝나고 난 뒤에 내게 준비한 시를 읽어보라고 말했던 그 할머니가 내게 말했다. 그때까지만 해도 그게 바로 이 톱니바퀴의 마지막이라고 생각했다. 나는 바로 일주일 전에 게시한 시를 읽었다는 이유로 함시사의 취지는 전혀 알지 못하는 사람으로 낙인찍혔는데, 그런 나를 구해준 사람이 바로 그 할머니였다. "그 시를 다시 읽은 데에는 무슨 이유가 있는 것 같군요. 나중에 저랑 이야기를 좀 하죠."라고 할머니가 말했다. 그때 나는 내 예감이 틀렸다는 걸 알 수 있었다. 맞다. 나는 연필이었고, 그래서 흑심을 품고 있었다. 혹시 그 시를 매개로 누군가를, 아마도 내 땅의 말로는 도저히 부를 수 없는 무명씨라도 만나지 않을까, 하고 기대했던 것이다. 그 무명씨는 이제 머리가 희끗희끗하고 커다란 눈 옆에 주름이 자글자글한, 처음 보는 순간 미스 마플이라고 부르면 딱이라는 느낌이 드는 할머니로 밝혀졌다. 그렇게 해서 우리는 사람들이 모두 빠져나간 회의실에서 자판기 커피를 손에 들고 앉았다.

"그게 저도 궁금하더라구요. 메타세쿼이아라는 나무가. 그래서 도서관에서 『메타세쿼이아, 살아 있는 화석』이라는 책을 빌렸어요. 그런데 밤에 책을 읽으려고 하는데, 책등에 스티커로 누군가의 이름을 붙여놓았더라구요. 그러니까 할머니가……."

"희선이에요. 김희선. 그 배우만큼 예쁘다고는 할 수 없지만."

그 말에 나는 조금 당황했다.

"그러니까……, 희선 선생님께서……."

"그냥 희선 씨라고 부르세요. 어쨌든."

"암튼 붙여놓으신 시에 적힌 이름이더라구요. 아니, 이게 웬 우연인가 해서 살펴봤더니 도서관을 처음 만들 때 장서가 많이 부족하니까 시민들에게 책을 기증받은 일이 있었더군요. 그래서 표지 안쪽에 '이 책은 ○○○ 님의 기증도서입니다. 감사합니다.'라는 스탬프를 찍어놓은 거죠. 그분은, 그러니까 이 동네에 사신 거죠?"

희선 씨가 고개를 끄덕였다.

"그래서 약간 감동하면서 책을 읽었어요. 시인이 읽었던 책이라고 하니까 감개무량하더군요. 어쩌면 그 시를 쓸 때 도움을 받은 책일지도 모르잖아요. 그러다가 한쪽 여백에 이렇게 적어놓은 걸 봤지요."

나는 가방에서 그 책을 꺼냈다. 수서할 때 겉표지를 제거했기 때문에 베이지색 하드커버만 보였는데, 그 색의 속성상 때가 많이 묻을 수밖에 없었는데도 색깔은 온전했다. 나는 시인이 뭔가 적어놓은 페이지를 찾아서 책갈피를 후루룩 넘겼다. 그 글귀는 거기, 왕잔이 만든 모다오씨의 나무표본이 중국 현대사의 격랑을 지나며 사라졌다가 오랜 세월이 지난 뒤 118이라는 숫자와 함께 낡은 캐비닛에서 발견되기까지의 과정을 적은 '8. 마침내 미스터리가 풀리다' 부분에 있었다. 시인은 이렇게 적어놓았다.

'메타세쿼이아 한 그루. 밤 열 시의 산책. 호수 건너편 도시의 불빛. 거기에 묻다.'

미스 마플, 아니 희선 씨는 연필로 휘갈겨놓은 그 문장을 한참 동안 들여다봤다. 희선 씨의 눈빛이 점점 더 부드러워졌다. 어쩌면 축축해지고 있는 것인지도 모른다는 생각이 들 때쯤, 내가 물었다.

"이분이 아드님이신가요?"

희선 씨는 말없이 고개만 흔들었다.

"음……, 이분 돌아가신 지가 몇 해 되지 않더라구요. 한 칠팔 년 됐나요? 암이었죠?"

"그래요. 암이었어요. 어린 나무처럼 싱싱한 사람이었는데. 너무 젊었어요. 너무."

희선 씨는 결국 눈물을 흘렸다. 나는 괜한 짓을 했는가, 하고 생각했다.

한참 만에 희선 씨가 "나이가 들어서 이렇게 작은 글씨를 보려고 하면 눈물이 나온다우."라고 말했다. 그러더니 희선 씨는 그 시인에 대해서 말하기 시작했다. 그러니까 톱니바퀴는 계속 돌아가는 것이다. 희선 씨는 구시가지에 있는 사립 고등학교의 국어선생님이었다. 함시사를 이끌어갈 수 있는 까닭도 바로 그 때문이었다. 시를 좋아하고 즐겨 습작을 해온 덕분에 희선 씨가 가르친 학생들 가운데에서 등단 시인이 세 명이나 나왔는데, 그 시인도 그중 하나였다. 그 시인은 등단한 뒤에도 자신이 태어난 고향을 떠나지 않으면서 서울에 출퇴근했기 때문에 가끔씩 희선 씨는 그 명민한 제자를 만날 수 있었다. 시인이 된 제자는 언제나 다정다감했던 고등학교 시절의 국어선생님을 선생님이라고 부르지 않고 꼭 '희선 씨'라고 불렀다. 희선 씨, 희선 씨. 그렇게 말하는 데도 밉지 않은 게 그의 또 다른 재주랄 수 있었다.

그는 모두 두 권의 시집을 발표했다. 한 권은 살아 있을 때, 그리고 한 권은 죽고 난 뒤에. 하지만 「세계의 끝 여자친구」는 그 어디에도 실리지 않았다.

"병상에 찾아갔더니 이 시를 보여주더군요. 읽고 나서 '난 이 시가 참 좋단다.'라고 말했더니, '그건 희선 씨한테 주려고 쓴 시가 아니니까 김칫국 마시지 마세요.', 그렇게 대답하더군요. 난 연애 이야기라면 언제나 귀가 솔깃한 사람이라서 자꾸 캐물었죠. '이 시에 나오는 여자친구가 누구니?' 그랬더니, '착한 사람이에요.'라고 말하더라구요. '아휴, 당연히 착하겠지. 얘기해봐. 어떻게 만났는데? 무척 사랑했던 모양이지?' 내가 물었죠. '맞아요. 그렇게요. 세상의 끝까지 데려가고 싶을 정도로요.' 그렇게 말하곤 키득키득 웃더군요. 세상에, 웃음소리가 아직도 생생하네. 그렇게 웃고 나서는 '다른 남자의 아내인데, 그날 밤에 같이 도망가자고 말하지 않은 게 정말 잘한 일이죠, 결국 이렇게 되고 말았으니까.'라고 말하더군요. 그 사람, 그렇게 죽었어요. 나중에 시인의 장례식장에서도 혹시 여기에 왔을까, 왔다면 누구일까, 혼자 궁금해서 슬퍼하는 젊은 여자들의 얼굴을 하나하나 쳐다봤어요. 시인이 사랑했던 사람이 누굴까? 그런데 이 글을 보니, 정말 웃긴 일이네요. 차마 같이 도망가자는 말은 못하고, 둘이서 가장 멀리까지 가본 게 그 메타세쿼이아까지라던데, 그럼 고작 저기 호수 건너편까지 가본 게 다잖아. 그래 놓고서는 어떻게 세계의 끝이라고 말할까……."

"왜 이 시를 선택했나요?"

"아휴, 지난번에 다 얘기했는데, 여기서 또 해야 하나?"

"그러게요. 제가 신입회원인 관계로……."

희선 씨가 기분 좋게 자글자글 눈웃음을 지어 보였다.

"요즘 들어서, 살아오는 동안 안 하고 넘어간 일들이 자꾸 생각나는 거예요. 청년은 아직 이게 무슨 기분일지 모를 거야. 한 일들은, 그게 죽이 됐든 밥이 됐든 마음에 남는 게 하나도 없는데, 안 한 일들은 해봤자였다고 생각하는데도 잊히질 않아요. 왜, 하지도 않은 일이 잊히지 않는다니까 우스워요? 그러게. 그런 일이 한두 가지가 아니지만, 그중에 하나가 바로 그 여자친구를 찾아가서 시인이 당신을 무척 사랑했노라고 말해주지 않은 일이에요. 그래서 이 시를 도서관 게시판에 붙여놓을 생각을 한 거지. 그러면 이 시를 알아보는 누군가가 나를 찾아올 것이라고 생각했던 거야. 아까 청년이 들어올 때도 그랬고, 이 시 때문에 모임에 온 것이라고 말했을 때도 그랬는데, 참 놀랍고 기쁘기도 했지만, 그래서 한편으로는 실망감도 들었어요."

"사실 저도 좀 실망했습니다."

나는 얼른 덧붙였다.

"저 자신에 대해서 말이죠."

"시인이 죽는 그 순간까지도 사랑했던 사람이 청년이 아니었던 건 분명한 것이겠죠?"

"저는 시인들한테는 질투 말고는 다른 감정을 사용하지 않거든요. 게다가 그때는 중학생이어서 아직 사랑을 하기에는 좀……."

희선 씨는 고개를 끄덕였다.

"성장속도가 좀 더딘 편이었군요. 요새 애들은 안 그런데. 하지만 결국 마찬가지예요. 청년도 이 시를 알아본 셈이니까. 누군지는 끝내 알 수 없게 됐지만, 그래서 죽는 순간까지도 당신만을 생각한 사람이 있다는 사실을 영영 말해줄 수 없게 됐지만, 언젠가는 그 사람도 알게 되겠죠. 시인이 한때 이런 시를 썼다는 거. 그 메타세쿼이아가 두 사람이 갈 수 있었던 가장 먼 곳이었다는 거."

　잠시 말을 끊었다가 희선 씨가 말했다.

　"전 다음 주부터 병원에 들어가요. 나이가 들면 몸에 고장이 나지 않은 곳이 없으니까. 그래서 병원에 가기 전에 이런 이야기를 그 사람에게 들려줬으면 한 것이지요. 그나마 청년에게 이런 이야기를 다 할 수 있어서 다행이네요."

　잠시 아무런 말없이 앉아 있다가 희선 씨가 먼저 일어났다. 딴생각을 하다가 헐레벌떡 나도 자리에서 일어났다. 희선 씨는 내가 회의실을 나갈 때까지 기다렸다가 불을 끄고 문을 닫았다. 그때 나는 그녀를, 우리가 함께 보낸 나날들을, 영원히 나를 후회하게 만들고 나를 괴롭힐 게 분명한 그 일들을, 우리가 함께 꿈꿨으나 결국 가지지 못했던 미래를 생각하고 있었다. 친구들은 내게 새로운 여자를 만나면 모든 일이 달라질 것이라고 말했지만, 그렇다고 해도 우리가 함께 꿈꿨던 미래를 다시 찾을 수는 없는 일이었다. 맞다. 그런 건 이제 흔적도 없이, 자욱도 없이 사라진 것이다. 그렇긴 하지만…….

　"혹시 이렇게 생각하면 어떨까요? 그 시인은 거기에다가 뭘 물어봤을까요? 책에 '거기에 묻다'라고 써놓았잖아요."

　희선 씨는 낙제생을 바라보듯이 나를 쳐다봤다.

　"그건 뭘 물어본 게 아니지 않겠어요? 뭘 묻었다는 뜻이지."

　우리는 모두 헛똑똑이들이다. 많은 것을 안다고 생각하지만, 우리는 대부분의 사실들을 알지 못한 채 살아간다. 우리가 안다고 생각하는 것들 대부분은 '우리 쪽에서' 아는 것들이다. 다른 사람들이 아는 것들을 우리는 알지 못한다. 그런 처지인데도 우리가 오래도록 살아 노인이 되어 죽을 수 있다는 건 정말 행운이라고 말하지 않을 수 없다.

우리는 어리석다는 이유만으로도 당장 죽을 수 있었다. 그 사실만으로도 우리는 이 삶에 감사해야만 한다. 그건 전적으로 우리가 사랑했던 나날들이 이 세상 어딘가에서 이해되기만을 기다리며 어리석은 우리들을 견디고 오랜 세월을 버티기 때문일지도 모른다. 맞다, 좋고 좋고 좋기만 한 시절들도 결국에는 다 지나가게 돼 있다. 그렇기는 하지만, 그 나날들이 완전히 사라졌다고 말할 수는 없다. 우리가 노인이 될 때까지 살아야만 하는 이유는 어쩌면 우리 모두가 일생에 단 한 번은 35미터에 달하는 신의 나무를 마주한 나무학자 왕잔의 처지가 되어야만 하기 때문일지도 모른다. 공룡과 함께 살았다는, 화석으로만 남은, 하지만 우리 눈앞에서 기적처럼 살아 숨 쉬는 그 나무.

그날 밤, 희선 씨와 내가 보게 된 것은 불로 밀봉한 두꺼운 비닐봉지 속에 들어 있는 편지였다. 그 비닐봉지는 호수 옆, 땅이 가까워질수록 두꺼워지는 메타세쿼이아 둥치 근처에 묻혀 있었다. 시인이 책의 여백에 휘갈겨 쓴 글귀에 대해서 얘기하다가 그렇다면 그 메타세쿼이아 밑에 시인이 뭔가를 묻어놓은 게 틀림없다고 생각해 그 길로 호수 건너편까지 가서 땅을 파본 것이었는데, 그간 몇 번의 장마가 지나갔던 탓이었는지 뜻밖에도 얼마 땅을 파지도 않았는데 그 비닐봉지를 찾아낼 수 있었다. 비닐봉지 안에는 "이 편지를 발견하신 분께 부탁드립니다. 이건 소중한 편지이니 우체통에 넣어주세요. 보시다시피, 우표값은 걱정마세요."라고 적어놓은 쪽지가 함께 들어 있었다. 약간 허탈해진 마음에 희선 씨와 나는 언젠가 시인이 겉봉의 주소에 적힌 사람과 함께 나란히 앉아 있었을 게 분명한 그 나무 아래에 앉아 건너편 도시의 불빛들을 바라봤다. 밤의 호수는 길게 이어지는 그 불빛들의 이랑을 따라 검은 표면을 부드럽게 뒤척이고 있었다.

"우리가 너무 일찍 이 편지를 발견한 게 아닐까 모르겠네. 편지를 보낸 적이 수억만 년도 더 전의 일 같아서 그런데, 요즘 우표값이 얼마인가요?"

한동안 말이 없이 앉아 있던 희선 씨가 내게 물었다. 그 문제라면, 그나마 군대를 제대한 지 얼마 지나지 않은 내가 대답하기 쉬웠다.

"얼마 전까지만 해도 2백50원이었는데, 지금은 저도……."

내 말에 희선 씨는 한숨을 내쉬었다.

"이 사람, 도대체 이 편지가 언제 발견될 줄 알았던 거야?"

편지의 겉봉에는 도합 2천 원 어치의 우표가 줄지어 붙어 있었다. 그리고 희선 씨는 말이 없었다. 건너편 호수 옆 대로로 신호를 받은 자동차들이 몰려가는 소리가 파도 소리처럼 밀려왔다가 멀어졌다.

그리하여 마지막 톱니바퀴는 겉봉에 적힌 그 이름이었다. 어처구니없게도 겉봉에 적힌 주소는 메타세쿼이아가 있는 호수에서 걸어서 15분 정도면 갈 수 있는 곳이었다. 그렇게 가까운 곳에 누군가, 이제는 더 이상 이 세상 사람이 아닌 누군가 자신에게 보낸 편지가 묻혀 있으리라고는 상상할 수 없었을 것이다. 하긴 그게 추억의 나무였다면, 어쩌면 그 사람은 몇 번씩 메타세쿼이아 아래에 앉아 있었을지도 모르지. 우리는 편지를 우체통에 넣어달라던 시인의 마지막 부탁을 들어주지 않기로 했다. 대신에 나의 아르바이트가 끝나는 시간인 금요일 오후 다섯 시에 만나서 우리는 그 편지를 수신인에게 직접 배달하기로 했다. 금요일이 될 때까지 나는 여느 때와 마찬가지로 생활했다. 서빙 아르바이트를 계속했고, 이따금 그 메타세쿼이아 쪽을 바라보면서 호수 주위를 달렸으며, 생각날 때마다 매번은 아니고 세 번에 한 번 꼴로 '나나'에게 문자메시지를 보냈다. 나의 미래는 여전히 전혀 내 것이 아닌 것처럼 느껴졌다. 유일한 변화가 있다면, 결국 내가 에밀 졸라의 소설을 대출했다는 사실이었다. 자기 이름이 들어가서인지, 나나는 바로 답문자를 보내왔다. '에밀졸라? 나나졸라! 7/4 2:17 pm 나나', 이런 식으로. 그렇게 여전히 내 스물다섯의 두 번째 계절은 지나가고 있었다. 이따금 휴대전화로 문자메시지가 들어오고, 그중에 몇몇 문자메시지 덕분에 웃는 것처럼. 이런 식으로.

그 주의 금요일은 뜨겁고 뜨겁고 뜨겁기만 한 햇살이 거리를 하얗게 표백시키고 있었다. 커피전문점으로 나를 찾아온 희선 씨와 함께 그 햇살이 조금 누그러지기를 기다리며 커피를 마셨다. 이런저런 이야기를 하다가 나는 무례한 질문처럼 들리지 않도록 주의하면서 희선 씨에게 무슨 일로 병원에 들어가느냐고 물었다. 희선 씨의 얼굴이 약간 붉어졌다.

"새파란 청년한테 이런 말 해도 되는지 모르겠네. 가슴 한쪽을 잘라내야만 하거든."

"아, 죄송합니다."

"청년이 나한테 죄송할 일이 뭐가 있어? 내가 창피한 거지."

내가 몹시 당황하자, 희선 씨가 깔깔대며 웃었다. 그렇게 웃어줘서 고마웠다. 조금 있다가 여전히 입가에 웃음이 남은 얼굴로, 하지만 주름이 많은 두 눈만은 쓸쓸하게 말했다.

"사실 나도 어떻게 될지 몰라요. 왼쪽 가슴만 잘라내면 되는 일인지, 아니면 더 많은 것들을 잘라내야만 되는 일인지. 의사도 모르고, 가족도 몰라. 아는 사람이 아무도 없어요. 그럴 때는 무척 외로워. 나 자신한테도 외롭다니까. 앞으로 한 십 년쯤, 아니, 십 년은 너무 과한 욕심이고, 당장 내년 이맘때에는 어떨까? 햇살은 여전히 이렇게 뜨거울까? 더위에 지친 사람들은 길 밖으로 나갈 엄두도 내지 못하고 다들 저렇게 앉아 있을까? 내년 여름에는 또 어떤 노래가 유행할까? 이번에는 어떤 나라의 이름을 가진 태풍들이 찾아올까? 이 사람은……."

희선 씨는 탁자 위에 올려놓은 편지를 가리켰다.

"무슨 생각으로 이런 편지를 메타세쿼이아 밑에다 묻어놓았을까? 학생 때부터도 속이 하도 깊어서 무슨 생각을 하고 사는지 알 수 없더니만……. 요즘 많이 생각나네요, 이 사람이."

나는 무슨 말도 할 수 없었다. 이럴 때 진심에서 우러나는 위로의 말 하나 건네지 못하는, 숙맥 같은 스물다섯이라는 나이가 거추장스럽기만 해서 빨리빨리 나이가 들고 싶었다.

"내 생각에는, 내년에 나는 아마도 활쏘기를 배우고 있을 것 같아. 이 절호의 기회를 놓칠 수는 없으니까."

희선 씨가 다시 깔깔대며 말했다.

"그러면 되겠네요."

얼떨결에 바보처럼 내가 말했다. 말하고 보니 정말 바보가 된 기분이었다.

해가 건물들 뒤로 사라지는 것을 보고 우리는 가게에서 나왔다. 거기에서 겉봉에 적힌 주소지까지는 가로수들이 푸른 이파리를 팔랑거리는 길이었다.

"청년이 처음 도서관 회의실에 들어왔을 때, 깜짝 놀랐어요. 시인과 닮아서. 눈썹이며, 눈매며……. 그래서 보자마자 희선 씨라고 부르라고 한 거예요."

한참 길을 걸어가는데, 희선 씨가 말했다.

"그 말 듣고 저도 깜짝 놀랐습니다."

"너무 주책이었나 보네요."

"아니, 그게 아니라……."

내가 말했다.

"김희선이라고 하시는 순간, 제 여자친구 얼굴이 떠올랐거든요."

"정말? 여자친구가 그렇게 예쁘단 말인가요?"

"아니오. 그 배우만큼 예쁘다고는 할 수 없지만, 이름은 같아요. 하지만 제 눈에는 그 배우만큼 예쁘게 보였죠."

"그건 내가 정말 좋아하는 이야기인데……. 얘기해봐. 어떻게 만났는데? 무척 사랑했던 모양이죠? 그 표정을 보니."

나는 생각해봤다. 맞아요. 그랬어요. 십 년은 고사하고 당장 내년 이맘때는 어떨지도 모르고. 그렇게요. 다음 여름에도 햇살이 이렇게 뜨거울지, 어떤 노래가 유행할지, 다음에는 어떤 나라의 이름을 가진 태풍들이 찾아올지도 모르고. 그렇게요. 나는 우리가 걸어가는 길을 바라봤다. 호수 건너편, 메타세쿼이아가 서 있는 세계의 끝까지 갔다가 거기서 더 가지 못하고 시인과 여자친구는 다시 그 길을 걸어 집으로 돌아갔을지도 모를 일이었다. 그렇다면 두 사람은 무척 행복했고, 또 무척 슬펐을 것이다. 하지만 덕분에 그 거리에 그들의 사랑은 영원히 남게 됐다. 다시 수만 년이 흐르고, 빙하기를 지나면서 여러 나무들이 멸절하는 동안에도, 어쩌면 한 그루의 나무는 살아남을지도 모르고, 그 나무는 한 연인의 사랑을 기억하는 나무일지도 모른다.

눈을 동그랗게 뜨고 나를 바라보는 희선 씨에게 내가 말했다.

"맞아요. 그러니까……, 그렇게요."

톱니바퀴 장치 틈으로 보이는 풍경

현대소설에는 그 연극적 기원의 잔상이 진화과정의 꼬리뼈처럼 남아 있는 경우가 있다. 연극이 시작하기 전에 아직 닫혀 있는 막 앞으로 실크해트를 쓰고 스틱을 흔들며 나타난 신사가, 신탁을 전하는 그리스 비극의 코러스처럼, 이야기의 화두를 제시하는 경우가 있다. 이처럼 「세계의 끝 여자친구」에서도 닫혀 있는 막 앞으로 화자가 직접 등장하여 "인생은 서로 물고 물리는 톱니바퀴 장치와 같다." 예고한다. "톱니바퀴 장치"가 암시하는 인과론은 물론 이 이야기의 밑바탕에 추리소설의 형식이 깔릴 것 같다는 예감을 자아낸다. 과연 추리소설과 관련된 암시는 서술의 곳곳에 매복되어 있다. "처음 보는 순간 미스 마플이라고 부르면 딱이라는 느낌이 드는 할머니로 밝혀진" 인물의 등장에서부터 시선을 끄는 이런 암시는 도서관에서 빌린 책의 "8. 마침내 미스터리가 풀리다" 부분을 거쳐 그 페이지에 시인이 손

수 적어놓은 의문의 메모는 마침내 나무 밑에 묻어놓은 편지로 이어진다. 물론 화자는 잊어버릴 만하면 한 번씩 전면에 등장하여 "그렇다면 다시 톱니바퀴 이야기다" "그러니까 톱니바퀴는 계속 돌아가는 것이다" "그때까지만 해도 그게 바로 이 톱니바퀴의 마지막이라고 생각했다" "그리하여 마지막 톱니바퀴는 겉봉에 적힌 그 이름이었다" 등 논리적 접속사를 앞세운 멘트로 톱니바퀴의 맞물림을 확인하고 이를 독자에게 환기시키고 있다.

그러나 모든 추리소설을 읽는 흥미의 한 가닥이 거기에 숨어 있듯이 이 소설의 묘미는 그 톱니바퀴의 이가 곳곳에서 조금씩 어긋나 있다는 데 있다. 우선 화자가 화두를 제시한 뒤, 실제 이야기를 서술하는 첫 문장 자체가 기이하게 뒤틀려 있다. "결국 내가 이별에 대해서 말하게 되기까지 첫 번째 톱니바퀴의 역할을 한 건 도서관에 근무하던 한 자원봉사자의 부지런함 때문이었다." 우리는 모두 "헛똑똑"이어서 그럴까? 대체 위의 문장의 어디가 어긋났기에 처음 이 소설을 읽으면서 우리는 그리도 오래 이 문장의 근처에서 머뭇거리며 고개를 갸웃했을까? A=B라는 등식구조로 된 이 문장("톱니바퀴의 역할을 한 것=한 자원봉사자의 부지런함")에서 "때문"은 논리적 사족이다.

톱니바퀴 장치의 뒤틀림은 항상 이런 등식에서처럼 명백하게 드러나는 것은 아니다. 우선 등장인물들을 보자. 추리소설에서 살인용의 선상에 오르는 인물들처럼 여기서도 여러 인물들이 차례로 등장한다. 첫 번째 톱니바퀴라는 "한 자원봉사자"를 시작으로 익명의 여러 인물들을 거쳐 "세 번째"의 "나", 중년 남자, "내 또래의 여자", "머리칼이 희끗희끗한 할머니", 죽은 시인, "다른 남자의 아내"가 된 시인의 연인 등이 그들이다. 그러나 죽은 시인이나 그의 연인이 그렇듯이 전경이 아니라 원경에 어른거리는 인물들은 더 많다. 나희덕, 신경

림, 최하림, 신대철 등의 시인들, 중년남자의 "여직원", 여학생 "난
아", 화자가 사랑하는 "그녀", 책 『메타세쿼이아, 살아 있는 화석』 속
의 인물들이 거기에 해당한다. 추리소설에 등장하는 대부분의 인물
들이 그렇듯 여기서도 많은 인물들은 초점을 흐리게 하는 연막으로
이용된다.

특히 흥미로운 점은 인과적 논리를 바탕에 깔겠다는 "추리소설"에
다수 등장하는 시인들과 시들이다. 이 시들의 "비약"이야말로 톱니바
퀴 이가 조금씩 어긋나게 하는 데 크게 기여한다. 독자는 이리하여
자신도 모르게 추리소설의 독서에서 암호와도 같은 시의 해독으로
옮아가게 된다. 시적 장치의 기본은 말놀이이다. 이 소설의 가장 중
요한 대목들에 말놀이의 카드가 숨어 있다. '세계의 끝 여자친구'라
는 기이한 소설제목은 물론 소설 속에 등장하는 시의 제목이다. 두
개의 명사구를 병치시킨 이 독특한 언어구조는 이 "미스터리"를 풀어
줄 책의 제목 '메타세쿼이아, 살아 있는 화석'의 구조에서 그대로 반
복된다. 이것이 바로 시에서 말하는 "의미의 형식"인 것이다. "이주週
의 시"와 "이주移住의 시" "난아와 나나", 물어보다를 의미하는 "묻
다"와 "파묻다"를 의미하는 "묻다", 서로 다른 사람들의 이름인 "김희
선"은 모두 동음이의어의 말놀이로 적극 활용되고 있다.

어디 그뿐인가? 김연수 특유의 '딴전 피우기' 서술구조와 문장구
조는 추리소설을 서서히 반추상의 그림으로 변화시킨다. 서술은 톱
니바퀴를 따라 돌아가는 듯하지만 화자는 그때마다 시에 대하여, 사
랑에 대하여, 장마나 여름 햇살 같은 날씨에 대하여, 이별에 대하여,
흘러가는 시절에 대하여, 나이에 대하여, 병에 대하여, 죽음에 대하
여, 달리기에 대하여, 어린 나무와 큰 나무에 대하여 말하며 딴전을
피운다. 이렇게 하여 우리는 부지불식간에 톱니바퀴 자체의 논리보

다는 그 어긋난 톱니바퀴 사이로 비치는 하늘과 비와 구름과 바람을 바라보며 그 "지나가는 풍경"의 잔상들이 모여 "홀로 서 있는 키가 큰 메타세쿼이아 한 그루"로 자라는 것을 느끼게 된다. 수평적으로 흘러 지나가는 세월이 수직의 키 큰 나무로 변하는 순간……. 여기쯤에서 우리는 문득 톱니바퀴의 마지막에 도달한 것을 느낄 수 있지 않을까? 창틀이 없었더라면 아무것도 아닐 평범한 풍경이 창틀을 통해서 돌연 삶의 한 귀퉁이를 보여주는 것 같을 때가 있다. 소설은 창틀 밖으로 내다보는 인생의 풍경이라는 생각이 새롭게 환기되는 이 작품은 그래서 여운이 길다.

그리고 소문은 단련된다

백가흠

1974년 전북 익산 출생.
2001년 『서울신문』 등단.
소설집 『귀뚜라미가 온다』 『조대리의 트렁크』.

그리고 소문은 단련된다

한 달 전, 림혜숙이 어린 딸과 함께 감쪽같이 사라졌다.

농장주인 김 씨의 절도신고를 받고 출동한 강 형사는 신경질이 삐죽 솟아났다. 없어진 물건들을 그때서야 찾고 있었는데 사라진 것은 온전히 림혜숙과 일곱 살 딸아이뿐이었다.

단순가출 같은데. 더군다나 애도 데려갔다면서.

아니, 갈 데가 없는 사람이라구요. 북한에서 온 지 얼마 안 됐다니까요. 제발 좀 찾아주세요.

이름도 가짜일 가능성이 크고, 주민번호도 모르는 사람을 어디 가서 찾아 이 사람아. 그리고 왜 찾아. 없어진 것도 없다면서.

……무슨 안 좋은 일이라도 당했으면 어떡해요? 어린아이도 있는데.

농장주인 김 씨는 말없이 다급하게 돌아서는 강 형사의 팔을 붙들고 늘어졌다. 뭔가 할 말이 있는 듯한 표정이었으나 김 씨는 머뭇머뭇 더 이상 얘기하지 않았다. 강 형사는 대수롭지 않게 김 씨의 팔을 뿌리쳤다. 그러나 김 씨는 포기하지 않고 다음 날에는 간첩신고를 했고, 며칠이 지나고선 실종신고를 했다. 수배라도 떨어지면 어디 있는지 알 수 있을까 해서였다. 강 형사가 마지못해 다시 농장을 찾았다.

림혜숙. 730228-2443215. 글쎄, 잘못 적었는지 그런 사람 주민번호는 없다니까. 답답하네.

맞다니까요. 봐요 그렇게 적혀 있잖여요.

자꾸 귀찮게 할 거야? 실종신고는 가족들만 할 수 있는 거 몰라? 당신, 가족 아니잖아. 아, 빨리 단순가출란에 서명해. 나 바빠.

아니, 그건 아는데, 하도 동네에 이상한 소문들이 돌아서, 그거와 연관이 있지 않은가 싶어서 그려요. 나한테 온다 간다 말 안 할 이유도 전혀 없고 말여요.

이상한 소문?

사거리 약국 앞을 지나는 사람들 치고 안을 힐끔거리지 않는 사람은 없었다. 황 약사는 자신이 꼭 구경거리가 된 것 같아 마음이 불편했다. 아무 일 없는 듯 평소처럼 행동하려 애를 썼다.

황 약사는 거울 앞에 서서 가지런히 머리를 정돈했다. 포마드를 발라 가르마를 나누고 한 올의 머리카락도 일어섬 없이 단정히 빗어넘겼다. 이미 칠순을 훌쩍 넘겨버린 나이였지만 새까맣게 염색을 해서 흰머리 한 가닥을 찾아보기 힘들었다.

아직도 연락 없지요?

황 약사는 인상을 찌푸렸다. 이젠 손님들이 건네는 인사마저도 비아냥거림처럼 들렸다. 이미 소문은 소문을 낳아 금구에 사는 사람이라면 사거리 병원집 일을 모르는 사람이 없었다.

황 약사는 대꾸 없이 천천히 가운을 걸쳤다. 하얀 가운의 단추를 하나하나 채우며 남자가 등지고 선 창 너머 거리를 흘끗 쳐다보았다.

……뭐 줄까?

황 약사가 무덤덤하게 그를 쳐다보며 말했다. 근래 약국을 찾는 손님의 대부분이 그런 식이었다. 걱정해주는 척하면서 뭔가 새로운 소식을 얻기 위한 제스처.

목이 좀 아파서요.

어떻게 아픈데?

들으셨죠? 저기 구이 쪽에 농장이 있는데, 거기서도 한 달쯤 전에 한 여자가 없어졌대요. 어째 동네가 뒤숭숭한 것이…….

남자는 병원이나 약국의 단골손님도 아니었는데도 아는 척을 해왔다. 그것이 황 약사는 영 못마땅했다.

약 사러 왔으면 약이나 사가지고 가.

황 약사는 기계적으로 서랍에서 편도선 약을 꺼내 재빠르게 진열장 위에 내려놓았다.

이천 원.

설마 얌전하고 예쁜 새댁이 그러기야 했겠어요? 다 남 말하기 좋아하는 사람들이 만들어낸 것일 테니 너무 신경 쓰지 마세요.

남자가 돌아서 약국을 나갔다. 황 약사는 그가 누구인지 도무지 기억이 나질 않았다. 창 너머 성큼성큼 멀어져가는 남자를 뚫어져라 쳐다보았다.

황 약사의 며느리가 조용히 사라진 것은 한 달쯤 전이었다. 평소와 다름없는 그야말로 평범한 어느 날이었다. 친정도 지척에 있고 근처 작은 도시에서 나고 자라, 대학까지 나온 며느리가 볼일도 많고, 갈 곳도 많다는 것쯤을 식구들은 알고 있었다. 종종 있어온 늦은 귀가일 거라고 황 약사는 대수롭지 않게 생각했다.

  문제는 아침이 되고서도 장 약사가 집으로 돌아오지 않았다는 데 있었다. 장 약사의 외제차는 평소대로 주차되어 있었다. 지난밤 늦게 돌아왔거니 가족들은 생각했다. 그러나 어찌 된 일인지 차만 있었고 장약사는 보이지 않았다. 차를 놓고 외출한 것이 분명해 보였다. 사라진 며느리를 대신해 은퇴했던 황 약사가 약국에 나올 수밖에 없었다.

  그렇게 한 달, 황 약사가 사라진 며느리를 대놓고 찾지 못한 채, 전전긍긍하는 것은 모두 다 흘러다니는 소문 때문이었다.

  하루도 지나지 않았는데 금구 사거리엔 병원집 며느리가 바람이 나서 집을 나갔다는 소문이 떠돌았다. 이는 농협에 모여 소일 삼는 사람들로부터 빠르게 퍼져나갔다. 소문의 서사는 그럴듯한 것이 퍽이나 구체적이었다. 가장 먼저 읍내에 떠도는 소문을 들고 온 사람은 정 간호사였다. 차마 남편인 병원장에게는 말하지 못하겠다면서 소문의 요지만을 간략하게 황 약사에게 전했다. 정 간호사의 말을 듣자 황 약사도 어렴풋이 그 사내의 얼굴이 떠올랐다. 며느리와 바람이 났다는 사내는 제약회사 영업사원이었다. 그럴 리 없다고 생각하면서도 마음이 산란해지는 것은 어쩔 수 없었다. 다만 소문이 아들의 귀에까지 들어가지 않을까 노심초사했다. 아무 일 없다는 듯이 태연하게 업무를 보는 아들을 보니 이미 아들은 그 사실을 알고 있었는지도 모르겠다고 황 약사는 생각했다. 이쯤 하니 며느리에 대한 걱정보다도 바람나서 집 나간 며느리에게 화가 나서 견딜 수가 없었다. 생전처음, 자신의 체면이 집 나간 며느리 때문에 구겨지는 것 같았다.

  금구사거리에 떠도는 추잡한 소문을 부정하는 사람들은 장 약사의 친정식구들뿐이었다. 하지만 추문을 뺀 믿고 싶은 소문만을 가장 맹신하는 사람들이기도 했다. 그들을 빼고는 하루가 멀다 하고 새롭게 생성되는 이야기들을 사람들은 모두 진실로 받아들였다. 남의 일이기에 이왕이면 다이내믹하고 흥미진진한 이야기가 되었으면 하고 바라는 것 같았다.

농장주인 김 씨는 어딜 가나 눈에 띄기 마련이었다. 몸집이 커서가 아니라 오히려 작은 키 때문이었다. 김 씨는 언제나 바지 끝을 여러 번 접어 입었다. 걸을 때마다 바지가 팔랑거렸는데 뒤에서 보면 바지가 사람을 이고 가는 것처럼 보이기도 했다. 그런, 김 씨가 바지를 팔랑거리면서 림혜숙을 찾아다닌 지도 한 달이나 지나고 있었다. 눈코 뜰 새 없는 농장일도 내팽개치고 김 씨는 북한에서 온 림혜숙을 찾아 틈만 나면 전국 방방곡곡을 헤매고 다녔다.

간절히 원하는 자에게 소문은 언제나 준비되어 있었다. 소문은 무성했고 무서웠다. 전국 사방곡곡에서 그녀를 봤다는 사람들이 제보를 해오기 시작한 것은 현상금이 적힌 전단지를 뿌린 후였다. 사람들의 제보가 너무 많아서 일일이 다 찾아다닐 수 없을 지경이었지만 김 씨는 포기하지 않고 힘을 아끼지 않았다. 제일 황당한 제보는 그녀를 영국에서 봤다는 사람의 얘기였다.

김 씨는 사람들 말은 믿을 게 못 된다는 것을 몸과 맘이 모두 지친 후에야 깨달았다. 지칠 때로 지친 몸과 한없이 낙담한 마음을 다시 일으켜 세울 힘이 이젠 남아 있지 않았다.

모든 게 꼬여버린 것은 모두 다 작은 키 때문이었다. 작은 키에 대한 열등감으로 언제나 오버했었던 과장된 몸짓과 말이 후회스러웠다. 필요 이상 당당했던 자신이 부끄러워졌다. 마흔이 훌쩍 넘어 늦장가 들었던 베트남 부인이 얼마 살지 못하고 도망친 것도, 좋아했던 림혜숙이 떠난다 말도 없이 사라진 것도 모두 다 자신의 작은 키 때문이라고 생각했다. 자신만큼 키 작은 동생이 아직 장가도 못 가고 자신의 뒤치

다꺼리만 하는 것이 가여웠고, 림혜숙이 데리고 떠난 그녀의 어린 딸이 보고 싶어 서러웠다. 김 씨는 밤마다 돼지 축사에 앉아 서럽게 소리 내어 울었다. 축사 안 돼지들은 되레 자신들이 화풀이당할라 김 씨 반대쪽으로 몰려들어 서로의 품을 파고들며 머리를 감췄다.

간혹 전화를 받고 재빠르게 달려가보기도 했지만 그녀의 흔적은 오리무중이었다. 북한에서 온 사람들은 특수한 환경 때문에 비슷한 처지의 사람들끼리 도움을 주고받아 그 흔적을 쉽게 찾을 수 있었다. 헌데 어떻게 된 일인지 림혜숙은 딸과 함께 하늘로 증발해버린 게 아닐까 싶을 정도였다. 아무도 그녀를 봤다는 사람이 없었다. 함께 국경을 넘었던 사람을 어렵사리 수소문해 찾았지만 그도 최근의 그녀에 대해 아는 것은 별로 없었다. 다만 큰 수확이라면 림혜숙이 생각보다 큰돈을 가지고 있었다는 것이었다. 김 씨도 그것은 모르고 있었던 일이었다. 만삭의 몸으로 국경을 넘은 그녀가 중국에서 돼지를 키워 큰돈을 벌었다고 했다. 그 사실이 김 씨를 더욱 불안하게 만들었다.

황 약사는 사돈식구들이 번잡하고 떠들썩하게 동네를 수소문하고 다니는 것이 탐탁스럽지 않았다. 삼대를 이어 동네 유지로 살아온 체면이 행실이 바르지 못한 며느리 탓에 날아간 것 같았다. 사람들에게 남우세스러워진 것이 짜증나는 일이 아닐 수 없었다. 황 약사는 모든 것이 그냥 조용하게 지나갔으면 하는 바람밖에 없었다. 의사인 아들이 이혼을 한다고 쳐도 재혼을 못할 리 없었고 며느리가 다시 돌아온다고 한들 예전같이 살가운 마음이 들까 자신도 없었다.

황 약사는 경찰들이 약국과 병원을 드나드는 것도 못마땅했다. 그러나 그것도 잠시, 경찰들마저도 장 약사가 실종된 사건을 단순가출로 보고 수사에 적극적이지 않았다. 친정식구들만이 소문을 좇아 진실을 찾아다니고 있었다. 친정식구들은 매일 아침 일찍 아예 금구사거리로 출근하다시피 했다. 새로이 떠다니는 말들을 알아보기 위한 것이었다. 벌써 한 달이나 지나고 있었지만 어디에서도 장 약사의 행적을 찾을 수 없었다. 친정식구들만 애간장이 타들어가고 있었다.

친정식구들은 소문을 좇아가다 보니 은근히 장 약사의 남편을 의심하게 되었다. 그 얘기는 사거리 별다방 미스 정로부터 흘러나온 얘기였다. 친정식구들이 약국과 병원에 발길을 끊은 것도 그 무렵이었다.

제가 어제 공업사에 배달 갔다가 컴퓨터집 민 씨 아저씨한테 들은 얘기인데요. 그 아저씨는 대학도 나와서 꽤 똑똑한 사람으로 동네에서 유명하거든요. 가끔 티켓 끊어줘서 같이 놀러다니기도 하고, 그래서 속엣말도 간혹 잘 나누는 편인데요.

미스 정은 자꾸 말려 올라가는 짧은 미니스커트 자락을 끌어내리며 더듬거렸다. 마주 앉은 장 약사 남동생의 시선도 자꾸 밑으로 떨어졌다. 남동생이 테이블에 바짝 붙으며 간절하게 미스 정을 쳐다보았다.

저도 좀 사정이…… 이렇게 오래 잡아두시려면 저는 티켓을 끊어야 하거든요. 지금도 배달이 밀려 있어설랑. 여기서, 사람들이 많은 데서 말 전하는 것 같아서 누가 들을까봐 부담스럽기도 하고…….

창밖으로 며느리의 친정식구들이 사거리를 지나가는 것이 보였다. 황 약사는 사돈식구들을 보며 쓴웃음을 지었다. 그들이 약국과 병원에 찾아와 난리를 친 것은 이 주 전이었다.

병원 문을 열기 전이어서 다행이라 생각했지만 그렇다고 아무도 없었다는 것은 아니었다. 친정식구들은 노골적으로 황 원장에게 적개심을 드러냈다. 장 약사의 남동생은 다짜고짜 매형의 멱살을 잡고 늘어졌다.

다 듣고 왔어 이 자식아. 마누라가 없어졌는데도 니가 이렇게 무사태평인 이유가 있었어. 경찰 불렀으니까 꼼짝 말고 있어.

처남, 이거, 일단 이 손 좀 풀지…….

친정어머니는 이미 실신 직전이었다. 대성통곡하며 억울함을 호소했다. 딸의 이름을 연거푸 부르짖었다.

어이, 사돈총각. 이거 환자들도 있는데 여기서 이렇게 소란을 피우면 어쩌자는 겐가. 며느리의 치부가 뭐 그리 자랑할 거라고……. 사람들 알아듣기 전에 당장 목소리 낮추게. 우리들 얼굴도 생각해줘야 할 것 아닌가.

얼굴? 사람 죽여놓고 체면치레를 하시겠다?

사이렌을 요란하게 울리며 여러 대의 경찰차가 사거리 약국 앞에 도착했다. 구경거리를 놓치지 않기 위해 사람들이 속속 사거리로 모여들었다.

누가 신고를 한 건가?

황 약사는 흠칫 놀라 밖을 내다보았다. 한 무리의 경찰들이 병원으로 올라오고 있었다. 때 아닌 구경거리의 횡재를 만난 환자들이 호기심 가득한 얼굴을 한 채 한쪽으로 비켜섰다.

조용히 소문 안 나게 수사해달랬더니 이렇게 요란하게 설레발을 치면 어쩌자는 건가.

황 약사가 점잖게 강 형사를 나무랐다.

살인사건신고가 들어와서 어쩔 수가 없었습니다.

살인?

남동생은 미스 정에게 들은 얘기를 털어놓았다. 친정어머니의 통곡소리 때문에 병원 안은 다시 아수라장이 되었지만 남동생은 말을 멈추지 않았다. 컴퓨터집 민 씨가 미스 정에게 말하길 장 약사가 사라진 날 그녀의 외제차가 한밤중에 저수지 쪽으로 올라가는 것을 보았다고 말했다는 것이었다. 동네에서 유일한 외제차인데다가 창문을 내리고 있어 운전자를 볼 수 있었는데, 운전을 하고 있던 사람이 황 원장이 분명하다는 얘기였다.

그건 사실이 아니에요. 자세한 사실을 말하긴 뭐하지만, 그때 황 원장은 부인과 같이 있지 않았습니다.

강 형사가 남동생에게 타이르듯이 말했다. 순간 병원 안에 있던 소란스러움이 일시에 잦아들었다.

위치추적을 해보니 그 시간에 저수지 쪽으로 누님이 간 것은 확실해 보이는데, 남편분은 타 도시에 계셨습니다. 알리바이가 확인됐어요. 새벽까지 다른 도시에 있었던 것이 분명합니다.

그걸 알면서도 저렇게 한 무리를 이끌고 여길 왔단 말인가.

황 약사는 분에 겨워 이를 악물었다.

그럼, 누나가 누구랑 거길 갔다는 거예요?

행실이 나쁜 자식 부끄러워하지는 못할 망정, 어디 와서 행패를 부리는 거요. 그래도 한 번 맺은 인연, 사돈이라 아무 말 안 하려 했더니만, 으흐흠.

아버지…….

내동 가만히 소란에 빗겨서 있던 황 원장이 아버지의 말을 가로막았다.

남세스러워서 점잖이 기다리려 했더니만, 바람나가지고 살림 차려 나간 애를 우리보고 찾아내라 하면 그건 도리가 아니지요, 사부인. 듣자하니 사람들 하는 얘기로는 대전 유성 어디에 방 얻었다고도 합디다.

친정식구들도 맨 처음 떠돌았던 소문의 실체를 모를 리 없어 잠잠해졌다. 친정어머니는 한없이 쏟아지는 눈물을 소리 내지 않으려고 속으로 끄윽끄윽 삼켰다. 남자 형제들 틈바구니서 외동딸로 애틋하게 키운

딸이 생사도 모른 채 시댁식구들에게마저 버림받은 것이 서럽고 서러웠다.

장모님, 아버지도 걱정되고 화가 나서 그런 거니 이해하세요. …… 처남, 그날 밤 누나하고 통화했었어. 혼자 생각할 게 있어서 외국으로 여행을 좀 간다고. 갑작스러워서 나도 놀랐는데. 그렇게 얘기만 해서. 그래서 그런 줄 알고 기다리는 것이니까. 좀 기다려보자고. 별일 없을 테니까.

다, 매형이 바람피워서 이렇게 된 거라면서요. 제가 모르고 있을 줄 알았어요? 살림을 차린 건 매형이라면서요.

남동생은 어깨에 얹혀 있던 황 원장의 손을 매몰차게 떨어냈다. 황 약사는 누가 들을까 주위를 살폈지만 이미 이를 구경하는 사람들의 수는 그새 엄청나게 불어나 있었다. 황 약사는 쓴 입맛만 다셨다.

약국 문을 닫는다는 것은 완고했던 자존심을 스스로 무너뜨리는 것이라고 황 약사는 생각했다. 흘깃 약국 안을 들여다보는 사람은 많았지만 누구 하나 선뜻 약국 안으로 들어오는 사람은 드물었다. 단골이었던 사람들도 하나둘 시내 다른 곳을 찾는지 발길이 뜸해졌다. 평생을 동네에서 인심 잃지 않고 살아온 것치곤 되돌아온 인정이 너무 초라했다. 진심으로 걱정하고 위로를 하기 위해 찾아오는 사람은 거의 없었다. 아버지에서 시작해 자신을 거쳐 며느리까지 수십 년을 한자리에 약방을 열어온 것에 존경을 아끼지 않던 사람들도 황 약사의 깔끔하기만 했던 자존심에 흠집을 내기 위해 찾아오는 듯했고, 평생을 동네에서 함께한 친구들마저도 숨기고 있었던 시기와 질투를 위로라는 이름으로 평계 삼았다.

김 씨는 무슨 소식이라도 들어보려고 매일 읍내 농협에 나갔다. 그곳에서 매일 새로운 이야기들이 흘러나왔다. 터무니없는 전화보다 그

편이 오히려 나왔다. 일손이 바쁜 철이었음에도 농협 안은 언제나 사람들로 북적였다. 김 씨도 슬쩍 사람들 사이에 끼어 림혜숙에 대한 소문은 없는지 귀를 쫑긋 세웠다. 그러나 그녀에 대한 이야기는 없었다. 사람들이 나누는 이야기는 대부분 사거리 약국 여자에 관한 것이었다.

제가 경찰들끼리 하는 말을 들었다니까요. 이혼 안 해줘서 부인을 죽이고 저수지 근처에 묻었다고 하더라구요. 알리바이 때문에 핸드폰도 여러 개나 가지고 있었다네요.

김 씨는 가슴이 철렁 내려앉았다. 머릿속에 그려지는 사람은 장 약사가 아니라 림혜숙과 어린 딸이었다. 땅에 산 채로 묻히며 살려달라고 애원하는 그 둘의 모습이 눈앞에 훤했다.

아, 아니. 정말 그랬대요?

김 씨가 말까지 더듬으며 물었지만 누구도 김 씨의 말에 대꾸를 해준 사람은 없었다.

황 원장 젊은 사람치고는 그리 나쁘게 보이지는 않더니만⋯⋯.

다, 그 아부지가 박복해서 그런 거야. 그 양반 평생 인정이라는 것도 없이 말이야. 그래서 부인도 일찍 죽었잖아.

그게 이번 일하고 무슨 상관이 있어. 황 약사가 사람들에게 피해준 것은 또 뭐고. 이 사람도 참⋯⋯.

왜 상관이 없어요? 그렇게 돈 많이 벌면서 동네를 위해서 뭘 한 게 있어요?

아니, 돈 좀 벌면 마을에 뭘 해야 된대?

모여 앉은 사람들이 웅성웅성 제각각 한마디씩 늘어놓았다.

매일 아침, 전에 있던 소문에 새로운 이야기가 더해져서 서사는 점점 완벽해지고 방대해져갔다. 그러다 보면 금구마을의 하루는 금세 지나갔다.

에이, 아니에요. 제가 지지난주에 경찰들 몰려오고 난리 났을 때 병원 안에서 다 들었거든요. 그 여자 바람나서 남자랑 외국으로 도망갔어요. 영국이라던가. 황 원장이 하는 얘기 직접 제가 들었어요.

그거 헛소문이라면서…… 언젯적 얘기를 지금 하고 있는 거야. 그렇다면 출국했는지 알아보면 되잖아. 그게 확인이 안 되니까 여기서 찾고 있는 거지. 사람도 참. 내 생각엔 틀림없이 죽었어.

맞어. 이건 누가 봐도 납치살인이야. 범인들이 카드도 썼다드만.

살인? 남편이요?

그야 모르지 무슨 사연이 있겠지. 내연관계인 남자가 있었다거나. 납치당했을 수도 있고. 남편이야 범인이 아니니까 경찰이 가만있는 걸 테고.

그럼, 그 영업사원이라는 사람이 죽었나?

아니, 그 사람도 며칠 전에 보니까 여전히 돌아다니던데.

김 씨는 그새 자신이 읍내에 왜 나왔는지를 까먹고 장 약사에 관한 이런저런 얘기에 빠져들었다.

아직 확실한 얘기는 아닌데, 제가 어제 사거리 다방 마담에게 들은 얘기인데요. 그게 꽤 설득력이 있더라구요.

그 여자 하는 얘기를 어떻게 믿어.

아니 마담도 손님들이 나누는 얘기를 들었대요. 그날 장 약사 차에 실려 간 여자는 장 약사가 아니라. 다 알죠? 저수지에서 그 차를 봤다는 사람이 있었던 거요. 차에 타고 있던 여자가 장 약사가 아니라 돼지 키우는 북한 여자였대요.

……뭐, 뭐요?

김 씨는 자신도 모르게 고함을 버럭 지르며 자리를 박차고 일어섰다. 사람들은 영문을 모르겠다는 듯 어리둥절한 표정으로 김 씨를 쳐다보았다.

그, 그럼 애기는, 딸애는 어쨌대요?

딸아이? 무슨 딸아이?

아니, 자세히 좀 말을 해보시오.

김 씨는 당장 싸움이라도 붙을 태세로 과수원 장 씨에게 다가섰다.

근데, 누구요? 당신은.

그 여자와 같이 살던 사람이요, 난. ……분명히 여자아이도 같이 있었을 텐데. 도대체 저수지로 가서 어쨌다는 얘기요?

아니, ……나도 들은 얘기라…….

장 씨가 슬그머니 자리를 털고 일어서려 했지만 작은 체구의 김 씨가 길을 가로막았다. 앉아 있는 장 씨와 김 씨의 일어선 키가 비슷했다. 농협에 모여 있던 사람들은 눈을 동그랗게 뜨고 두 사람이 주고받는 이야기를 놓치지 않았다.

아니, 들은 얘기는 그게 전부요. 궁금하면 마담에게 직접 물어보지 그러쇼.

말이 안 되잖아요. 느닷없이 얼굴도 본 적 없었을 사람의 차에 타고 있었다니.

어, 사람 참, 글쎄 난 잘 모르는 이야기라니까.

과수원 장 씨가 김 씨를 밀치며 자리를 떴다. 뭔가 흥미진진한 이야기를 고대했던 사람들은 싱겁게 마무리된 데에 실망감을 감추지 못하며 하나둘 흩어지기 시작했다. 김 씨는 서둘러 문을 나서는 장 씨를 뒤따라 달려나갔다.

야야, 칠십 넘게 살면서 별별 소리들이 다 오고 간다, 야. 며느리 니가 숨겨놨다매. 으허허허.

이런, 미친놈이 실성을 했나.

한 마을에서 나고 자라 초중고를 같이 다녔던 죽마고우 박한의원 박 씨가 황 약사를 찾아왔다. 한의원은 그의 아들이 대를 이어 가업을 잇고 있었다. 박 씨는 동네에서 유일한 황 약사가 상대해줄 만한 수준의 오랜 친구였다. 그러나 박 씨도 황 약사를 찾아오는 사람 대부분이 그렇듯이 새롭게 떠도는 말을 전하려고 온 듯했다.

　또 무슨 약을 또 올리려고 뜸을 들이냐, 넌.

　한의사인 아들이 어린 나이에 연애 결혼한 탓에 평범한 며느리를 들인 박 씨는 며느리마저 약사로 들인 황 약사에게 부러움이 많았다. 동네 유지의 주도권을 빼앗긴 것 같아 시샘은 날로 더했다. 황 약사는 언제나 모르는 척 며느리 자랑으로 박 씨의 샘을 골려먹었으나 이제는 상황이 반전되고 있음을 박 씨가 놓칠 리 없었다.

　하도 희한하고 이야기가 웃겨서 너한테 전해주려고 왔다. 으허허허.

　박 씨는 호탕하게 웃어 재끼며 밑으로 주욱 처진 배를 쓰다듬었다. 황 약사는 박 씨에게 드링크제 한 병을 내밀었다.

　내가 아들놈 한의원에서 심심풀이 침이나 거들어줄까 앉았는데, 침 맞으러 온 늙은 무당이 하도 기이한 말들을 내려놓는 거라. 나야 니 며느리가 여행 간 줄 너에게 들어 알고 있었지만 좀 과하다 싶음서도 일리는 있되 사실은 아닌 듯해서 너 보러 온 거라. 전쟁 때 너이 아부지가 해코지한 원혼들이, 일제 때 너이 할아버지가 해코지해서 억울히 죽은 귀신들이 니 며느리에게 달라붙어, 밤에 꼬여냈다는 거야. 정신이 완전 돌아서 저수지에 뛰어들었다고 하는 거라. 굿을 해야 한다는 거라. 내가 노망난 늙은 무당을 혼쭐내긴 했다만, 집안내력까지 들추며 말하는 꼴이 얼렁 니 며느리가 돌아와야 한다 싶어, 내가 너 보러 왔다니깐.

　황 약사의 얼굴에 일순 경련이 일었다. 뭐라고 할 말이 없었다.

도대체 어떤 놈들이 그 따위 말을 지껄이고 다닌다는 거야?

야야, 흥분하지 마라. 사실이 아닌데 분을 낼 필요 뭐 있겠는가 말이야. 근데 거서 끝이 아니라니깐. 말 들어보니 구이에서 탈북한 여자도 한 명 없어졌다 하두만, 니 며느리에 쓰인 국군 귀신들이 그 북한 여자를 같이 안고 저수지로 빠졌다는 거라. 조그만한 애도 있었던 모양인데 그 애도 물로 들어가더란다.

황 약사는 부들부들 손까지 떨고 있었다. 박 씨는 여유롭게 강장제 한 병을 들이켰다.

야, 좋다.

······일제 때 창씨개명 안 한 사람이 어딨고, 전란 중에 부역 안 한 사람이 어딨다고. 뭐가 어디로 들러붙어?

너무 신경 쓰지 말거라. 소문이 흉흉하니 사람들이 그런 것까지 갖다붙이는 거라. 이제 그만 돌아오라 기별을 넣으란 말이다. 말 들어보니 다 니 아들이 잘못해서 집 나간 거라드만. 나무라도 니 자식 먼저 해야지······.

그런 소리 지껄이려면, 당장 나가. 니 심보가 쳐나온 배만큼이나 고약스러운 줄은 내 알고 있었지만, 나이를 하도 먹어 고꾸라질 나이에 주책을 어디 와서 부리고 앉았느냐, 이놈아. 나가 당장.

하따, 그놈 성질은······ 기껏 친구라고 걱정이나 해줄라 쳤드니만.

박 씨가 어기적어기적 일어나 문을 나섰다. 돌아서는 박 씨의 뒤통수에 분하고 분해서 뭐라도 던져주고 싶은 마음을 참을 길이 없었다.

내 이놈을 그냥.

황 약사는 이 층 병원으로 냅다 올라가서 원장실 문을 박차고 들어갔다.

내 암말도 안 하고 너만 믿고 있었는데 도대체 어찌 된 거냐?

병원에 있던 환자들과 간호사들의 시선이 일제히 황 약사에게로 모아졌다.

무슨 일이세요? 아버지…….

황 약사는 자신에게 일치된 시선을 알아보고는 조용히 원장실 문을 닫았다. 진료받고 있던 환자는 자리를 비켜달라는 말에 아쉬움이 큰 듯, 바쁜데 사람을 나가라 마라 한다며 툴툴거리면서 원장실을 나갔다.

너, 사돈총각 말대로 장 약사랑 무슨 일이 있었던 거냐? 니가 이렇게 태평하게 앉아 있으니 사람들이 수군수군 말들이 많잖냐. 오늘은 내가 무슨 말까지 들은 줄 아니?

다 헛소문인 거 아시잖아요. 아버지까지 그러시면 어떡해요. 장 약사하고 아무 문제도 없었어요. 저도 답답해서 죽을 지경이라구요.

그런데 왜 그렇게 가만히 있는 거야? 나가서 찾아보기라도 해야지. 살림을 차렸다면 가서 머리채를 휘어잡고라도 들어와야 할 것이 아녀.

황 약사는 이제껏 참았던 굴욕을 터뜨리기라도 하듯 고함까지 지르며 아들을 나무랐다.

경찰이 가급적 아무 말 말라고 해서요. 마을 사람들 중에 누군가가 아무래도 납치를 한 것 같다고. 저희 집을 잘 아는 사람들일 거라고…….

그 말을 왜 이제야 하는 거야? 그럼 소문대로 정말 장 약사가 잘못되기라도 했단 말이냐? 너하고 나하고 이제 식구가 둘뿐인데 나한테까지 아무 말도 안 하는 게 말이 되냐?

그게…… 아버지에게도 말을 하지 말라고 해서…… 첩보가 들어왔다고.

첩보? 첩보라니?

……아버지가 장 약사를 숨겨놓았다는. ……말도 안 되는 거 알고 있는데, 말이 안 되는 거 아니까 말씀 안 드렸어요.

그게 무슨 말이냐, 내가 왜. 며늘아이를…… 그런 소문이 왜.

김 씨는 무작정 저수지 주변을 훑고 있었다. 저수지의 사방 둘레만 해도 몇십 킬로미터가 넘는 곳을 어디서부터 어떻게 수색을 해야 할지 막막하기만 했다. 손에는 자신의 키만 한 작대기 하나를 쥐고 있었다. 말이 수색이지 김 씨는 저수지 주변을 터덜터덜 마냥 걸을 뿐이었다. 김 씨는 과수원 하는 장 씨를 따라잡아 모녀가 저수지로 걸어 들어가더란 말을 들었다는 것을 알아냈다. 그냥 들은 이야기니 신경 쓰지 말라고 했다. 이런 흉흉한 이야기들이 떠도는데도 경찰은 뭘 하는지 꿈쩍도 하지 않는 것이 억울해서 죽을 판이었다. 팔랑거리는 바짓자락이 자꾸 수풀에 걸려 걸음을 보챘다. 몇 걸음 걷다가 밑으로 미끄러지길 반복했다. 김 씨는 허위자수라도 할까 하는 생각에까지 이르렀다. 그러면 경찰이 수색이라도 할까 싶어서였다.

뉘엿뉘엿 해가 지고 있었다. 물빛이 푸르스름하게 변하고 있었다. 김 씨는 턱석 자리에 주저앉아버렸다. 잔잔한 수면에 간혹 번지는 물무늬를 바라보며 김 씨는 소리 없이 눈물을 쏟아냈다.

김 씨가 집으로 돌아온 것은 암흑이 사방을 모두 먹어버린 후였다. 저수지 주변을 헤매다가 길을 잃어 한참을 돌아와야만 했다. 집에 오니 김 씨보다 더 키 작은 동생이 하루 종일 기다렸다며 지친 김 씨의 손목을 잡고 다급하게 끌었다.

청소하다가 봤다니까. 신고라도 해야 하나 해서…….

김 씨 동생이 내민 것은 아이 옷이었다. 언뜻 보아도 여자아이의 옷이었다.

어디서 난 거야? 이거.

그게…… 돼지 축사에서 들러붙어 새끼들이 찢어 먹고 있더라고.

뭐, 뭐야? 그럼. 돼, 돼지들이 먹어치우기라도 했단 말이야?

……아, 아니, 설마 그러기야 했겠어?

김 씨보다 더 키 작은 동생이 유난히 더 왜소해 보였다. 다리가 땅으로 푹 꺼진 듯 자꾸 밑으로 흘러내려가는 바지춤을 동생은 연신 잡아올렸다.

내 이놈들을.

김 씨는 작대기를 찾아들고 닥치는 대로 돼지들을 패기 시작했다. 돼지 축사는 순식간 아수라장으로 변했다. 때 아닌 봉변에 놀란 돼지들이 그야말로 멱따는 비명을 질러댔다. 우르르 한쪽으로 몰리며 어미건 새끼건 머리를 감추기 바빴다.

아들의 말을 듣고 보니 황 약사는 박 씨의 농담을, 약국 앞을 지나다니며 흘깃거리던 사람들의 시선을 그제야 이해할 수 있게 되었다. 황약사는 자신이 더러운 소문의 주인공이었다는 것에 온몸이 부르르 떨렸다. 퇴근도 미룬 채 약국 안의 모든 불을 끄고 앉아 사거리를 노려보았다. 도대체 어떤 이의 입에서 소문이 시작된 것인지 궁금해서 미칠 지경이었다. 목구멍을 타고 올라오는 살의를 황 약사는 주체할 수가 없었다. 마음 같아선 동네 사람 전부의 혀를 잘라내고 싶었다. 그사이 하나 더 늘어난 소문은 황 약사가 며느리랑 붙어먹어서 난처하게 되니까 살해해 저수지에 묻었다는 얘기였다. 하나씩 늘어가던 서사가 헛소문으로 밝혀질 때마다 비어버린 칸을 모두 황 약사가 메운 꼴이었다. 사람들의 상상력은 언제나 진실보다 앞서 있었다.

무엇보다 아들마저도 이런저런 황당한 소문을 완전하게 무시하지 않았다는 것에 황 약사는 경악했다. 그러나 그것이 온전히 아들 탓만은 아니었다. 자신마저도 며느리에 대한 여러 말들에 현혹되어 믿어왔으니까.

김 씨는 돼지 축사에 앉아 넋을 놓고 돼지들을 바라보았다. 설마 하면서도 자꾸 돼지들이 모여들어 어린아이를 잡아먹는 모습을 눈에 그리고 있었다. 몇백 킬로그램이나 나가는 돼지들을 어린아이의 힘으로 어찌해볼 수 없는 것은 당연한 일이 아닌가. 그렇다면 림혜숙이 아이를 구하러 축사로 뛰어들었다는 추측은 충분히 가능한 일이었다. 김 씨는 쥐고 있던 옷가지를 만지작거리면서 고개를 절레절레 흔들었다.

김 씨는 읍내로 나와 술을 마시기 시작했다. 복수하듯 우적우적 제육볶음을 씹어 삼켰다. 동네 어딜 가나 그렇듯이 앉으면 없어진 여자 얘기들뿐이었다. 김 씨의 한 손에는 축사에서 나온 옷가지가 여전히 쥐어져 있었다. 그러다 번쩍 정신이 드는 얘기를 들은 건 소주를 막 두 병째 마신 뒤였다.

허허, 내가 신기한 얘기를 우리 애들한테 들었는데 말이야. 고놈들이 앉아서 짐짓 심각한 거야. 귀신 얘기를 하나 해서 골려줄 셈으로 타이밍을 보고 앉았는데, 이놈들이 괴상한 얘기를 하는 거야.

커서 소설가가 되었어. 자네 애들들은.

그렇게 따지면 동네 사람 전부가 다 기지. 허허허.

에에, 말을 들어보라니깐. 저기 농장에서 없어진 모녀 있잖아, 탈북자. 글쎄, 그 모녀를 돼지들이 먹어치웠다는 거야. 하하하하. 농장주인이 죽여가지고 돼지밥으로. 그래서 찾을 수 없는 거래. 애들 하는 얘기가 정말……

무슨 애들이 그런 무시무시한 얘기를 해. 진짜면 얼마나 끔찍한 일이야.

김 씨는 저도 모르게 자리에서 벌떡 일어섰다. 술잔을 든 손이 부들부들 떨리고 있었다. 김 씨가 비틀비틀 사내들의 자리로 걸어갔다.

야, 이 새끼들아, 내가, 그 돼지 주인이다. 나아쁜 새끼들, 남의 말이라고. 뭐가 어째? 돼지가 먹어?

김 씨는 사내들의 테이블을 엎어버렸다. 김치며 찌개국물이 사방으로 튀어 농을 주고받던 사내들이 뒤집어썼지만 누구 하나 키 작은 김 씨에게 토를 다는 사람은 없었다.

아무리 생각해도 신기한 일이었다. 동생과 자기밖에 모르는 일을 그 어린아이들은 어찌 알았을까. 김 씨는 소름이 돋았다. 혹시 아이들이 그 광경을 목격이라도 한 것일까. 당장에 달려가서 돼지들의 먹이라도 따버리고 싶었다. 김 씨는 터덜터덜 저수지 쪽으로 걸어갔다.

차라리 물에라도 빠져 죽지. 돼지밥이라니. 으허허헉.

림혜숙이 없어지기 전 김 씨와 그녀 사이에는 아무 일도 없었다. 무슨 약속을 한 것도 아니었고, 가지고 있던 감정을 그녀에게 말한 적도 없었다. 김 씨는 그녀에게 애틋한 말 한 마디 못하고 헤어진 것이 안타까웠다. 김 씨는 달빛 먹은 물을 보며 목 놓아 울었다. 달로 이어지는 길이 저수지 한가운데 나 있었다. 달빛 위로 몸을 던져 잔잔한 물결 위에 큰 파장이라도 일으키고 싶은 충동이 일었다. 김 씨는 어기적어기적 일어나 저수지를 향해 걸어갔다. 한 손엔 여전히 아이의 옷가지를 꼭 쥐고 있었다.

으흐흑. 내가 죽인 거라. 내 돼지가 먹었으면 내가 먹은 거랑 똑같은 거라.

팔랑 찰랑 다리 사이에서 바람이 일었다. 미친 사람처럼 저수지를 향해 김 씨가 뛰기 시작했다. 그러나 몇 걸음 내딛지도 못해서 김 씨는 앞으로 고꾸라졌다.

아이고. 뭐야, 이건.

걸려 넘어진 돌부리를 찾았지만 돌은 없고 희부연 하니 사람 손 같은 것이 땅 위로 솟아 있었다.

포마드를 발라 빗어넘긴 가지런한 황 약사의 머리카락이 어둠 속에서도 반짝 빛이 났다. 황 약사는 몇 시간째 꼼짝도 하지 않고 의자에 앉아 밖을 내다보고 있었다. 한밤중 사거리를 지나는 사람은 없었다. 간혹 지나는 자동차의 헤드라이트 불빛이 입을 앙다문 황 약사를 비추곤 사라졌다. 황 약사는 뭔가 생각났다는 듯이 거울 앞에 서서 다시 머리 손질을 했다. 셔츠의 단추를 채우며 어둠 속에 서 있는 자신을 멍하니 바라보았다.

황 약사는 천천히 평생 입었던 흰 가운을 가지고 와서 다시 거울 앞에 섰다. 흰 가운을 망토처럼 걸친 다음 양쪽 소매로 목에 매듭을 만들었다. 모든 것이 예정돼 있었던 일처럼 황 약사는 망설임 없이 자연스러웠다. 황 약사가 조심조심 진열장 위로 올라가더니 형광등에 목덜미를 걸었다. 다음, 일 초의 망설임도 없이 힘껏 허공으로 발을 굴렀다. 흡사 흰 망토를 걸친 슈퍼맨 같았다. 이내 일 분도 되지 않아 황 약사의 몸이 밑으로 주욱 처지기 시작했다.

김 씨가 발견한 시신은 림혜숙이 아니었다. 그것이 김 씨를 더욱 절망의 나락으로 떨어뜨렸다. 김 씨는 여전히 아이의 옷가지를 품에 꼭 쥔 채 시신발굴작업을 지켜보았다. 경찰 말로는 발견된 여자가 한 달 전 사라진 장 약사일 거라고 했다. 많이 부패된 된 시신을 확인하기 위해서 황 원장이 달려오고 있는 중이라고 했다.

강 형사가 현장지휘를 하다 말고 멍하니 앉아 있는 김 씨에게 다가왔다.

안 그래도 내일 찾아가려고 했더니만. 여기서 만나네.

김 씨는 미동도 하지 않고, 대답도 없이 서서히 드러나는 장 약사의 시신을 우두커니 지켜보았다. 시신의 입, 손목, 발목에 테이핑이 되어 있었다.

그 여자. 이름이 뭐였지? 림혜숙…… 하여튼 그 여자 찾았어.

김 씨가 놀라서 벌떡 일어났다. 손이 부들부들 떨리고 있었다.

차, 찾았어요? 돼, 돼지 뱃속에서?

무슨 말이야? 돼지라니. 그 여자 영국 난민촌에서 찾았어. 영국으로 망명신청을 했었다는데 어떤 놈이 사기를 쳤다나봐. 망명해서 영국 가서 살자고 꼬신 거지. 거기까지 데려가서 여권, 주민증, 그리고 돈을 훔친 다음, 그곳에 그냥 버려버린 거지. 그야말로 탈북자가 탈북자에게만 칠 수 있는 사기야. 국정원에서 연락이 왔어. 사기 친 탈북자 여기 어디 산다고 잡아놓으라고. 그쪽도 출동했으니까 아마…….

그, 그게 도대체 무슨 말이에요? 그럼 아이는? 우리 집, 돼지가…… 본 사람도 있다고 했는데…….

아이도 같이 있대. 여하튼 한국으로 이송되고 있는 모양이니까 시간 좀 걸릴 거야. 돌아올 수 있다니 다행인 거지, 정말. ……아니, 영국까지 가 있으니까 사람을 찾을 길이 없지. 아니면 이렇게 묻혀 있거나…….

잔잔한 수면 위로 아무 일 없다는 듯이, 물무늬가 소문처럼 고요히 번져나갔다.

양치기의 언어

   말은 글과 달라서 유동적이고 직접적이며 즉흥적이다. 그래서 생생하게 살아 있다. 살아 있어서 통제하기 힘들다. 이것이 말이 가진 딜레마이다. 살아 있으되 통제 불가능한 언어가 바로 말인 것이다. 이런 말의 이중성이 가장 극명하게 드러나는 것이 바로 소문이다. 소문은 아니 땐 굴뚝에도 연기를 피우고, 발 없이도 천리를 간다. 그래서 소문이 소문을 만든다. 그렇게 만들어진 소문은 더 단단해져서 모든 진실을 녹아내리게 한다.

   백가흠의 「그리고 소문은 단련된다」는 번식성과 폭력성, 시대성을 동시에 살펴볼 수 있는 소문에 대한 계보학적 성찰을 담고 있는 소설이다. "하루가 멀다 하고 새롭게 생성되는 이야기들을 사람들은 모두 진실로 받아들였다. 남의 일이기에 이왕이면 다이내믹하고 흥미진진한 이야기가 되었으면 하고 바라는 것 같았다." "간절히 원하는 자에게 소문은 언제나 준비되어 있었다. 소문은 무성했고 무서웠다.""사람들의 상상력은 언제나 진실보다 앞서 있었다." 이러한 말들 속에 이 소설 속 소문이 문제 삼는 인간의 이면과 삶의 진리가 들어 있다.

한 마을에서 두 명의 여성이 실종되었다. 정확하게는 모녀와 한 여자이다. 탈북자 출신인 림혜숙과 그녀의 어린 딸, 네거리에서 약국을 하는 장 약사가 실종자들이다. 그녀들에 대한 소문이 꼬리에 꼬리를 물면서 마을을 떠돈다. 림혜숙과 그 딸이 돼지에게 잡아먹혔다는 것은 그나마 인간적인 소문이다. 장 약사가 제약회사 영업사원과 바람이 나서 외국으로 도망갔다는 것, 바람이 난 것은 장 약사의 남편이어서 이혼해주지 않자 부인을 죽였다는 것이다. 심지어는 장 약사가 오히려 시아버지인 황 약사와 바람이 나서 황 약사가 며느리를 죽였다는 소문으로까지 발전한다.

소문의 절정은 이 두 가지의 소문이 하나로 합쳐지면서 확대재생산될 때이다. "그날 장 약사 차에 실려 간 여자는 장 약사가 아니라. 다 알죠? 저수지에서 그 차를 봤다는 사람이 있었던 거요. 차에 타고 있던 여자가 장 약사가 아니라 돼지 키우는 북한 여자였대요." 이제 있을 수 있는 모든 소문이 완성되었다. 그 끝에는 입과 손목, 발목이 테이핑이 된 채 시체로 발견된 장 약사와 같은 탈북자에게 사기당해서 영국 난민촌에 버려진 림혜숙 모녀, 황 약사의 자살이 있다. 하지만 소문은 또다시 증식될 것이다. 바이러스처럼 잠복기간을 거친 후 더욱 내공이 쌓여 단단해진 후 돌아올 것이기 때문이다. 사람들의 소문에 대한 면역력도 강화되었기 때문이다.

이 소설에서 백가흠은 단순히 소문의 폭력성을 그 근거 없음이나 진실과의 배리에서만 찾지 않는다. 소문의 작동원리에서 찾아볼 수 있는 인간의 피해의식과 열등감, 베트남 출신 이주여성이나 탈북 여성문제를 통한 소수자의 소외, 6·25전쟁이나 일본 제국주의로 인한 한민족 간의 구원舊怨 등의 문제를 소문의 기원에 위치시킨다. 혹은 역으로 이런 소문의 원인에 대한 규명을 통해 소문의 본질적인 폭력성과 오염성을 근본적으로 문제 삼았다고도 볼 수 있다. 문제는 어느 방향을 취하건 소문이 지닌 기표와 기의의 불일치성이다. 말하는 바와 뜻하는 바가 다르다. 표면과 이면이 다르다. 그래서 모든 언어는 유령의 언어이다. 실체나 진실을 모방하지 않고, 이미지나 욕망을 모방한다. 모방을 모방하니 원본이나 근원이 중요하지 않다. 듣고 싶은 것만 듣다가, 결국에는 듣고 싶은 것을 생산하기까지 한다.

따라서 이 소설은 언어의 무의미성을 그린 관념소설이 아니라 언어의 폭력에 관한 공포소설에 더 가깝다. 칼이 아닌 말로 사람을 죽이는 현실에 대한 비판을 보여주기 때문이다. 걱정해주고 위로해주는 척하면서 오히려 더 큰 상처와 고통을 주는 인간의 언어, 믿을 수 없는 말을 양산해내는 사회의 언어, 그럴듯한 논리로 자신들의 부끄러운 욕망을 포장하는 이데올로기의 언어가 바로 소문의 언어이다. 현실이 소문을 만들어내는 것이 아니라 소문이 현실을 구성한다는 점에서 소문의 언어는 언어가 현실에게 가하는 복수일 수 있다. 이제 우리 모두 거짓말을 일삼는 양치기 소년이 되었기에 자신이 만들어낸 소문의 피해자가 될 수밖에 없을 것이라는 진실을 이 소설은 섬뜩하게 전해주고 있다.

침이 마르는 시간

서하진

1960년 경북 영천 출생.
1994년 『현대문학』 등단.
소설집 『책 읽어주는 남자』 『라벤더 향기』
『사랑하는 방식은 다 다르다』 『비밀』 『요트』
『착한 가족』. 장편소설 『다시 사랑한다 말할까』.
〈한무숙문학상〉 〈김준성문학상〉 수상.

침이 마르는 시간

저 사람에게도 걱정이라는 게 있을까 싶은, P는 그런 느낌을 주는 여자였다. 모임이나 행사에 P가 나타나면 일단 주변이 환해지는 듯한 분위기가 연출된다. P의 미모, 쉰의 초입에도 여전히 힘을 발휘하는 그 아름다움의 연원을 우리 동창들은 모두 알고 있었다. P의 남편은 저명한 로펌의 파트너 변호사였다. 연봉 수억, 기사 딸린 검은 벤츠를 탄다는 그 남편이야말로 학창 시절부터 우리가 알고 있던 거의 완벽한, 유일한 남자였다. 그 시절로부터 이어져온 그 남자의 P에 대한 한결같은 애정을 확인케 해주는 것은 전국 최고의 공시지가를 자랑하는 장엄한 빌라, 엄지손톱의 두 배만 한 사파이어 반지, 반짝이는 다이아몬드가 총총히 박힌 티파니 시계, 이름도 어지러운 외국 디자이너의 작품이라는 은회색의 밍크코트……이기도 했지만 그보다 더 우리를 짜증나게 한 것은 이름 붙은 날이면 어김없이 그 남편이 벌여준다는 다양한 이벤트였다. 가령 자동차 트렁크 한가득 풍선을 넣어두고 열어 보게 한다든가, 배달된 종이상자를 열면 또 작은 상자가 나오고 그 안에 또 상자, 다시 상자…… 그리고 마지막 상자 안에 들어 있었다는 편지, 거기 적힌 낯간지러운, 우리들의 남편이 오래전에 한 번쯤 했었던, 혹은 단 한 차례도 들을 기회가 없었던 사랑의 고백들.

그런 이야기를 할 때, 유치한 이야기를 유치한 표정으로 늘어놓으면서, 자랑을 적절히 감출 줄도 아는 겸손 또한 P는 갖추고 있었다. 그저 심심해할 친구들에게 얘깃거리를 제공할 뿐이라는 듯 심상하게, 그러나 지나치게 심드렁하지 않게. 그건 P가 가진 기술이었다. 그 이야기를 한 후 P는 곧바로 애, 나는 그날 진짜 니네 신랑 생각나더라, 그 사람, 그 시절에 드문 이벤트 왕자였잖니, 하며 옆 친구에게로 공을 넘기는 거였다. 예쁠 뿐 아니라 착하고 똑똑하고 교양 그 자체인 여자……

그런 P가 남편의 진료실을 찾았다는 얘기를 들었을 때 아, 이제야 그 애도 한 군데쯤 문제가 생기기 시작한 모양이로군, 싶어 오히려 반가운 기분이었다. 남편에 따르면 P는 입 안이 마르는 증세로 고통을 겪고 있다고 했다. 갱년기겠거니 하고 넘기기에는 통증이 과했던 모양이었다. 침샘에 문제라도 생긴 것인가, 그렇더라도 남편의 병원을 찾았다는 건 좀 의외였다. P라면, 그 남편이라면, 장안의 한다 하는 어떤 닥터에게도 당일진료를 받을 수 있을 터였다. 허름한 대기실, 복작거리는 사람들 틈에 앉아 있는 P를 상상하는 일은 쉽지 않았다. 글쎄, 뭐 검사를 해봐야겠지. 남편의 대답이 조심스러웠다. 애도 참, 내게 연락이라도 하고 가지, 많이 기다리진 않았대? 나는 기껏 그렇게만 묻고 말았다. 남편은 P를 좋아하지 않았으며, P의 신분, 그 애가 속한 계급에 혐오를 갖고 있었고 P가 내 가장 친한 친구라는 사실을 의아해했다. P의 부드럽고 우수에 찬 듯한 검은 눈이 그런 감정을 드러내기 어렵게 했으므로 남편은 P를, P에 관한 이야기를 언제나 불편해했다. 좀 여위었던걸. 남편의 부연이 뜻밖이었지만 문제가 있으면 치료하면 되지 뭐. 당신, 모처럼 유료 환자가 생겼네, 내 농담 같은 진담에 남편이 못마땅한 표정을 지었을 뿐 나는 곧 그 일을 잊었다. 그즈음 나는 막 옮긴 직장에 적응 중이었으므로 P의 침샘을 걱정할 겨를이 없기도 했다.

고른나눔장학재단. 그것이 내 새 직장의 명칭이었다. 사소한 탈세문제로 시작되어 불거진 회사의 비리 때문에 어느 재벌이 속량의 뜻으로 출연한 재단이었다. 그 액수가 적지 않았으므로 군침을 흘리며 파리떼처럼 꼬이는 인간들 또한 적지 않았다. 여성, 변호사, NGO 경력. 그런 조건을 갖춘 이가 많다고 할 수는 없겠지만 그들이 나를 원했던 결정적인 이유는 내가 현재 아무런 단체에도 속해 있지 않다는 사실이었다. 내게 주어진 일은 어떤 아이가 얼마만큼 절박한가를 따지는 것, 재단의 뜻에 맞게 자라줄 아이를 점치는 일이었다. 공정하게, 누구의 입김도 작용하지 않게. 그들의 요구는 전혀 어려운 것이 아니었으나 내 사인 하나가 천국과 지옥으로 아이들을 가른다는 건 일견 끔찍한 일이었다. 출근 첫날부터 내게는 산더미 같은 서류들이 주어졌으며 첫 밤부터 나는 그것들을 안고 꼬부린 채 잠들었다. 누구랄 것 없이 우수한 성적, 촉망되는 장래성을 지닌 아이들은 저마다의 절박함을 유려한 문장으로 풀어낼 줄 또한 알았으므로 대개의 경우 나는 그 아이들을 일일이 만나는 편을 선택했다. 신경줄이 날카로워지고 머릿속에서 말벌이 잉잉거리는 듯한 날이 이어졌다.

"이상해, 검사결과는 다 정상인데 증세는 그저 계속되는 거야. 처방을 하기도 마땅찮고."

어느 저녁, 남편이 지나가는 말처럼 P의 얘기를 했을 때까지 나는 P
를 잊고 있었다. 전날 만난 고학생 둘의 문제에 시달리던 터였다.

"다른 과 문제인 건 아냐?"

남편은 유능하고 세심한 전문의였지만 적지 않은 시간을 무료 진료
에 바치는 사람이었다. 아이와 노인과 여자와 남자, 그들의 환부는 귀
와 목과 코와 입에 그치지 않았으므로 전문가로서의 기능이 무뎌지는
것은 어쩔 수 없는 일이었다.

"그게 말이지, 일반적으로는 침샘에 타석이 생기는 경우가 제일 흔
하거든. 근데 그건 아니고…… 부비동도 정상이고……."

인간의 입, 침샘의 위치와 구조에 대한 전반적인 브리핑을 시작하기
전에, 이야기가 더 번지기 전에 나는 신중한 어조로 물었다.

"그러니까 다른 과의 문제가 아니냔 말이지. 목 안이나 턱이나, 그런
데 염증 생긴 건 아닐까?"

"글쎄…… 그것도 아닌 것 같고…… 내 보기에는 신경증이 아닌
가……."

"신경증? 그 애가 그럴 일이 뭐 있겠어? 애들 공부 잘하지, 남편 착
하고 돈 잘 벌지. 걔네 아들, 치의학 대학원 갔다고 한턱낸 지 얼마 안
됐는걸."

말투에 심술이 묻어났을까, 남편이 물끄러미 나를 바라보았다. 요점
만, 핵심만 얘기하는 내 방식을 남편이 싫어한다는 걸 알지만 그런 고
려를 하기에 나는 너무 지쳐 있었다. 제 와이프 신경증이나 좀 알아주
시지, 싶었다. 자신의 처지를 과장해 동정을 구하는, 어쩐지 얄미워지
는 여자애와 그런 돈을 받아야 하는 내 처지가 너무 싫다는 듯 반항기
가 섞인 눈을 한 남자아이. 두 아이 모두 도움이 절실해 보였지만 남은

인원은 하나뿐이었다. 오후 내 맴돌던 아이들의 또렷한 눈동자가 뱅뱅 눈앞을 어지럽혔다.

"사람 일이라는 게 보이는 게 다가 아니지. 당신 전화라도 해보지 그래. 자연스럽게 물어볼 수 있잖아."

보이는 게 다가 아니다, 그건 남편이 입에 달고 사는 말이었다. 상대방과 눈을 맞추고 그의 이야기에 보조를 맞추고 지루할 만큼 오래, 아주 오래 생각하고 그리고 그만큼의 시간을 들여 답을 하는, 그 방식을 이제껏 견지하는 그의 인내심은 가히 놀라운 것이기는 했다. 그에게 존경심을 품게 했던, 또래의 어떤 남자와도 달라 보이게 했던 그의 여유로운 방식이 이제는 나이 든 남자의 소심함으로 보이는 것, 또래의 어떤 남자보다도 더 늙어 보이게 한다는 것, 그건 순전히 내 문제일지도 몰랐다.

그가 P에게서 본 것, 보지 않은 것이 궁금해서 전화를 걸었던 것은 아니었다. 아무에게도 말하지 않았지만, 남편도 알지 못했지만 나는 P에게 빚이 있었다. 말 그대로의 빚. 개원 당시, 남편에게 건넨 돈의 일부였다. 꼭 이래야 할까, 몇 밤을 망설였지만 나는 결국 그렇게 했다. 나는 남편에게, 내 근검과 절제를 보여주고 싶었다. 아들이 의사가 되기만 하면 가난하고 촌스러웠던 시절이 끝나리라는 희망을 안고 살아온 시어머니의, 달랑 가방 하나가 전부였던 신부를 믿을 수 없는 눈으로 보던 시누의 그 마뜩찮아 하던 눈길을 단호히 끊어내고 싶었다. 멀쩡히 공부하던 아들이 난데없는 봉사를 일삼다 급기야 유급을 하고 웬 목소리만 큰 인간들과 어울려 다닌 것, 스텝이 될 꿈도, 저명한 병원의 한 사무실을 차지하리라는 희망도 버린 것이 순전히 저 쌀쌀맞은 여자애 탓이라 여기는 두 사람에게 보란 듯이 동그라미로 가득한 통장을 내밀고 싶었다. 그건 내 생애, 가장 치졸한 욕망이었다.

시간이 걸릴 것이다, 어쩌면 다 갚을 수 없을지도 모른다, 했던 내 말은 그대로 사실이 되었다. 소속 없이 일하는 여자 변호사, 무료 변론을 일삼는 내 통장의 숫자는 마이너스와 플러스를 오가기 일쑤였으며 월말이면 P에게 이자를 보내는 것이 이제 꼭 십 년째였다. 부탁을 했을 때 두말하지 않았던 P는 이제껏 단 한 차례도 원금상환에 대해서 묻지 않았다. 이제 좀 깎아 보내도 되지 않겠니? 금리가 내렸는데, 라고 한 것이 전부였다. 그렇게 해서 나는 P에게 전화를 걸었다. 일요일, 모처럼 늦잠에서 깨어난 내 발치에서 강아지 검둥이가 졸고 있었다.

"너, 무슨 침샘이 마른다며? 우리 남편이 걱정된다고 전화해보라더라. 자기 실력으로는 낫게 하기 힘든 모양이라면서."

나는 가볍게, 장난처럼 시작했다.

"그게……."

P는 말끝을 흐렸다. 뜻밖이었다. 지친 듯 나지막한 음성이었다.

"너 무슨 일 있니?"

나는 대뜸 물었다. 정말이지 칼을 디미는 듯하다고 남편이 늘 핀잔을 하지만 P는 내 어투에 익숙해진 친구였다.

"실은, 그게……."

잠깐 뜸을 들인 P는 곧 결심한 듯 말을 이었다.

"얘, 그렇잖아도 사실 너한테 전화를 할까, 했었어. 너라면 방법을 찾아주지 않을까 싶었어."

나는 침묵을 지켰다. 이건 좀 특이하다, 싶었다.

"아니, 내가 말이야…… 잠을 자지 못해서……."

나는 여전히 입을 열지 않았다. 이미 내게 털어놓을 태세인 상대에게는 그편이 효과적이다. 설마, 그 남편이 문제를 일으킨 것일까. 건장한 체격의, 아직껏 준수한 외모를 유지하고 있는 장년의 남성이니 그러지 말라는 법은 없지만…… 아니라면 딸아이가? 예고 나와서 줄리아드인가, 예비학교인가 들어갔다는 그 딸애가 미국에서 웬 금발이랑 연애라도 하나……착하디착한 아들애야 달리 문제일 것이 없는데……. 내 상상은 거기까지였다. P와 같은 처지라면 양념처럼 끼는 극성 시어머니, 심술궂은 시아버지, 우리들에게는 P를 동정할 수 있는 거의 유일한 얘깃거리였던 그 시부모가 시시한 병을 앓는가 하다 두어 해 전 차례로 돌아가셨으므로.

"……우리 아들, 말이야……."

아, 아들애가 연애를 하는구나, 예사 여자애가 아니구나, 나는 직감적으로 깨달았다. 이제야 P도 진짜 세상의 일부가 되는구나, 싶었다. 수재이며 인물 좋고 키 크고, 게다가 착하기까지 한 아들, 누구라도 자부심을 가질 만한 청년이었지만 P는 그 인격에 어울리게끔 아들의 여자친구, 장래 며느릿감에 대해서도 그저 사람 괜찮았으면, 해오던 참이어서 우리들의 입을 비죽거리게 만들었던 터였다.

"아이, 참, 어쩜 좋으니. 세상에…… 아이, 참, 나는 말 못하겠다."

이 대목에서 내 인내는 바닥을 쳤다.

"무슨 일이야? 애라도 가졌다니?"

"어머, 애. 너…… 어떻게…… 알았니…… 나, 진짜……."

P의 말꼬리가 울음에 묻혔다.

드라마 시작이군, 나는 중얼거렸다. 어느 촌동네, 해도 해도 너무한 집의 딸일까, 어디서 굴러먹었는지 알 수 없는 딴따라 출신일까. 슬며시 호기심이 동했다. 드디어 P에게도 인생의 쓴맛을 볼 기회가 온 모양이었다. 나는 일단 염장을 질러보기로 했다.

"애 가졌으면, 못 이기는 척하고 결혼시키면 되지. 니네 남편 돈 잘 벌겠다. 너 애 좋아하겠다, 잘됐네, 뭐가 걱정이야?"

송수화기 저편에서 땅이 꺼져라 한숨 소리가 들렸다.

"어지간해야 말이지, 웬만하면 내가 이러겠니. 이 애가 정말이지……."

세상에, 내가 정말, 세상에, 내가……. 녹음기처럼 같은 말을 반복하던 P가 급기야 흐느끼기 시작했다. P가 울다니…… 그건 사건이었다. 부자 아버지와 착한 어머니, 나무랄 데 없는 형제들, 그 누구도 P를 울릴 일 같은 건 만들지 않았다. P는 여유로운 집안 아이답게 너그러웠으며 쟤는 좀 감성이 둔한 게 아닐까, 싶을 만큼 웬만해서는 울지 않는 친구였다. 고등학교 시절, 전교 일등에서 밀려났을 때, 두 번 거듭 내게 수석을 빼앗기고도 그저 내 등을 툭 치고 말던 친구였다.

"얘, 너 괜찮니? 내가 갈까? 우리 집으로 올래?"

나는 흥분하고 있었다. 거의 가슴이 뛸 지경이었다.

"너 바쁘잖아, 휴일 겨우 쉬는데 어떻게 그래……."

와중에도 체면을 차리는 저 바른생활 여성. 나는 빽, 소리를 질렀다.

"야, 지금 휴일이 문제니? 우리 남편 마침 등산 가고 없어. 니네 신랑 없으면 내가 가도 되고."

"우리 남편 운동 나가고 없긴 하지만…… 아니야, 아니야……."

아니야, 아니야,를 반복하던 P는 전화를 끊었다. 정확히 삼십 분 후 내 집 골목 앞에 부드러운 6기통 엔진 소리가 울렸다. 은빛 재규어가 뿜어내는 빛이 거실 이편까지도 환히 비치는 것 같았다. 문이 열리고 P의 가느다란 다리가 빠져나왔다.

P의 아들의 여자, P의 표현에 따르면 P의 아들은 '꼼짝없이 엮인' 케이스였다. 합격을 축하하는 뜻에서 친구 하나가 단체 소개팅을 주선했다. 남자 넷, 여자 넷. 남자들은 출중한 학벌을, 여자애들은 출중한

미모를 중심으로 선발한 그 그룹에서 P의 아들은 단연 돋보이는 청년이었다. 그 여자애가 P의 아들의 짝이 된 것은 전적으로 우연이었을지 몰랐지만 그다음 진행은 그렇지 않았다. P에 따르면 여자애는 계획적으로, 대단히 교묘하게 아들에게 접근했다. 첫 미팅이 끝나고 귀가하던 길, 먼저 택시를 타고 떠난 여자애가 P의 아들에게 전화를 걸었다. 차를 타고 보니 지갑이 없다, 어디선가 흘린 것 같다, 어쩌면 좋을까……. 착한 P의 아들은 여자애를 태운 택시가 기다리는 곳으로 가서 택시비를 지불했다. 당연히 여자애는 P의 아들에게 감사의 점심을 샀다. 그리고도 둘은 끊임없이 부딪혔다. 도서관에서, 버스정류장에서, 학생식당에서……. 여자애는 P의 아들이 다니는 학교와는 두 시간 거리의, 서울 위성도시의 여자대학에 다니고 있다 했다. 만난 지 오개월, 두 사람은 초스피드로 가까워지고 마침내 아이를 만들었다. 충분히 의심이 가는 이야기요, 맥락이었다.

"만나는 봤어?"

"그럼. 애가 아주……."

P는 차마 말을 잊지 못했다.

"싼 티 나는 애였구나?"

P가 웃음을 터뜨렸다.

"나도 딸아들, 다 키우는 사람이잖아. 남의 딸, 이렇게 말해서 미안하지만…… 정말 뭐라 할 말이 없게 만드는 애였어."

P는 아들의 휴대폰에서 여자애의 번호를 알아냈다. 하지 않던 짓이었다, 라고 P는 말했다. 그 이전, P는 아들의 미니홈피에서 여자애의 사진을 볼 수 있었다. 수술한 흔적이 고스란히 드러나는 콧날, 학생이 맞나 싶게 짙은 화장…… 보는 순간 어쩌자고 이런 아이를, 싶어 가슴이 철렁 내려앉았다.

"내가 전화하니까 이 애가 글쎄, 어머, 어머님이세요? 이러는데, 그 목소리가 어찌나 여우 같은지, 아유, 세상에, 내가 숨이 턱 막혀서, 그냥……."

낯빛조차 붉어진 P가 깊은 한숨을 쉬었다. 그래서, 어쩔 셈이더냐고 내가 물었다.

"당연히 결혼해야지, 생각하는 거 같더라. 태아 초음파사진 디밀면서 어머니, 우리 아기 예쁘죠? 그러는데, 내가 아주, 기절하는 줄 알았어. 무슨 애가 그러니, 세상에……."

아들은? 그 애는 어떤지 내가 물었다.

"우리 아들…… 글쎄, 여자친구 임신한 거, 얘기했을 때는 저도 결혼까지 생각한다는 거 아니겠니. 근데 차마 그 말을 못하는 게…… 애가 착해서 그런가 했는데 그게 아닌 거야."

사태의 심각성을 깨달은 P는 남편에게 도움을 청했다. P의 남편이 여러 경로로 알아낸 여자애의 환경이라는 것이, P가 각오한 바를 넘어, 차마 상상을 초월한 경지였다. 아버지 없는 집, 가사도우미 어머니, 오빠라고 하나 있는 건 술집 웨이터로 일한다는 거였다. 갖출 것은 다 갖춘 드라마, 이제 내가 나설 차례였다.

"그 애를 만나봐달라, 그거지, 지금?"

P가 고개를 끄덕였다.

"솔직히, 나는 환경이 어떻든 그 여자애가 착실해 보이면, 뭐 어쩌겠나, 결혼시켜야지, 했었어. 그런데…… 한 번 만나봐, 너는 늘 애들 만나니까 알 거야. 아무래도 아닌 거 같아."

세 잔째 물을 마신 P에게서 나는 여자애의 전화번호를 건네받았다.

"이모님이시지요?"

키가 크고, 지나치게 마른 여자애가 내 앞에 서 있었다. 통화를 할 때, P의 언니라고 했었으므로 나는 P와 비슷하게 얌전한 사모님 복장을 하고 있었다.

"앉아요, 좀 늦었네."

나는 차갑게, 사무적으로 말했다.

"죄송해요, 강의가 좀 늦게 끝나서 버스를 놓쳤거든요."

지방대학 다니는 고충을 네가 아느냐는 듯, 여자애가 나를 빤히 쳐다보았다. 전혀 주눅 든 표정이 아니었다. 보통내기가 아니구나…….

나는 안경을 바짝 치켜올렸다.

"나는 사실 좀 바쁜 사람이에요, 아가씨도 바쁜 모양이니 우리 얘기를 빨리 끝내기로 하죠."

분위기를 다 잡고 막 이야기를 이어가려는 참에 여자애가 말했다.

"저, 그 전에 뭐 하나 주문할게요. 실은 점심을 못 먹었거든요. 지금 보이는 게 없어요. 너무 배가 고파서."

여자애가 손짓하자 종업원이 달려왔다. 배가 고픈 깐으로는 오래 메뉴판을 들여다본 여자애는 한 장씩 페이지를 넘기면서 음식을 주문했다.

"저 까르보나라 하나 주시고요, 마늘빵도 주세요. 올리브유랑 잼도 주시고요, 오렌지주스도 한 잔 부탁드려요."

P가 상대할 만한 아이가 아니었다. 혼자 길을 내고 혼자 길을 갔을 아이였다. 뻔뻔하기가 감탄스러울 정도였다. 어처구니없어하는 내게 여자애가 물었다.

"이모님도 뭐 좀 드실래요? 제가 사드릴게요, 어제 알바비 받았거든요."

어디 한번 붙어보자, 는 투였다. 비난하려는 뜻은 없었지만 픽, 웃음이 나왔다. 웃음을 감추지 않고 나는 말했다.

"됐어요, 아가씨나 많이 먹어."

잠깐 미간을 찌푸렸을 뿐 여자애는 곧 환히 웃으며 말했다.

"하긴 어머님도 그러시고 이모님도 정말 날씬하시네요. 그 연세에, 조절을 잘하시나 봐요."

음식이 차례로 날라져 왔다. 여자애는 잘 먹었다. 잼을 듬뿍 발라 세 개의 빵을 먹고 양손에 숟가락과 포크를 들고 크림소스가 잔뜩 묻은 국수가락을 말아올리며 접시를 차근차근 비웠다. 한 입, 음식을 먹을 때마다 여자애는 방긋 웃으며 나를 쳐다보았다. 니네들은 애써 조절해야겠지만 나는 맘껏 먹어도 이처럼 날씬한 몸매를 유지한다는 듯이. 어디서, 만나도 저런 걸 좋다고……. 진영이 이 애도 참 헛똑똑이구나, 싶어 화가 치밀기 시작했다.

내 인내심이 바닥날 즈음 여자애의 접시도 바닥이 났다.

"아이, 잘 먹었다. 이제야 좀 정신이 드네요. 죄송해요."

냅킨으로 입가를 닦으며 여자애가 말끄러미 나를 바라보았다. 전혀 죄송한 어투가 아니었다.

"다행히 입덧은 안 하는 모양이지?"

나는 좀 심술궂게 물었다.

"그게 있잖아요, 제가 보기보다 건강체거든요. 우리 엄마도 입덧은 없었대요."

도무지 신경이라고는 없는 아이 같았다. 난데없는 승부욕이 맹렬히 치솟았다.

"임신했다고, 엄마한테도 말씀드렸어? 엄마는 뭐라 하셔?"

샐쭉 입을 다물었던 여자애가 불쑥 말했다.

"이모님, 바쁘시다면서요."

"?"

"저희 엄마가 뭐라 하시던 그게 궁금하실 리가 없잖아요."

이런, 싸가지, 입 밖으로 뱉을 뻔한 말 대신 헛기침이 나왔다.

"그냥, 하실 말씀을 하세요. 그럼 저도 드릴 말씀을 드릴게요."

단순히 되바라진,이라고만 하기에는 석연찮은 구석이 있는 여자애였다. 스물세 살의 여자로서는 상당히 능숙한 협상태도였다. P는 말했다. 만나보고…… 그리고 나서 얘기해줘, 내가 어떻게 해야 할지. 어떻게나 마나 뻔한 얘기이다, 싶었다. P의 예상대로 여자애는 의도적으로 P의 아들에게 접근하고 계획적으로 임신을 했다, 나는 이미 결론을 내리고 있었다. 알바라는 것도 물어보나 마나 어디 홀서비스 같은 것일 터였다. 탁자 아래, 까딱거리는 여자애의 다리가 보였다. 애써 차분한 척하고 있지만 여자애는 초조해하고 있었다. 내 속에서 잠깐 동정심이 일었다. 여자애도 이 사회의 부스러기일 뿐이었다. 중심으로 가고자 기를 쓰겠지만, 그건 그저 기일 뿐, 이 아이를 아무런 곳으로도 데려다주지 않을 것이었다. 나는 의자 깊숙이 등을 기대고 여자애를 바라보았다. 좁은 이마와 약간 넓은 미간, 하관이 빤, 평생 빈곤에 시달릴 운을 타고난 얼굴이었다. 남자들에게는 호소력이 있을 법한 커다란 눈, 무시당하지 않겠다는 결기로 번득이는 그 눈을 똑바로 쳐다보며 나는 말했다.

"정말 결혼을 할 수 있을 거라 생각하는 건 아니지?"

여자애는 눈을 동그랗게 뜨고 나를 바라보았다. 이윽고 여자애가 말했다.

"왜 안 된다는 거죠?"

니네 엄마가 파출부라서, 니네 오빠가 나이트클럽의 웨이터여서, 니

네 아버지가 안 계셔서, 네 전직이 의심스럽기 때문에…… 많은 이유가 있었지만 나는 여자애에게 그렇게 말하지 않았다. 다만 나는 말했다. 아가씨 말고는 아무도 이 결혼을 원하지 않아. 진영이조차도. 가혹하다 싶었지만 여자애가 자초한 일이었다. 여자애를 만나기 전, P의 예기치 않은 불행의 끝을 보면 어떨까 싶었던 내 욕망은 이미 존재하지 않았다. 더 이상 흥분되지도 설레지도 않았다. 시시할 만큼 상투적인 스토리였다. P의 운을 시험해보려 한 내 시도가 가소롭기 짝이 없게 여겨지는 거였다. 여자애는 조금 침울해진 것 같았으며 그것으로 충분했다. 너무 많은 걸 노리면 실패하는 법이었다. 나는 P에게 전화를 걸어 결과를 알려주었다. P는 다른 말없이 내 이야기를 들었다.

"너무 걱정하지 마. 그 애도 진짜 결혼을 하려는 건 아닌 것 같더라. 내 명함 줬으니까 전화 올 거야."

고마워, 미안해, 라고 한 P가 전화를 끊었다. 여전히 입 안이 마르는지 목소리가 갈라져 있었다.

내 판정을 기다리는 두 고학생의 문제에 시달리면서 틈틈이 휴대폰을 확인했지만 여자애는 전화를 걸어오지 않았다. 며칠 새 불면에 시달린 듯 짚단처럼 퍼석한 얼굴로 나를 맞이한 여자아이와 점심을 먹고, 여전히 빳빳한 눈에 오기를 담아 나를 보는 남자아이와 마주 앉았던 오후, 나는 극도로 지쳐 있었다. 다만 몸이 피로했던 것이 아니었다. 머릿속에 녹슨 철사가 가득 찬 듯, 혈관에 어떤 이물질이 들은 듯, 온몸이 버석이고 머리카락 사이에 모래가 흘러내릴 것만 같은 기분이었다.

"아무것도 아니에요, 사실 몇 년 늦어지면 그뿐이죠."

남자아이는 지나치게 담담했다. 퀴퀴한 냄새가 감도는 방 안, 더러운 테이프에 의지해 간신히 매달려 있는 유리창문에는 짓눌려 죽은 날 벌레들의 시체가 덕지덕지 붙어 있었다.

"나도 알아. 너는 혼자서도 잘해낼 거야."

내 말은 진심이었다. 홀로 실험실에 남아 밤을 새우기를 즐긴다는 아이였다. 지원서를 보낸 것도 아이의 지도교사였다. 이 아이에게 내미는 손, 그 손을 잡는 순간 아이는 약해질 것이었다. 여자아이보다는 남자를, 가능하면 이공계를 원하는 재단에 완벽하게 부합되는 조건이었지만, 진심으로 도움이 필요하다는 것이 명백했지만 나는 전혀 유쾌하지 않았다.

"솔직히 말하면, 저는 이런 거, 다 소용없다고 생각해요."

내 눈을 똑바로 쳐다보며 아이가 말했다. 움찔, 등이 곧추서지는 느낌이었다.

"유리컵 몇 개 갖고 씨름하는 거, 그냥 재미로 하는 거예요. 심심하니까. 의대 갈 성적은 안 되니까……."

그건 아니지, 라는 내 말을 자르며 아이가 또 말했다.

"가난한 애들, 지지리 궁상인 애들, 옛날이나 지금이나 다 같아요. 의대나 법대 가는 게 꿈이죠. 이렇게도 해보고, 저렇게도 해보고, 어떻게 해도 안 되는 거, 부모들이 그러는 거, 다 보고 자라거든요."

탁탁, 아이의 손끝에서 볼펜이 소리 내며 돌아갔다.

"장학금 받아서 대학 가고 공부 마치면, 그러면 뭐가 달라지겠어요? 어디 취직은 하겠죠, 찌질한 회사에."

홀로서기를 도와주는 일, 그것이 재단의 역할이며 우리 사회의 책무이며……, 그런 말들이 내 입에서 읊어지지 않았다.

"선생님도 변호사시라면서요? 우리 아빠가 만날 그랬어요, 법학은 밥학이라고, 법대 가서 고시하라고……. 선생님 아버지도 그러셨겠죠."

그쯤에서 나는 인정해야 했다, 불빛이 없이도 길을 잃지 않을 아이일 거라는 내 생각이 틀렸다는 사실을. 아이는 그저 아이일 뿐이었다. 열여덟 해, 딱 그만큼의 두께가 앉은 얼굴을 나는 이윽히 바라보았다. 서류에 적힌 바에 따르면 아이의 아버지는 오래전, 공사장에서 사고를 당했다고 했다. 죽지 않을 만큼 다쳤고, 산재처리를 받았으나 치료에는 턱없이 부족한 보상을 받았다 했다.

"글쎄, 아버지들이 다 같지는 않아. 선생님 아버지는 그런 얘기 해주지 않았어. 진즉 돌아가셨거든."

볼펜을 돌리던 아이의 손이 멎었다. 아이는 비스듬한 시선으로 나를 보았다.

"밥학이어서, 먹고살기 위해서 법대 간 건 아니야. 법이라는 건 말이지……."

나는 고개를 몇 번 흔들었다. 급작스레 밀려오는 피로 때문이었다.

"가난은 죄가 아니라는 말, 들어봤지? 다만 불편할 뿐이다, 뭐 그런 얘기……. 예전에도 그런 말은 있었어. 선생님은 그 말 안 믿었어. 누군가, 우리 부모님이나 할머니나, 아니면 그 위의 누군가가 무슨 잘못을 저지르지 않았다면, 어째서 다른 아이들은 다 가진 것들이 내겐 없을까, 생각했지."

법대에 가는 것, 고시를 하는 것, 그리고 판사가 되는 것…… 내 어릴 적 생각이 거기까지였다고 한다면, 그건 거짓이었다. 법학은 밥학이라고? 내 생각은 그와 달랐다. 합법적으로, 용인된 테두리 안에서 복수하도록 도와주는 것, 그것이 법이었다. 법이란 복수의 학문이었다. 나는 복수를 꿈꾸었다. 세상에 대해, 내 지난 시절의 모든 것들에 대해. 눈꺼풀이 무거워지고 곧 잠이 들 듯 나른한 느낌이 들었다.

"어쨌거나 선생님은 성공하셨네요……. 변호사 되고 저 같은 애들

도와주는 일도 하시고……."

이건 뭐, 아이가 나를 면접하는 형국이었다.

"도와주시면 열심히 하겠다, 이런 얘기해야 하는 건데…… 그게 잘 안 되네요. 오늘 면담도 진짜 하기 싫었거든요. 아까 과학실에 박혀 있다가 우리 선생님이 하도 화를 내시는 바람에 집에 온 거죠."

아이와 나눌 수 있는 이야기는 거기까지인 것 같았다. 더 시간을 끌면 어쩐지 아이 앞에서 내 신세타령을 할지 모른다는, 어처구니없는 생각마저 들었다. 무엇보다 나는 너무나 피곤했다.

"돈 받는 거, 누가 주더라도 즐겁지 않은 거 나도 잘 알아. 세상에 공짜가 없잖아. 알겠지만, 지금 심사 중이야. 결과가 어떨지는 나도 모르겠다. 그렇지만…… 나는 너 만난 거 아주 좋았어. 결과 상관없이 생각나면 연락해. 내 명함, 갖고 있지?"

아이가 고개를 끄덕였다. 열심히 살아야 해, 이런 말을 나는 하지 않았다. 아이는 열심히 살아갈 것이었다. 이제까지 그랬듯 세상이 결코 호의적이지 않다는 걸 확인하며 살아갈 것이었다. 꿈이 산산이 부서지는 그날까지, 부서진 꿈의 잔해를 안고. 그 밖에 또 무얼 할 수 있단 말인가. 그날 밤, 늦은 시각에 나는 P의 그 여자애로부터 전화를 받았다. 기다릴게요, 내일 같은 장소에서, 라고 여자애는 말했다.

"오빠가 전화를 안 받아요. 학교에도 안 나온대요."

여자애는 생각보다 차분했다. 바보 같은 놈, 부모 뒤에 쥐새끼처럼 숨어 있는 놈. 어설픈 똑똑이. P의 아들에 대해 분노가 치밀었다. 웃기는 일이었다.

"전혀 연락이 안 된다는 말이야?"

내 역할마저 잊고서 나는 물었다.

"그게……."

여자애가 픽, 웃었다.

"문자가 오긴 했어요. 뭐 시간이 필요하다나요……."

"그래서…… 어쩔 셈이야?"

여자애는 눈을 동그랗게 뜨고 나를 쳐다보았다. 그걸 왜 내게 묻느냐는 눈이었다. 칼자루를 쥔 것은, 여전히 여자애였다.

"오빠가…… 저랑 결혼하기 쉽지 않다는 거, 알아요. 그날, 그러더라고요, 자기는 아직 준비가 안 된 상태라고. 이모님 만난 날, 그날 저녁에 만났거든요. 오빠 같은 사람들, 저 잘 알아요. 공부 지독하게 잘하는 인간들, 소심한 사람들, 연애도 공부하듯 하죠. 진도 나가는 거, 미리 예습하고 또 복습하고…… 임신 같은 거, 예습 안 한 일이니까 겁나는 거죠. 얼마나 겁을 내는지…… 펑펑 울더라니까요, 그날 밤에."

울어야 할 여자애는 내 앞에서 웃고 있었다.

"이모님은…… 제가 오빠를 꼬셔서 애를 가졌다, 생각하시겠지만…… 아니, 뭐 그건 맞기는 하지만……."

나는 내 앞의 컵을 들어 물을 한 모금 마셨다. 입이 바짝 말랐지만 목에 무언가 걸린 듯 물조차 넘어가지 않았다.

"꼬셔서 애 가진 거, 맞잖아. 아니야?"

그것조차 아니라면 너무 허탈할 것 같았다. 여자애가 헤헤, 웃었다.

"뭐, 그건 그렇지만요, 오빠도 저 좋아한 것도 맞거든요. 저한테 얼마나 잘해주었다고요……."

여자애의 눈시울이 순간적으로 젖었다. 여자애의 말이 사실일 것을 나는 믿었다. 그 착한 아이는 인터넷을 뒤져 맛집을 찾아내고 아름다운 거리, 걷기 좋은 길을 외웠을 것이다. 와인 한 병을 주문하기 위해서너 권의 전문서적을 뒤졌을 것이다. 그랬을 것이다.

　가방을 뒤졌지만 손수건이 없는 것 같았다. 나는 여자애에게 내 손
수건을 내밀었다. 훌쩍거리다 팽, 코를 푼 여자애가 아무튼, 하고 입을
열었다.

　"저는 오빠 같은 사람과는 달라요. 제가 매달리면, 좀 오래는 가겠
죠, 오빠는 마음 약하니까……. 그렇지만, 저는…… 아시겠지만 저는
그럴 여유 없어요. 학교도 마쳐야 하고, 일도 해야 하고……."

　"그래서 말이지,"

　나는 여자애의 말을 끊었다. 여자애에게 더 이상의 이야기를 맡기는
건 너무 심한 일이었다.

　"진영이 어머니가 좀 도와주실 거야, 아가씨 공부랑, 생활이랑. 만나
봐서 알겠지만 나쁜 사람 아냐. 아가씨에게도 몹시 미안해하고 있고."

　내 목소리가 낮아졌다. 은밀한 거래를 일삼는 거간꾼처럼, 뒤가 켕
기는 기분이었다. 무자비해지자, 생각했지만 쉬운 일이 아니었다. 무
서운 일, 사나운 사람, 도무지 앞뒤 막힌 인간들과 수없이 협상을 해본
터였지만, 이건 좀 다른 문제였다. 나는 여자애에게 몹시 미안했다.

　"이해해요, 제가 엄마라도 나 같은 애, 며느리로 싫을 테니까. 어떻
게 도와주실 건데요?"

　겹겹의 마스카라로 두꺼워진, 긴 속눈썹을 깜박이며 여자애가 물었
다. 나는 백을 열고 P에게서 받은 통장을 꺼냈다. 통장을 들여다본 여
자애가 말했다.

　"오빠네 집, 역시 상당하네요."

　그럼 가실까요, 한 여자애는 발딱 일어나더니 앞장서서 문 쪽을 향
해 걸었다. 차가 없다, 는 내 말이 여자애를 당황케 한 모양이었다.

　"아, 나는 전철이 좋아. 사무실이 시내 한복판이거든."

여자애가 코웃음을 쳤다.

"내 생각이 맞았어, 진짜 이모 아니죠? 변호사가 이런 일도 하는 줄은 몰랐어요. 얼마나 받으세요, 이런 일 하시면?"

여자애가 내게 결정타를 날렸다.

그 오후, 나는 P에게 한 묶음의 서류를 퀵서비스로 부쳤다. 여자애에게서 받은 각서와 영수증, 중절수술을 한 병원의 영수증이었다. 서류의 어떤 부분에도 나는 내 개인적인 의견을 첨부하지 않았다. 저녁의 회의에서 나는 두 명의 고학생 중 여자아이에게 장학금을 줄 것을 건의했다. 허약해 보이려고, 가련해 보이려 애쓰던 여자아이의 눈빛이 절박했지만 그 때문이 아니었다. 절망의 끝에 서 있는 남자아이, 불빛 없이 어두운 터널을 통과해야 할 그 아이에게 내밀었다 거두어진 손이 더 깊은 어둠으로 몰아넣을 것을 모르지 않으면서, 나는 그렇게 했다. 아니, 어쩌면 그 때문이었다. 어둠 속에서 길을 가는 그 아이가 만날 급경사와 튀어나온 바위와 무릎을 꺾게 만들 진창들……. 그것이 진실 쪽에 가깝다는 것을 그 아이가 알았으면, 나는 바랐다. 절망적인 분노가 그 아이를 앞으로 나아가게 하기를 나는 바랐다. 곁눈을 준다는 것이, 얼마나 비참한 일인가 알게 되기를.

자정이 지날 즈음 내 휴대폰이 울렸다. P였다. P는 울고 있었다. 미안해, 미안해, 라고 말했다. 다 끝났어, 잊어버려, 나는 대범한 척 굴었다. 정말이지, 악몽을 꾼 것 같아, 하면서 P는 다시 울먹였다. 악몽은 되풀이되는 법이라는 것을 나는 말하지 않았다. 생이 이제는 P에게도 더 이상 너그럽지 않을 터였다. 언제나 양지였던 P의 나날이 그늘로 옮겨갈 것이었다. 삶이 공평해지는 순간이 있다는 것, 그건 쓸쓸하고도 다행한 일이었다. P가 울음을 그치기를 기다려 나는 전화를 끊었다. 갈증이, 참을 수 없이 심한 조갈증이 들었다.

　이른 새벽, 잠을 짓누른 악몽에서 깨어났을 때 내 몸은 흥건한 땀으로 젖어 있었다. 나는 비칠거리며 일어나 냉장고 문을 열고 병째 물을 들이켰다. 거실 거울에 비친 내 몰골은, 그야말로 귀신 같았다. 탁자 위의 휴대폰이 깜박, 시선을 끌었다. 깊은 밤, P가 보낸 문자메시지가 도착해 있었다. 폴더를 열고 나는 메시지를 확인했다. 정말 고마워. 평생 잊지 않을게, 라고 P는 적었다. 다음 문장은 이러했다. 이제 이자 보내지 마, 그리고 원금도.

　나는 들고 있던 병을 들어 마저 물을 들이켰다. 쿨럭쿨럭 식도를 타고 내려가는 물소리가 들렸지만 무자비한 갈증은 여전히 남아 있었다. 혓바닥의 돌기들이 일제히 일어서는 것 같았다. 아무래도 남편의 진료실을 찾아야 할 모양이었다.

해설 | 김미현

갈증의 윤리학

흔히 '강남 소설'이라고 부르는 소설의 하위장르를 통해 부르주아 계급의 허위와 위선을 문제 삼는 작가군이 등장했다. 그들은 이이제 이以夷制夷, 즉 오랑캐로 오랑캐를 잡는 전술을 구사한다. 강남 문화를 통해 강남 문화를 비판하는 것이다. 정이현, 정미경, 이홍 등의 작가가 여기에 속한다. 서하진의 「침이 마르는 시간」은 정미경의 「내 아들의 연인」과 대비되면서 강남 부유층의 이기적이고 속물적인 계급의식을 고발하고 있다. 정미경의 소설 「내 아들의 연인」이 강남 부르주아 계층의 내부고발이나 자의식의 측면에서 극빈가정 출신 애인을 만나는 아들과 자신의 세속성을 반성적으로 고찰하고 있다. 반면 서하진의 「침이 마르는 시간」은 유사한 소재를 외부자의 시점에서 다루면서 이런 계급의식에 대한 방조와 공모를 통해 계급의식이 어떻게 견고하게 유지되는지를 문제 삼고 있다는 차이를 보인다.

무료 변론을 일삼으면서 소속 없이 일하는 '나'에게는 P라는 친구가 있다. "P의 남편은 저명한 로펌의 파트너 변호사였다. 연봉 수억, 기사 딸린 검은 벤츠를 탄다는 그 남편이야말로 학창 시절부터 우리가 알고 있던 거의 완벽한, 유일한 남자였다. 그 시절로부터 이어져 온 그 남자의 P에 대한 한결같은 애정을 확인케 해주는 것은 전국 최고의 공시지가를 자랑하는 장엄한 빌라, 엄지손톱의 두 배만 한 사파이어 반지, 반짝이는 다이아몬드가 총총히 박힌 티파니 시계, 이름도 어지러운 외국 디자이너의 작품이라는 은회색의 밍크코트"이다. 이런 P가 '나'에게 눈물로 호소하는 바는 치의학전문 대학원에 다니는 아들이 아버지도 없고, 어머니는 가사도우미이며, 오빠 또한 술집 웨이터를 하는 집안 출신 여대생에게 '꼼짝없이 엮여' 임신까지 했다는 것이다. 이로 인해 P는 신경성으로 침이 마르는 증상을 앓고 있다. 아들의 실수 아닌 실수로 인해 애가 타는 심정이 침이 마르는 육체적인 징후로 나타난 것이다. 신파나 멜로드라마에 흔히 등장하는 상황이다. 이에 대처하는 그들의 자세 또한 한 치의 어긋남이 없이 전형적이다. P는 여자애를 인간적으로 모독하며 돈으로 해결하려 한다. 그 과정에서 보통이 아닌 여자애를 감당하면서 해결사 역할을 해야 하는 것이 '나'이다.

하지만 이 소설이 빈부간의 갈등을 주로 다루는 1990년대 소설들에서의 도식성과 계몽성으로부터 갈라지는 지점은 이런 절차와 결말에 있지 않다. 서하진은 두 가지 측면에서 동시대의 계급의식에 대한 해부학자의 입장을 견지한다. 보다 냉철하고 객관적인 입장에서 있는 그대로의 현실을 묘파한다. 어떠한 봉합이나 환상, 연민이나 타협이 없다. "시시할 만큼 상투적인 스토리"에 내재하는 '무시무시할 정도로 확고한 계급의식'을 보여주는 것이다.

한 가지는 여자애의 감정을 낭만적인 사랑으로만 포장하지 않는다는 것이다. 물론 여자애와 친구 아들 간의 순수한 감정을 부인하지 않는다. 하지만 여자애의 당당함은 오히려 자신의 현실적 처지나 한계를 솔직히 인정하고 현실적 실리를 거부하지 않는 데서 오는 것이지 감정의 진실성이나 헤어짐의 명분에서 오는 것이 아니다. '나'는 여기서 계급 간의 이동이 원천봉쇄된, 그래서 서로가 '그들만의 리그'를 벌일 수밖에 없는 현실을 직시한다. "여자애도 이 사회의 부스러기일 뿐이었다. 중심으로 가고자 기를 쓰겠지만, 그건 그저 기일 뿐, 이 아이를 아무런 곳으로도 데려다주지 않을 것이었다." 이런 여자애의 분신에 해당하는 것이 '나'가 일하고 있는 재벌 출현 장학기금 수혜를 마뜩찮게 생각하는 남학생이다. "가난한 애들, 지지리 궁상인 애들, 옛날이나 지금이나 다 같아요."라는 남학생의 말에서 변하지 않는 계급 간의 갈등과 차별이 느껴진다. 변한 것은 아무것도 없다. 더 이상 개천에서 용이 나지 않는다는 것이다.

나머지 한 가지는 '나'의 이런 계급의식에 대한 방조와 공모이다. '나'는 "여자애에게서 받은 각서와 영수증, 중절수술을 한 병원의 영수증"을 P에게 보내며 일을 마무리한다. 그 일로 '나'가 P에게 받은 보상은 자신의 남편이 병원 차릴 때 그녀에게 진 빚의 청산이다. 그녀들 사이에도 금전적 거래가 이루어진 것이다. 이로써 '나' 또한 P와 이유는 다르지만 증후는 동일한 "무자비한 갈증"을 공유하게 된다. 가장 여자애의 편이 되어주어야 할 '나'가 "은밀한 거래를 일삼는 거간꾼"이 되고, 도움이 필요한 고학생 남자아이에게 오히려 장학금을 주지 않는 시련을 줌으로써 그 아이를 더욱더 진창에 빠뜨린다. 이것이 바로 그들과 비슷한 '나'가 실존적인 갈등을 느끼는 이유이자 그들에게 베푸는 마지막 윤리의식이다.

여기서 이 소설의 삶에 대한 인식이 드러난다. 계급 간의 경제적 차별이 존재하지만 고통의 측면에서 그 차별은 무화된다는 것, 계급을 불분하고 이 세상은 진창이자 막장이라는 것, 그러니 악몽은 계속되리라는 것, 그 누구도 인생의 음지를 경험하지 않을 수는 없다는 것, 때문에 살아가는 동안 그 누구도 '침이 마르는 시간'을 피해갈 수는 없다는 것. 그것이 바로 두 계급을 동시에 바라보는 '겹눈'의 작가가 독자들에게 내린 신경성이상증후의 진단서이다.

웃는 동안

윤성희

1973년 경기 수원 출생.
1999년 『동아일보』 등단.
소설집 『레고로 만든 집』 『거기, 당신』 『감기』 등.
〈현대문학상〉 〈올해의예술상〉 〈이수문학상〉 수상.

웃는 동안

올해 고등학교에 입학한 조카의 휴대전화에는 129명의 전화번호가 저장되어 있었다. "삼촌은 왜 이렇게 아는 사람이 없어." 나는 조카에게 새해가 되면 1년 동안 한 번도 통화를 하지 않는 사람의 번호를 지운다고 말해주었다. 내 휴대전화에는 서른네 명이 저장되어 있었다. "할머니가 돌아가실 때까지 삼촌 걱정만 한 거 알아?" "막내라 그래. 넌 장남이라 모를 거야." 내가 말하자 조카가 혀를 내밀며 고개를 흔들었다. "그거 내가 알려준 거야. 너 다섯 살 때." 나는 조카에게 그것 말고도 좋은 것을 많이 가르쳐주었다고 말했다. 이를테면 나보다 힘센 친구가 재수 없이 굴 때 웃으면서 속으로 욕하는 방법 같은 거. 조카의 휴대전화에는 재미있는 이름이 많았다. 자기 아빠 이름은 도돌이표. (나와 열일곱 살 차이가 나는 큰형은 진짜 잔소리가 심했다. 나는 얼른 휴대전화를 꺼내 형의 이름을 도돌이표로 바꾸었다.) 엄마 이름은 칼

슈보조제. (키가 작은 형수는 조카에게 하루에 우유를 석 잔씩 먹였다.) 조카의 가장 친한 친구의 이름은 폴라로이드였다. 조카는 왜 그런 이름을 붙였는지 비밀이라고 했다. "비밀이라!" 그다지 궁금하지 않았지만 나는 궁금한 척했다. 용돈을 자주 주지 못했지만 나는 삼촌이 해야 하는 일이 무엇인지쯤은 알고 있다. 비밀을 많이 공유할 것! "담임은 뭐야?" 조카가 휴대전화를 주고는 찾아보라고 했다. "힌트! 눈이 녹지 않아." 담임의 이름은 K2였다. 조회시간마다 주먹을 불끈 쥐고 "정상에 오를 때까지 최선을 다하자."라고 외친다나. 그 말을 듣자, 나는 비가 오는 날이나 눈이 오는 날에도, 운동장 조회를 서게 했던 교장 선생님이 생각났다. 교장은 엉덩이를 좌우로 비트는 우스꽝스러운 체조를 전교생에게 가르쳤다. 우리는 조회 시작 전에 반드시 그 체조를 해야 했다. 초등학교 6학년 때였다. 그해에 조카가 태어났다. 어린 나는 병원 신생아실에 누워 있는 조카를 보면서 이런 결심을 했다. "이 삼촌은 이제부터 정말 재미있는 사람이 될 거란다." 신문기자가 조회 시간마다 체조를 하는 우리들의 모습을 취재하러 학교로 찾아왔을 때 내가 웃은 이유는 그래서였다. 사진기자가 엉덩이를 씰룩거리며 환하게 웃는 내 모습을 찍어 갔다. 교장은 신문기사를 복사해서 각 교실의 게시판에 붙여놓도록 했다. (언젠가 나는 소개팅을 하다가 상대방에게 "전 신문에 나온 적도 있어요."라고 뜬금없이 말한 적이 있었다.) 신문에 실린 사진을 본 뒤 교장은 내게 단상에 서서 체조를 하도록 했다. 단상에 서니 전교생이 내려다보였다. 체조의 첫 번째는 숨쉬기였는데 숨을 들이마시자 다시 뱉어지지 않았다. 얼굴이 붉어지는 게 느껴졌다. 가슴이 부풀어오르는 것 같았는데 그대로 가만있으면 풍선이 되어 하늘로 날아오를 수도 있을 것 같았다. 그 순간 교장이 커다란 손바닥으로 내 등을 쳤다. "죄송해요. 체조가 즐거워서가 아니라 조카가 태어나서 웃은 거예요." 나는 교장에게 말했다. 그 말이 마이크를 타고 운동장 전체로 퍼졌다. 내 말에 전교생이 웃었다. 나는 눈을 감고 1,800명의 웃음소리를 생각해보려고 했다. 조카의 휴대전화에 나는 이런 이름으로 저장되어 있었다. Fe. "이게 뭔 뜻이냐?" 내가 묻자 조카가 고개를 흔들었다. "삼촌, 학교 다닐 적에 공부 못했지?" 솔직히 공부를 못했기 때문에 나는 그렇다고 대답했다. Fe는 철의 화학기호라고 조카가 설명을 해주었다. "삼촌이 철들기를 바라는 조카의 마음이야." 복수하는 마음으로 나도 휴대전화를 꺼내 조카의 이름을 Fe로 바꾸었다. "나도 마찬가지야." 내가 말했다. 그때 조카의 휴대전화가 울렸다. "폴라로이드?" 조카가 고개를 끄떡였다. 조카가 통화를 하는 사이 나는 잠을 잤다. 그리고 이런 꿈을 꾸었다. 누군가 돋보기로 나를 내려다보았다. 나는 아주 작아졌다. 개미처럼. 누군가 후— 하고 입바람을 불자 내가 날아갔다. 날아가면서 나는 생각했다. 다시는 눈을 뜨지 못할 거라고. 친구들의 휴대전화에는 내가 어떤 이름으로 저장되어 있을까. 처음 수영을 배우던 그때가 생각났다. 엄지발가락을 물에 대던 그 순간.

  친구들에게 전화를 걸어 소식을 알린 사람은 조카였다. 영재는 단축번호 12번. 민기는 13번. 성민은 14번이었다. 그중에서 전화를 받은 사람은 성민이뿐이었다. 성민은 지난 일주일 동안 한 통의 전화를 받지 못해서, 휴대전화에 내 전화번호가 찍히는 순간, 반가워 소리를 질렀다. 영재의 전화는 고객의 요청에 의해 잠시 정지 중이라는 안내멘트가 나왔다. 성민은 택시를 타고 영재에게로 갔다. 10분이면 갈 수 있는 거리인데 택시를 타다니. 나는 좀 고마웠다. 영재는 라면을 먹는 중이었다. "먹을래?" 영재가 성민을 보자 말했다. "아니." "오늘은 두 개

끓였어. 먹어도 돼." 영재는 늘 라면을 한 개 반 끓여 먹었는데, 라면을 한 개 반 끓일 때 솜씨는 그 누구도 따라갈 수 없었다. "배고팠나 보네. 할 말 있으니 얼른 먹어." 영재가 라면을 먹는 동안 성민은 영재의 옷장을 뒤졌다. "왜, 너 여자 생겼냐? 옷 필요해?" 영재의 옷장에서 가장 나은 옷은 무릎이 찢어진 청바지와 아디다스 티셔츠였다. (그나마 아디다스 티셔츠는 내가 영재에게 빌려준 다음 돌려받지 못한 거였다.) "근데 전화는 왜 정지시킨 거야?" "응, 엄마한테 해외여행 간다 그러고 용돈을 받았거든." 영재가 라면 국물을 마시면서 대답했다. 영재가 마지막 국물까지 마시는 것을 확인한 다음, 성민은 영재에게 나의 죽음을 알렸다. "그 의사 새끼가 6개월은 산다 그랬잖아." (그래서 나는 지금 그 의사에게 어떤 복수를 해줄까 궁리 중이다.) 영재가 들고 있던 냄비를 집어던졌다. "그리고 그걸 왜 이제 이야기해." 성민은 바닥에 던진 냄비를 가리키며 말했다. "저렇게 던질 거였잖아." 영재와 성민은 민기의 집으로 갔다. 이번에도 택시를 탔다. 2,800원이 나왔는데 성민은 5천 원을 내고 거스름돈도 받지 않았다. 민기는 또 화장실에 들어가 있었다. "사흘째다." 민기 어머니의 표정을 보니 이제는 놀라지도 않는 모양이었다. 아예 침낭을 가지고 들어갔다고 어머니는 말했다. 영재가 화장실 문을 두드렸다. "민기야, 나 화장실 가고 싶다." 한참 후에 민기가 대답했다. "왔어? 화장실은 안방에도 하나 더 있어." "나도 왔어." 성민이도 화장실 문을 두드렸다. 둘은 민기에게 혹시 변기에 앉아 있냐고 물었다. (똥 누는 동안 충격적인 이야기를 듣게 되면 뇌졸중으로 쓰러질지 모른다고 영재가 말했다.) 민기는 아니라고 했다. 성민이와 영재가 마주 보고 고개를 끄덕였다. 그리고 동시에 말했다. "얼른 나와. 장례식장에 가야 해." 민기가 조심스럽게 물었다. "벌써?" "응." 잠시 후 화장실에서 물소리가 들렸다. "너 우니?" "아니."

민기가 대답했다. "그냥 세수하는 거야. 걱정 마." 장례식장에 가기 전에 녀석들은 백화점에 들렀다. 병원에 입원하면서 우리는 이런 농담을 주고받았다. "6개월이 지난 다음에 네가 살아 있으면 100만 원씩 줄게." 그때 나는 내기에서 이길 것 같다며 웃었다. 친구들은 내게 적금 통장을 보여주었다. 한 달에 50만 원씩 6개월 동안 붓는 적금통장이었다. 그 적금을 녀석들은 아직 한 번밖에 붓지 못했다. "그전에 내가 죽으면 멋진 양복을 입고 와. 선글라스도 끼고." 나는 친구들에게 부탁을 했다. 그래서 내 친구들은 검은색 양복을 세 벌 샀다. 키가 큰 영재는 양복을 입으니 모델처럼 보였다. 신발이 등산화라 문제였지만. "넌 이나이 되도록 구두 한 켤레가 없냐!" 작년에 새로 산 구두를 신고 나온 민기가 말했다. "넌 살이나 빼라." 성민이가 민기의 배를 손으로 툭 쳤다. 똑같은 와이셔츠를 사고 난 다음에 친구들은 선글라스를 살 것인지 말 것인지 회의를 했다. (사, 사란 말이야. 나는 중얼거렸다.) "난 선글라스는 도수가 안 맞아서 못 써." "어른들이 싸가지 없다 그럴 거야." "솔직히 난 돈이 없어." 치사하게, 녀석들은, 선글라스는 생략하기로 했다.

사흘 동안 녀석들은 다섯 번이나 육개장을 먹었다. 부의금 함에 적금통장을 넣는 걸 보았기에 나는 참았다. 영재는 술에 취한 작은아버지의 곁에 앉아서 다섯 시간 동안 술주정을 받아주었다. "형님이 얼른 와야 하는데." 그렇게 말하고는 작은아버지는 영재에게 휴대전화를 빌려 어딘가로 전화를 걸었다. "형님이요?" 작은아버지는 전화기에 대고 소리를 질렀다. "뭐라고 하는지 안 들려요." 할 수 없이 영재는 작은아버지가 들고 있는 전화를 대신 받았다. "여보세요." 영재가 이 한마디를 한 다음 갑자기 자리에서 일어났다. 새벽이었고, 빈소에는 사람들이 몇 명 남아 있지 않았다. "저기요. 혹시 영어 할 줄 아시는 분?" 아무도 손을 들지 않았다. 성민과 민기가 얼른 고개를 숙였다. "쏘리." 이렇게 말하고 영재는 전화를 끊었다. 작은아버지는 영재에게 수첩에 적힌 전화번호를 보여주면서 맞게 눌렀냐고 재차 물었다. 캐나다에 살고 있는 내 아버지 번호라고 했다. (죽은 게 아니었어요? 나는 작은아버지에게 물었다. 작은아버지가 귀를 후볐다.) 화장터에서 민기는 홍삼드링크를 세 박스 사서 조문객들에게 나누어주었다. (늘 미련한 놈이라는 말을 듣고 사는 민기에게 이런 면이 있으리라고는 상상도 못했다.) 발인을 마치고 돌아오는 버스에서 녀석들은 깜빡 졸았다. 옆에 앉은 영재가 성민을 깨웠다. 그리고 귓속말로 말했다. "너 코 골았어." 성민은 영재에게 방금 꾼 꿈에 대해 이야기를 해주었다. "우리들은 모두 고등학생이었어. 넷이 철봉에 매달려 있었지. 체육선생님이 호루라기를 불었어." 그러자 영재가 고개를 갸웃하며 중얼거렸다. "호루라기는 어째서 호루라기라고 불렸을까?" 영재는 더 이상 성민의 이야기를 듣지 않고 계속 호루라기, 호루라기, 하며 중얼거렸다. "우리들은 휘슬 소리가 나자 턱걸이를 시작했어. 아무도 철봉까지 턱을 올리지 못했지. 철봉에 매달린 우리들은 허공을 향해 다리를 휘둘렀어. 여덟 개의 다리가 문어 같다는 생각을 했어." 성민의 이야기를 듣다 보니 나는 갑자기 문어다리가 몇 개인지 궁금해졌다. "너 우냐?" 영재가 두 손으로 성민의 볼을 만졌다. "아냐. 턱걸이를 못하는 열일곱 살짜리 남자애들 때문에 그래." 성민이 말했다. 누군가 코 고는 소리가 들렸다. 나는 민기인지 궁금했지만 뒤돌아보지는 않았다.

발인을 마치고 집으로 돌아가는 길에 녀석들은 소나기를 만났다. "저기 정자가 있다." 영재의 말에 셋은 그곳을 향해 뛰기 시작했다.

"뭐야, 정자가 아니라 갈빗집이잖아." 녀석들은 막 갈비를 먹고 나오는 사람들 틈에 끼어서 자판기 커피를 뽑았다. 커피는 공짜였다. "녀석이 이 사실을 알았다면 우릴 칭찬해주었을 텐데." 그래서 나는 친구들에게 손뼉을 쳐주었다. 내가 세상에서 가장 좋아하는 일은 공짜로 무엇인가를 얻는 거니까. 커피를 마시다 말고 민기가 말했다. "가서 보일러라도 돌려야 하지 않을까?" 내 방은 비만 오면 금방 눅눅해졌는데, 어찌나 심했는지, 장마가 지나고 나면 도배를 새로 해야 했다. "아직도 집 열쇠를 화분 밑에 두었을까?" 영재가 중얼거렸다. 녀석들은 넥타이를 풀어 양복주머니에 넣고는 자리에서 일어났다. 그리고 종이컵을 동그랗게 말아 휴지통을 향해 던졌다. 셋 다 노골. "언제나 그렇지, 뭐." 민기가 말했다. 열쇠는 화분 밑에 없었다. 영재는 신발장을 열고 낡은 운동화 안에서 열쇠를 찾아냈다. 영재가 보일러 필터 청소를 했고, 성민은 밀린 설거지를 했고, 민기는 소파에 길게 누웠다. 도대체 민기 부모님은 어쩌자고 민첩할 민敏 자를 붙여서 이름을 지어주었는지 모를 일이다. 하긴 영재의 부모님도 마찬가지다. 영재의 아이큐가 우리 넷 중에서 가장 낮았으니까. "허리가 아프다." 소파에 누워 있던 민기가 말했다. 소파는 가운데가 푹 꺼져 있었다. 10년 동안 그 소파에 누워 낮잠을 잤으니 당연한 일이겠지만. "그때 본 영화가 뭐였지?" 성민이 말했다. 우리 모두 재수를 하던 때였다. (그 재수생활이 이렇게 길게 이어질 줄이야.) 우리는 모두 같은 학원에 등록했다. "그때부터 망한 거야." 영재는 우리들은 고등학교를 졸업하면서 그냥 헤어졌어야 했다고 말했다. "그보다 더 큰 문제는 여자 보는 취향이 같았다는 거지." 민기가 말했다. 아마도 봄이라 그랬을 거다. 수학시간이었다. 한 시간 수업을 하고 나면 겨드랑이가 땀으로 젖을 정도로 열심히 수업을 하던 선생님이었는데, 그날은 두 문제나 틀리게 풀었다. 물론 우리는 문제를 잘못 푸는 줄도 모르고 있었지만. 그 사실을 고백한 것은 수학선생님 자신이었다. "제가 오늘 두 문제나 틀렸네요." 선생님은 곧 울 것 같았다. 그때 누군가가 괜찮아요, 하고 말했다. 우리는 소리가 나는 쪽을 보았다. 거기, 머리에 분홍색 핀을 꽂은 여자애가 앉아 있었다. 우리 네 명이 동시에 짝사랑하게 될 여자애. "여자 때문에 남자들끼리 싸우는 모습은 보이지 말자." 민기가 말했다. 그래서 우리는 정정당당하게 시합을 하기로 했다. 첫 번째 경기는 달리기. 운동장 열 바퀴를 돌기로 했다. 나는 새 운동화를 샀는데 괜히 샀다는 게 곧 밝혀졌다. 두 번째는 턱걸이. 어느 초등학생이 턱걸이를 하는 우리를 보고는 아저씨들 뭐 하세요? 하고 물었다. 세 번째는 줄넘기 오래 하기. 네 번째는 뒤로 달리기. 그 경기는 네 명이 동시에 넘어져 무승부로 처리했다. 씨름도 했다. 그건 힘이 센 민기가 승. 그렇게 해서 결국 시합에 이긴 사람은 영재였다. 우리는 돈을 모아서 영재에게 꽃다발을 사주었다. "그때 우린 좀 멋졌던 것 같아." 성민이 소파 팔걸이에 다리를 올린 채 바닥에 누웠다. "발 냄새 나." 민기가 코를 벌름거렸다. "등이 따뜻해." 프러포즈를 하러 갔던 영재는 여자에게 꽃다발을 건네주지 않았다. 우리가 시합을 하는 동안 여자가 쌍꺼풀수술을 했고 수술이 실패했다. 눈을 깜빡일 때마다 실밥자국이 보인다고 영재가 말했다. 우리는 영재를 위로하기 위해 술을 샀다. "난 아귀찜 처음 먹어봐." 영재는 엄청 안주를 먹어댔다. 술에 취한 영재가 갑자기 자리에서 일어나더니 옆 테이블로 걸어갔다. 그러고는 술을 마시던 남자에게 꽃다발을 건네주었다. "뭐야?" 꽃다발을 건네받은 남자가 화를 버럭 내고는 꽃다발을 바닥으로 내던졌다. 둘이 멱살을 잡고 싸움을 시작했다. 우리는 싸움을 말리고 싶었지만, 너무 취해서, 제대로 일어서지도 못했다. 영재의 주먹이 남자의 얼굴을 향하는 순간 술에 취한 성민은 이렇게 중얼댔다. "2차는 어디로 갈 거야?" 남자의 이가 하나 나갔다. "친척 중에 치과의사가 한 명이라도 있었다면……." 그 사건 이후 영재는 치대를 목표로 공부를 하기도 했다. 아주 잠깐. 우리는 다음 달에 학원에 등록하지 못했다. 그 돈을 모아 합의금을 만들었지만 턱없이 모자랐다. 돈을 마련하기 위해 우리는 전단을 나눠주는 아르바이트를 했다가, 전단에 적힌 월수입 500만 원이란 말에 혹해서 다단계회사에 들어갔다가, 열두 명의 동창들까지 덩달아 빚더미에 앉게 했다. 그때 우리는 많은 친구들을 잃었다. 우리 넷이 계속 친구가 될 수밖에 없던 까닭은 그래서였다. 다른 친구들이 없었으니까. 영재는 스쿠터를 훔쳐서 팔았다. 영재보다 더 소심했던 민기는 자전거를 훔쳤다. 나는 큰형의 자동차를 훔쳐서 팔았는데, 때마침 큰형은 음주단속에 걸려 면허정지가 된 상태였다. 어찌어찌해서 합의금을 해결하고 나자 다시 수능을 볼 시기가 다가왔다. "그런데 누가 먼저 소파를 훔치자고 했지?" 영재는 소파에 가로로 길게 누워 있는 민기의 배 위에 엉덩이를 살짝 걸쳤다. 수능을 보던 날이었다. 수험증을 제출하면 영화가 공짜라는 말에 우리는 영화를 보러 갔다. 하지만 직원은 우리를 들여보내주지 않았다. "시험을 보고 오셔야죠." 치사한 생각이 들어서 우리는 돈을 내고 영화를 봤다. 네 명의 남자가 나오는 영화였다. 히치하이킹을 해가며 여행을 다니는 장면을 보다 잠깐 졸았는데 눈을 떠보니 네 명이 여전히 여행을 하고 있었다. 영화를 다 보고 우리는 극장 로비에 앉아서 잠깐 감상평을 이야기했다. "그런데 왜 여행을 다니는 거야?" 내가 묻자 친구들이 넌 수능 안 보길 정말 잘했다, 라고 대꾸했다. 여행을 다닌 게 아니라 자살하기 좋은 장소를 찾아다닌 거였다고 민기가 설명을 해주었다. "난 내가 자랑스러워. 한 번도 죽고 싶다는 생각은 안 했거든." "나도." "나도." "난…… 아닌데." 솔직히 나는 죽고 싶다는 생각을 했다. 자동차를 몰래 팔았다는 것을 알고 난 뒤에도 큰형은 내게 화를 내지 않았다. 대신 그 후로 내게 말을 걸지 않았다. 이 소파 멋지네, 라고 누군가 말했다. 아마 영재 아니면 민기였을 거다. 초록색이었는데 팔걸이에 담뱃불 구멍이 난 흔적이 있었다. "확실히, 난 아냐." 영재가 자기는 소파를 훔칠 때 한 손으로 얼굴을 가렸다고 말했다. "나도." "나도 아닌데." (그러고 보니 내가 그랬던 것 같은 생각이 든다. 담뱃불 구멍에 손가락을 넣었다 뺐다 하다가 그 소파를 훔치고 싶다는 생각이 들었다.) 나는 관객을 줄게 만들었으니 영화 값을 되돌려받아야 한다고 말했다. "그러니 대신 이 소파를 들고 가자." 내 말에 친구들이 박수를 쳤다. 나와 성민이 앞에서 들고 영재와 민기가 뒤에서 들었다. "속으로 이런 생각을 하자. 우리는 소파 수리공이다." 내 뒤에서 영재 아니면 민기가 말했다. 그래서 나는 우리들이 대한민국에서 가장 솜씨가 좋은 소파 수리공이라는 생각을 했다. "고치려면 좀 오래 걸리겠는걸." 성민이 큰 소리로 말했다. 성민의 말을 듣고 극장 입구에 서 있던 관객들이 길을 내주었다. 이불 말고는 아무것도 없던 내 자취방이 근사해 보인 것은 그날 이후였다.

녀석들은 서로 소파를 갖겠다고 싸웠다. "가위바위보로 결정할까?" 성민의 말에 나는 실망스러운 표정을 지었다. 그렇게 쉬운 방법으로 결정하는 것은 전혀 우리답지 않은 일이었다. "어제 뭐 했는지 이야기해보자. 가장 재미있는 일을 한 사람이 갖게." 영재가 말하자 민기가 영재의 뒤통수를 때렸다. 그 순간 나도 같이 때렸다. "이 바보야. 어제 장례식장에 있었잖아." 친구들을 보고 있자 누가 먼저 군대를 갈 것인지 내기를 하던 시절이 생각났다. 우리가 한 내기 중에서 가장 아름다운 내기였다. 우리는 꽃집에 가서 똑같은 나무가 심어진 화분을 샀다.

가게 주인은 봄이 되면 연분홍색 꽃이 핀다고 했다. "이 나무를 죽이는 놈이 먼저 군대 가는 거다." 다음해 봄에 네 개의 화분에서 모두 꽃이 피었는데, 영재의 것만 꽃 색깔이 달랐다. 노란색 꽃이 핀 걸 보고 민기는 영재가 물 대신 오줌을 누었기 때문일 거라고 추측을 했다. 꽃나무를 길러서 그런 건지 그해에 우리는 정말 착한 아이들이 되었다. 심장병 어린이를 도웁시다, 라는 프로그램에 30만 원을 기부하기도 했다. 익명으로. 아직도 민기네 베란다에는 그 꽃나무가 자라고 있었다. 또 누구의 귀지가 가장 클까? 내기를 하기도 했다. 성민이 이겼는데 새끼손톱만 한 귀지가 나왔다. 우리는 부상으로 손톱깎이세트를 선물했다. 소파에 누워 있던 민기가 갑자기 자리에서 일어났다. "왜?" "좋은 아이디어 있어?" 그러자 민기가 대답했다. "오줌 마려." 화장실에서 오줌을 누다 말고 민기가 갑자기 소리를 질렀다. "가장 바보 같은 놈이 갖기로 하자." 녀석들은 자기가 바보처럼 느껴질 때가 언제였는지 이야기를 하기로 했다. 우선 영재의 이야기. "중학교 2학년 때였을 거야. 추석날 보름달을 보려고 옥상에 올라갔다가 갑자기 이런 생각이 들었어. 우리 동네에는 가로등이 몇 개나 있을까? 그래서 그 가로등을 모두 세어봤지. 사흘이 걸렸어." 다음은 민기가 말했다. "고등학교 때 공부 안 한 거." 민기의 말에 모두들 우— 하고 야유를 보냈다. "그런 말은 50대가 되면 하자." 영재가 말했다. "그럼 난 조금 이따 할게." 민기는 눈을 감고 무엇인가 생각하는 척했다. 성민은 이렇게 말했다. "중학교 때 도보여행을 갔던 거. 반찬 투정을 절대 하지 않는 거. 외박을 하지 않는 거. 이 세 가지 빼고 난 늘 바보 같아." 성민의 말이 끝나자 민기가 아, 하고 말문을 열었다. "구글 어스를 보는 일. 아직 가보지 못한 나라의 골목길을 보고 있으면 내 자신이 한없이 초라하게 느껴져." (나도 말했다. 목욕탕에 가서 낯선 사람에게 등 좀 밀어달라고 한 번도 말해보지 못했다고. 그럴 때 내가 참 바보처럼 느껴진다고.) 영재는 민기의 이야기가 가장 바보 같았다고 했고, 민기는 영재의 이야기가 가장 바보 같다고 했다. 성민은 자신의 이야기가 가장 리얼리티가 있다고 했다. 하지만 우리에게는 자기 자신에게 투표를 할 수 없다는 규칙이 있었다. 그래서 성민은 영재와 민기에게 다른 이야기를 하나씩 해보라고 했다. 영재는 성민을 가리키며 너 같은 친구를 둔 게 내가 바보라는 증거다, 라고 외쳤다. 그때 민기가 책상 위에 있던 액자를 가리키며 말했다. "뭐가 좋은지 웃고 있다." 액자에는 우리 넷이 찍은 사진이 있었다. 재작년에 넷이 같이 차렸다가 망한 조개구이집 앞에서 찍은 사진이었다. 아무도 찾아오지 않는 식당에서 우리들은 조개를 구워 먹었다. 손님이 많아 보이기 위해서 둘씩 나눠 앉아서는 서로 모르는 사람처럼 굴기도 했다. 성민이 사진을 한참 바라보다가 액자 위로 수건을 던졌다. 그리고 최종 결정을 내렸다. "민기 승. 소파는 네 거야."

소파를 들자 그 밑에서 내가 아끼던 CD가 나왔다. 그동안 나는 그 CD를 성민이 훔쳐 갔다고 생각했다. 괜히 성민에게 미안해졌고, 그래서 나는 성민이 CD를 주워 주머니에 넣는 것을 보고도 화를 내지 않았다. 옥상에서 빨래를 걷던 아주머니가 초록색 소파를 들고 가는 세 명의 남자를 신기한 듯 바라보았다. "근데 택시를 타야 하나?" 영재가 말했다. "그래야지." 성민이 대답했다. 그러자 거짓말처럼 빈 택시가 다가왔다. 기본요금이면 가는 거리인데 택시 기사는 만 원을 달라고 했다. "이까짓 것쯤이야, 그냥 걷자." 국토순례를 한 적이 있는 성민이 택시기사를 그냥 보냈다. 그렇게 당당하게 굴고서는 5분도 못 가서 잠깐만 쉬자, 라고 말한 사람은 성민이었다. 가로수 아래에 소파를 놓고는 셋이 앉았다. "아이스크림 먹고 싶다." 민기가 말했지만 아무도 아이스크림을 사러 가지는 않았다. 녀석들 앞으로 노란색 가방을 멘 아이들이 풍선을 들고 지나갔다. 아저씨 뭐 하세요? 라는 질문을 서른 번쯤 받았다. 그때마다 영재는 이건 움직이는 자동차야, 잠깐 쉬는 중이지, 하고 말했다. 횡단보도를 건너다 말고 몇몇 아이들이 다시 돌아왔다. 그러고는 소파 앞에 쪼그리고 앉아 움직이질 않았다. "뭐 하는 거니?" 성민이 물었다. "자동차 움직이는 거 보려고요." "핸들은 어디 있어요?" "비가 올 땐 어떻게 운전해요?" 결국 영재는 아이들에게 사실대로 말해야 했다. 한 아이가 울기 시작했다. 그러자 연달아 다른 아이들도 울었다. "우리 어린이들에게 그렇게 거짓말하면 안 되죠!" 민기가 아이들을 따라 울었다. "그러게 말이야." 민기가 울자, 아이들이 울음을 뚝 그치고는 놀라 달아났다. 민기 어머니가 현관 앞에 서 있는 녀석들에게 소금을 뿌렸다. (그 바람에 나는 민기네 집에 못 들어갈 뻔했다.) 민기네 거실에는 물소가죽으로 만든 소파가 놓여 있었다. 그 옆에 내 소파를 놓으니 내 방에서는 그렇게 근사하던 소파가 초라하게 보였다. 소파에 묻은 얼룩이 선명하게 보였고, 담뱃불 구멍도 더 크게 보였다. "화장실에 놓을 거예요." 민기가 말했다. 민기 어머니가 거실 바닥에 있던 훌라후프를 들어 민기에게 던졌다. "절대 안 돼!" 그리고 5분 후. 녀석들은 민기네 거실에 무릎을 꿇고 앉아서 민기 어머니에게 일장 연설을 들었다. "너희들은 식구들 외식할 때 밥값 한 번 내본 적도 없지?" 민기 어머니의 잔소리를 들으면서 성민은 이런 생각을 했다. 우리 식구들은 외식할 때 나를 데려가지도 않아요. "저거 들고 나가라." 민기 어머니가 마지막 말을 하고는 화장실로 들어갔다. 곧이어 문 잠그는 소리가 들렸다. "이번에는 내가 여기서 안 나가고 싶은 심정이야." 민기가 화장실을 향해 큰절을 올렸다. 그리고 녀석들은 다시 소파를 들고 밖으로 나왔다. 아파트 경비 아저씨가 소파를 나르는 녀석들을 보고는 이렇게 말했다. "그거 버릴 거면 재활용수거 스티커 붙여야 해요."

　영재가 가게로 가서 캔커피 세 개를 사 왔다. 그리고 뚜껑을 따서 친구들에게 건네주었다. 녀석들은 슈퍼마켓 앞에 있는 파라솔 옆에 소파를 내려놓고는 커피를 마셨다. "내가 가져가겠다." 영재가 말하자 성민은 영재가 커피를 사 오는 것을 보고는 이미 짐작했다고 했다. 이번에는 영재가 앞에서 소파를 들었다. 뒤에 있는 성민과 민기가 번갈아가면서 소파를 잡고 있던 손을 놓았다. 그때마다 영재는 말했다. "누가 소파에 앉아 있는 것 같아." (사실 나는 계속 소파에 앉아 있었다. 가끔 뛰기도 했고.) 와이셔츠 깃이 땀에 젖기 시작했다. 민기가 와이셔츠의 단추를 두 개나 풀었다. 성민이 양복 윗도리를 벗어 소파에 올려놓았다. 흰 와이셔츠에 붉은색 얼룩이 보였다. 육개장 국물일지도 모른다. 영재의 자취방은 3층에 있었는데, 계단은 좁고 가팔랐다. 코너를 돌다가 소파 다리가 난간에 부딪쳤다. "그래도 그렇게 싸구려 소파는 아닌가봐. 생각보다 튼튼하네." 부딪친 소파 다리를 살펴보던 민기가 말했다. 영재의 방은 너무 좁았다. 의자를 놓을 곳이 없어서 침대를 의자 대신 사용할 지경이었다. 그곳에서 영재는 몇 년째 9급 공무원 시험준비를 했다. "어디에 놓자는 거야?" 성민이 말했다. "그건 그렇고 환기 좀 시켜라. 이게 무슨 냄새냐?" 민기가 창문을 가리켰다. "열어봤자야. 바로 벽이거든." 영재는 구석으로 던져진 냄비를 주워 싱크대 위에 올려놓았다. 여기에 소파를 놓을 수 있을 거야, 라며 영재는 바닥에 널려 있는 책들을 발로 밀었다. 소파를 놓자 영재의 방은 조금의 틈도 남지 않았다. 침대에서 화장실을 가려면 소파를 넘어야 했고, 밥은 싱크대에 서서 먹어야 했다. "안 되겠다." 민기가 고개를 저었다. 나도 고개를 저었다. "내가 가져야겠다." 성민의 말에 영재는 소파에 누워 일어나지 않는 걸로 답을 대신했다. 민기와 성민은 영재의 성격을 잘 알고 있었다. 그래서 민기와 성민도 영재의 침대에 누워 영재가 먼저 말을 할 때까지 기다리기로 했다. 그러다가 셋은 잠이 들었다. (그사이 나는 잠시 여행을 갔다 왔다. 조카는 폴라로이드를 만나서 내 흉을 보고 있었다. 나는 조카의 머리를 한 번 쓰다듬어주고는 돌아왔다.) 잠에서 깬 영재는 아침이 되어도 해가 들어오지 않는 자신의 방을 둘러보았다. 그리고 소파의 쿠션이 생각보다 좋지 않다는 것도 알게 되었다. "내가 양보한다. 이거 네가 가져." 영재는 자고 있는 성민을 발로 찼다.

가파른 계단은 올라갈 때보다 내려갈 때가 더 힘들었다. 올라갈 때 부딪쳤던 난간에 다시 한 번 소파를 부딪쳤다. 소파 다리에 깊게 흠집이 났는데 아무도 신경 쓰지 않았다. 삼각김밥과 바나나우유를 먹으며 길을 가던 초등학생을 만났다. 초등학생이 물었다. "그 소파 버리는 거예요?" "아니다. 우린 소파 수리공이야." 그러자 초등학생이 김밥을 씹다 말고 삼키고는 반갑다고 말했다. 아이는 3대째 소파를 만들고 있는 집의 장남이었다. 녀석들은 아이를 소파에 태워 학교까지 데려다주었다. 교실까지 데려다주겠다고 했더니, 자기네 반에 다리를 저는 친구가 있는데 그 친구 보기 부끄럽다며, 아이는 정중히 거절했다. "학교까지 온 김에 내기 한판." 녀석들은 소파를 플라타너스나무 아래에 내려놓았다. 성민이 농구 골대 아래에 버려진 바람 빠진 농구공을 집어들었다. "한 사람 앞에 열 번씩 던지는 거다." 민기는 한 골도 못 넣었다. 영재가 세 골. 성민이 두 골. 셋이 농구를 하는 동안 잠자리가 날아와 소파에 앉았다. "가을도 거의 지났는데 웬 잠자리지." 민기가 소파를 향해 살금살금 다가와 손을 뻗었다. 잠자리는 움직이지 않았다. "혹시 녀석이 온 건가?" "나비로 환생한다는 이야기는 들었지만 잠자리는 처음 들어봐." 영재와 성민이 운동장 바닥에 앉아 턱을 괸 채 잠자리를 바라보았다. (이 바보들아. 나는 혀를 내밀고 고개를 흔들었다.) 그때 바람이 불었고, 잠자리가 날아갔다. 셋은 하늘을 향해 손을 흔들었다. "잘 가." 녀석들은 소파를 들고 다시 길을 걸었다. 리어카에 폐지를 싣고 가던 할아버지가 가는 데까지 태워주겠다고 해서 리어카에 소파를 올려놓았다. 셋이 뒤에서 리어카를 밀었다. 사거리에서 헤어지면서 민기는 지갑에서 지난 복권을 꺼냈다. "종이라곤 이것밖에 없어요." 민기는 복권 세 장을 할아버지의 리어카에 올려놓았다. "아이고, 무거워진 것 같은데." 할아버지가 웃었다. 녀석들은 세차장 앞에 소파를 놓고는 세차하는 걸 구경했다. (나는 물이 싫어졌어. 그래서 멀찍이 떨어져 구경을 했지.) 또 녀석들은 중고가구점에 들러 소파의 시세도 알아보았다. 간판 청소를 하는 아주머니에게 잠깐 소파를 빌려주기도 했다. 소파에 물이 묻었고, 그걸 말리기 위해 녀석들은 일부러 골목길을 돌았다. 그때였다. 어디선가 도와주세요, 하는 소리가 들렸다. 셋은 소파를 들고 소리가 나는 곳을 향해 달렸다. 할머니가 쓰러져 있었다. 옆에서 어린 손녀가 할머니의 손을 잡고 있었다. 할머니의 다른 손에는 비닐봉지가 들려 있었다. 비닐봉지에서 사과 하나가 나와 도로로 굴러갔다. 사과 위로 트럭이 지나갔지만 사과는 멀쩡했다. 사과는 흰색 승용차를 피했고, 오토바이를 피했고, 택시를 피했다. 나는 사과가 중앙선까지 굴러가는 것을 보았다. 사과는 노란선 안에 멈추었다. 그사이 민기가 할머니를 들어 소파에 누였다. 영재가 양복 윗도리를 벗어 동그랗게 만 다음 할머니 머리에 괴어주었다. 성민은 119에 전화를 걸었다. 나는 계속 사과를 구경했다. 중앙선에 멈춘 사과는 움직일 생각을 하지 않았다. 빨간 사과였다. 119 구급대가 오기 전에 할머니는 정신을 차렸다. "아가, 괜찮단다." 할머니는 울고 있는 손녀에게 말했다. 구급대원들이 병원에 가서 정밀치료를 받아야 한다고 했지만 할머니는 한사코 집에 가야 한다고 우겼다. 그때 민기가 할머니의 귀에 대고 무어라 말을 했다. 그러자 할머니가 말없이 구급차로 옮겨 탔다. 사과 봉지를 여전히 손에 꼭 쥔 채로. "뭐라고 했어?" 영재와 성민이가 물었다. "비밀이야." 민기가 말했다. 궁금한 걸 참지 못하는 영재와 성민이는 이제부터는 자기 둘이서 소파를 들겠다고 민기에게 제안을 했다. "그럼 도착하거든 말해줄게." 성민이는 5층 건물의 옥상에 살았다. 다행히 4층까지는 엘리베이터를 타고 올라갈 수 있었다. 성민이의 문 앞에는 이런 쪽지가 붙어 있었다. "성민아, 방세 두 달 밀렸다." (스물다섯 살이 되던 날 성민은 부모님에게 이렇게 말했다. "앞으로 방세를 내고 살게요. 대신 잔소리하지 마세요.") 성민이는 아버지가 붙여놓은 쪽지를 떼면서 말했다. "민기야, 잔소리 듣는 게 더 낫단다." 성민은 손으로 소파의 길이를 쟀다. 열세 뼘이었다. "아까 말이야, 할머니에게 이렇게 말했어. 손녀가 구급차를 타보고 싶대요." 성민은 방으로 들어가 소파를 어디에 놓아야 좋을지를 생각해보았다. 그때 밖에서 영재와 민기의 웃음소리가 들렸다. 성민은 창을 열고 옥상에 서 있는 친구들의 뒷모습을 보았다. 그 옆에 아무렇게나 놓여 있는 초록색 소파도. 성민은 이렇게 중얼거렸다. 저기에 두는 것도 괜찮겠어.

소파를 옥상에 두겠다고 하자 영재가 잠깐만, 하고는 어디론가 사라졌다. 민기가 옥상 한쪽 귀퉁이에 쌓여 있는 화분들과 널빤지를 가지고 탁자를 만들었다. 물에 젖었다가 바람에 말랐다가를 반복한 널빤지는 심하게 뒤틀려 있었다. "거기에 뭘 올려놓을 수나 있겠어?" 성민이 말하자 민기가 소파에 앉아서 널빤지 위로 발을 올려놓았다. "이렇게 발을 올려놓을 수 있지." 성민도 민기 옆에 앉아서 널빤지 위로 발을 올려놓았다. "우리 집에 있는 화분 여기다 가져다 놓아야겠다." 민기가 말했다. 잠시 후, 영재가 파라솔 두 개를 양쪽 겨드랑이에 낀 채 돌아왔다. "그게 뭐야?" "어디서 났어." 영재가 파라솔을 펼쳐 우산처럼 쓰고는 옥상을 한 바퀴 돌았다. "아직 실력이 녹슬지 않았나봐. 훔쳤어." 파라솔을 어떻게 고정시켜야 할지에 대해 녀석들은 의견이 분분했다. 민기는 소파 등받이에 파라솔 다리를 붙여버리자고 했고, 성민은 빨랫줄에 파라솔을 묶어놓자고 했다. 그래도 모처럼 영재가 이름값을 발휘했다. 가장 큰 화분 두 개를 가지고 와서는 거기에 파라솔을 묻었다. 그리고 파라솔을 심은 화분을 소파 양쪽에 두었다. 셋은 다시 소파에 앉았다. 파라솔과 파라솔 사이로 하늘이 보였다. "호치키스." 민기가 중얼거렸다. "뭐야?" 영재와 성민이 물었다. "나는 이상하게 호치키스라고 말하고 나면 기분이 좋아져. 왜 그럴까?" 민기가 다시 호치키스, 하고 나지막이 말했다. 그러자 영재가 누구나 자기만의 주문이 있는 법이야, 하며 민기의 어깨를 두드렸다. "껌으로 막힌 열쇠구멍. 그게 내 주문이야." 성민이 말했다. (나는 눈을 감고 통조림이 끊임없이 쏟아져나오는 어느 공장의 풍경을 그려보았다. 아버지가 생각날 때마다, 나는 수십만 개의 통조림을 만드는 공장의 기계를 상상해보곤 했다. 그러면 금방 배가 고파졌다.) "먹을 거 없냐?" 민기가 물었다. 성민은 4층에 있는 부모님 집으로 내려갔다. "맛있는 것 좀 가져와." 성민의 뒤통수에 대고 영재가 말했다. 민기가 영재의 다리에 머리를 베고는 소파에 길게 누웠다. "이 눕는 버릇, 언제 고칠 거야?" 영재가 다리를 떨었다. 민기의 머리도 덩달아 흔들렸다. "멀미 나." 성민이 양손에 쇼핑백을 들고 다시 돌아왔다. 그리고 뒤틀린 널빤지 위에 음식들을 올려놓았다. 녀석들은 잡채와 동태전과 고추전과 고사리무침을 먹었다. "우리 다시 식당 차려볼까?" 젓가락을 두고 손으로 동태전을 집어먹던 민기가 말했다. 영재가 당면 한 가닥을 들어서 민기의 얼굴로 던졌다. "같이 망하기 싫어." 당면이 민기의 얼굴에 붙어버렸다. 성민이 낄낄대며 웃었다. 영재가 성민의 얼굴로도 당면을 던졌다. 성민은 당면을 피했다. (당면은 성민의 옆에 서 있던 내 몸을 통과한 뒤에 옥상 바닥으로 떨어졌다.) 성민도 당면 한 가닥을 집어 영재에게 던졌다. 민기가 두 친구의 얼굴로 동태전을 던졌다. 영재와 성민이 동시에 민기에게 고사리무침을 던졌다. 음식들이 소파 위로 떨어졌다. 성민이 던진 시금치가 민기의 인중에 붙었다. "수염 같다." 민기가 시금치를 떼어 입에 넣었다. "수염 맛이 시금치 맛하고 똑같아." 민기의 말에 녀석들이 웃기 시작했다. 녀석들은 두 손을 배꼽에 대고 허리를 굽혔다 폈다, 하면서 마치 처음 웃어보는 사람처럼 웃었다. 웃는 동안 녀석들은 아주 먼 곳으로 여행을 갔다. 민기는 15년 후의 자신의 모습을 보았다. 살이 빠져 있었다. 수염을 길렀는데 생각보다 잘 어울렸다. 그 모습이 보기 좋아 민기의 웃음소리가 더 커졌다. 한적한 국도변에서 민기는 자동차 타이어를 교체했다. 생각보다 힘든 일이었다. 바람 빠진 타이어를 바닥에 내려놓고 민기는 그 위에 앉아 담배를 피웠다. 평화로운 날들이야, 하고 담배를 피우면서 민기는 생각했다. 영재는 하루에 알약을 열다섯 개씩 먹어야 하는 아저씨가 되어 있었다. 시험공부를 하도 많이 했더니 상식 백과사전을 거의 통째로 외울 지경이 되었고, 텔레비전 퀴즈프로그램에 나가 퀴즈 왕이 되었다. 상금이 4,500만 원이었다. 성민은 눈을 감고 웃다가 나를 만났다. "잘 있었니?" "응, 잘 있었어." 우리는 인사를 했다. 나는 성민에게 소파를 잘 간직해줘서 고맙다고 말했다. 성민을 하나도 닮지 않은 딸이 소파에 오줌을 싸기도 했고, 화가 난 부인이 소파 다리를 발로 걷어차기도 했고, 술에 취한 성민이 소파에서 밤을 지새우기도 했다. "그런데 우린 어떻게 만난 거야?" 성민이 내게 물었다. 나는 사실대로 말해주었다. "너도 죽었거든." 자신이 마흔을 넘기지 못하고 죽는다는 사실 때문에 성민의 눈에서 눈물이 흘렀다. 하지만 성민은 여전히 웃고 있었다. (나도 녀석들을 따라 웃어보았다. 그리고 지구 반대편으로 잠깐 여행을 갔다 왔다. 세상에. 거기에서 학교 교장실에 들어가 소파를 훔치는 네 명의 아이들을 만났다.) 웃음을 그친 녀석들은 조금 전에 자신들이 왜 웃었는지 그 이유를 알지 못했다. 하지만 웃고 난 후에 녀석들은 이런 자신감이 들기 시작했다. "이제는 공중부양도 할 수 있을 것 같아."

식구와 게임론

　다음 세 가지 점에 유의해서 읽으면 어떠할까. 첫째, 가족 얘기이되 핏줄 쪽이기보다는 식구 쪽이라는 것. 이 나라 소설은 그동안 핏줄 때문에 얼마나 괴로웠던가. 이 천형天刑과도 같은 핏줄에서 한발 물러서는 방도는 없는 것일까. 식구라면 어떠할까. 함께 밥 먹는 사람들. 게임론이 비로소 가능해지는 장소니까. 그런데 이 게임이 가능해지기 위해서는 식구가 제법 여러 명이어야 한다는 점. 여덟 명이 등장하는 「무릎」(2005), 네 명이 등장하는 「하다 만 말」(2006)에 이르기까지 작가 윤성희는 갖가지 게임론을 실험했거니와, 그러니까 게임이란 네 명 정도가 적당하는 것. 이런 식구에 알맞은 게임이란 어떤 것일까. 탁구가 제격. 이 4인행 게임을 성립시키기 위해서는 죽은 식구 하나라도 빌려 와야 할 정도.

　둘째, 작가 윤성희 특유의 미학. 윤성희의 작품을 대하고 있노라면

중견급인데도 늘 풋풋한 신인급으로 다가온다는 것. 정확히는 너무 멋진 표현이라고 독자가 느끼는 바로 그 순간, 독자의 눈시울이 뜨거워진다는 점. 이는 비상한 자질.

셋째, 화자이자 이 세상 사람이 아닌 '나'는 아마도 셋이 들고 가는 소파 위에 앉아 있지 않았을까. 이들 4인행은 어쩌면 애비로드(Abbey road, 웨스트민스터 1가)를 걷고 있는 한국판 비틀즈가 아니었겠는가.

50번 도로의 룸미러

이홍

1978년 서울 출생.
2007년 〈오늘의 작가상〉 등단.
장편소설 『걸프렌즈』.

50번 도로의 룸미러

아이가 보이지 않는다. 차는 50번 고속도로를 내달린다. 전면 유리
창에 들이닥치는 시커먼 어둠이 빠른 속도로 짙어진다. 핸들을 쥔 여
자가 먹빛 룸미러 속을 짧게 확인한다. 멀리서 뒤따라오는 전조등이
굶주린 날짐승의 희번덕거리는 눈처럼 점 박혀 있다. 습관적으로 액셀
러레이터를 밟아 속도를 올린다. 달리는 카이엔 S는 여자가 가진 두
대의 차 중에서 하나다. 뒷좌석에 장착한 독일 브라이텍스사 카시트에
앉아 있는 아이의 얼굴은 전혀 보이지 않는다. 아이는 룸미러에서 감
쪽같이 사라지기 일쑤다. 50번 도로를 달리는 야간주행시엔 빈번히 일
어나는 현상이다. 그때마다 여자는 한 손으로 핸들을 지탱하고 다른
한 손으로 등 뒤에 있는 아이의 발을 만져보아야 안심하곤 한다.

경부선과 만나는 영동고속도로 마지막 구간은 일요일 저녁에 특히
정체가 심하다. 이상하게도 오늘은 양 방향 소통이 원활하다. 500미터

앞 마성터널. 용암 구덩이처럼 오목한 빛을 움킨 터널 속으로 차들이 띄엄띄엄 스며든다. 에버랜드 진입도로 표시판이 나온다. 숲에 에워싸인 휘어진 길을 타고 가다가 갈림길에서 마성, 에버랜드 반대편 서울, 대전으로 방향으로 빠지면 다시 50번 도로와 만난다. 50번 도로가 정체일 땐 빠른 우회도로이지만 그렇지 않을 땐 시간이 조금 더 소요된다는 것을 여자도 알고 있다.

핸들을 오른쪽으로 튼다. 관성 때문이다. 긴 터널의 내부상황을 알수 없다. 고속도로가 한산해서인지 우회도로로 굽어드는 차는 없다. S자 2차선 도로는 가로등이 자주 말썽을 일으키는 길이다. 길가에 서 있는 가로등은 대부분 꺼져 있고 한두 개만 위태로이 깜빡인다. 육안으로 보이는 지점은 헤드라이트가 비춰진 자리까지다. 그 너머는 알수 없는 암흑이고, 빛에 의존하는 순간순간을 믿을 수밖에. 빛과 암흑의 경계가 자꾸 무너진다.

지우야.

목청이 떨려온다. 아이는 얼굴도 보이지 않을뿐더러 대답도 없다. 간헐적인 콧숨이 들려오지만 안도할 수 없다. 의자 옆으로 비틀어 넘긴 팔을 휘젓는다. 손끝에 딱딱한 고무 감촉이 스친다. 아이가 신고 있을 운동화의 밑창이다. 거미줄을 발사하기 위해 손을 내리뻗고 있는 스파이더맨이 한쪽 다리를 굽히고 있는 회색 운동화. 여자는 그 운동화가 싫다. 빨간색 스파이더맨도 유치한데, 검정 옷을 뒤집어쓴 스파이더맨이라니 더욱 탐탁지 않았다.

전방에서 길이 갈라진다. 좌측 길을 타고 가면 다시 50번 도로다. 우측으로 톨게이트가 시야에 들어온다. 에버랜드 톨게이트는 인적 끊긴 구도로의 허름한 구멍가게처럼 어둠 속에 포위되어 있다. 톨게이트 창에서 어슴푸레하게 새어 나오는 빛은 오히려 음산해 보인다. PM 8시

45분. 에버랜드 폐장시간이 10시인가 10시 30분인가. 아이를 데리고 한 번도 가보지 않았으니 짐작해볼 따름이다. 아이는 또래의 다른 아이들처럼 놀이공원에 가자고 조른 적이 없었다. 핸들을 왼쪽이나 오른쪽으로 틀지 못하고 멈칫한다. 손바닥에 축축한 땀이 배어난다. 아이는 여전히 묵묵부답이다. 여자는 무언가를 결심한 것처럼 황급히 에버랜드 방향으로 핸들을 튼다.

용인 별장으로 출발하기 전까지 여자는 무척 바쁜 하루를 보냈다. 이틀 전 금요일 오전 9시 10분. 아파트 현관 앞에 정차한 노란색 유치원버스에 지우를 태웠다. 지우는 무성의하게 손을 흔들더니 먼저 버스에 앉아 있는 아이들 틈에 섞였다. 덩치가 커다란 지우는 고만고만한 아이들 틈에서 도드라졌다. 차 문이 스르륵 닫히는 새 여자는 불시에 늘어난 허리 사이즈로 인해 청바지 단추가 끼워지지 않았을 때처럼 미간을 좁혔다.

버스가 출발하자마자 서둘러 집으로 향했다. 멀어져가는 버스를 감상적으로 바라볼 시간 따위는 없었다. 조금 뒤 가정부가 면접 보러 올 것이었다. 꾸벅 허리를 숙이는 현관 로비 경비원에게 답례할 겨를도 없었다. 곧장 엘리베이터로 달려갔다. 벌써 서른아홉 번째 면접이었다. 다섯 달 동안 집에 며칠 있다가 떠난 가정부만 해도 열두 명. 누구에게나 충분히 지칠 수 있는 횟수였다.

약속시간이 20분쯤 지났을 때 휴대폰 진동음이 옅게 울렸다. 여자는 아일랜드식탁 위에 두서없이 널브러진 일간지와 각종 청구서와 등 부위에 곰돌이가 그려진 아이의 감색 가을 점퍼와 지난밤 반쯤 베어 먹다가 투명 봉지에 도로 넣어둔 야채 고로케와 아직 뜯지 않은 빵 봉지들과 눅눅해진 커다란 타월 사이를 뒤졌다. 길을 헤매다가 전화를 걸었을 거야. 가정부 면접시간에 가까워지면 그런 전화는 종종 걸려왔었다. 잡아든 휴대폰 폴더를 올렸다. 면접 오기로 했던 가정부가 집안 사정 때문에 올 수 없다고 말했다.

처음엔 면접 올 가정부 자격에 대해 제법 까탈을 부렸었다. 집에서 숙식하며 살림을 도맡았던 파주댁이 거실 대리석 바닥에서 넘어진 후였다. 파주댁은 무릎연골 파열로 수술을 받아야 했고, 일을 그만두겠다고 통보해왔다. 급기야 몇 군데 가정부 알선업체에 전화를 걸었다. 중국 출신은 말투가 아이에게 영향을 끼칠 수 있으니 안 되고, 나이가 너무 많으면 집안일을 힘겨워하는 데다 드라마 시청에만 빠져 꾀를 부려서 믿을 수 없고, 남편이나 건사해야 할 자식들이 있으면 마음이 콩밭에 가 있으니 곤란합니다. 한국 출신의 50대 과부가 딱 좋겠습니다, 성격은 몰라도 자고로 입은 무거운 사람이어야 합니다. 알선업체를 통해 여자는 자신이 원하는 자격조건을 당당히 제시했었다.

다섯 달이 지났다. 이제는 그런 조건들이야 흡족하게 맞춰지지 않아도 감수하고 싶어졌다. 지우를 견딜 수 있다면, 이 집을 견딜 수 있다면, 그것으로 족했다. 벌써 그 업계에 소문이 자자할지도 모른다. 집에 다녀간 사람들끼리 고개를 설레설레 저으며 험담을 나누었는지도. 무거운 현기증이 몰려왔다. 사방으로 둘러싼 통유리창을 뚫고 들어서는 쨍한 햇볕 속에 놓인 보드라운 양가죽 소파 위에 눕고 싶었다. 마음을 다잡고 전실로 들어갔다. 10시 30분에 압구정동에서 약속이 있었다. 약속을 취소하기엔 늦은 시간이 아니었지만 여자는 외출준비를 서둘렀다.

도산공원 인근 세시셀라 앞에서 주차요원에게 차 키를 넘겼다. 콜린 엄마의 하얀색 BMW와 주원 엄마의 쥐색 BMW가 먼저 주차돼 있었다. 그녀들의 BMW 535는 여자가 소유하고 있는 두 대의 차 중 하나와 색깔만 다를 뿐 같은 모델이었다. 아이의 유치원 앞으로 대기하는 차들 중 가장 흔한 차이기도 했다. 열 대 중 다섯 대는 어김없이 같은 차종이었다. 여자도 특별한 경우가 아니고서는 그 차를 이용했다.

세시셀라에 앉아 있는 여자들은, 지우와 같은 유치원에 다니고 같은 축구교실에 다니는 남자 아이들의 학부모였다. 언제부턴가 여자는 어릴 때부터 막역하게 지내온 친구나 동창들보다 학부모들과 가깝게 지내왔다.

어때, 오늘 온 사람은 괜찮았어?

콜린 엄마가 면접 오기로 한 가정부에 관해 물으며 반숙된 물컹한 달걀노른자를 포크 끝으로 툭 터뜨렸다. 비릿한 냄새가 콧속으로 스미자 속이 메스꺼웠다. 한동안 밤잠을 설쳐서일까, 집안일이 버거웠을까. 최근 여자의 모든 감각은 아주 미세한 냄새나 소리에도 극도로 예민해졌다.

안 왔어. 사정이 생겼대.

어머머. 정말 미치고 팔짝 뛸 노릇이겠다. 지우야, 요즘 얼굴이 반쪽 됐어. 관리라도 받으러 가야지 안 되겠다. 사람 잡겠어.

콜린 엄마가 호들갑스럽게 받아쳤다. 주원 엄마나 콜린 엄마의 그런 반응이 불편하진 않았다. 남편의 외도보다 가정부의 부재를 더 두려워하는 사람들이다. 여자도 다르지 않았다. 빈속으로 날채소를 씹어넣는 순간, 속에서부터 신물이 올라왔다. 냅킨을 들어서 짓뭉개진 퍼런 채소를 뱉어냈다.

우리 큰애 보스톤으로 가기로 결정했어. 지금 수속 밟고 있어.

눈을 내리깔고 있던 주원 엄마가 말문을 열었다.

청담에서 전교 1, 2등 한다고 하지 않았어요?

주원이에게는 위로 여덟 살 터울이 지는 누나가 있다. 중학교에서 전교 1, 2등 하는 수재였다. 그런데 느닷없이 유학을 보낸다니 여자의 마음까지 뒤숭숭했다.

그럼 뭐 해. 어학원 들어가려고 시험 봤다가 스피킹에서 떨어졌어. 나도 나지만, 애가 충격이 컸나봐. 시험 본 다음 날 할 얘기가 있다더니, 눈물을 글썽이면서 미국에 보내달라고 애원하더라고. 안 그래도 그 생각이 없던 건 아니었어. 과목당 5백이야. 한 과목만 가르칠 수도 없는 노릇이고. 그 정도 사교육비면 유학 보내는 편이 낫잖아.

그치.

교육제도라는 게 워낙 불안정하니까 이 지경이 된 거지 뭐.

그래도 조금만 기다리면 어느 정도 자리를 잡지 않겠어요?

무턱대고 기다리면 뭐 해. 불신이 커서 안 돼. 중요한 건 교육정책이 아니라 이 동네 학부모들의 불신이야. 이 살벌한 분위기가 하루아침에 달라지겠어? 나도 여자애라서 고등학교 때까진 끼고 있고 싶었는데 어쩔 수 없지. 봐서 집이 정리되면 주원이랑 나도 내년 초반기쯤 가던가 해야지 뭐.

여자와 콜린 엄마는 동시에 고개를 주억거렸다. 콜린 엄마가 오늘 만나기로 한 목적을 꺼냈다.

이번 2학기 선물은 무난하게 백으로 하자.

각자 준비해온 돈봉투를 테이블 위에 올렸다. 주원 엄마는 돈봉투를 던져놓고서도 심란해 보였다. 이해할 만했다. 불신은 또 다른 불신을 낳기 마련이다. 이 악순환의 구조 속에서 살아남기란, 주차장에 나란히 세워진 두 대의 차를 보며, 오늘은 세단을 탈까, SUV를 탈까를 고민하는 것처럼 간단한 문제가 아니었다.

차를 몰고 도산공원 앞 골목을 빠져 나가다가 룸미러를 보았다. 킴스클리닉. 지상 6층 건물에 붙은 피부과 간판이었다. 다섯 달 전까진 일주일에 두 번 정기적으로 들렀었다. 아이피엘과 스킨케어를 10회 끊어놓은 게 넉 달이 됐지만 관리를 받은 건 카드결제를 한 당일 고작 한 번뿐이었다. 따뜻한 침대에 누워 관리를 받고 싶은 마음이 간절하게 치밀었다. 11시 55분. 차 안의 전자시계가 깜빡였다. 이대로 신천까지 달려야 했다.

지우의 검사결과를 듣기로 예약한 시간에 맞춰 병원에 도착했다. 병원을 소개해준 건 콜린 엄마였다. 올해 초 콜린이 이 병원을 다녀갔었다. 과다행동장애라는 판명을 받고는 콜린 엄마가 며칠 우울해했었다. 그러다가 올림픽 시즌에 수영 8관왕 펠프스가 어릴 적 과다행동장애를 겪었다는 말을 듣곤 단박에 시름을 날려버렸다. 콜린은 언제나 가만히 있질 못하는 아이였다. 천진한 얼굴로 사방팔방 뛰어다니길 몇 시간이나 너끈히 하는 반면 앉아서 읽고 쓰는 건 5분을 넘기지 못한다고 했다. 콜린은 축구교실이 끝난 후에 음료수를 마시다가도 칠칠치 못하게 음료수를 쏟는 아이였다. 여자의 치맛자락에도 포도주스를 와락 엎은 적이 있었다. 여자는 콜린의 가지런한 바가지머리를 헝클어뜨리며 웃어 보였다. 아들 지우에게는 그러지 못했다. 언제 그렇게 해 보았는지도 잊었다. 지우는 그런 사소한 말썽을 일으키는 아이가 아니었다.

여자는 지푸라기라도 잡고 싶은 나약한 눈빛으로 여의사를 바라보았다. 40대 여의사는 「우리아이가 달라졌어요」라는 프로그램에도 이따금 얼굴을 내미는 저명한 아동신경정신과 의사였다.

우리 지우가 스트레스성 폭식을 하고 있습니다. 우선적으로 지금 받고 있는 교육을 좀 정리하시는 게 좋겠어요. 지우의 역량을 초과한 과다 교육을 하고 계신 것 같습니다.

그건 제 의사가 아니에요. 지우가 하고 싶다는 것만 시키는 거죠.

그 나이 대의 아이들은 자신이 무얼 해야 하는지 무얼 하고 싶은 건지 명확히 판별할 수 없죠. 그 외에도 지우의 그림을 관찰해보면…….

여의사는 차트 안에서 지우가 그렸다는 그림을 꺼내 보였다. 세 살 때부터 '요미요미'니 '리틀다빈치' 같은 미술학원을 꾸준히 보낸 보람은 있었다. 그 결과가 눈앞의 사절지 위에 확연히 드러났다. 여섯 살 남자아이치곤 능숙하고 명확한 선을 그렸고, 색깔도 다채롭고 풍부하게 사용했다. 종이 위에 눈썹이 짙은 사람 형체는 누가 봐도 여자라는 걸 알 수 있었다. 여의사는 볼펜 끝으로 지우가 그린 여자의 복부 한가운데를 콕 찍어내렸다.

병원을 나와서 다시 삼성동으로 갔다. 지난밤 M방송국 교양프로그램의 강 피디라고 자신을 소개한 남자는 직접 삼성동으로 찾아오겠다고 전해왔다. 약속장소인 현대백화점 인근 커피빈 건물 지하에 주차를 하고 여자는 화장품 파우치를 꺼냈다. 룸미러를 아래로 꺾었다. 투명 파우더를 얼굴 전체에 두들기고 핑크빛 립글로스를 덧발랐다. 20대 중반, 아나운서시험에 합격했을 때처럼 단아하고 화사한 얼굴이 비춰졌다. 잿빛 룸미러 속 여자는 완벽해 보였다.

작가와 쉽게 의견일치를 보았죠. 매주 문화계 인사를 초청해서 그들의 자전적 이야기와 현재의 삶과 앞으로의 꿈이나 포부에 대해 일대일 토크를 하는 프로그램입니다. 지적이고 잔잔한 분위기의 프로그램이어서, 이지은 씨가 적격이라고 생각됩니다. 이지은 씨가 워낙 이미지가 좋으셔서요.

강 피디는 준비해온 말들을 차분하게 열거했다. 그 자리에서 흔쾌히

승낙하고 싶었지만 여자는 커피를 주문하고 오겠다며 자리에서 일어섰다. 감정을 노출시키지 않기 위해 취하는 방식 중 하나였다. 중요한 순간이 아닌가. 앞으로의 일이 어떻게 전개될지는 스스로도 알 수 없었다.

1년 전 즈음부터였을까. 다시 일을 하고 싶은 욕구가 스멀거렸다. 8년 전까지 여자는 촉망받는 아나운서 중 하나였다. 아나운서시험에 합격하고 수습기간 때였다. 아침뉴스의 고정 아나운서가 해외출장을 가는 바람에 대타로 데스크에 앉을 기회를 잡았다. 상부 반응이 좋아서 곧바로 주말 아침뉴스에 발탁되었다. 잇달아 교양프로그램 제안도 받았다. 스물여섯이었다. 방송국 내에서 한창 주가가 오르고 있었다. 여자의 인생은 탄탄한 고속도로처럼 희망적이었다. 그러나 언제 다시 막힐지 모르는 고속도로에서 여자에게는 다른 종류의 희망이 필요했다. 그 무렵 몇 차례 선을 보고 바로 결혼을 했다. 각종 잡지에 소개될 만큼 떠들썩한 결혼이었다.

강 피디의 제안은 기대에 어긋나지 않았다. 계속 일을 해왔다면 꼭 한 번 해보고 싶었던 프로그램이었다. 하지만 지금은 하고 싶다는 의지만으로 가능한 일이 아니었다. 지우를 맡아줄 사람이 없었다. 게다가 시댁에선 지우가 클 때까지 절대로 일하지 않겠다는 여자의 다짐을 받아두었다. 그 대가로 한강이 훤히 내다보이는 78평 아파트를 내준다고 약속했었다. 서울에서 평당 시세가 가장 높은 아파트였다. 여자가 잘나가는 아나운서라고 해도 이런 아파트를 소유하기까지 얼마나 긴 시간이 걸릴지 가늠하기 어려웠다. 강 피디를 만난 건 일종의 자기 체크에 불과했다. 미팅은 후회스럽지 않았다. 간만에 올라간 전자저울 위에서 미혼 때의 체중을 확인한 것처럼 여자는 엷은 미소를 지어 보였다.

강 피디의 설명을 마저 듣고 손목시계를 보았다. 백금 피아제 시계에 촘촘히 박힌 다이아들이 할로겐 조명 아래서 눈부시게 반짝였다. 순간 강 피디가 여자의 손목시계 쪽으로 상반신을 디밀다가 멈칫했다. 단순한 호기심이 어린 반응이었을 것이다. 약속이 있어서 가봐야 한다고 말하며 자리에서 일어섰다. 이미지가 워낙 좋으셔서요. 강 피디가 조금 전 했던 말은 인상적이었다. 여자는 아이를 축구교실에 데리러 가야 한다는 말은 하지 않았다.

여자가 청담동 소미소보체육센터에 도착한 건 축구수업이 끝나기 15분 전이었다. 콜린 엄마와 주원 엄마는 그사이 백화점에 들러 쇼핑을 하고 온 모양이었다. 브런치 식당 다음 순서가 백화점인 건 그녀들에게 일상적인 일이었다. 그녀들은 이번 신상품 패턴이 마음에 들지 않는다, 역시 유행 타는 건 쉽게 질린다, 오늘 몇 벌 새로 구입했으니 몇 벌은 처분하는 게 좋겠다, 옷장이 넘쳐나는데 옷장을 늘리던가 해야지 안 되겠다, 식의 푸념을 늘어놓고 있었다. 주원 엄마가 아침에 식당에선 보지 못했던 에르메스 숄을 어깨에 두른 채 화장실로 걸어갔다.

대기실 모니터에 아이들이 축구수업을 받는 모습이 보였다. 건물 지하 2층 인조잔디 위에서 네 명의 남자아이들이 동그란 축구공을 쫓아 뛰어다녔다. 세 명의 남자아이들이 축구공에 바투 몰려 있었다. 지우는 살이 잔뜩 오른 오리처럼 무리에서 외따로 뒤뚱뒤뚱 따라가고 있을 뿐이었다. 주원이가 지우 옆으로 달려 나가다가 지우를 밀쳤다. 지우가 균형감을 잃고 옆으로 퍽 넘어졌다. 축구교사가 냉큼 지우에게 달려갔다. 의자 등받이에 붙어 있던 여자의 등덜미도 달싹였다. 여자는 지우가 주원이를 밀치지 않을까 조바심이 일었다. 아니면 무언가 집어

던지며 괴성을 지르지는 않을까. 지우가 불평하지 않고 몸을 털고 일어나는 모습이 CCTV에 고스란히 잡혔다. 뚱뚱한 남자아이는 언제나 그렇듯 울지 않았다.

여자는 지우를 카시트에 앉혔다. 대치동 한글학교로 가야 했다. 지우는 원어민의 영어발음을 완벽하게 구사하는 반면 한글이 취약했다. 얻는 게 있으면 잃는 게 있다. 그래도 한글교육은 불가피하다. 여자가 어렸을 때와 달리 ㄱ,ㄴ,ㄷ,ㄹ…… 건너뛰고 통문자로 가르치는 요즘의 한글교육방식이 지우와 맞지 않는다는 판단이 서서 얼마 전 학원을 바꿨다. 대치동 한글학교는 이 동네에서 유일하게 낱글자로 한글을 가르치는 곳이었다.

한글학교?

차 밖에서 주원 엄마가 물어왔다.

응.

지우 엄마, 열성이야. 미국 시민권자를 한글까지? 욕심이 너무 과한 거 아니야? 하여간 아들한테는 지극하다니깐. 정말 대단하셔.

야유 섞인 말투였으나 발끈하지 않았다. 그렇게 말하는 주원 엄마도 뒤에선 온갖 교육을 마다하지 않고 있을 터였다. 그러지 않고서야 여섯 살짜리 남자애가 동화책을 숨 한 번 몰아쉬지 않고 유창하게 읽을리는 만무하니까. 여자는 쓴웃음을 지으며 차창을 올렸다.

영어유치원을 비롯해 리틀다빈치, 축구교실, 키즈 줄리어드, 파닉스센터, 브레인스쿨, 한글학교 같은 학원들과 현재 국제학교 선생의 영어 개인레슨까지 빡빡하게 스케줄을 짠 건 부모로서의 독선이 아니었다. 적어도 지우가 원하는 과목을 선택해서 가르쳤다. 지우는 왕성한 식성처럼 왕성한 학구열까지 갖춘 아이였다. 유독 김치를 싫어하듯 한글에만 관심을 두지 않을 뿐. 한글 외에는 그 모든 것을 아주 잘하려고 부단히 애썼고 그게 뜻대로 되지 않을 때는 누구도 감당할 수 없게 변했다.

대로로 나와서 룸미러를 보았다. 지우의 시선이 아래로 떨어져 있었다. 검정색 닌텐도게임기를 펼치는 중인 듯했다. 닌텐도는 이 동네에서 지우 또래의 남자아이들이 하나씩 들고 다니는 필수 소지품이다. 여의사는 과도한 게임이나 인터넷도 영향을 끼쳤을 거라고 했지만 그 말엔 쉬이 동의할 수 없었다. 지우가 닌텐도를 펼치는 시간은 하루에 한 시간을 넘기지 않았다. 학원에서 학원으로 이동하는 차 안에서 짬짬이 하는 정도다. 대부분은 영어 삼매경에 빠졌다. 게임이 결정적인 이유라면, 콜린이나 주원이 더 심각했어야 한다.

여의사의 권유에 따라 무얼 정리해야 할지는 종잡을 수 없었다. 영어는 펼수고, 한글은 한국교육과정을 밟아야 하는 이상 불가피하고, 미술교육이나 음악교육은 감수성과 상상력, 브레인스쿨은 사고력, 축구나 수영은 모든 교육을 밑받침하는 체력에 도움이 된다. 무엇 하나도 쉽게 간과할 수 없지 않은가. 모든 사교육이 거미줄처럼 연계돼 있는 세계다. 앉아서 달달 외우는 고리타분한 교육방식을 밀어붙이지도 않았잖아. 속으로 중얼거리며 가속페달을 꾹 밟았다. 그래도 한두 가지 정리해야만 한다면…… 선뜻 선택할 수 없어서 난감하기만 했다. 여자의 인생에서는 매번 무얼 가져야 하는가 보다 무얼 버려야 하는가가 더 어려운 문제였다.

지우가 한글수업을 받으러 들어간 동안 대기실에 비치된 컴퓨터 앞에 앉았다. 적어도 수업을 받는 동안은 지우가 여자를 보지 못할 거였다. 며칠 혼란스러운 나날의 연속이었다. 그리고 어젯밤부터는 무언가를 확신하기 시작했다. 확신이 선 순간부터 정체를 알 수 없는 막막한 심정에 사로잡혔다. 이대로 얼마나 더 버틸 수 있을까. 정말 이제는 그게 무엇이든 정리해야 할 필요성이 있었다.

　인터넷 포털사이트 메인 창이 떴다. 코스피 1000선이 붕괴, 환율 폭등으로 금값이 1900원, 국내 여행사들이 줄줄이 도산, 이라고 쓰인 헤드기사는 건너뛰었다. 서아시아 국가에서 전쟁이 일어났다거나 아프리카에서 어린아이들이 굶어 죽는다거나 하는 소식처럼 별세계에서 일어나고 있는 일들이었다. 모 일간지 2003년 3월자 사회면을 모니터에 띄웠다. 그해는 지우가 태어난 해다. 왜 그해의 범죄기사에 집착하는지 스스로도 알 수 없었지만, 막연한 추측은 점차 사실로 굳어져갔다. 며칠 내내 읽어보았던 그 기사를 또다시 응시했다. 가시처럼 꼿꼿하게 선 글씨들을 꼼꼼히 읽어내렸다. 이제는 기사 전문을 토씨 하나 빼지 않고 외울 지경이었다.

　한남동 시댁에 도착한 시간은 오후 5시 30분이었다. 금요일마다 저녁식사를 시댁에 와서 먹은 지 2년째였다. 남편은 2년 전 새벽, 잠수교에서 교통사고로 즉사했다. 사인은 음주사고로 밝혀졌지만 여자는 그 사실을 납득할 수 없었다. 그날 새벽, 남편의 차를 운전한 건 최 기사가 아니었다. 운전자는 남편이었다. 그런 경우는 없었다. 남편은 운전을 싫어할뿐더러 태어날 때부터 줄곧 혼자 이동했던 적이 없었다. 언젠가 스치듯 내뱉은 말을 기억하자면 잠수교는 이유 없이 기분 나쁘다면서 반포대교를 고집했었다. 음주운전을 할 정도로 어리석은 사람도 결코 아니었다. 한동안 이유를 알아내려고 흥신소에 의뢰도 해보았다. 특별한 이유는 찾지 못했다. 그 후로 시댁 어른들의 지시를 받아들여서 금요일 저녁마다 한남동에서 저녁을 먹는 것 외에 여자가 할 수 있는 건 없었다.

아이쿠, 우리 지우, 고새 키가 부쩍 컸구나.

할머니!

일주일 만에 만난 시어머니와 지우는 현관 앞에서 이산가족 상봉하듯 서로를 얼싸안았다. 여자는 옆으로 넘어진 구두를 반듯하게 세워놓고 부둥켜안은 그들을 비켜서 거실로 들어섰다.

식탁 위는 풍성했다. 갈비찜에 굴비에 꽃게탕에 탕수육까지, 지우가 좋아하는 기름지고 달달한 음식을 담은 그릇들이 빼곡히 부려져 있었다. 음식들은 천장에 매달린 샹들리에 빛이 닿아 윤기가 넘쳐났다. 뒤늦게 안방에서 나온 시아버님이 먼저 자리에 앉고 나머지 사람들이 차례로 의자에 앉았다.

여자는 지금껏 그래왔던 것처럼 입을 꼭 다물고 음식물을 자분자분 씹었다. 삼성동 집에서 시댁 방향을 물끄러미 바라볼 땐 그렇지 않다가도 막상 밥상 앞에 마주 앉으면 시집 식구들이 아주 멀게 느껴지곤 했다. 구미가 당기는 요리가 있어도 편하게 젓가락이 가질 않았다. 시어머니는 언제나처럼 지우의 밥숟갈 위에 반찬을 얹어주느라 분주했다.

얘야, 우리 지우 진로에 대해선 결정을 한 거냐?

네, 고려해보고 있어요.

고집부리지 말고 내 말 들어. 빡빡하게 공부 시켜서 뭐 하게. 아이고, 나는 내 손자가 의사나 변호사 돼서 뼛골 빠지게 사는 건 딱 싫다. 사립이든 공립이든 여하튼 이 나라 교육제도에 들어서는 순간 너나 지우나 다 초주검 되기 십상이야. 뒤늦게 후회하지 말고 그냥 인터내셔널스쿨 보내라. 평창동 박 여사 알지? 박 여사 손녀가 사립 다니다가 빠듯한 교육에 너무 힘들어해서 인터내셔널스쿨 보내놨더니, 글쎄 한 달 만에 그 손녀 얼굴에 핏기가 다 돌았다지 뭐냐. 한국교육에 익숙했던 아이들, 나중에 아이비리그에 들어가도 중퇴율이 40퍼센트가 넘는 다더라. 그게 다 근본부터 잘못돼서 그런 게야. 뭐 걱정이야. 남들 다 하는 원정출산까지 했으면 그 덕을 봐야지. 안 그러냐?

여자의 가슴이 내려앉았다. 시아버지는 그만 좀 하라는 듯 큼큼, 헛 기침을 했다. 시아버지는 한 가지 이야기를 길게 여러 번 거듭하는 걸 싫어하는 양반이었다.

지우가 어떨지, 그게 중요하니까요.

난 인터내셔널스쿨 들어가고 싶어.

불쑥 말을 가로챈 건 지우였다. 여자는 지우와 시선을 맞추지 않았 다. 아이 워즈 본 인 어메리카. 지우가 그렇게 말하는 모습은 애써 그 려보아도 결코 그려지지 않는 그림이었다.

그래, 아마 공부에 대한 스트레스가 좀 줄어들면 거 아토피인지 뭔 지 하는 것도 나아질 거다. 그게 스트레스성이 크다고 하지 않니.

시어머님이 손으로 지우의 볼을 매만졌다. 샹들리에 알알이 박힌 구 슬들이 음식물 위에 다 떨어져내린 것 같았다. 자디잔 크리스털가루가 씹히는 것처럼 침에 섞인 음식물이 가슬가슬했다.

식사를 마치고 소파에 앉아 뉴스 시청을 하는 시아버지 옆에 지우가 얌전한 고양이처럼 앉아 있었다. 지우가 할아버지에게 멜라민이 뭐예 요? 묻는 중이었다. 중국에서 멜라민 사건이 터지기 전부터 사놓았다 가 방치된 초콜릿을 발견하고 대뜸 소리쳤던 지우였다.

이런 걸 사면 어떡해!

예전에 사둔 거야. 그리고 한두 개 먹는 건 괜찮아.

아기가 다섯 명이나 죽었어. 그것도 몰라?

그건 멜라민 성분이 많이 들어간 분유를 매일 먹는 아기들이나 그런 거고.

날 죽이고 싶어?

지우가 손에 들고 있던 초콜릿을 거실 통유리창에 집어던졌다. 두꺼운 유리창이 초콜릿 하나에 깨질 리 없었다. 부딪힌 소리도 그리 크지 않았다. 어디선가 쿵, 소리가 울렸다거나 무언가 와르르 무너졌다면 그건 자신의 내부였을 것이다. 여느 엄마들처럼 지우의 귓불을 끌어당겨 혼내지 않았다. 제 방으로 들여보내 벽을 보고 앉아 있게 하지도 않았다. 어느 순간부터였다. 성인 여자의 힘으로도 지우는 제압되지 않았다.

여자는 아주 잠깐 지우 쪽으로 눈을 흘겼다. 지우의 호기심 어린 순진무구한 눈빛이 가증스러웠다. 시아버지는 멜라민이라는 성분을 인지하고 있는 여섯 살짜리 손자를 대견하게 바라보았다. 잠깐 멜라민에 대해 설명해주는 것도 같았다.

여자와 단둘이 있을 때와 한남동 할아버지 집에 오는 지우는 과연 같은 아이일까. 지우는 필통을 던지거나, 냉장고 속의 음식물 통을 모조리 빼서 깨부수거나, 집이 떠나갈 정도로 괴성을 지르는 난폭한 행동을 한남동에서는 절대 하지 않았다. 파주댁을 코뿔소처럼 밀어 넘어뜨려 팔마디를 물어뜯어놓은 것도 지우였다. 지우의 양면성이 본능적으로 타고난 거라는 믿음에 의심의 여지가 없었다.

여자는 안방으로 불려갔다. 실크 파자마로 갈아입은 시어머니가 머리 한가득 헤어롤을 만 채 오팔 일단 장을 뒤적거렸다. 눈 밑에는 진주 가루와 캐비어가 함유된 아이크림을 잔뜩 덧발랐는지 하얀 가루가 뭉개져 있었다. 시어머니는 서류봉투를 확 내밀지 못하고 주춤거리며 말을 꺼냈다.

여기, 앉아라. 명의를 네 이름으로 바꿨다. 내가 고의로 그런 건 아닌 거 너도 알지? 나도 이래저래 많이 바쁘니까…… 아휴, 네 아버님이 뭐 대단한 일이라고 차일피일 미루는 거냐고 성화를 부려서 내가 어제 일을 처리했다. 그리고 아깐 네 아버님 계셔서 말을 다 못했다만, 네 자식이라고 모든 결정을 네 맘대로 하는 건 좀 그렇구나. 그 앤, 네 자식이기 이전에 우리 정씨 가문의 자식이니까.

여자는 자리에 앉아서 대답을 유예했다. 시어니가 뒤늦게 서류봉투를 내밀었다. 협상을 하고 싶어하는 눈치였다. 자신이 원하는 바를 관철시키기 위해 상대를 그럴듯한 물질로 유혹부터 하고 보는 게 그녀의 오랜 습관이라는 걸 여자는 잘 알고 있었다.

감사합니다.

여자는 고개를 약간 숙였다. 내색하지 않았지만 기다려온 거였다. 기다리는 동안 지쳐서 웃음조차 나오지 않는지도 몰랐다. 최대한 감사한 마음이 담긴 눈빛으로 덤덤하게 서류봉투를 백 속에 넣었다. 시어머니는 여자의 대답이 시원치 않았는지 께름칙하다는 듯 눈살을 오므렸다. 지금 살고 있는 아파트는 마침내 온전하게 여자의 소유가 되었다.

용인 별장에 도착했을 땐 어둑어둑한 밤이었다. 차는 게이트를 통과했다. 미르마을은 게이트 안으로 총 마흔다섯 채의 서양식 주택들이 모여 있는 단지이다. 스위스 산골의 작고 오밀조밀한 마을을 그대로 본떠 옮겨놓은 것 같은 마을. 삼성동 집에서 막히지 않을 땐 50분 거리였다. 이동시간에 비해 비교적 외곽이고, 산자락이라서 쾌적하고 조용한 동네다. 시댁에서 지우의 아토피 치료목적으로 내준 별장이었다. 양평 별장은 시댁 어른들도 자주 사용하는 곳이니까 불편이 따를 테고 에버랜드에 놀러 갈 때도 유용하지 않으냐는 말도 덧붙였었다. 용인 인터체인지에서 10분 거리이고 에버랜드에서 국도로 15분이다. 주말에 이곳에서 묵고 가면 지우의 아토피는 눈에 띄게 잦아들었다. 주말마다 와야 한다는 번거로움을 감내하기에 충분한 대가가 아닌가. 남편과 함께 별장으로 동행할 수 있었을 때까진 여자도 그 점이 불만스럽지 않았다.

시동을 끄고 차에서 내렸다. 차에 타기 전 서울의 텁텁한 공기와 대조되는 맑고 상쾌한 공기가 물씬했다. 청명한 밤공기를 깊게 들이마시며 트렁크에서 색 바랜 루이뷔통 여행용 가방을 꺼냈다. 파스텔톤 집들에서 흐릿한 불빛이 간간이 새어나왔다. 카시트에서 고개를 꺾고 잠들어 있던 지우를 흔들어 깨웠다.

별장은 아랫동네에 사는 50대 여자가 일주일에 두 번 청소를 해주었다. 여자와 지우가 별장에 가기 전 날과 별장에서 떠난 다음 날 청소를 해놓은 집은, 언제 가도 먼지 하나 없이 깨끗하게 정돈돼 있었다. 청소를 하는 여자와 마주칠 일은 없었다.

지우를 2층 침실에 들여보내는데 차임벨이 울렸다.

누구세요?

어안렌즈를 들여다보며 경계심 높여 물었다. 별장에 있는 동안 누가 찾아오는 일은 없었다. 현관 앞에 낯선 두 여자가 서 있었다.

네, 저희는 이 동네에 사는 사람들인데요. 내일 미르마을 친목 체육대회가 있거든요.

반들반들한 귤을 담은 바구니를 들고 있는 여자들이 살갑게 웃고 있었다.

저, 여기 사시는 건 아닌 거 같고, 주말마다 오시는 거 같던데, 얼굴도 익힐 겸 내일 체육대회에 꼭 참석하세요. 저희들도 아드님 또래의 아이들이 있거든요.

아니요. 저흰 그냥 쉬러 온 거예요.

여자는 끝내 문을 열어주지 않았다. 그다지 말을 섞고 싶지 않았다. 저, 이 근처에서 유괴살해사건이 있었으니 조심하세요! 두 여자 중 누군가가 큰 소리로 말하며 뒤돌아섰다.

2층으로 올라가서 지우가 잠들었는지 확인하고 다시 1층으로 내려왔다. 계단을 내려오는 동안은 발소리를 흠씬 죽였다. 실내가 썰렁했다. 실내온도장치의 온도를 26도로 올렸다. 가방에서 꺼낸 겨자색 캐시미어 카디건을 걸치고 서재로 들어갔다. 노트북의 전원버튼을 누르고 부팅되길 기다렸다. 오후에 인터넷신문에서 일면했던 사내의 살기 넘치는 눈빛이 여자의 머릿속에 박혀 떠나질 않았다. 거두려고 할수록 사내의 눈빛은 불시에 덮칠 것만 같은 트럭 전조등처럼 불안하게 따라붙었다.

다섯 장의 사진을 유심히 살펴보던 여자의 남편은 유독 한 사진에서 시선을 떼지 못했다.

야무지게 생겼네.

아이, 난 그 옆에 애한테 마음이 가. 웃는 것도 예쁘고 눈빛도 서글서글하잖아.

당신, 당신 생각만 하면 어떡해. 기업을 이끄는 건 아무나 하는 게 아니라고. 이렇게 물러터지게 생긴 애가 물려받으면 회사 하나 거덜내는 건 시간문제야. 형이 딱 그랬어. 어렸을 때부터 생글생글 웃기만 하고, 어딜 가나 유순하고 착하다는 칭찬만 받았지. 그 결과가 어때. 결국엔 대학도 졸업 못하고 여기저기 놀러 다니는 데만 도가 터서 장남인데도 제구실을 못하게 됐잖아. 아버지가 일찍이 형을 포기하고 레스토랑 프랜차이즈사업이나 던져준 건 그거 하나쯤 망해도 회사에 아무런 손실이 없기 때문이야. 그리고 봐.

남편은 사진 속 아이의 눈을 검지 끝으로 가리켰다.

여기 눈매를 봐. 살짝 올라갔잖아. 당신이 말한 옆의 애는 쌍꺼풀이 너무 짙어. 당신이나 나나 그렇게 깊은 쌍꺼풀을 갖지 않았잖아.

남편은 관자놀이 쪽으로 살짝 추켜 올라간 자신의 눈을 의미심장하게 반짝였다.

그렇긴 한데…….

그 사진을 보았을 때부터 아이의 눈매가 거슬렸었다. 남편의 강력한 주장이 아니었더라면, 여자는 절대 그 아이를 선택하지 않았을 것이었다.

결혼식 준비가 한창이던 때였다. 하얏트 파리스그릴 레스토랑은 한낮인데도 실내가 어두웠다. 낮은 조도 아래서 남편은 차분한 음성으로 자신이 무정자증임을 밝혔다. 가족들조차 모르고 있는 사실이라고 했다. 남편과는 그날 미리 세워둔 일정에 맞춰 백화점으로 갔다. 백화점으로 이동하는 내내 차 안엔 적요한 침묵만이 휘돌았다. 백화점에서 여자는 호가 8천만 원이 넘는 손목시계와 국내에 한 점씩밖에 들어오지 않았다는 모피 두 점을 골랐다. 방금 헤어져도 다시 보고 싶은 뜨거운 감정과 일평생 휘청거릴 필요 없는 든든한 경제력을 동시에 갖춘 결혼이란 흔치 않다. 여자는 자신의 삶에서 아이쯤은 없어도 괜찮을 거라며 백화점을 나왔다.

남편이 입양에 대해 거론한 건 결혼하고 몇 달이 지나지 않아서였다. 여자는 일단 싫다고 거절했다. 남의 아이를 키운다는 게 말처럼 쉽겠는가. 시댁에선 왜 아이가 생기질 않는 거냐며 은근히 닦달해왔었다. 심지어 여자의 몸에 문제가 있는 건 아닌지 추궁하기도 했다. 도곡동 형님 아이들이 제각각 유치원과 초등학교에서 한 명은 영재로, 또 한 명은 우수한 성적으로 두각을 나타내고 있었다. 여자가 입양문제에 대해 심각하게 고려해보기 시작한 것도 그 때문이었다.

낳은 정보다 키우는 정이 더 큰 거 몰라. 당신도 여기저기 무료하게 쇼핑이나 다니는 것보다 불쌍한 아이 거둬서 건강하고 밝게 키우는 데 재미 붙이면 좋잖아. 남의 자식 같지 않을 거야. 당신, 마음 여리고 착한 사람이잖아. 내 장담하는데, 나중엔 나보다 애를 더 예뻐할 거라고.

남편은 화장대 앞에 앉아 있는 여자의 어깨를 잡아주었다. 여자는 마지못해 승낙하는 듯 불평스럽게 스킨을 두들겼다.

나중에 무슨 일 생기면 당신이 모두 책임져. 난 몰라.

여자는 볼멘소리로 대꾸하며 이죽거렸다. 밤이 깊은 시간이었다. 고요하게 떠 있는 지상 43층 위에서 여자의 어깨는 조금도 흔들리지 않았다.

미국 캘리포니아 주의 LA로 가기까지 신속하게 절차를 밟아 움직였다. 시댁에는 임신 4개월이라고 말하고 원정출산을 핑계로 여자가 먼저 떠났다. LA에서 드물지 않은 원정출산 온 한국 임산부들과 마주칠 일은 없었다. 외출을 거의 하지 않았다. 한인타운은 물론이고, 베버리힐스나 카바존 아울렛처럼 한국인들의 발길이 닿을 만한 장소 근처에도 가지 않았다. 6개월의 시간 동안 딱 한 번 벤쿠버로 여행을 다녀왔다. 두 달에 한 번 남편이 일주일간 머물다 갔다. 그 외에는 종일 집 안에 틀어박혀 CNN이나 ABC를 보며 홀로 지냈다. 남편이 낯선 아기들의 사진을 들고 온 건, LA 생활이 끝나갈 즈음이었다. 생후 한 달을 넘기지 않은 아기들이었다.

이름을 지었어. 정지우, 어때?

싸개에 감싸인 한국 국적의 사내아기를 건네며 남편이 푸근한 미소를 지었다. 오랜 시간 홀로 지냈던 터라 갖가지 불만이 넘쳐나고 있었다. 꼬물거리는 작은 손가락이 눈에 들어오지 않았다.

한 달 정도 여기서 지내다가 돌아가자. 아, 그리고 알아둬. 지우 혈액형이 B형이야. 당신이나 나나 B형이니까.

남편이 주도면밀한 사람이란 걸 알고 있었지만 새삼 놀라웠다. 그런 부분까지 세세하게 따져서 마음을 정했을 거라곤 미처 예상치 못했다. 한편 어떤 감정으로 아기와 첫인사를 해야 할지 갈피를 잡을 수 없었다. 그저 멀뚱한 시선으로 아기를 내려다보았다. 순간 여자의 마음이 흔들렸다. 웃는 듯 찌푸린 것 같고, 찌푸린 듯 웃는 것 같은, 그러면서도 허방을 짚는 듯 멍한 아기의 모호한 표정이 조금 쓸쓸해 보였다. 기묘한 동질감이 느껴지는 표정이었다. 여자는 아기에게 살며시 손을 내밀었다.

예물로 남아프리카에서부터 공수해 온 5캐럿 다이아반지를 받았을 때나, 굵은 한강 줄기부터 북한산까지 내다보이는 78평 초고층아파트에 들어섰을 때나, 풀옵션이 돼 있는 BMW 535와 은빛 카이엔을 동시에 받았을 때도 그때와 비슷한 심정이었다. 단 한 가지라도 자신의 취향과 의사가 반영되었다면 조금 더 흡족했을까. 여자는 그때마다 몸속 어딘가가 조금 잘려나간 것처럼 설명할 수 없는 아리아리한 통증에 부딪혔다.

여자는 그 감정을 자세히 파악하지 못했다. 알려고 골몰해본 적도 없었다. 무언가 알고 싶은 마음이 들기도 전에 여자의 품에 안긴 모든 것에 매료되었다. 그것들은 정확한 이미지가 있었다. 지지부진하게 진행되다가 말끔한 결실을 맺는 영화의 결정적인 소품으로 나무랄 데가 없었다. 해피엔드로 끝나는 영화를 몇 편이나 샀을까. 아무리 해피엔드라고 해도 모든 영화의 끝은 암전이다. 여자는 어둠 속에서라면, 헤드라이트처럼 밝은 빛이 비추는 곳까지만 보는 데 익숙해졌다.

토요일 오후 미르마을은 친목 체육대회 행사로 시끌벅적했다. 여자는 눈에 띌까봐 뒷마당에도 나가지 않고 꼼짝없이 집 안에 있었다. 지우도 마당에 나가 뛰어노는 것과는 거리가 먼 아이였다. 모자는 아침으로 도우미가 준비해놓고 간 콩나물국과 바구니에 담긴 푸성귀에 쌈장을 꺼내서 먹었다. 지우는 기름진 음식을 좋아하지만, 아토피 때문에 억지로라도 채소 위주 식사를 해야 한다는 것을 알게 된 후로 토를 달지 않았다. 지우가 단 한 번이라도 별장에 오기 싫다거나 푸성귀가 먹기 싫다고 떼를 썼다면 어땠을까. 주말마다 치러야 하는 이 일을 진즉에 그만두었을 거였다.

식탁 위를 치우고 2층으로 올라가서 지우의 방문을 열었다. 책상 쪽으로 살짝 구부러진 지우의 등을 보며 병원에서 보았던 그림을 떠올렸다. 왜 자신의 배 속에 거미를 그려넣었는지 묻고 싶었으나 그만두었다. 지우는 영어레슨 선생이 내준 과제에 몰입해 있었다. 책상에 앉아 무선기기 라라펜을 들고 영어발음으로 책을 읽었다. 끝이 뾰족한 스틱 모양 라라펜은 초록색 우주 인형과 한 세트다. 책 위에 나열된 영어문장을 찍으면 원어민 발음이 친절하게 흘러나왔다. 책 위의 그림이나 단어를 찍어도 똑같이 영어발음이 터져나왔다.

여자는 라라펜을 볼 때마다 신기해했다. 라라펜은 보이스리코더 기능까지 겸비했다. 영어선생이 내주는 숙제란 대부분 단어를 외우거나 일정 분량의 책 읽는 걸 매일매일 보이스리코더에 저장해두는 것이었다. 그걸 나중에 와서 영어선생이 확인하는 방식으로 수업이 시작되었다. 지우는 지금 그 숙제를 하는 중이다. 여자는 방문을 조용히 닫고 1층으로 내려왔다. 이따금 한 번씩 먼 곳의 지진처럼 와아, 하는 함성이 들려왔다.

여자는 식빵을 구웠다. 식빵 위에 양상추와 저민 토마토와 구운 닭

고기 가슴살을 포개어 머스터드소스를 뿌렸다. 그 위에 또 하나의 식빵을 덮어 그릇에 담았다. 고소한 냄새가 퍼졌다. 접시를 들고 2층으로 올라갔다. 빠끔히 열린 문틈으로 지우는 보이지 않았다. 복도 끝 욕실에서 샤워기 물소리가 들려왔다.

책상 위에 샌드위치 그릇을 내려놓고 지우가 읽던 책을 내려다보았다. 옥스퍼드 리딩을 펼쳐 나지막하게 따라 읽어보았다. 예전처럼 발음이 잘 되지 않았다. 입을 부루퉁 내밀고 라라펜을 들어보았다. 크기가 다른 버튼은 총 네 개였다. 버튼의 용도를 잘 알지 못하는 여자는 맨 위 버튼을 눌러보았다. 지우의 유창한 영어발음이 흘러나왔다. 다른 버튼을 누르자 헬로우! 하는 경쾌한 기계음이 터져나왔다. 여자는 픽, 웃으며 또 다른 버튼을 눌렀다.

쟤를 어떡해. 무서워죽겠어. 어젯밤엔 유리컵을 집어던지고 나를 노려보는데 딱 죽일 기세였어. 집에 일하는 사람이라도 있을 땐 그나마 안심했지. 단둘이 있다가 봉변을 당할까봐 하루도 눈을 제대로 붙인 적이 없어. 망상이 아니라니까! 그 신문에 나온 남자 사진을 보면 누구라도 쟤가 그 남자랑 닮았다는 거 알 수 있어. 다른 데도 그렇지만 눈매가 빼다 박았어.

그건 바로 자신의 음성이었다. 기억이 정확하다면 올해 초, 아버지와 함께 크루즈여행을 간 엄마와의 통화였을 것이다. 지우가 입양아라는 사실을 알고 있는 건 여자와 여자의 남편, 그리고 여자의 친정엄마뿐이었다. 라라펜을 들고 있는 손이 파르르 떨렸다. 머릿속이 바스러지는 것 같았다. 조금 열린 창문에서 차디찬 칼바람이 들이쳐 목덜미를 할퀴었다. 복도에서부터 발소리가 둥둥 울렸다. 라라펜을 허둥지둥 내려놓았다. 방문 밖에 선 지우의 머리카락에서 물기가 뚝뚝 흘러내렸다. 여자는 샌드위치를 눈짓으로 가리키고 황망히 방을 나왔다.

당시 서른네 살이었던 그 남자는 2003년 3월 대낮에, 집에서 자고 있던 모녀를 살해했다. 그때 그 남자의 나이는 지금 여자의 나이와 같다. 남자는 4년제 대학을 졸업하고 취업에 실패한 이 사회의 흔한 실업자였다. 범행동기는 결혼식 치를 비용을 마련하기 위해서였다. 표적으로 삼은 몇 집은, 한 달간 사전조사가 이루어졌었다. 남자는 계획대로 방배동 일대의 세 집을 털었다. 사람들이 외출하고 나간 빈집들이었다. 문제는 마지막 세번째 집이었다. 비어 있어야 할 집에 모녀가 낮잠을 자고 있었으니, 남자로선 돌발상황이었던 것이다. 방에서 나오다가 남자를 발견하고 소리를 질렀던 일곱 살짜리 여자아이는 기둥에 세워져 있던 일제 골프채에 머리를 맞아 즉사했고, 그 소리를 듣고 경찰서에 신고 중이던 아이의 엄마도 엇비슷한 부위를 맞고 쓰러져서 신음하다가 몇 분 만에 숨을 거두었다. 도주 중에 뒤따라오던 순경과 몸싸움을 벌이던 남자는 과도로 순경의 몸 세 군데를 찔렀다. 순경은 곧바로 남자의 인질이 되었다.

　인질극을 벌일 당시 남자에겐 동갑의 약혼녀가 있었다. 곧 결혼식을 올리기로 한 여자의 배 속엔 팔다리가 다 자란 태아가 있었다. 9개월이면 태아의 몸에 연한 살이 붙을 때다. 도주 중이던 남자를 설득하기 위해 급기야 경찰들이 약혼녀를 불러왔다. 얼굴이 모자이크 처리된 약혼녀는 확성기로 남자의 이름을 거듭 부르다가 그 자리에서 혼절했다. 뉴스를 시청하던 사람들은 팔자 사나운 약혼녀를 불쌍하다며 안쓰러워했다. 출산은 무사했다. 그러나 약혼녀는 가혹한 상황을 이기지 못하고, 태아를 출산한 바로 다음 날 종적을 감추었다. 태아는 자신이 태어난 산부인과에 버려졌다.

　태아가 제 시기에 태어났다면, 2003년 4월생이다. 그 아기가 어떻게 되었는지에 관한 사실은 확인이 불가능했다. 아기가 어떤 기관에 보내졌는지, 아니면 다른 누군가가 돌보게 됐는지에 관한 소식도 전무후무했다. 그 무렵 버려진 아이들이 몇이나 되는지도 알 수 없다. 다만 지우가 2003년 4월생이라는 사실만 날이 갈수록 명징해질 뿐이었다. 지우가 그 끔찍한 사건과 관계가 있다는 확증은 어디에도 없었다. 그럼에도 불구하고 여자는 지우가 그 불행한 연인들의 자식일 거라는, 그래서 저토록 괴물 같은 아이로 자랄 수밖에 없었을 거라는 생각을 멈추지 못했다.

토요일 밤을 뜬눈으로 보낸 여자의 눈은 퀭했다. 초점이 흐렸다. 연이틀 잠을 자지 못했다. 시동을 걸면서 룸미러를 내렸다. 자신의 얼굴을 보면서 긴 한숨을 내쉬었다. 눈 밑은 거뭇했고 볼은 홀쭉하여 몇 살은 더 나이 들어 보였다. 거기에는 아이에게 볼모로 잡힌 여자의 참담한 미래가 언뜻 스쳤다.

액셀러레이터를 밟고 마을을 빠져나갔다. 미르마을 친목 체육대회 플래카드가 바람에 펄럭였다. 게이트바가 올라가기 전, 경비실 초소에 어린아이들의 사진이 박힌 전단지가 나란히 붙어 있었다. 2주 전부터 붙어 있던 사진은 빛이 바래고 모서리가 너덜너덜했다. 얼마 전 에버랜드에서 실종된 두 아이의 사진이었다. 여자아이 두 명이 에버랜드 인근에서 사체로 발견됐다. 여자는 게이트를 빠져나가기 전, 그 사진을 빤히 쳐다보았다. 아직 범인은 잡히지 않았다.

에버랜드 정문 입구 주차장에 차를 세운다. 여자는 차에서 혼자 내려서 편의점으로 향한다. 카시트에서 잠들어 있는 아이를 차에 두고 편의점이나 화장실에 다녀오는 건 흔한 일은 아니다. 얼마 전 두 차례의 어린이 실종사건이 발생했던 탓인지 일요일인데도 에버랜드 정문은 한적한 편이다. 편의점 앞에는 에버랜드에서 나온 사람들이 컵라면을 사 먹거나 음료수를 마시고 있다. 편의점으로 들어간 여자는 냉장고를 연다. 아이들이 좋아하는 오렌지색 뿅뿅이 마개가 달린 음료수 한 병과 여자가 마실 혼합차를 꺼낸다. 양손에 두 병의 음료수를 들고 오른쪽 구석 천장에 있는 감시카메라 쪽으로 몸을 천천히 돌린다.

계산을 하고 나온 여자는 트렌치코트 앞섶을 여민다. 가을바람이 차다. 코트 안에 티셔츠와 니트와 캐시미어 카디건까지 겹쳐 입고 있었으나 한기가 느껴진다. 여자는 차에 올라타 시동을 건다.

은빛 SUV는 검푸르고 우람한 나무들 사이로 미끄러진다. 차체 밖에서 쉭쉭 날 선 바람 소리가 귓전을 울린다. 중앙선 건너편에서 마주 오는 차도 같은 차선에서 거리를 두고 달리는 차도 없다. 구불구불한 2차선 도로에서 액셀러레이터와 브레이크를 번갈아 밟는다. 차체는 흔들리지 않는다. 차는 거대한 동물 내장 속에 잘못 삼켜진 빛나는 작은 원석처럼 도르르 굴러간다.

한밤중 에버랜드 톨게이트는 을씨년스럽다. 톨게이트를 빠져나간 차가 다시 50번 도로와 만난다. 용인 인터체인지를 빠져나와서 처음 50번 도로에 진입한 지 한 시간이 조금 넘은 시각이다. PM 9시 50분. 때로는 간절한 마음으로 의식에서 지워야 하는 순간들이 있다. 기억하기 싫은 일은 기억할 수 없는 일이 되어야만 한다.

차는 50번 도로 위를 내달린다. 여자는 뒤돌아보지 않는다. 손을 뒤로 넘겨보거나 아들의 이름을 나지막하게 부르지도 않는다. 양손으로 핸들을 잡고 룸미러를 본다. 룸미러에 점 박힌 흰자위가 사라지지 않았다. 뒤따라오는 전조등인가 싶었지만 그것은 사람의 눈이다. 아무리 먹어도 채워지지 않을 굶주린 새하얀 눈자위, 영원히 감기지 못할 두 눈, 바로 자신의 눈. 룸미러는 운전석 쪽 하단으로 꺾여 있다. 별장에서 출발할 때 자신의 얼굴을 체크하기 위해 내려놓고 올려두지 않은 게 그때서야 상기된다. 여자는 룸미러를 제자리로 반듯하게 고정시킨다.

룸미러 속은 이제 완벽한 먹빛이다. 침착하게 휴대폰을 든다. 도대체 어느 번호를 눌러야 할지는 당연히 알지 못한다. 살아오면서 119나 112나 113 같은 번호를 누를 필요 없이 살아왔던 여자였다. 그런 종류의 비슷비슷한 번호들이 머릿속에서 겉돈다. 세 자리의 번호를 꾹꾹 누르면서도 그게 어느 기관인지조차 알 수 없이 헛갈린다. 몸이 마구 떨리고 거친 호흡이 끊어질 듯하다. 신호음이 울리는 동안 여자는 그렇다고 믿었다. 신호음이 짧게 두 번 울리고는 전화가 덜컥 연결된다. 여자는 버석버석하게 말라서 떨리는 입술을 간신히 떼어낸다.

우리 아이가 사라졌어요!

욕망의 데칼코마니

이홍의 「50번 도로의 룸미러」는 '기억하기 싫은 일은 기억할 수 없
는 일이 되어야 한다.' 는 명제를 추리소설적 기법으로 서술하고 있
다. 무엇을 기억하기 싫은가. 그것은 '우리 아이가 사라졌어요!' 라는
소설의 맨 마지막 문장과 연관된다. 자식을 잃어버렸다. 그런데 그것
을 기억하고 싶지 않다. 다음 질문은 이렇다. 왜 기억하고 싶지 않은
가. 자신이 아이를 직접 버렸기 때문이다. 그러니 그 일은 기억할 수
없는 일이 되어야 한다. 이제는 기억이 아니라 욕망이 문제이다. 왜
여자는 아이를 버릴 수밖에 없었을까.

욕망은 언제나 자신의 욕망이다. 무정자증인 상류층 남성이 있다.
그에게는 그 사실을 용인해주면서도 조건상 뒤처지지 않는 아내라는
'최고가 상품' 이 필요하다. 그런 요구에 부합하는 것이 "8년 전까지
는 촉망받는 아나운서"였던 여자이다. 여자 또한 아나운서라는 직업

이 영원한 보증수표가 되지 못한다는 것을 잘 안다. "언제 다시 막힐지 모르는 고속도로에서 여자에게는 다른 종류의 희망이 필요했다." 그래서 여자는 그와 결혼한다. "방금 헤어져도 다시 보고 싶은 뜨거운 감정과 일평생 휘청거릴 필요 없는 든든한 경제력을 동시에 갖춘 결혼이란 흔치 않다."는 자기최면이 당연히 뒤따라온다.

하지만 욕망은 자신의 욕망이어서 언제나 분열을 가져온다. 영화처럼, 그것도 해피엔드로 끝나는 영화처럼 살기를 원했던 여자에게 행복의 기호가 불행의 기호가 되는 이중성과 분열성을 보인다. 아이를 몰래 입양해야 하는 상황에서 여자의 취향이나 감정은 전혀 반영되지 않는다. 남편의 일방적인 선택과 강요만이 있을 뿐이다. "예물로 남아프리카에서부터 공수해 온 5캐럿 다이아반지를 받았을 때나, 굵은 한강 줄기부터 북한산까지 내다보이는 78평 초고층아파트에 들어섰을 때나, 풀옵션이 돼 있는 BMW535와 은빛 카이엔을 동시에 받았을 때도 그때와 비슷한 심정이었다. 단 한 가지라도 자신의 취향과 의사가 반영되었다면 조금 더 흡족했을까. 여자는 그때마다 몸속 어딘가가 조금 잘려나간 것처럼 설명할 수 없는 아리아리한 통증에 부딪혔다." 최고 생활을 보장하는 여러 가지 조건들이 바로 여자의 상처로 역전되는 순간이다. 닻도 되고 덫도 되는 것이 물질적 욕망이다.

분열된 욕망은 전도된다. 남편이 2년 전 갑작스러운 교통사고로 죽었다. 이제 남은 것은 아이를 담보로 한 재산뿐이다. 하지만 애정을 느끼지 못하는 여자에게 아이는 자신의 참담한 미래를 예증할 뿐이다. 그래서 아이에 대한 음모가 시작된다. 처음부터 아이의 날카로운 눈매가 싫었던 여자는 아이를 살인범의 자식으로 믿어버린다. "지우가 2003년 4월생이라는 사실만 날이 갈수록 명징해질 뿐이었다. 지우가 그 끔찍한 사건과 관계가 있다는 확증은 어디에도 없었다. 그럼에도 불구하고 여자는 지우가 그 불행한 연인들의 자식일 거라는, 그래서 저토록 괴물 같은 아이로 자랄 수밖에 없었을 거라는 생각을 멈추지 못했다." 아이의 괴물성은 여자가 아이를 괴물로 만든 이후에, 그리고 아이가 그 사실을 우연히 알게 된 이후에 발생한 일이다. 그러나 여자에게는 본말과 전후가 전도된, 그리고 우연적 사건이 운명적인 사건으로 전도된 욕망의 디스토피아가 있을 뿐이다.

욕망은 되돌아온다. 그래서 욕망이 욕망을 부른다. 아이를 버리고 예전처럼 화려하고 행복한 생활을 영위하고 싶은 여자는 걸림돌인 아이를 제거하려 한다. 아나운서로의 컴백을 종용하는 피디의 "이미지가 워낙 좋으셔서요."라는 말에 여자는 "간만에 올라간 전자저울 위에서 미혼 때의 체중을 확인한 것처럼" 만족해한다. 이런 병적인 나르시시즘이 여자를 범죄자로 만든다. 여자에게 필요한 것은 행복 자체가 아니라 행복이라는 이미지만 필요하기 때문이다.

이럴 때 여자의 모든 욕망은 데칼코마니적 구조를 보여준다. 다른 인물들의 욕망이 좌우만 바뀐 등가물로 존재하면서 여자의 욕망을 되비춰주기 때문이다. 아이는 상류층에 틈입한 이질적 존재라는 점에서 여자와 닮았다. 그래서 여자가 50번 도로에서 룸미러로 보았던 것이 소설의 처음에는 아이였다면 소설의 끝에서는 여자 자신이다. 또한 여자는 아이의 아버지로 확신하는 모녀 살인범과 동일한 나이인 세른네 살이고, 마치 그것이 암시가 되는 듯이 여자 또한 아이를 유기함으로써 살인까지 방조하려고 한다. 살인범의 욕망이 여자의 욕망이다. 그러니 욕망의 끝은 없다. 다른 욕망까지 삼키면서 자기증식하고 있기 때문이다. 이로써 이 소설은 상류층의 부유하는 부르주아의식을 문제 삼는 세태소설일 뿐만 아니라 욕망 자체의 악무한성과 그 처참한 말로를 보여주는 심리주의 소설의 절정을 보여준다고 할 수 있다.

동일한 점심

편혜영

1972년 서울 출생.
2000년 『서울신문』 등단.
소설집 『아오이가든』 『사육장 쪽으로』.
〈한국일보문학상〉〈이효석문학상〉 수상.

동일한 점심

점심은 늘 같은 것으로 먹었다. 인문대 구내식당의 정식 A세트였다. A세트는 날마다 반찬이 달라졌지만 밥과 국, 김치를 제외하고 세가지 반찬이 나온다는 게 같았다. 늘 비슷했으므로 퇴근할 무렵이면 점심에 먹은 반찬이 잘 기억나지 않았다. 아침에 집에서 서둘러 먹고 나온 반찬을 기억할 수 없는 것과 마찬가지였다. 기억 속에 떠오른 반찬이 오늘 먹은 것인지 어제 먹은 것인지 헛갈렸다. 어쩌면 내일 먹게될 반찬일지도 몰랐다. 그는 식판에 흰쌀밥과 소고기 무국, 큼직하게 썰어 양파와 함께 무친 오이, 비계가 많이 붙은 제육볶음과 가지무침을 가득 담아 언제나 앉는 기둥 뒤쪽 자리로 갔다. 식당 입구와 등을 지는 자리였다. 아는 사람이 들어와도 어색하게 눈을 마주치지 않아도 되었다. 스테인리스 컵에 따라 온 물을 한 모금 마시고 천천히 밥을 먹기 시작했다. 혼자 먹는 데에 익숙했으므로 불안하게 시선을 자주 바꾸거나 무례하게 누군가를 빤히 쳐다보지 않았다. 간혹 멀거니 허공을 볼 때도 있었지만 대개는 줄어드는 음식의 양을 관찰하듯 식판에 시선을 둔 채 묵묵히 밥을 먹었다. 같은 시간에 같은 자리에 앉아 전날과 별반 다르지 않은, 거의 같다고 할 수 있는 밥을 먹으며 그는 자신이 날마다 정시에 복사실 문을 여는 것이 어쩌면 구내식당의 점심 때문이 아닐까 생각했다. 커다란 찜통에 찐 찰기 없이 푸석한 밥, 미지근하게 식은, 싱겁거나 짜서 입에 맞지 않는 국, 비계 많은 제육볶음이나 노랗게 구워진 차가운 생선구이 같은 것을 규칙적으로 먹기 위해서라고. 그렇게 늘 똑같은 한 끼 밥을 먹는 것으로 그는 어제의 낮과 오늘의 낮이 같음을 실감하고 오늘 밤과 내일 밤이 다르지 않을 것을 확신했다. 그런 실감과 확신을 통해 자신이 지하 복사실에 있는 동안 매일 낮과 매일 밤이 각각 다르게 흘러간다는 사실을 잊었다. 말하자면 조금씩 반찬이 달라질 뿐 본질적으로 같은 식단이라고 할 수 있는 정식 A세트는 그의 일상과 꼭 닮은 식사였다. 규칙적인 기상시간, 남색과 검은색으로 이루어진 비슷한 차림의 복장, 같은 시각에 출발하는 출근열차, 언제나 일정한 복사실의 영업시간이 그의 생활과 꼭 닮은 것처럼.

지난 학기에 내부공사를 위해 며칠 영업을 중단했을 때를 제외하고 그는 줄곧 인문대 구내식당을 이용했다. 그 기간에는 할 수 없이 근처의 경영대 식당으로 갔다. 외부업체에서 위탁을 받아 운영하는 식당이었다. 메뉴가 다양하고 깔끔하며 맛이 좋다는 평판 때문에 이용하는 학생이나 교수들이 많았다. 테이블은 청결하고 빳빳하게 다려진 흰 천을 덮고 있었다. 목이 긴 화병에는 장미가 한 송이씩 꽂혀 있었다. 이용자가 많았음에도 시끄럽고 어수선하기보다는 조용하고 사교적인 분위기가 흘렀다. 그는 서울역의 열차시간표처럼 커다랗고 복잡한 메뉴판 앞에서 한참 주저하다 오므라이스나 김치볶음밥 같은 단품 메뉴를 선택했다. 경영대 구내식당에서 밥을 먹고 나면 오후에 꼭 배앓이를 했다. 할 수 없이 학교 앞 행상에서 사온 김밥을 점심으로 먹었다. 식욕이 없었고 맛도 있을 리 없었지만 은박포장을 조금씩 벗겨가며 김밥 두 줄을 다 먹어치웠다. 문을 닫고 김밥을 먹고 있는 동안 사람들은 끊임없이 복사실을 찾아왔다. 그들은 신경질적으로 잠긴 문고리를 돌렸다. 화장실이 아닌데 똑똑 두 번 두드려 노크를 하기도 했다. 그는 무의식중에 마주 노크를 하기 위해 손을 뻗었다가 헛되이 내려놓았다. 노크 후에 계세요,라고 외판원처럼 묻거나 안에 누군가 있는 걸 알고 있다는 듯 손으로 거칠게 두드리거나 발로 문을 걷어차는 사람도 있었다. 그는 아무리 다급한 소리에도 복사실 문을 열지 않았다. 점심시간이 끝나는 한 시 정각이 되어서야 잠긴 고리를 풀었다. 막상 문을 열면 아까의 소리들은 모두 환청이라는 듯이 귀를 기울이며 누군가 오기를 기다려도 아무도 오지 않았다.

마지막 남은 밥을 입에 떠 넣으면서 그는 대각선으로 맞은편 테이블에 앉은 사내가 자신을 보고 있다는 것을 깨달았다. 사내는 낯익은 느낌을 줬다. 오래 응시한 듯한 시선 때문에 그런 느낌이 드는 건지도 몰랐다. 누군지 알 수 없었다. 복사실을 자주 이용하는 강사일 수도 있었다. 강사야 워낙 많으니까. 실수를 하느니 예의를 차리는 게 나았다. 그는 사내에게 가벼운 목례를 건넸다. 사내도 고개를 끄덕여주었다. 밥을 다 먹은 그는 남은 반찬을 국그릇에 모았다. 자리에서 일어서며 흘깃 보니 사내 역시 식판을 뚫어져라 보며 밥을 먹고 있었다. 식판 회수대로 걸어가면서 그는 사내를 어디서 보았는지 생각했다. 책이나 자료를 들고 복사실로 들어서는 사내, 인문대 복도에서 마주친 사내, 공중화장실의 소변기 앞에서 오줌을 누는 사내, 버스나 지하철에서 졸고 있는 사내, 졸다가 자신에게 어깨를 기대오는 사내, 교문 앞 횡단보도에 서 있는 사내, 인문대 현관 앞에서 담배를 피우고 있는 사내, 목욕탕에서 벌거벗고 목에 수건만 걸친 사내 등등. 여러 모습을 상상해 보았지만 모두 낯설었다. 식당을 빠져나가면서 사내가 있는 쪽을 돌아보았다. 사내는 무표정하게 음식물을 씹고 있었다. 얼굴이 신문지로 가려져 있다고 상상하자 그제야 사내를 어디서 보았는지 떠올랐다.

날마다 규칙적인 생활을 하면 뜻하지 않게 낯익은 얼굴이 생기기 마련이었다. 집에서 전철역으로 걸어 나오는 길에 만나는 키가 작고 뚱뚱한 아가씨가 그랬다. 그녀는 항상 높은 굽을 신고 있었고 그 때문인지 저만치 앞서 있다가도 이내 그에게 추월당해 점점 뒤처졌다. 늘 뒷모습만 보았으므로 만약 정면에서 마주친다면 못 알아볼 것 같았다. 전철역 입구에서 무료신문을 나눠주는 모자 쓴 아주머니도 있었다. 결코 신문을 받아가는 법이 없는데도 아주머니는 매번 그에게 신문을 내밀었다. 교문 앞 행상 아주머니는 김밥을 아령처럼 들고 지나가는 사람들을 향해 방금 집에서 싸 온 거라고 소리쳤다. 그리고 같은 시각 같은 차량의 출근열차를 이용하는 사내가 있었다. 사내는 늘 그와 같은 칸에 서서 열차를 기다렸다. 그는 언제나 8시 38분에 도착하는 열차를 탔다. 그러면 9시 30분에 복사실 문을 열 수 있었다. 전철은 늘 2번 차량 3번 칸에서 탔다. 출입구에서 다소 멀었지만 그 때문에 그다지 붐비지 않았다. 비교적 여유 있게 역에 도착해서 책을 읽고 있으면 전광판에 열차가 전 역을 출발했다는 메시지가 들어왔다. 열차가 들어오는 쪽으로 고개를 돌리면 사내가 보였다. 사내는 그와 1미터쯤 떨어진 곳에 서서 신문을 활짝 펼쳐 읽고 있었다. 검은 구멍을 통과해 역사에 진입한 열차의 문이 열리면 물길을 터주듯 그는 출입구의 왼쪽으로, 사내는 오른쪽으로 비켜섰다. 거리를 두고 선 그와 사내 사이로 승객들이 내렸다.

　오늘 아침도 그랬다. 그와 사내는 여전히 2번 차량 3번 칸에 나란히 서 있었다. 사내는 역 입구에서 나눠준 무료신문을, 그는 제본도서를 읽고 있었다. 강사들은 교재로 사용하기 위해 여기저기에서 발췌한 편집본이나 가격이 비싸 엄두를 낼 수 없는 원서, 아예 시중에서 구할 수 없는 책의 제본을 맡겼다. 제본도서가 다 팔리는 일은 거의 없었다. 강의 교재용으로 학생 수만큼 제본을 해도 두서너 권은 반드시 남기 마련이었다. 뒤늦게 수강신청을 변경하거나 교재 없이 한 학기를 버티는 학생은 어디에나 있었다. 학생들이 각자 복사실을 찾아와 사 가고 남은 제본도서는 그의 몫이었다. 책장을 가득 메운 제본도서들은 같은 색감의 표지 때문인지 내용과 분야가 각기 다름에도 불구하고 모두 비슷해 보였다. 그는 취향과 기호를 고민하지 않고 제본도서만을 읽었다. 사실 어떤 것이라도 상관없었다. 그저 다른 제본도서가 생기기 전까지만 읽었다. 학기 초에 제본한 것들은 그 수가 워낙 많아 첫 장도 미처 못 읽는 경우가 많았고 학기 중에 제본한 것들은 그럭저럭 반 정도는 읽었다. 그가 막 읽기 시작한 책은 행위예술의 장면들을 편집하여 모아놓은 책이었다. 교양과목 강사가 맡긴 것이었는데 가격이 비싸서 그런지 수강신청을 변경한 학생이 많아서인지 팔리지 않고 남은 것이 여섯 권이나 되었다. 이전에 읽던 책을 책장 아랫단에 꽂아 두고 그 책을 읽기 시작했다. 책에서 몸은 함부로 사용되고 있었다. 예술가가 자신의 몸으로 캔버스에 얼룩을 내거나 물감을 묻혀 몸을 찍어내는 작업은 초보적인 수준이었다. 보철을 사용하여 신체를 훼손하거나 폭력적인 상황에 몸을 노출하는 일이 빈번했다. 행위에 담긴 예술적 의미와는 상관없이 그는 신체를 활용하는 예술가들의 방식이 마음에 들었다. 몸은 단지 하나의 매체나 표현도구로 사용되고 있었다. 고귀하게 존중받아야 할 대상이 아니라 조롱받고 위협받는 대상이었으며 메시지를 전달하는 매체였다. 그는 여러 형태로 훼손된 몸을 바라보면서 자신의 몸과 마찬가지로 예술가들의 몸이 아름답지 못하다는 것에 위안을 받았다. 그는 책을 보다 말고 거울에 자기 몸을 비춰 보았다. 쏟아질 듯 불거져나온 아랫배와 여자들이 닿기를 꺼릴 것이 분명한, 긴 털이 숭숭 자란 팔뚝이 보였다. 얼굴과 경계가 없을 정도로 짧고 두툼한 목과 소년 시절의 여드름 자국이 갈색 반점으로 남은 얼굴이 보였다. 살이 찌면서 예전의 얼굴 윤곽을 거의 잃었다. 갑작스럽게 살이 오른 것은 복사실에 근무하면서부터였다. 복사실에서 재게 몸을 놀려야 할 일은 거의 없었다. 손님이 들어온다, 의자에서 일어나 카운터로 간다, 손님이 내미는 자료를 받아 매수를 나타내는 숫자버튼을 누르고 초록버튼을 눌러 복사를 시작한다, 복사광이 번지면 시선을 돌린다, 사람이 없는 벽이나 책장이나 복도 쪽으로, 복사된 자료를 건넨다, 대개는 지폐를 받고 통을 뒤져 잔돈을 내준다, 다시 의자에 앉는다. 그게 다다. 그런 일들이 하루에 수십 번 반복된다.

열차가 곧 도착한다는 신호음이 울렸을 때 그는 '허리를 서로 묶은 채로 보낸 일 년'이라는 퍼포먼스 사진을 보고 있었다. 정면을 보고 마주 선 두 사람이 허리에 끈을 묶고 있었다. 그들은 일 년 동안 2미터 길이의 끈을 묶고 생활했다. 단지 홀로 되지 않기 위해서였다. 둘 사이의 대화는 매일 녹화되고 모든 일상이 사진으로 찍혔다. 그는 책에 시선을 둔 채로 무의식적으로 한 발 뒤로 물러서다가 바투 서 있던 뒷사람과 부딪쳤다. 그는 고개를 숙여 사과했다. 열차가 점점 다가오고 있었다. 학교 시절 짧은 몇 번의 연애가 전부인 그는 타인과 친밀한 관계가 되는 것에 막연한 동경이 있었다. 누군가와 설레는 감정을 나누며 오랫동안 함께 있는 것은 완전히 별개였던 두 존재가 물처럼 섞여 한데 흐르는 것이 아닐까, 하고 생각해왔었다. 각자의 생에서 품었던 비밀이 이전 생애나 다음 생애의 것이 되면서 종내에는 두 존재가 약간의 시간차를 두고 태어난 쌍둥이 같아지는 것이라고. 그는 언제나 학생들이나 강사 같은, 실제로는 친분이 전혀 없는 타인 속에 속해 있었다. 아무런 관계가 없었기 때문에 사교의 의무도 없었다. 그것은 의견을 교환하거나 논쟁을 벌이거나 목적 없이 담소를 나눌 만한 사람이 없다는 의미였다. 복사를 맡기러 오는 학생이나 강사들과 나누는 몇 페이지 몇 부 복사라는 말이 하루 종일 나누는 대화의 전부일 때가 많았다. 항상 지하 복사실에 있었지만 그의 얼굴을 기억하는 사람들은 많지 않을 거였다. 그가 다른 사람들을 어디선가 본 적이 있는 사람의 눈빛으로 바라보듯이 그들도 그를 그렇게 바라보았다. 그는 의자에 앉은 채 열린 문을 통해 복도를 바라보며 종종 히죽거리며 웃었지만 웃고 나서 스스로 왜 웃었는지 이유를 생각하느라 오히려 얼굴이 굳을 때가 많았다. 여름에도 냉한 기운이 감도는 지하 복사실에서 그가 느끼는 온기라고는 초록버튼을 누르면 나오는 복사광이 다였다. 어떤 날은 뚫어져라 그 빛을 바라보다가 눈이 시려져서 눈물이 맺히기도 했다. 눈물은 이내 말랐다.

끈에 묶인 두 사람은 퍼포먼스가 진행되는 일 년 동안 친구들이 중재하지 않으면 손쓸 수 없는 적대적인 사이로 전락해버렸다. 그들이 끈에 묶여 나누는 대화라고는 끈을 끊어버리고 싶다거나 평생 서로를 저주하겠다는 악담이었다. 그는 책을 덮었다. 결국 타인과의 완벽한 친밀함이란 동경에 불과하며 인간이란 타인과 최소한 2미터 이상의 거리를 가져야만 하는 존재인지도 몰랐다. 그는 복사실의 카운터와 쉴 새 없이 학생이나 강사들이 지나다니는 복도까지의 거리가 대략 2미터쯤 되지 않을까 생각했다. 그는 언제든 누구에게든 그 정도의 거리를 유지해왔다. 그 거리는 복사실을 찾는 사람들과 그사이에 놓인 카운터의 가로 길이와도 같았다. 누구도 카운터 너머로는 들어오지 않았다.

열차가 들어오는 소리에 고개를 돌렸을 때 한 사내와 눈이 마주쳤다. 사내가 잠시 그를 바라보았다. 그는 열차로 시선을 돌렸다. 열차가 진입하는 소리가 아득해지면서 주위가 고요해지는 느낌을 받았다. 고요를 깨뜨리며 갑자기 쿵, 하고 부딪히는 소리가 들렸다. 사내가 열차를 향해 몸을 던졌다. 여기저기서 비명 소리가 들렸다. 실제로 그런 소리가 들렸는지 알 수 없었다. 그가 상상한 소리인지도 몰랐다. 열차가 불안한 소리를 내며 진행하다가 이윽고 멈춰 섰다. 사내는 보이지 않았다. 주변이 어수선해졌다. 플랫폼에 서 있던 사람들이 다가왔다. 열차에 타고 있는 사람들이 창을 기웃거렸다. 검은 낯빛의 기관사가 서둘러 선로 아래로 내려갔다. 제복 입은 역무원 몇이 계단을 뛰어내려왔다. 역무원의 지시로 열차 문이 열렸다. 문이 열리자 기다렸다는 듯 승객들이 우르르 쏟아져나왔다. 승객들이 멍하니 서 있는 그를 밀치며 선로 쪽으로 다가갔다. 그들은 자신이 발을 디딘 곳에서 누군가 죽었다는 것을 믿을 수 없다는 듯 몸을 움츠리고 불안한 표정으로 선로를 바라보았다. 텅 빈 열차를 역무원과 막 달려온 소방대원들이 들어올렸다. 잘 되지 않았는지 열차를 빼야겠다는 소리가 들렸다. 다시금 열차가 사내의 몸을 깔아뭉갤 것이 분명했다. 열차가 뒤로 물러설수록 탄식 같은 비명 소리가 높아졌다. 끼이익, 하는 바퀴 소리가 불길하게 역사 안으로 퍼졌다. 그 소리에 이끌려 그는 선로 쪽으로 다가갔다. 시신은 참혹했다. 산산이 찢기고 터지고 눌려 침목 사이로 붉은 피가 되어

스미고 있었다. 피는 검게 스며들면서 이내 원래 있던 얼룩과 섞였다.

구역질을 참으며 뒤로 물러나왔다. 그는 자신이 사내의 투신을 목격하기 위해 고개를 돌린 건 아닐까 생각했다. 아니면 사내가 누군가 자신의 투신을 목격할 순간을 기다렸거나. 그렇다고 해도 사내가 그에게 남긴 메시지는 아무것도 없었다. 유일한 메시지라면 제대로 서 있지 못할 정도의 통증과 후들거림 같은 신체적 증상뿐이었다. 그는 떨림을 이기지 못하고 의자에 털썩 주저앉아 습관적으로 시계를 들여다보았다. 열차를 타고 아홉 정거장쯤 갔어야 할 시각이었다. 지각이었다. 열차가 정상적으로 운행될 리 없었다. 난감한 표정으로 주위를 둘러보다가 신문을 읽고 있던 사내와 눈이 마주쳤다. 그는 머쓱해하며 고개를 돌렸다. 사내가 다가와 의자에 앉았다. 그와 사내는 시소를 타는 것처럼 의자의 양끝으로 사이를 벌리고 앉았다. "방금 본 기사인데요." 사내가 떨리는 목소리로 말했다. "이 도시에서는 하루에 평균 274명이 태어나고 106명이 죽는다고 해요. 106명 중 하나가 바로 제 앞에서 죽은 건 처음이에요." 사내가 들고 있던 신문을 떨어뜨렸다. 누군가 다급히 그들 앞을 지나가면서 신문을 발로 찼다. 그는 자기 앞으로 굴러온 신문을 주워들었다. 사내에게 건네주려는데 경찰이 다가왔다. "현장에 계셨던 분 맞습니까?" 고개를 끄덕였다. "참고인 자격으로 함께 가주셔야겠습니다." 이번에는 고개를 저었다. "안 됩니다. 오전에 중요한 일이 있어서요. 늦으면 안 되는 겁니다." 경찰이 사정하는 투로 동행해달라고 말했다. 그는 약속을 깰 수 없으며 뭔가 질문이 필요하면 이 자리에서 지금 당장 하라고 말했다. 경찰은 이번에는 협박하는 어투로 말했다. "투신사건의 경우 가까이 계셨다면 불가피한 의심을 살 수도 있습니다만." 그는 다시 한 번 오전의 일은 무척 중요한 거라고 되풀이했다. 중요한 약속이라는 게 있을 리 없었다. 유일하게 중요한 일과라면 정오에 구내식당에서 정식을 먹는 것뿐이었다. 경찰은 할 수 없다는 듯 신분증과 연락처를 확인한 후 그를 보내주었다.

시신이 수습되기를 기다리려면 시간이 걸릴 거였다. 그는 지각하면 안 된다는 생각에 마구 달려 역사를 빠져나와 택시를 탔다. 기사에게 무슨 수가 있더라도 시간에 맞춰야 한다고 사정했다. 택시를 타고 나서야 사내에게 신문을 되돌려주지 못했다는 생각이 들었다. 택시는 도로에 드리운 빌딩들의 검은 그림자를 짓밟으며 달려나가기 시작했다. 8시 38분 열차를 타지 못한 것은 처음이었다. 처음으로 제 시간에 복사실 문을 열 수 없을 거였다. 처음으로 허겁지겁 인문대로 가는 수많은 계단을 뛰어올라갈 테고 처음으로 복사실 문 앞에 사람들을 세워두고 기다리게 할 거였다. 들고 있던 신문으로 부채질을 했다. 신문은 잔뜩 구겨져 있었다. 땀은 잘 식지 않았다. 택시요금은 그가 한 달간 이용하는 열차요금만큼 나왔다. 그렇게 많은 돈을 냈지만 시간에 맞출 수는 없었다. 출근시간이었고 언제나 심한 정체를 겪는 간선도로를 통과했다. 그는 다른 날보다 삼십 분 늦게 복사실을 열었다. 문을 여는 동안 심장이 흔들릴 정도로 허둥거렸지만 세상은 그가 난생처음으로 늦게 복사실에 나타났다는 사실도 모른 채 고요하기만 했다. 이미 수업이 시작되어 지나다니는 사람이 거의 없었다. 그는 괜히 문 앞을 기웃거리고 복도를 어슬렁거렸다. 시간이 좀 지나자 수업이 끝났는지 누군가 복사를 하러 왔지만 급한 일은 아니었다. 이후에는 간간히 복사를 했고 A4용지를 팔았고 제본 요청을 받았으며 돈을 받고 제본 도서를 팔았다. 시장기는 없었으나 구내식당으로 가서 정식 A세트를 먹었다. 정오가 되었기 때문이었다.

점심을 먹고 돌아와서는 컴퓨터에 저장해둔 영화를 틀었다. 볼륨은 가급적 낮췄다. 학생들은 아무 때나 복사실에 들어왔다. 어떤 영화는 종종, 어떤 영화는 자주 정사장면이 나왔다. 학생들 사이에 이상한 소문이 돌면 곤란했다. 그는 이 년 전부터『죽기 전에 꼭 봐야 할 천한 편의 영화』라는 책에서 소개한 영화를 한 편씩 봐나가고 있었다. 누군가 제본을 맡겨두고 찾아가지 않은 책이었다. 어떤 남학생이, 한 권은 제본이 안 된다고 하니 어쩔 수 없이 두 권을 부탁한 거였지만 누구인지 정확히 기억나지 않았다. 그는 슬슬 넘겨가며 책을 보았고 제목이나 수록된 사진이 마음에 들면 영화에 대한 설명을 꼼꼼히 읽었다. 그러다가 불쑥 자신은 죽기 전에 할 일을 한 번도 꼽아보지 않았다는 데에 생각이 미쳤다. 지하 복사실의 냉랭한 기운이 그를 스쳐 갔다. 그는 앞으로도 오랫동안 복사실에서 지내야 할 거였다. 종이에 살갗을 베이는 일이 유일하게 상처가 되는 곳에서 복사광의 온기에 위로받으면서, 십 원 단위의 거스름돈을 꼬박꼬박 내어주면서 살아갈 거였다. 그는 비록 시각적으로 아름다운 몸을 가지고 있지는 않았지만 장기치료를 요하는 질병을 앓아본 적이 없었다. 종이먼지와 토너가루 때문인 듯 자주 목감기에 걸렸으나 몇 알의 약으로 버틸 수 있는 정도였다. 아직 치유력이 있는 편이므로 건강하다고 할 수 있었다. 그는 자신이 죽기 전에 하고 싶은 일이 무엇인지 생각해보기로 했다. 욕망을 정리하다 보면 오래 살고 싶어질지도 몰랐다. 생각이 길게 이어지지는 않았다. 학생 둘이 불쑥 복사를 하러 들어왔다. 그는 학생이 내민 자료를 복사기에 세팅한 후 초록버튼을 눌렀다. 복사광이 새어나와 그의 얼굴을 비췄다. 한 학생이 그가 보다 말고 뒤집어둔 책의 제목을 가리키며 친구에게 말했다. "천한 편이라니. 저거 다 보려면 영화 보다가 죽겠다. 죽으려고 하는 짓이지." 그는 슬쩍 웃었다. 죽을 때까지 영화를 보는 것도 나쁘지 않을 것 같다는 생각이 들어서였다. 그는 영화를 즐겨 보는 편이 아니었다. 주말에 텔레비전에서 틀어주는 영화를 보는 게 고작이었다. 이제껏 본 영화 중에서 그 책에 나온 것은 거의 없었다. 복사지를 두 학생에게 건네주면서 그는 죽기 전에 이 책에 있는 영화들을 한 편씩 보아나가리라고 마음먹었다. 영화를 보다가 죽으면 적어도 침대나 의자에 앉아 죽게 될 것 같아서였다. 그의 부모님은 썩 내키지 않는 방식으로 객사했다. 등산을 좋아하던 아버지는 잘 알지도 못하는 약초를 캐려고 무리해서 비탈을 오르다가 사고를 당했다. 같이 동행한 분에게 나중에 들은 얘기로는 아버지가 캐려던 것은 약초가 아니라 도라지라고 했다. 어머니는 고속도로에서 돌아가셨다. 이모와 함께 아버지 산소에 다녀오던 길이었다. 갑자기 도로 한복판에서 차가 멈춰 섰다. 어머니와 이모는 비상등을 켜고 가까스로 갓길로 차를 뺐다. 그동안에도 차들은 굉음을 일으키며 무시무시한 속도로 달려갔다. 갓길에 도착한 어머니와 이모는 죽다 살아났다며 안도했다. 어머니는 보험회사 직원을 기다리는 동안 무료함을 이기지 못해 범퍼를 열어보았다. "기계가 참 복잡도 하구나." 검은 기계뭉치를 바라보며 어머니가 말했다. "아무리 복잡해도 사람 마음처럼 복잡할까." 이모가 대꾸했다. 어머니는 이모의 말을 듣지 못했다. 막 몸을 일으키려다 트럭에 받혔다. 운전자는 앞차를 추월하기 위해 갓길로 진입했다. 부모님이 돌아가신 후 그는 두 분이 운영하던 복사실을 맡았다. 학교를 졸업한 후 하는 일 없이 놀고 있었으므로 다른 대안이 없었다. 주말이면 간혹 부모님의 산소를 찾아가는 게 유일한 외출이었다. 묘석을 뒤덮은 흙먼지를 쓰다듬어 닦고 조금씩 자라난 잡초를 뽑았다. 산소는 산 중턱에 있었다. 산소가 있는 곳에서 정상 쪽으로 조금만 올라가면 수질 좋은 약수터가 있다고 했지만 올라가지 않았다. 약초는 알지도 못했으며 누군가 가르쳐 준다고 해도 위험을 무릅쓰고 뽑을 생각이 없었다. 어떤 증상이든 양약으로 충분했다. 고속도로에서는 늘 규정속도를 준수하고 갓길 운행 같은 것은 하지 않았다. 차는 정기적으로 점검을 받았고 조금만 이상하면 당장 수리를 맡겼다.

리스트에서 영화를 하나씩 지워나갈 때면 뿌듯한 기분이 들었다. 어떤 영화는 지루하고 의미를 알기 어렵다는 평과 달리 그에게 감동을 주었지만 어떤 영화는 시시하고 보다가 죽겠다 싶을 만큼 지루했다. 그래도 끝까지 다 보았다. 일하는 틈틈이 영화를 보거나 정해진 시간 동안 일을 하고 돌아와 소파에 누워 영화를 보다 잠이 드는 생활은 그럭저럭 괜찮았다. 막 보기 시작한 영화는 흑백이었으며 대사가 거의 없었다. 배우들의 표정이나 배경은 알아보기 힘들 정도로 느릿느릿 변했다. 그가 견디지 못해 꾸벅꾸벅 졸고 있을 때 누군가 그를 불렀다. 카운터 위에는 수십 페이지에 달하는 복사물이 놓여 있었다. "영화를 보고 계셨네요." 사내의 말에 그가 쑥스러워 하며 몸을 일으켰다. 이번에는 단박에 사내를 알아보았다. 같은 출근 열차를 타는, 구내식당에서 만난 사내였다. 복사물은 글자가 빼곡히 인쇄되어 있었다. 이제 막 시작한 수업에 나눠줘야 할 자료인 것 같았다. 보통은 학생 대표에게 시키기 마련인데, 좀 융통성 없는 강사인 모양이었다. 그는 초록색 버튼을 누르고 복사기 앞에 서서 묵묵히 복사광을 쬐었다. 천천히 잠이 깼다. "경찰에게서" 윙윙거리며 돌아가는 복사기에도 묻히지 않을 만큼 큰 소리로 사내가 말했다. "전화가 오지 않았습니까?" 그가 사내를 돌아봤다. 사내의 앞머리는 땀에 젖어 이마에 달라붙어 있었다. 남색 양복이 후줄근하게 구겨져 있어서인지 피로해 보였다. "전화 안 왔어요." 그가 대답했다. "저에게는 계속 전화가 걸려 와요. 참고인 조사에 응하라는 거예요. 자꾸 전화가 오니까 조교가 이상하게 생각하는 것 같아요." "그렇다면 전화를 꺼두면 될 텐데요." "그러다가 학교까지 찾아오면 제가 뭐가 됩니까? 교수님들도 이상하게 생각할 거 아니에요."
"경찰이 설마 그렇게까지 할까요? 우리가 민 것도 아닌데 말입니다."
"그렇지요. 우리가 민 건 아니지요." 사내가 풀죽은 목소리로 그의 말
을 따라했다. 그는 잠자코 고개를 끄덕였다. 문득 사내의 구겨진 신문
이 떠올랐다. 복사실까지 가져온 신문을 어디에 두었는지 도무지 생각
이 나지 않았다. 신문을 찾아 몸을 돌리다가 그만 복사기의 초록버튼
을 다시 눌렀다. 멈췄던 복사기가 윙 소리를 내며 돌았다. 급히 취소버
튼을 누른다는 것이 복사 부수를 수정하는 꼴이 되었다. 좀처럼 없는
실수였다. 그는 부수가 잘 맞지 않는 마지막 부분을 꺼내어 어디까지
복사가 되었는지 확인한 후 파지를 버리고 다시 복사를 걸었다. 복사
기가 묵묵히 종이를 쏟아냈다. 닫힌 뚜껑 사이로 푸른빛이 새어나와
그의 얼굴을 비췄다. 사람이 죽으면 그 사람에게 남은 빛이 바깥으로
새어나온다고 했다. 오늘 아침 역사에도 알아채지 못할 빛이 오랫동안
허공에 머물렀을 것이다.

　역사를 빠져나가려던 그는 반대편 출구를 통해 아침 8시 38분에 출
근열차를 타는 플랫폼으로 내려왔다. 언제나와 마찬가지로 2번 차량 3
번 칸 앞에 섰다. 6시 58분이었다. 그러니까 꼭 10시간 20분 만에 아침
에 떠났던 곳으로 돌아온 셈이었다. 10시간 20분. 그는 그 시간을 잊지
않으려는 듯 몇 번이고 중얼거렸다. 그동안 무얼 했나. 서둘러 복사실
문을 열었고 몇 권의 책을 제본했고, 제본해놓은 책을 팔았고, 책과 자
료의 일부를 복사해줬고, 자꾸 종이가 걸리는 복사기를 손봤고, 정오
가 되어 정식 A세트를 먹었다. 그 후에는 틈틈이 영화를 봤고, 영화를
보다 졸았고, 몇 페이지인가 복사를 했고, 또 종이가 걸리는 복사기를
손봤고, 제본해놓은 책을 팔았으며 몇 권의 책을 추가로 제본했다. 구

내식당의 정식 A세트를 기준으로 그의 하루는 데칼코마니처럼 오전과 오후가 동일하게 반복되었다. 오전과 오후뿐만이 아니었다. 자정을 기준으로 하면 어제와 오늘이, 주말을 기준으로 하면 지난주와 이번 주가, 연말을 기준으로 하면 작년과 올해가 같았다. 그러므로 모든 미래는 과거와 동일한 시간일 거였다. 현재가 과거와 같듯이 미래는 현재와 같을 거였다. 언제나 같다는 것. 그 때문에 그는 낮게 한숨을 내쉬었으나 이내 언제나 같아서 다행이라 생각하며 한숨을 거둬들였다.

띄엄띄엄 늘어선 사람들은 열차를 기다린다기보다는 해 지는 풍경을 바라보고 있는 것 같았다. 둥근 아치형의 역사 지붕 바깥으로 붉게 해가 지고 있었다. 그는 사람들과 거리를 두고 멀찍이 서서 해 지는 풍경을 바라보았다. 붉게 물든 하늘이 천천히 역사로 내려앉았다. 붉은 기운이 스민 선로침목은 오래 묵은 나무처럼 단단해 보였고 비의에 젖은 듯 검은 기운을 띠고 있었다. 신호음이 들려오자 열차가 이내 요란한 소리로 들어섰다. 승객이 내리고 기다리던 사람들이 올라타고 내려선 사람들이 멍하니 서 있는 그를 밀치고 출구 쪽으로 봇물처럼 빠져나갔다. 열차와 승객들이 빠져나가면서 붉은 기운을 죄다 걷어가 역사에는 어스름한 기운만이 감돌았다. 그는 선로 쪽으로 다가갔다. 사고가 수습된 후 사람들은 열차를 타고 누군가 깔려 죽은 레일을 지나 직장으로 갔을 것이다. 사업상의 약속장소나 사업체 면접장소 같은 곳으로도. 가족이 있는 집으로 돌아가거나 사랑하는 사람을 만나러 혹은 토라진 사람에게 용서를 빌러 가는 길에도 레일을 지났을 것이다. 열차의 거대한 바퀴로 얼룩진 침목을 굳게 다지면서. 침목에는 군데군데 검은 얼룩이 남아 있었지만 어디에나 있을 법한 얼룩이었다. 어떤 것도 아침에 있었던 사고의 흔적으로는 보이지 않았다. 누군가의 숨이 허망하게 끊어졌고 몸이 잘게 바스러져 한낱 얼룩으로 스몄고 누구도 알아채지 못한 남은 빛이 허공을 맴돌았다. 그럼에도 아무것도 달라지지 않았다. 10시간 20분 이전과 같을 수 없음에도.

경찰서 입구에 앉아 있던 경찰이 무슨 일로 왔느냐고 물었다. 그는 주저했다. 복사기의 전원을 모두 끄고 형광등을 끄고 쇠문을 닫아 잠글 때 휴대전화가 울렸다. 낯선 번호였다. 경찰에게서 계속 전화가 걸려온다는 사내의 말이 떠올라 망설이다가 받지 않았다. 이럴 줄 알았다면 전화를 받아 누구를 찾아야 하는지 물을 걸 그랬다. 그는 주저하다가 아침에 일어난 사건의 목격자라고 말했다. "아침이요? 무슨 사건이요?" 경찰이 어리둥절한 표정으로 물었다. "8시 38분에 역에서……." 그의 대답이 끝나기 전에 "투신했잖아, 역에서." 라고 다른 경찰이 대꾸했다. 그제야 경찰은 담당자를 알려주었다. 담당 경찰 역시 뚱한 표정으로 그에게 무슨 일로 찾아왔느냐고 물었다. 그는 더듬거리며 경찰서에서 먼저 전화를 걸어왔다고 대꾸했다. "전화요?" 경찰이 되물었다. 그는 자신 없다는 듯 고개를 끄덕이며 말했다. "사건에 대해 진술할 게 있습니다." 경찰이 의아한 표정으로 그를 방으로 데리고 들어갔다. "시신 인수까지 끝난 상태에서 누가 참고인 조사하겠다고 전화를 했는지 모르겠네." 경찰이 혼잣말처럼 중얼거리면서 역에서 회수한 CCTV 화면을 틀었다. "자, 본인이 어디 계시죠?" 경찰이 물었다. 그가 화면 속에 있는 자신을 잘 찾지 못하자 경찰이 화면과 그를 번갈아 바라보다가 화면 위쪽을 톡톡 쳤다. 그는 그제야 자신을 알아보았다. 화면 속에서 그는 아주 작은 사람처럼 보였다. 짧은 목은 아예 보이지 않아서 사람이 아니라 몸이 단 두 부분으로 나뉜 다른 나라의 민속인형처럼 보였다. 사람들은 어항 속 금붕어처럼 고요하지만 쉴 새 없이 몸을 움직여대고 있었다. 화면 속의 자신도 마찬가지였다. 늘 묵묵히 책을 읽다가 열차에 타는 게 다라고 생각한 것과 달리 책을 들여다보는 건 잠시에 불과했다. 그는 선로를 보다가 책을 읽다가 열차가 다가올 쪽을 보다가 전광판을 보다가 시계를 보다가 옆 사람을 보다가 뒤쪽으로 조금 물러서다가 뒷사람과 부딪쳐 사과를 했다가 다시 책을 읽는 등 부산하게 몸을 움직여대고 있었다. 열차가 빛을 뿜으며 역사 안으로 들어오기 시작하자 한 사내가 훌쩍 뛰어내렸다. 그다음의 일은 그가 잘 아는 것이었다. 곧 열차가 들어오고 모든 것이 끝나려는 순간, 경찰이 화면을 되돌렸다. 열차는 잘못 등장한 배우처럼 재빨리 화면 밖으로 사라졌고 사람들은 출렁거리며 조금씩 뒷걸음질쳤다. 사내는 초능력자처럼 뒤로 가볍게 단숨에 레일에서 플랫폼으로 뛰어올랐다. 플랫폼에 선 사내는 정지한 화면 속 인물처럼 미동 없이 서서, 늘 신문을 읽고 있었다고 생각한 것과 달리, 그저 신문을 쥐고 멍하니 열차가 들어올 쪽을 보고 있었다. 불빛에 홀린 듯 열차를 빤히 보던 사내가 주위를 둘러보고는 레일 쪽으로 뛰어내렸다. 사내가 선로 아래로 사라진 직후 사람들이 우왕좌왕 모여드는 틈에 그가 허리를 구부렸다가 펴는 게 보였다. 화면상으로 허리를 구부리고 있는 동안 무엇을 했는지 알 수 없었다. 그는 알았다. 사내가 뛰어내렸고 그는 그저 자기 발밑으로 굴러온 사내의 신문을 주웠다. 신문은 잔뜩 구겨져 있었다. 손에 힘을 주어 쥐고 있던 것 같았다. 경찰이 화면을 키웠다. 화질이 나빠졌다. "이때 구할 수도 있었는데 말이죠." 경찰이 안타깝다는 듯이 화면을 톡톡 쳤다. 이미 여러 차례 그 화면을 본 듯, 그 말이 끝나자마자 역사 안으로 열차가 들어왔다. 사람들이 2번 차량 쪽으로 우르르 몰려왔다. 기관사와 역무원들이 얼빠진 표정으로 우왕좌왕하고 있었다. 사람들이 선로 아래쪽을 내려다보았다. 놀라 얼굴이 일그러진 채 고개를 돌리는 사람들이 화면에 잡혔다. 시신을 확인한 모양이었다. 둥글게 모여 선 사람들 틈을 빠져나오는 그가 보였다. 그는 잠시 어리둥절해하며 서 있다가 의자 끝에 걸터앉았다. 멍하니 앉아 있는 것처럼 보였지만 사실 시계를 들여다보고 뭘 타고 가야 할지 생각했으며 잠깐 생각을 정리하려고 구겨진 신문을 들여다보았다. 신문에는 숫자로 보는 하루 생활이라는 제목 아래 각종 통계가 실려 있었다. 도시에서는 하루에 평균 274명이 태어나고 106명이 죽는다고 했다. 106명 중 누군가가 자기 앞에서 죽은 건 처음이라고 그는 생각했다. 홀로 앉아 있는 그에게 경찰이 다가왔다. 그는 몇 마디인가 하고 불쑥 일어났고 도망치듯 계단을 뛰어 올라갔다. 이어 화면은 우왕좌왕 2번 차량 앞으로 몰려드는 사람들과 잠시 후 사람들이 우르르 역사 바깥으로 나가는 장면이 이어졌다. 경찰이 화면 속에서 방금 빠져나온 듯 말없이 앉아 있는 그를 빤히 보았다. "하실 말씀이라는 게 뭐죠?" "그러니까 그 사람이 떨어졌을 때" 그는 바짝 마른 입술을 축였다. "저는 그 사람이 떨어뜨린 신문을 주웠습니다." "신문이요?" 경찰이 CCTV를 끄며 말했다. 화면이 순식간에 검게 변했다. "그런 건 그냥 버리세요."

아침 8시 38분에 출발하는 열차 이외에 다른 시각에 열차를 탈 일은 거의 없었다. 어쩌다 용무가 있어 시내에 가야 할 일이 생기면 차를 가지고 나가거나 여의치 않으면 버스를 탔다. 열차를 타면 복사실로 가야 할 것 같아서였다. 열차가 천천히 움직이기 시작했다. 창에 그의 얼굴이 비쳤다. 피곤해 보였으나 여느 저녁의 피로와 별로 달라 보이지 않았다. 움직이는 열차속도에 맞춰 심장이 뛰기 시작했다. 처음에는 천천히 나중에는 손으로 눌러 진정시켜야 할 정도로 세차게. 무엇인가 끌어당기는 느낌이었다. 얼룩과 빛과 한숨으로 남은 무엇인가가. 그는 발에 단단히 힘을 주었다. 쥐가 날 정도로 발이 저리면서 심장박동이 느려졌다. 그는 자신이 이미 사내가 스며들어간 침묵을 통과했음을 알아차렸다.

　밤의 지하층은 차고 습했지만 오히려 시원하게 느껴졌다. 그는 굳게 닫힌 복사실 불을 모두 켠 후 문을 활짝 열었다. 어두운 복도로 불빛이 번져나갔다. 그는 파지를 모아놓은 상자 쪽으로 갔다. 며칠 분의 파지를 모아놓았지만 양은 얼마 되지 않았다. 복사기에 문제가 있어 용지가 걸리지 않는 한 그가 실수를 하는 일은 거의 없었다. 오후에 사내가 맡긴 복사를 하면서 그는 몇 장인가 실수로 파지를 만들었다. 한 장 한 장 들춰 보았지만 사내가 맡긴 자료가 무엇인지 알 수 없었다. 글자가 빽빽한 문서라는 게 유일한 단서였지만 거의 모든 파지가 그랬다. "우리가 민 것도 아닌데요." 그의 말을 따르던 사내의 목소리가 귓가에 맴돌았다. 피곤한 표정의 사내 얼굴이 떠올랐다. 파지함 바닥에서 그는 신문을 찾아냈다. 잔뜩 구겨진 신문이었다. 그는 신문을 다시 파지함에 넣고 복사실 문을 잠갔다. 닫힌 문으로 복도에서 불어온 바람이 부딪히는 소리가 들렸다. 그럴 때면 누군가 복사실 문을 쾅쾅 두드리는 것 같았다. 바람인 줄 알면서 간혹 시치미를 떼듯이 단단히 닫힌 철문을 바라보며 누가 있느냐고 물었다. 대답하는 사람은 아무도 없었다.

　밤을 꼬박 새운 그는 정해진 시간에 복사실 문을 열었다. 간간이 학생들이 찾아와 몇 장인가 복사를 해주었다. 제본해둔 책을 팔았고 제본도서가 왜 이렇게 비싸냐는 푸념을 들었고 그럴 때면 대꾸 없이 희미하게 웃으면서 거스름돈을 건네줬다. 정비를 받은 지 오래되어서인지 복사를 할 때마다 검은 실선이 나오는 복사기를 시간을 들여 고쳤다. 어머니 말대로 기계가 참 복잡하기도 했지만 이모 말대로 사람 마음만큼 복잡하지 않다고 생각하니 고칠 수 있었다. 주문해둔 종이와 토너가 들어왔다. 종이는 크기별로 수량이 맞는지, 토너는 색상과 크기가 맞는지 확인한 후 주문서에 사인을 했다. 이윽고 정오가 되었다. 시장기는 없었지만 인문대 구내식당으로 가서 식권을 샀다. 김치 외에 세 가지 종류의 반찬, 미역무침과 삼치구이, 잡채를 식판에 가득 담았다. 문득 어제는 무엇을 먹었는지 떠올려보려 했으나 잘 기억나지 않았다. 어차피 오늘 먹은 것도 곧 잊을 거였다. 그는 식판을 들고 언제나 앉는 기둥 뒤쪽으로 갔다. 물을 마신 후 천천히 밥을 먹기 시작했다.

어두운 심연 위에 가설된 궤도

편혜영의 「동일한 점심」은 같으면서도 다른 일상의 이야기다. 같음 속에 다름이 숨어 있고 다름이 같음으로 되돌아온다. 그러나 소설의 제목이 암시하듯이 이야기는 다름보다는 일견 같음만을 강조하는 듯한 인상을 준다. "점심은 늘 같은 것으로 먹었다." 소설은 이렇게 시작된다. 동일성과 그것의 항시성("늘")을 강조하는 이 짧은 문장은 의미심장하다. 물론 그것 말고도 영양섭취("점심" "먹었다")가 문제되고 있지만 이것은 식사의 개별적 "쾌락"과는 무관하다. 영양공급은 오로지 동일과 항시성을 지탱하는 수단에 불과하다. 본래 "먹는다"는 것은 변화생성하는 생명체의 고유한 특성이며 가장 개별적이고 내면적인 행위다. 그것은 배타적인 향유와 소유에 관련되어 있다. 그러나 여기서는 영양섭취행위가 "늘 같은 것"으로 복제되어 무생물의 동일성과 항시성, 그리고 무미건조한 보편성 속으로 수렴되어버린다.

동일성은 비단 "점심"에 국한되지 않고 무한히 전염되고 번식한다. 동일한 점심인 "구내식당의 정식 A세트를 기준으로 그의 하루는 데칼코마니처럼 오전과 오후가 동일하게 반복되었다. 오전과 오후뿐만 아니었다. 자정을 기준으로 하면 어제와 오늘이, 주말을 기준으로 하면 지난주와 이번 주가, 연말을 기준으로 하면 작년과 올해가 같았다. 그러므로 모든 미래는 과거와 동일한 시간일 거였다. 현재와 과거가 같듯이 미래는 현재와 같을 거였다. 언제나 같다는 것."

이 동일성은 주인공인 "그"의 직업 속에 이미 뿌리박고 있다. 그는 대학의 "복사실"에서 문서나 책을 동일하게 "복사"하는 일을 하며 살아간다. 그는 하루에도 수십 번 같은 일을 반복한다. 이 기술복제시대의 뿌리는 깊다. "부모님이 돌아가신 후 그는 두 분이 운영하던 복사실을 맡았다." 따라서 그의 삶 역시 어느 면 부모님의 삶의 복제와 반복에 불과하다. 복사실은 지하에 있어서 자연적인 시계의 구실을 해줄 햇빛마저 들지 않으므로 주인공은 "매일 낮과 매일 밤이 각각 다르게 흘러간다는 사실을 잊었다". 그는 이 지하의 복사실에서 "제본도서"를 읽는다. 이 복사본들은 "같은 색감의 표지 때문인지 내용과 분야가 각기 다름에도 불구하고 모두 비슷해 보였다". 이런 삶에서 아우라의 붕괴는 필연적이다.

이처럼 같은 것이 반복되는 단조로운 일상은 현대소설의 주제로서 전혀 새로울 것이 없다. "아침에 기상, 전차를 타고 출근, 사무실 혹은 공장에서 보내는 네 시간, 식사, 전차, 네 시간의 노동, 식사, 수면 그리고 똑같은 리듬으로 반복되는 월화수목금토, 이 행로는 대개의 경우 어렵지 않게 이어진다." 카뮈가 『시지프 신화』에서 현대인의 삶을 이 짤막한 한마디로 요약한 것은 벌써 반세기도 훨씬 넘는 저쪽의 일이었다. 다만 편혜영의 21세기 주인공 "그"가 20세기 부조리의 인간과 다른 점은 이 단조로운 삶과 마주하여 "왜?"라고 의문을 제기하거나 이 기계적인 생활을 되돌아보며 "권태"를 느끼지 않는다는 데 있다. 그는 권태를 통하여 의식의 각성에 이르는 것 같지 않다. 그는 언제나 같다는 것, 그것 때문에 "낮게 한숨을 내쉬었으나 이내 언제나 같아서 다행이라 생각하며 한숨을 거둬들였다." 그의 복사실에서는 한숨 또한 복사된다.

그렇다면 소설 속에서 서술되고 있는 "그"의 일상은 과연 "언제나 같은"가? 놀랍게도 이 소설이 서술하고 있는 "오늘"은 이 단조롭게 반복되는 일상 속에서 "처음" 부닥치는 예외의 하루, 다름의 하루라고 해야 옳다. 그는 하루 평균 106명이 죽은 도시의 지하철 승강장에서 그 106명 중 하나가 바로 자신 앞에서 투신하여 목숨을 버리는 것을 "처음" 목격한다. 그 때문에 그는 늘 타는 8시 38분 열차를 "처음으로" 타지 못한다. 그는 지하철이 아니라 택시를 탄다. 그는 "처음으로" 제시간에 복사실 문을 열수 없었다. 그는 "다른 날보다 삽십 분 늦게" 복사실을 열었다. 그의 하루는 참혹하게 "다른" 하루다. 그는 저녁에도 역사를 빠져나가 집으로 돌아가는 대신 처음으로 '반대편 출구를 통해 아침 출근열차를 타는 플랫폼으로 되돌아온다'. 그는 지하 복사실에서 밤을 꼬박 세운다. 아침이 되자 그는 "정해진 시간"에 복사실 문을 열었다.

그러니까 "동일한 점심"이라는 같음의 외피 속에는 몸서리치게 다른 자폐적 하루가 내장되어 있는 셈이다. 주인공은 이 음산한 다름을 동일성으로 은폐하기에 급급하다. 어느 면 동일성 그 자체의 단조로움보다도 다름의 은폐가 만들어내는 결과라는 점에서 자폐적이고 위험하다. 이 자폐성은 복사실에서 혼자 김밥을 먹는 장면에서 잘 드러난다. "문을 닫고 김밥을 먹고 있는 동안 사람들은 끊임없이 복사실을 찾아왔다. 그들은 신경질적으로 잠긴 문고리를 돌렸다. 화장실이 아닌데 똑똑 두 번 두드려 노크를 하기도 했다". 음식의 입구인 식당이 자폐적 출구인 화장실로 복제된 느낌이다. 근래에 편혜영이 복귀한 일견 평범해 보이는 일상의 동일성과 반복은 그 속에 과거보다 오히려 더 섬뜩한 다름의 크레바스를 감추고 있다. 그 일상을 단조롭게 실어나르는 궤도는 투신한 사내의 "피가 검게 스며들면서 이내 원래 있던 얼룩과 섞"인 침목 위로 뻗어 있는 것이다. 이 소리 없는 비극은 전염성이 강하다. 소설은 항시 다른 개별성으로 치환가능한 빈칸인 익명의 3인칭 대명사 "사내"를 상호 복제 가능한 존재들로 암시하고 있다. "손에 힘을 주어 쥐고 있던" 신문을 읽고 있던 "사내"는 과연 투신한 사내일까 아니면 살아서 그 투신을 목격한 사내일까? 죽음은 삶을 복제하는 거울일까? 우리는 "사내"를 통하여 삶 속에 입을 벌리고 있는 깊은 어둠을 들여다본다.

대니 드비토

황정은

1976년 서울 출생.
2005년 『경향신문』 등단.
소설집 『일곱시 삼십오분 코끼리열차』.

대니 드비토

펭귄맨이었던 배우의 이름이 뭐였더라, 하고 생각한 순간에 깨달았다.

나는 죽고 만 것이었다.

무덥고 맑은 오후였다. 잔, 잔, 잔, 잔, 하고 냉장고가 돌아가기 시작했다. 이 도시에서 그런 소리를 내며 돌아가는 냉장고는 오로지 그 냉장고뿐일 거라고 나는 생각하고 있었고, 이제 죽은 입장에서, 나는 다시 한 번 그 생각을 하고 있었다. 잔, 잔, 잔, 잔, 하고 냉장고가 돌아갔다. 그 소리에 자극을 받고 작은 소용돌이처럼 돌돌 말리며 천장으로 떠올랐다가, 흐르다가, 스테인리스 표면처럼 맑아졌고, 스푼처럼 오목해졌다가, 본래 있던 자리로 돌아와서, 확고해졌다.

어머, 하고 생각했다.

나, 죽었어.

냉장고 모터가 툭, 소리를 내며 멈췄다. 복자가 방에서 나왔다. 복자는 여전했다. 복자를 따라서 거실로 이동했다. 커다란 창을 투과한 햇빛이 거실을 데우고 있었다. 달걀노른자 속처럼 노랗고, 노랗고, 답답하게 노란 빛깔이었다. 무척 더울 것이 틀림없었는데, 이것은 추측일 뿐이고, 나는 이미 죽어버린 사람이라 더위고 뭐고 아무것도 느껴지지 않았다. 천천히 움직이는 복자를 따라 천천히 움직였다. 복자는 부스스한 눈길로 천장을 보고 있다가 바닥에 놓인 접시 쪽으로 걸어갔다. 복자가 물을 핥아먹었다. 복자가 혀를 댈 때마다, 바닥에 앵두가 그려진 납작한 접시 속에 담긴 물이 조그맣게 일렁였다. 나는 복자를 불렀다.

복자야.

복자야.

복자는 여전했다. 여전히 듣지 못하거나, 듣지 못하는 척을 하고 있었다. 죽은 사람의 기척이라면 들을 수 있을지도 모르고, 달리 할 일도 없었으므로 나는 계속 복자를 불렀다. 복자야. 복자야. 복자야.

복자야.

복자가 문득 이쪽을 돌아보았다. 끈질기군, 하는 듯한 얼굴로 미간에 주름이 잡혀 있었다. 이놈 봐라, 복자야, 하고 한 번 더 부르자 무심히 고개를 돌려 다른 곳을 바라보았다. 그 뒤로는 몇 번을 더 불러도 돌아보지 않았다. 복자는 접시 부근에 있던 조그만 얼룩을 물끄러미 관찰하고 있다가, 얼룩을 발바닥으로 툭, 눌러보곤 하품을 했다. 복자가 방으로 들어갔다. 나는 복자를 내버려두었다. 복자 부르는 것을 그만두고 나니 뭘 해야 좋을지 알 수 없었다. 가만히 서서 유도 씨를 기다렸다.

건너편 건물의 풍속계가 삐걱삐걱 소리를 내고 있었다. 창을 닫아

놓아서 직접 볼 수는 없었지만 커튼에 비친 그림자로 풍속계의 윤곽이 보였다. 양파처럼 생긴 윤곽 속에서 날개가 빙글빙글 돌아가고 있었다. 시장 상인들의 목소리가 멀리서 들려왔다. 나는 기다렸다. 천천히 해가 졌다. 창이 한순간 붉게 빛났다가 사방의 빛이 사위고 마침내 날이 저물었다. 밤이 되었다. 이제는 윤곽도 보이지 않는 풍속계가 바깥의 어둠 속에서 이따금씩 삐걱거리며 돌아갔다. 울적한 마음으로 유도 씨를 기다렸다.

언제 오려나.

언제 오려나.

복자가 거실로 나와서 묘, 하고 울었다. 빈 밥그릇을 발로 눌러서 엎어놓고, 다시 묘, 하고 울었다. 지금의 나로서는 복자에게 먹이를 챙겨줄 방법이 없었으므로 가만히 있었다. 복자와 둘이서 현관을 응시했다. 유도 씨를 기다렸다.

한밤에 열쇠 물리는 소리가 나고 문이 열렸다. 유도 씨가 안으로 들어왔다. 나는 번개처럼, 몇 차례 꺾이면서, 빠르게, 유도 씨에게 달라붙었다. 붙어서 비비고 조였다. 유도 씨는 나를 달고 무심하게 거실을 가로질렀다. 오랜만이야, 하고 나는 박편薄片처럼 부들거리며, 말했다. 유도 씨의 윤곽, 정말 오랜만이야. 그러나 유도 씨는 조금도 알아채지 못하고 방으로 들어갔다. 어느새 방으로 돌아가 있던 복자가 양말 바구니 속에서 울었다. 유도 씨는 가방을 내려두고, 불을 켜고, 넥타이를 풀고, 바구니 바깥으로 나온 복자를 만지고, 양복을 벗고, 다시 복자를 만지며 얼마간 앉아 있다가, 왼쪽 양말을 벗고, 오른쪽 양말을 벗었다. 유도 씨는 약간 마른 듯했고, 창백한 불빛 때문인지 머리털 색이 좀 바래 보였다. 내 이름을 부르면서 울지도 모른다고 나는 생각했지만, 울지는 않았다. 그저 세탁물을 모아서 바구니에 넣고, 복자의 밥을 챙겨

주고, 물을 한 잔 마시고, 샤워를 한 다음에, 욕실 창을 열어두고 나와서, 머리가 마를 때까지 텔레비전을 보다가, 두 시쯤 잠자리에 들었다. 나는 약간 어리둥절한 채로 유도 씨의 발치에 머물렀다. 복자도 잠들었고, 유도 씨도 잠들었다.

매정하네, 라고 생각했다.

나는 내가 언제 죽었는지를 생각해보려고 했지만, 그게 뭐가 중요한가 싶어서 그만두었다. 얼마 되지 않았다고 생각할 뿐이었다. 몇 가지 물건들이 아직 정리되지 않은 채로 남아 있었다. 신발장엔 샌들, 빨래바구니 바닥엔 내가 벗어둔 속옷과 셔츠, 욕실엔 내가 사용하던 샴푸가 남아 있었고, 읽다가 엎어둔 책도, 먼지가 좀 쌓인 채로, 작은방에 그대로 엎어져 있었다. 얼마 되지 않은 원령이라네, 라고 나는 생각했다.

*

유도 씨는 아침과 저녁에 세면대를 닦았다. 세면대와 타일을 말끔한 상태로 유지하는 것은, 유도 씨에게, 도무지 양보할 수 없는 취미이자, 고집이자, 철학이었다. 지저분한 세면대를 내버려두고 외출하면 내내 마음에 걸려서 바깥일에 집중할 수가 없다는 것이었다. 아침에 세면대를 꼼꼼하게 닦아두고, 외출하고 돌아와서 잘 마른 타일이며 도기 표면을 눈으로 확인하면, 하루의 피로가 말끔하게 씻긴다는 것이 유도 씨의 주장이었다.

유라.

어느 날 저녁에, 유도 씨가 나를 불렀다.

이날도 유도 씨는 세면대를 닦고 있었다. 허리를 구부린 채로 솔질을 하느라 땀을 흘리고 있었고, 열중한 상태라서 입을 약간 벌리고 있었다. 그때 말했다.

유라.

깜짝 놀라서, 바라보았다. 유도 씨는 완전히 방심한 얼굴을 하고 수도꼭지 부근을 닦고 있었다. 움푹 들어간 곡면을 작은 솔로 문지르고, 거울로 넘어가면서 다시 유라, 하고 말했다. 나는 거듭 정말 놀랐지만, 그는 쓱싹쓱싹 거울을 닦고만 있었다.

유라.

그게 버릇이 되었다.

머리를 빗으면서, 구두를 신으면서, 면도기를 물에 헹구면서, 복자의 물그릇에 물을 채우면서, 유도 씨는 무심히 내 이름을 말했다. 그렇다고 딱히 나를 골똘하게 생각하는 것 같지도 않은 모습이었다. 감상도 염원도 없이 그저, 유라, 가 반복될 뿐이었다. 나는 그저 말로, 아무것도 바랄 것도, 기댈 것도 없는, 두 음절의 말로서, 유도 씨의 입버릇이 되었다.

유라.

응.

유라.

응.

매번, 틀림없이 대답을 했지만 나는 조그만 힘도 없는 원령이라서, 대답해도, 유도 씨는 내 대답을 듣지 못했다.

예전에, 유도 씨와 나는 둘 중 하나가 먼저 죽으면 어떻게 될 것인가에 대해서 대화를 나눈 적이 있었다. 텔레비전 때문이었다. 우리는 그날 기름유출사고로 생계가 엉망이 되어버린 어촌을 취재한 르포를 보았다. 기자가 한 집을 찾아갔다. 그 집에선 부부가 굴양식업을 하고 있었는데, 얼마 전에 남편이 약을 먹고 자살을 해버렸다. 부인이 기자를 데리고 창고로 가서 지난 계절 내내 그들이 작업한 것을 보여주었다. 조그만 구멍이 뚫린 굴껍질이 무더기로 쌓여 있었다. 이걸 전부 같이 했어요. 부인이 멍한 얼굴로 무더기를 바라보며 말했다. 둘이서 겨울 내내 굴껍질에 구멍을 뚫으며 다음 계절을 준비해두었는데, 남편이 죽어버렸다는 것이었다. 텔레비전 속에선 누구도 울지 않았지만 텔레비전 밖에선, 소리도 내지 않고 눈과 코를 닦으며, 유도 씨가 울었다. 나는 생각해보았다. 부부가 나란히 앉아, 걱정에 잠겨서, 무수한 굴껍질에 구멍을 뚫을 때까지만 해도 남편은 있었는데, 이제 그는 없고, 부인과, 그가 뚫어둔 무수한 구멍과, 생계가 남았다. 그날 밤, 잠을 자려고 누워 있다가 내가 말했다.

난 죽을 거야.

뭐야.

쓸쓸해서 죽을 거야.

무슨 말이야.

만약에, 유도 씨가 먼저 죽으면 난 시들어 죽을 거야.

아, 뭐 또, 그런 이상한 소리를 해.

유도 씨가 죽고 없는 세상을 생각해봤는데, 안 되겠어. 혼자서 굉장히 쓸쓸할 테고, 도무지 자신이 없어.

죽겠다고 간단하게 죽을 수 있겠냐, 사람이.

하여간 그래.

얼른 자.

유도 씨는 어때.

뭐가.

내가 먼저 죽었다고 생각해봐.

그야, 살겠지.

뭣이.

어떻게든 살겠지.

유도 씨가 천장을 향해 누워서 히히, 웃었다. 나는 유도 씨 쪽으로 손과 발을 마구 뻗어대며 툴툴거렸다. 유도 씨가 어둠 속에서 내 손을 손바닥으로 받아내며 말했다.

그렇지만 살아도 사는 게 아니겠지, 히히히.

그러면 내가 먼저 죽자.

얘기가 왜 그렇게 돼.

몰라, 잔소리하지 마. 어쨌든 죽으면, 나는 틀림없이 유도 씨한테 붙을 거다. 난 죽어서도 쓸쓸할 테니까, 유도 씨가 반드시 붙여줘야 돼.

응.

일부는 진심이었지만, 총체적으론 농담이었고, 농담으로 받아들일 거라고 생각하며 한 말이었는데, 뜻밖에 진지한 목소리로 대답이 돌아왔다. 붙어, 하고 유도 씨가 말했다.

얼마든지 붙어.

사양하지 않고, 나는 붙었다.

정수리부터 발가락까지, 내키는 곳에 내키는 대로, 붙어 다녔다. 유
도 씨의 정수리와 오른쪽 팔이 가장 좋았다. 유도 씨는 오른손잡이니
까, 거기 붙으면 이리저리 흔들렸다가, 기울었다가, 늘어질 수 있어 좋
았고, 정수리에선 여러 가지를 광범위한 각도로 엿볼 수 있었다. 하지
만 오래 그렇게 할 수는 없었다. 이상하게 어깨와 목이 뻣뻣하다는 이
유로, 유도 씨가 병원을 다니기 시작했기 때문이었다. 원령이라도, 어
쩌면 원령이라서, 살아 있는 몸에 부담이 되는 듯했다. 어쩌면, 어쩌
면, 어깨 위쪽이란, 심령적인 면에서 특별히 민감한 부분인지도 몰랐
다. 그래서 균등하게 나눠 붙었다. 음울한 것은 유도 씨의 발등으로 내
려가고, 비교적 밝은 것은 옆구리에 붙고, 원령으로서의 호기심은 정
수리와 손등에 머물렀다. 그 밖의 잡념은 각자 좋을 곳으로, 유도 씨의
윤곽 여기저기로, 흩어졌다. 원망하는 마음이 어쩔 수 없이 강해질 때
는 유도 씨의 발꿈치에 스멀스멀 모였다가 바닥에 달라붙었다. 그런
경우를 제외하고는 어떻게든 유도 씨에게 붙어 다녔지만, 차츰 많은
부분을 집에 남겨두고 붙어 다니다가, 더는 붙어 다니지 않게 되었다.
거리에, 너무나 많은 자극이 흩어져 있었으므로, 내가 나의 점착상태
를 안정적으로 유지할 수가 없었기 때문이었다. 하루는 이발소 앞에
서, 환풍기가 돌아가는 소리에 매혹되는 바람에, 도대체 내가 무엇인
지를 잊은 상태로 이틀이나 거기 묶여 있다가, 다시 그 길을 걸어 퇴근
하는 유도 씨를 발견하고 간신히 달라붙은 적도 있었다. 그 뒤로는 집
에 머물렀다. 집에서, 유도 씨의 사물 곁에 머물면서, 유도 씨를 기다
렸다. 무료함이 깊어지면 건물벽을 따라 수직으로 천천히 오르내리며

산책을 대신했다.

　나는 기다리고 있었다. 유도 씨가 하루라도 빨리 죽어서, 원령으로서, 우리가 다시 만나게 될 날을 기다리고 있었다. 언젠가 사라지더라도 원령으로서, 함께 사라지고 싶다는 것이 나의 바람이었다. 이따금 뭘 기다리는지를 잊어버린 채로 기다리는 일도 있었지만 하여간, 기다렸다. 기다리고 기다렸다. 시간이 무심히 흘러서, 나는 이제, 얼마 되지 않은 원령, 같은 것이 아니었다. 도무지 그런 신선한 것이 아니었다.

　그저 기다렸다.

*

　유도 씨는, 새로운 연애를 시작하면서, 유라, 하고 말하는 것을 그만두었다. 의식적인 노력이 있었던 것은 아니고, 자연스럽게 그렇게 되었다.

　자연스럽게, 잊혀지고 말았다.

　유도 씨의 새로운 연인은 미라, 라는 사람이었다. 얼굴이 희고, 몸이 작고, 매끄러운 머리를 얇은 핀으로 고정시켜서 목 뒤로 늘어뜨린 모습이 아름다운 여자였다. 유도 씨가 감기로 결근한 날에 그녀가 집으로 찾아왔다. 벨이 울렸고, 유도 씨가 문을 열어주었다.

　아.

　유도 씨는 이렇게, 잠깐 놀라고 말았을 뿐이었다. 미라 씨는 집 안으로 들어와서 유도 씨에게 죽을 먹였다. 유도 씨가 잠자코 죽을 먹는 동안, 그녀는 가만히 앉아서 그걸 바라보았다. 복자가 문턱에 앉아서 하품을 했다. 미라 씨는 복자를 향해서 손가락을 벌려 보이며 미야, 미야, 하고 소리를 냈다. 미라 씨, 하고 유도 씨가 말했다.

이제 그만 돌아가세요.

그냥 두세요, 라고 그녀가 말했다.

조금만 더 있다 갈게요.

그녀는 별다른 말도 없이 앉아 있다가 날이 저문 뒤에 돌아갔다. 나중에, 유도 씨가 미라 씨에게 전화를 걸었다. 그렇게 되었고, 또 그렇게 되었다. 유도 씨는 미라 씨를 믿었고, 미라 씨도 유도 씨를 믿었다. 복자도 미라 씨를 따랐고, 미라 씨도 복자를 잘 돌봐주었다. 그들은 셋으로 부드럽게 완결된 듯 보였고, 원령으로서, 나는 분했다.

너무 오래 살아 있는 거 아니야, 유도 씨.

어느 날, 그런 기분으로 유도 씨의 발을 끌어당겼다. 운전을 하고 있던 유도 씨는 원령에 접착된 발로, 가속기를 힘껏 밟아버렸다. 그는 가속기에서 발을 떼려고 노력하면서, 짧은 지그재그를 몇 차례 그렸다가, 가로수를 들이받았다. 쿵, 하고 묵직한 파동이 일어났다. 마른 나뭇잎들이 엔진 덮개 위로 후드득 떨어졌다. 고요해졌다.

나는 뒷좌석에 몰린 채로 유도 씨를 응시했다. 유도 씨는 한동안 움직이지 않고 있다가, 벨트를 풀고 다시 한동안 움직이지 않고 있다가, 천천히 움직여서 바깥으로 나갔다. 범퍼와 엔진 덮개, 가로수의 상태를 살피고, 허리에 손을 얹은 채 멀미를 참는 듯한 모습으로 바닥을 내려다보며, 오른쪽 발을 몇 번 굴러본 다음, 운전석으로 돌아왔다. 안색이 창백했다. 다친 곳은 없어 보였다. 크게 다치지 않은 유도 씨를 바라보며 애석하다고 생각하는 마음이 비교적 커서, 정말로, 음산한 원령이 되고 말았다고 나는 생각했다. 유도 씨는 핸들에 두 손을 올리고, 뒤쪽의 뭔가를 살피듯 뒷거울을 빤히 들여다보았다. 나는 움직이지 않고 유도 씨의 시선을 받았다. 모처럼, 이라고 생각하면서, 거울을 통해, 있는 힘껏 받아두었다.

*

유도 씨와 미라 씨는 가을에 결혼했다. 유도 씨에겐 먼 친척이 서너 명 있었고 미라 씨에게는 노모와 친척이 두 분 있을 뿐이라서, 식은 아주 작게 치러졌다. 미라 씨의 소박한 부케는 미라 씨의 동료직원이 받았다. 유도 씨와 미라 씨는 복자를 친척에게 맡겨두고 섬으로 여행을 떠났다.

나는 집에 남았다. 머물렀다.

어째서 여기 있는 걸까.

벌을 받고 있는 걸까, 하고 생각했다. 생전에 내가 무엇을 유별나게 했는지를 생각해보았다. 생각나는 것이 별로 없었다. 남다른 것은 없었고, 복근과 단전을 열심히 단련했을 뿐이었다. 복근과 단전을 열심히 단련한 사람의 경우, 죽어서도 얼마간 남아서 이런저런 생각을 하게 되는 걸까.

유도 씨도 없고 복자도 없는 집에서, 막막한 마음으로 벽을 따라 오르내렸다. 북쪽 벽을 따라서, 바닥을 통과해서 아랫집의 천장에 붙어 있다가, 천천히 하강해서 다시 바닥을 통과하고, 다시 그 아랫집의 천장에 달라붙었다. 어두운 방이었다. 두터운 이부자리 속에 노인이 누워 있었다. 그는 막 숨이 끊어지려는 참이었다. 플라스틱 물풀과 빨간 금붕어가 담긴 수족관 불빛이 그의 납작하고 조글조글한 얼굴을 비추고 있었다. 이불 속에서 그의 가슴이 조금 팔딱거렸고, 이윽고 숨이 멎은 뒤에, 노인의 이마에서 둥근 것이 부풀더니 에라, 하면서 사라졌다.

에라.

그는 어째서 그런 말을 남기고 사라졌을까. 나이를 먹어 죽는 사람들은 모두 그렇게 사라지는 걸까, 에라, 하고. 어쩌면 그것은, 개인적인 경우일 뿐이고, 다른 노인들은 그렇지 않을 수도 있었다. 어쩌면, 어쩌면 그는 에라, 가 아니고 애라, 라고 했을지도 몰랐다. 애라, 하고 누군가의 이름을, 부른 것일지도 몰랐다.

애라.

에라.

나는 왜 그렇게 되지 않는 걸까, 왜 진작 그렇게 되지 않았을까.

나는 이제 생강 냄새를 진하게 풍기고 있었다. 그런 냄새를 풍기게 된 연유 같은 것은 따져보고 싶지도 않았다. 어느 순간부터 그랬는데, 어쩌면 나처럼 복근이 단련되어서 남아버린 원령의 경우, 결국엔 생강 냄새를 풍기게 되는 것이 이 세상의 이치인지도 모르겠다고 생각해볼 뿐이었다.

여행에서 돌아온 유도 씨와 미라 씨는, 복자와 더불어 잘 살아가고 있었다. 유도 씨는 매일 미라 씨의 머리를 만졌다. 미라 씨는 유도 씨의 손길에 가만히 머리를 맡긴 채, 저, 이 방에선 생강 냄새가 나요, 그렇지 않나요, 라는 둥, 속삭이고, 속삭이는 것이었다.

*

복자야.

하고 부르자 문득 돌아보았다.

복자는 그 밤에 죽었다. 늙고 가볍고 느긋한 생물로서, 천수를 누리고 죽었다. 밤에, 내가 그 과정을 지켜보았다. 문득 머리를 털며 일어나더니 물그릇 쪽으로 가서 물을 마시려는 듯 그릇 속을 보다가 바닥에 엎드렸다. 어둠 속에서 두 번 숨을 쉬고, 세 번째로 야트막한 숨을 쉰 후로, 그만이었다. 복자는 작은 볼을 바닥에 댄 채로 한 차례 이완되었다가 빠르게 굳어갔다. 아침에 미라 씨가 거실 한구석에서 심상치 않게 수축된 한 점을, 복자를, 발견했다. 그녀는 양주병이 들어 있던 나무상자에 복자를 넣었다. 유도 씨가 멍한 눈빛으로 그 속을 들여다보았다. 유도 씨는 풀이 죽은 모습으로 출근을 하고, 미라 씨가 복자를 태우러 갔다.

복자야.

복자야.

복자는, 원령이라고는 할 수 없는 신묘한 기색을 남겼다. 부엌에서 거실로 넘어가는 모퉁이에서, 폭이 넓은 주름으로 얼마간 일렁거리다가, 어느 날 어딘가로 가버렸다. 생강 냄새 같은 것도 흘리지 않았고, 한 겹의 주름도 더는 그 자리에 남긴 것이 없었다. 근사하다고, 생각했다. 나는 남았다. 어쩔 수 없이, 머물렀다.

*

나는 냉장고를 바라보았다. 이 냉장고는 잔, 잔, 잔, 잔, 하며 돌아가지 않았다. 잔, 잔, 잔, 잔, 하며 돌아가던 냉장고는 오래전에 버려졌다. 모터를 비롯해 너무 많은 부품이 낡아서 더는 기능할 수 없다는 평가를 받고, 새로운 냉장고를 배달하러 온 사람의 트럭에 실려, 서비스적인 의미에서, 수거되었다. 나는 냉장고를 바라보았다. 나는 이것을 바라본다, 고 생각했다. 나는 이것을 본다, 보다니, 하지만, 무엇으로, 무엇을, 어디에서, 언제까지, 보는 나는 무엇이고, 앞으로, 앞이 있다면 말이지만, 무엇으로, 될까, 어디에서, 언제까지, 무엇을, 무엇으로, 본다, 그런데, 누가, 누군가, 무엇으로, 무엇을, 그러나, 어디에서, 언제까지, 하고 반복해서 생각하다가, 전혀 확고하지 않은 상태로, 퍼졌다. 냉장고 곁에서.

유도 씨.

유도 씨는 미라 씨와 더불어 아이를 낳고, 아이에게 '안'이라는 이름을 붙이고, 새로운 아파트로 이사를 하고, 가구와 식기를 비롯해 끊임없이 교체되는 물건의 값을 지불하고, 안을 기르고, 계획을 세우고, 계획을 잊고, 계획을 포기하고, 다시 계획을 세우고, 계획에 근접한 형태로 실행하고, 좋거나 나쁘거나 이도저도 아닌 결과들을 기다리고, 병원을 다니며 몇 가지 질병을 치료하고, 중년에 접어들 무렵에 구조조정으로 일자리를 잃었을 때는 잠시, 많이, 방황했지만 어떻게든 받아들이고, 만두가게라는 형태로 순응해서, 노력을, 말하자면 생계生界를 이어가기 위한 노력을 이어가는 중에, 재미를 얻기도 하고 잃기도 하면서, 이제는 상당히 쇠약해졌으나 어떤 의미에서는 견고해진 모습으로, 살아가고 있었다.

안은 12세 때 손가락이 두 개 부러지는 사고를 당했지만 이후로는 별다른 일이 없었고, 중학교에 입학해서는 개구리에 취미를 두었다. 개구리 자명종, 개구리 베개, 개구리 이불, 개구리 볼펜, 개구리 노트, 개구리 반창고까지, 이것저것 종류별로 개구리에 관한 제품을 모아서 자기 방에 잔뜩 늘어놓고, 그 속에서 혼자 지내기를 너무 좋아해서 유도 씨와 미라 씨가 걱정을 했지만, 좀 더 나이를 먹은 뒤엔 개구리에 대한 취미를 미련 없이 버렸고, 미라 씨를 60퍼센트, 유도 씨를 40퍼센트 정도 닮은 듯한 아가씨로 자랐다. 그녀는 회사에서 만난 남자와 결혼하여 미라 씨를 20퍼센트, 유도 씨를 10퍼센트, 그녀 자신을 30퍼센트, 그녀의 남편인 회사원을 40퍼센트 정도 닮은 듯한 사내아이를 낳았다.

　미라 씨도 나이를 먹고, 유도 씨도 차츰, 나이를 먹고 있었다.

　나로 말하자면 어디로도 수거되지 못하고 머물고 있었다. 이제는 누군가를 향해서 너무 오래 사는 게 아니냐고 원망하는 마음도 들지 않았다. 생강 냄새마저 사라진 채로 남의 집 거실 한구석에서, 염치고 뭐고 없는 한 조각의 다시마처럼 바짝바짝 묵어가고 있을 뿐이었다.

　유도 씨도, 미라 씨도, 안도, 차츰, 차츰, 나이를 먹었다. 차츰, 차츰, 시간이 흘러서, 유도 씨로 말하자면 이제 체격이 무척 왜소해졌고, 머리숱과 말이 줄었다. 여름엔 머리 가죽이 뜨겁고 겨울엔 머릿속이 춥다고, 전에는 돌아보지도 않던 모자를 쓰고 다녔고, 겨울에 외출할 때는 반드시 머플러를 챙겼다. 차츰, 차츰, 그리고 무심히, 시간이 흩어지고 있었다.

　미라 씨는 71세에 암으로 병사했다.

　발견에서 마지막까지 조용하고도 가파른 말년이었다. 그녀는 방사선치료를 거부하고 집에 머물렀다. 마지막엔 거의 아무것도 먹지 못한 채로 한 달을 차분하게 견뎠고, 나흘 간 의식을 잃은 상태로 누워 있다가 새벽에 숨이 멎었다. 에라, 같은 말은 단 한마디도 남기지 않았다.

　장지에서 돌아온 밤에 유도 씨는 무척 음주한 상태로 부엌에 누웠다. 아버지를 살피기 위해 집으로 동행한 안이 여러모로 애를 썼으나, 고집을 피우는 그를 방으로 옮기지는 못했다. 그녀는 그에게 이불 한 장을 덮어 두고 방으로 들어갔다. 불이 꺼졌다. 안이 펼쳐둔 이불의 한 모서리로, 붉은귀거북의 머리처럼 느슨하고 동그란, 유도 씨의 얼굴이 노출되어 있었다. 그는 어둠 속에서 눈꺼풀을 닫고 누워 있다가 바지를 열고 싱크대를 향해 소변을 누었다. 바닥이 젖고 이불이 젖고 주름 잡힌 옆구리가 젖었다. 힘껏 소변을 눈 다음엔 힘이 빠져버렸는지, 요도를 내놓은 채로 잠이 들었다.

안이 새벽에 부엌으로 나와서 그 모습을 보았다. 그녀는 사방으로 퍼진 소변을 닦고 다른 이불을 가져왔지만 유도 씨의 요도는 어쩌지 못하고, 이번에도 이불만 덮어두고 방으로 돌아갔다.

문이 닫혔다.

유도 씨가 남았다.

날이 밝은 뒤 안은 안의 집으로 돌아가고, 유도 씨가 남았다.

*

세 개의 점이 하나의 직선 위에 있지 않고 면을 이루는 평면은 하나 존재하고 유일하다.

세 개의 점이 하나의 직선 위에 있지 않고 면을 이루는 평면은 하나 존재하고 유일하다, 라고 중얼거리는 원령이 들어왔다. 부스러기 같은 것이었다. 어디에서 어떻게 흘러 들어왔는지는 모르겠지만, 어느 날 현관에서 심상치 않은 기색으로 부스러져 있는 것을 내가 발견했다. 세 개의 점이 하나의 직선 위에 있지 않고 면을 이루는 평면은 하나 존재하고 유일하다. 그게 뭐냐고 묻자, 평면의 정의입니다, 라는 답이 돌아왔다. 그런 걸 어째서 외우고 있냐고 묻자 더욱 심상치 않은 기색을 띠고 모였다가 다시 부스러지면서, 모르겠습니다, 라고 답했다. 이것

말고 다른 것은 생각나지 않습니다. 그러니까 외웁니다. 세 개의 점이 하나의 직선 위에 있지 않고 면을 이루는 평면은 하나 존재하고 유일하다. 그 뒤로는 무엇을 물어도, 같은 말을 되풀이했다.

이 부스러기나, 이 부스러기로부터 끊임없이 되풀이되는 평면의 정의라는 것이 좋지 않은 영향을 미쳤는지, 유도 씨의 상태가 묘해지기 시작했다.

미라 씨의 죽음 이후로 유도 씨는 함께 살자는 안의 제의를 거절하고, 미라 씨와 둘이서 노년을 보내던 집에서, 혼자 밥을 해 먹고 낮잠을 자고 해질 무렵에 산책을 나가거나 기보를 펼쳐놓고 바둑을 두며 지내고 있었다. 어느 날 그는 거실에서 방으로, 문턱을 넘어가다가 앞쪽으로 뒹굴었다. 뒹굴, 뒹굴, 한 바퀴 반을 구른 다음에, 놀라고 당황한 듯한 얼굴로 뒤쪽을 돌아보았다. 문턱에 뭔가 있었다고 생각하는 듯했다. 그러나 문턱은 평소처럼 있는 듯 없는 듯 나지막할 뿐이었다. 이날이 기점이었다고 말할 수는 없지만 이런 식으로, 계단, 비탈길, 평지를 가리지 않고, 두 번 세 번 넘어지는 일이 되풀이되었다. 안이 아버지를 병원으로 데리고 가서 병명을 얻어왔다. 유도 씨로서는 발음하기도 쉽지 않은, 누군가의 이름이었다.

상승하고 있습니다, 라고 부스러기가 말했다.

저는 깊이, 깊이, 상승하고 있습니다, 라는 말을 남기고, 어느 날 아침에, 아주 부스러져버렸다.

*

오랫동안, 내가 무엇이었는지를 잊고 있었다.

나는 톱밥가루가 날리는 서랍에 든 앨범 속에서, 사진 한 장에 붙어 있었다. 여름옷을 입은 여자가 흰 돌이 박힌 벽을 등지고 서 있었다. 그녀는 한쪽 팔을 들어 프레임 바깥을 가리키고 있었고, 흐릿한 이마엔 머리카락이 조금 흩어져 있었다. 생전의 내 모습이라는 걸 한참 만에 알았다.

나야, 라고 생각한 순간엔 윤곽이라고 할 수 있을 만한 것이 비늘처럼 곤두섰다가 가라앉으며 나는 일순 확고해졌지만, 그것은 말 그대로 일순일 뿐이었다.

아무래도 나는 사라지고 있는 듯했다.

사라진다기보다는 너무 광범위하게 번지고 퍼져서, 끝내는 돌이킬 수 없이 묽고 무심한 상태의, 일부가 되는 듯했다. 나는 아직 나의 일부인 나를 추슬러 간신히 서랍에서 흘러나왔다.

넓고 반듯한 방이었다. 커다란 창이 하나 있고, 침대와 서랍장이 세 개씩 놓여 있었다. 유도 씨는 가운데 침대에 누워서 천장을 보고 있었다. 오른쪽 침대엔 머리를 바짝 깎은 노인이 잠들어 있었고, 왼쪽 침대는 이불이 발치 쪽에 구겨진 채로 비어 있었다. 세 개의 서랍장 위엔 가습기가 놓여 있었는데, 유도 씨의 몫을 제외하고는 모두 꺼져 있었다. 유니폼을 입은 남자가 빼빼 마른 노인을 휠체어에 싣고 들어와 비어 있던 왼쪽 침대에 눕혔다. 그는 그 노인 몫의 가습기를 켜고, 이제는 빈, 휠체어를 착착 접어 구석에 세워두었다. 두 개의 가습기가 뻐끔거리는 소리를 내며 습기를 뿜었다. 유도 씨는 성가시거나, 혹은 신기하다는 듯 머리 위로 너울거리는 습기를 바라보고 있었다. 작은 물방울이 유도 씨의 눈썹에 달라붙었다. 침대 발치 쪽에, 유도 씨의 이름이 적힌 휠체어가 접혀 있었다. 신발은 어디에도 보이지 않았다.

유도 씨.

이제, 걷지 못하는 걸까.

희박해지려는 나를 모아서, 유도 씨에게 점착했다.

머물렀다.

거기엔 유도 씨 말고도 사람이 많았다. 대부분 유도 씨처럼, 몸을 제대로 움직일 수 없는 노인들이었다. 거기엔 유도 씨의 것이 별로 없었다. 유도 씨가 누운 침대도, 유도 씨가 사용하는 베개도, 유도 씨가 덮는 담요도, 유도 씨가 입은 실내복도, 가습기도, 플라스틱컵도, 모두 유도 씨의 몫이었으나, 유도 씨의 것은 아니었다. 나는 가능한 바짝, 유도 씨 곁에 머물렀다. 점착이 시원치 않았다. 자꾸 미끄러졌다. 미끄러질 때마다 흩어졌고, 조금씩, 잃어버렸다. 이제 아주 작은 것들만 남았다.

머물렀다.

안의 식구들이 이따금 유도 씨를 보러 왔다. 명절이나 여름휴가가 시작되면 그들은 유도 씨를 그들의 집으로 데려갔다. 유도 씨는 거기서 닷새나 일주일 정도를 머물렀다가 시설로 돌아왔다. 연휴의 끝 무렵에, 안이 짐을 꾸리기 시작하면, 유도 씨는 흐릿한 눈으로 그녀가 하는 것을 지켜보고 있다가, 구석에 자기 윗도리 하나가 남아 있다는 것 등을 알려주었다. 시설로 돌아오면 입을 벌린 채로 잠을 잤고, 어쩌다 밤에 눈을 떠서, 딱히 생각에 잠긴 것도 아닌 듯한 얼굴로 천장을 바라보았다.

유도 씨는 죽어서 무엇이 될까.

나는 유도 씨에게 고마워, 라고 말한 것을 기억해냈다. 오래전에, 얼마든지 붙어, 라는 대답을 들은 직후였다. 한동안 침묵이 흐른 뒤에 유도 씨가 말했다.

나는 죽은 뒤에 뭔가 남는다거나, 다시 태어난다는 거, 믿지 않아.

왜.

믿고 싶지 않으니까.

어째서.

가혹해서, 생각하고 싶지 않아.

뭐가 가혹해.

예를 들어, 네가 죽여서 나한테 붙는다고 해도 나는 모를 거 아냐.

모를까.

모르지 않을까.

사랑으로, 알아차려봐.

농담이 아니라, 너는 나를 보는데 내가 너를 볼 수 없다면 너는 어떨 것 같아.

쓸쓸하겠지.

그거 봐. 쓸쓸하다느니, 죽어서도 그런 걸 느껴야 한다면 가혹한 게 맞잖아. 나는 이생에 살면서 겪는 것으로도 충분하니까, 내가 죽을 때는 그것으로 끝이었으면 좋겠어. 이왕 죽는 거, 유령으로 남거나 다시 태어나 사는 일 없이, 말끔히 사라졌으면 좋겠다는 얘기야.

그건 너무 덧없다고 내가 말하자, 덧없는 편이 낫다, 라는 것이 유도 씨의 대답이었다. 죽어서도 남을 쓸쓸함이라면 덧없는 것만 못하다는 것이었다.

죽어서도 남을 쓸쓸함이라면.

유도 씨.

유도 씨는, 덧없이 사라질 수 있을까.

에라, 하고.

유라, 혹은 미라, 하고.

나는 기다리고 있었다. 한 쌍의 원령으로 우리가 다시 만나게 될 날을 기다리고 있었다. 기다렸지만, 이처럼 묽고 무심한 상태가 되어가는 입장에서 언제까지 유도 씨를 기다릴 수 있을지, 기다리는 데 성공한다 해도, 한 쌍의 원령으로서, 유도 씨와 더불어 얼마나 함께할 수 있을지, 유도 씨를 내버려두고 내가 먼저 흩어져버리는 것은 아닌지, 그러면 혼자 남은 유도 씨는 어떻게 되는 건지, 확고하다고 할 수 있을 만한 것은, 아무것도 없었다.

그저 바랄 뿐이었다. 유도 씨가 죽은 직후엔 아무런 일도 일어나지 않기를. 유도 씨가 죽고 난 다음엔 무엇으로도 남지 않기를.

말끔히 사라질 수 있기를.

사라져버리기를.

부디.

부디.

대니 드비토.

*

유라.

양지 바른 곳에서, 유도 씨가 말했다.

원령의 사랑, 원령의 약속

황정은의 「대니 드비토」는 독자를 당황스럽게 한다. '대니 드비토'라는 배우의 이름을 딴 제목부터 그렇다. 그 이름은 소설의 마지막 대목에서 딱 한 번 제시될 뿐이다. 소설의 스토리도 일견 의아할 정도로 단순해 보인다. 소설의 일인칭 서술자 유라가 죽는다. 그러나 유라는 죽고 나서도 이승을 떠나지 않고 유도 곁에 머문다. 그리고 유도의 남은 일생이 지나간다. 미라와 결혼도 하고, 안이라는 아이도 낳는다. 수십 년이 더 흘러 그의 아내 미라가 죽고, 마침내 유도도 죽음을 앞두게 된다. 그때까지 원령인 유라는 내내 유도와 함께한다는 것이다. 더 이야기할 것이 있는가.

말해서는 안 되는 자들, 더 이상 말할 수 없는 자들이, 우리에게 타전을 보내고 있는 것이 황정은의 소설이다. 말을 박탈당한 존재이기에 눅눅한 울분 같은 것이 문면에 묻어 있을 법도 하다. 그러나 황정은 소설의 운지법은 한편으론 건조해 보이고 또 한편으론 경쾌해 보이기까지 한다. 예를 들어, 이 소설에서 주인공 유라의 죽음은 '어머, 나, 죽었어.'라는 단 세 마디 말로 처리된다. 마치 잔, 잔, 잔, 하고 돌아가던 냉장고의 모터가 툭, 소리를 내며 멈추는 것과 별반 다를 것이 없다는 투다. 남겨진 사람은 또 어떤가. 유라가 죽은 후 유도는 비탄과 회한에 잠기는 대신—물론 원령이 된 유라는 매정한 처사라 생각하지만—다른 나날과 그리 다를 바 없어 보이는 일상을 지속할 뿐이다.

죽음을 둘러싼 풍경들이 이렇게 담담해도 되는 것일까. 누군가의 죽음을 애도하는 방식은 저마다 다르다. 하지만 그럼에도 우리에게 가장 익숙한 방식은, 한바탕 통곡한 후, 잊어버리는 것이다. 그러나「대니 드비토」에서는 죽은 자도, 산 자도 그 길을 가지 않는다. "언젠가 사라지더라도 원령으로서, 함께 사라지고 싶다는 것이 나의 바람이었다." 이승과 저승 사이, 그 불가해한 영역에서, 죽은 자는 완전히 죽지 못하고 산 자를 그리워하며, 그와 함께 사라질 수 있을 때까지 그를 기다린다. 다른 원령들이 그사이의 영역으로 잠시 등장했다가 서둘러 퇴장할 때에도, 유라는 저승으로 사라지는 원령들이 '근사하다'고 생각하면서도 끝내 유도를 떠나지 않는다.

응당 가야 할 저편으로 떠나지 않는 이 원령은 보이는 것 이상의 강한 힘으로, 보이는 것 이상의 강한 존재와 끈질기게 싸우고 있다. 유라에게 그것은 사력을 다한 투쟁이다. 유라의 기다림이 무참한 것은, 그녀가 사람도 사물도 아닌 바로 시간과 싸우고 있기 때문이다. 시간과의 싸움에서 승리한 이를 우리는 알지 못한다. 인생사의 희로애락, 그 모든 다사다난을 결국 아무것도 아닌 무위로 돌려놓고 저 홀로 흘러가는 것, 그것이 시간이다. 시간이 흐르면 모든 것은, 이 작가가 자주 쓰는 단어들을 빌리자면, 흩어지고, 번지고, 희박해지고, 묽어지며, 점점 사라져간다. 그 시간의 물결 속에서 마침내 원령 유라도 어쩔 수 없는 순간이 다가온다. "아무래도 나는 사라지고 있는 듯했다." 이 고독한 원령은 사진첩 속 생전 자신의 모습도 낯설어하기에 이르는 것이다.

완전한 망각, 완전한 소멸……. 죽음 앞에서 우리가 두려워하는 것은 무엇일까. 완전히 잊히는 것일까, 완전히 잊히지 않는 것일까. 아니면 완전히 소멸하는 것일까, 완전히 소멸되지 않는 것일까. 생전의 유라라면 전자라고 말할지도 모른다. 유라가 죽고 나서도 유도의 몸에 달라붙어 그와 함께하게 된 것은, 지나가는 말처럼 행해진 두 사람 사이의 약속이 있었기 때문이었다. 작가는 소설의 후반부에서 그 약속의 전모를 독자에게 보여준다. 그 이야기 속에는 '덧없이 사라지는 것'과 '가혹하게 쓸쓸한 것'을 견주는 유도가 등장한다. "네가 죽어서 나한테 붙는다고 해도 나는 모를" 것이며, "너는 나를 보는데 내가 너를 볼 수 없"다는 그 쓸쓸함이 가혹하다고 말하는 유도를 보라.

그러니 이 소설에서 원령 유라의 결단이 진정 힘 있게 다가오는 것은, 그녀가 원령이 되어 수십 년 유도만을 기다렸다는 그 사실에서가 아니라, 그랬음에도 불구하고 유도를 완전히 놓아주는 바로 그 사실에서 온다. 그렇게 오랜 시간을 유도만을 기다려온 유라도, "확고하다고 할 수 있을 만한 것"은 없다는 고독한 확인 끝에 모든 집착을 버리고 다음과 같이 기도하는 것이다. "유도 씨가 죽고 난 다음엔 무엇으로도 남지 않기"를, 그가 "말끔히 사라질 수 있기를". 또 유도는 어떤가. 유도가 그의 생애 마지막 순간을 맞이하고 있음을 암시하는 "양지바른 곳에서"라는 말과 함께, 작가는 유도에게 마지막으로 두 마디 대사를 부여한다. '대니 드비토, 유라.' 이 대답은 소설의 첫 문장으로 제시된 유라가 생의 마지막 순간에 품은 의문과 이어지면서 생사를 초월한 이들의 교감에 다시 한 번 깊이 있는 음영을 드리운다.

2009 현장비평가가 뽑은 올해의 좋은 소설

지은이 | 고은주 외
펴낸이 | 양숙진

초판 1쇄 펴낸날 | 2009년 6월 22일

펴낸곳 | ㈜현대문학
등록번호 | 제1-452호
주소 | 137-905 서울시 서초구 잠원동 41-10
전화 | 516-3770
팩스 | 516-5433
홈페이지 | www.hdmh.co.kr

값 11,000원

ISBN 978-89-7275-441-1 03810